Durbridge-Edition Band Nr. 43

Francis Durbridge

Tim Frazer I:
Der Fall Denston

(The World of Tim Frazer)

Kriminalroman

aus dem Englischen übersetzt von
Dr. Georg Pagitz

mit einem Vor- und Nachwort des Übersetzers

– Williams & Whiting –

Coverdesign: Timo Schröder

ISBN 9781917798075

Williams & Whiting (Publishers)
15 Chestnut Grove, Hurstpierpoint,
West Sussex, BN6 9SS, England

The World of Tim Frazer © 1962 by Francis Durbridge

Vorwort, Nachwort und deutsche Übersetzung
© 2025 by Dr. Georg Pagitz

Inhalt

novel 'The World of Tim Frazer'

Der auf der Schreibmaschine von Francis Durbridge
getippte Titel des Romans

Vorwort
von Dr. Georg Pagitz

Tim Frazer ist neben dem Kriminalschriftsteller Paul Temple mit Sicherheit die bekannteste Serienfigur von Francis Durbridge (1912–1998) und war ursprünglich nicht als Romanfigur konzipiert, sondern als Held einer achtzehnteiligen TV-Serie der BBC, die den Titel *The World of Tim Frazer* trug und die im Winter 1960/61 mit großem Erfolg über die britischen Bildschirme flimmerte. Durbridge unterteilte diese in drei in sich abgeschlossene Abenteuer, in denen ein ehemaliger Ingenieur für eine geheime Regierungsabteilung arbeitet, und konzipierte sie bewusst als Gegenpol zu der bei ITV laufenden erfolgreichen TV-Reihe *Danger Man* (deutsch: *Geheimauftrag für John Drake*). Tim Frazer, diesen unaufgeregten, jungen Mann, der durch das Verschwinden eines Freundes von einem Geheimdienstmitarbeiter angeworben wird, spielte Jack Hedley. Achtzehn Abende lang ging er erfolgreich auf die Jagd nach Mördern und Spionen, jede Episode endete mit einem für Durbridge so typischen, atemberaubenden Cliffhanger.

Die Serie war bis dato der größte Erfolg der BBC, denn eine so lange Fortsetzungsreihe hatte es bis dahin noch nicht gegeben.

Die drei Fälle, die Frazer innerhalb der Serie zu lösen hatte, erschienen auch als Roman. Der erste unter dem Titel *The World of Tim Frazer* im Januar 1962 bei Hodder & Stoughton, der zweite im März 1964 als *Tim Frazer Again* und der letzte mit großem zeitlichem Abstand im November 1978 als *Tim Frazer Gets the Message.*

Wie bei fast allen Durbridge-Romanen basierten auch diese drei Bücher auf den Originalmanuskripten, die der Autor für die BBC geschrieben hatte.

Die Figur Tim Frazer wurde alsbald zu einem Erfolg, vor

allem in Deutschland, wo Max Eckard diesen Charakter in zwei Mehrteilern 1963 und 1964 spielte. 1964 gab es auch einen (von Durbridge unlizenzierten) österreichischen Kinofilm mit Adrian Hoven namens *Tim Frazer jagt den geheimnisvollen Mister X.* Außerdem verhandelte der Autor zur gleichen Zeit mit einem Berliner Produzenten über eine exklusive Tim-Frazer-Reihe für das Kino, die nie realisiert wurde, für die er aber schon das erste Treatment unter dem Titel *Tim Frazer and the Melvin Affair* geschrieben hatte.

Auf die Geschichte der Verfilmungen und Bücher mit Tim Frazer bin ich schon ausführlich auf achtzig Seiten in dem ebenfalls bei Williams & Whiting erschienenen Band 22, *Tim Frazer und das Rätsel von Melynfforest*, eingegangen.

In diesem Buch finden Sie im ausführlichen Anhang alles zur Geschichte des ersten Teils der Trilogie, deren Romanfassung in diesem Band vorliegt. Darin wird auf die englische, die deutsche und die italienische Fassung eingegangen und auf Basis von Zeitungsberichten, Kritiken sowie der Originalkorrespondenz und dem Tagebuch von Francis Durbridge deren Geschichte rekonstruiert. Dirk Brüderle interviewte für ein eigenes, nicht realisiertes Projekt auch eine Darstellerin der deutschen Version, Lotti Krekel, im Jahr 2002. Dieses Gespräch ist ebenfalls im umfangreichen Nachwort zu finden.

Doch nun zurück zur Figur Tim Frazer, die Durbridge in einer ersten Planungsphase David Marquand nennen wollte. Sie ist ein gänzlich anderer Charakter als der smarte Schriftsteller Paul Temple, der geheimnisvolle Mordfälle löste. Frazer ist kein Hobbydetektiv, hat keine Frau und ist Junggeselle. Er interessiert sich zunächst gar nicht für Polizei- oder Detektivarbeit und hat nichts mit Kriminalfällen am Hut. Er ist eine jener Art von Figuren, die Francis Durbridge gerne als Protagonisten wählte: ein gebildeter Bürger des gehobenen Mittelstandes, der plötzlich in einen geheimnisvollen Fall verwickelt wird, zu dem er einen persönlichen Bezug und an dessen Klärung er selbst großes Interesse hat. In Frazers Fall ist dies das Verschwinden seines Kompagnons Harry Denston, eines Filous, mit dem er über einige Jahre hinweg eine Maschinenfabrik betrieb. Denston ist verschwunden, aber er schuldet Frazer noch Geld. So wird der Ingenieur in einen mysteriösen Spionagefall verwickelt, bei dem er auch mit einer geheimen Regierungsbehörde, die von Charles Ross geleitet wird, in Berührung kommt. Nachdem Frazer viel Geschick und großes Können bei der Klärung des Falls Denston an den Tag legt und gleichzeitig in seinem alten Job nicht weitermachen kann, nimmt er Charles Ross' Angebot, weiterhin für die Regierungsbehörde zu arbeiten, dankend an. Fortan ermittelt Frazer in besonders brisanten Fällen, die mit kriminellen Organisationen oder Spionage zu tun haben. Der Kriminalpolizei gegenüber muss er weiterhin verschweigen, dass er für eine geheime Regierungsabteilung arbeitet.

Der vorliegende Roman erschien, wie erwähnt, erstmals im Januar 1962 bei Hodder & Stoughton und war ein Bestseller. Davon erfuhr auch der deutsche Signum-Verlag, der nach dem immensen Erfolg des TV-Krimis *Das Halstuch* (vgl. Band 29 dieser Edition) zurecht das große Geschäft witterte und Durbridge schon im Vorfeld der Ausstrahlung der deutschen Version mit Max Eckard im Januar 1963 eine sehr hohe Summe für die Rechte bot.

Francis Durbridge schrieb diesbezüglich am 24. Oktober 1962 an Hartwig Schmidt, den Verantwortlichen für die Tim-Frazer-Verfilmung beim WDR:

Ein Taschenbuchverlag in Deutschland, der Signum-Verlag in Gütersloh, hat mir über meinen Literaturagenten Curtis Brown ein Angebot für die Buchrechte an meinem Roman *The World of Tim Frazer* gemacht. Dieser Roman ist, wie Sie wissen, die erste Tim-Frazer-Geschichte – also die, die Sie gerade produziert haben und die demnächst im Fernsehen gezeigt wird.

Das Angebot des Verlags ist ein sehr gutes, weil es auch die Möglichkeit gibt, dass das Buch vom Bertelsmann-Lesering übernommen wird – jenem Buchclub, mit dem der Signum-Verlag, wie ich verstehe, eng verbunden ist.

Bevor ich den Vertrag unterzeichne und dieses Angebot endgültig annehme, möchte ich Ihnen ganz klar sagen, dass meine Agenten dem Signum-Verlag mitgeteilt haben, dass das Buch unter keinen Umständen vor der Ausstrahlung der letzten Folge der Fernsehserie verkauft werden darf. Die Verleger sind mit dieser Regelung vollkommen einverstanden, möchten das Buch aber übersetzt, gedruckt und sofort nach der Ausstrahlung der letzten Folge der Serie verkaufsbereit haben.

Sie sagen außerdem, dass sie das Buch während der Ausstrahlung des Fernsehspiels stark bewerben möchten. Das würde natürlich nicht schaden und wäre im Gegenteil gute Werbung – sowohl für die Serie als auch für den Roman.

Da es offensichtlich in unserem beiderseitigen Interesse ist, Missverständnisse bezüglich der Sendetermine der Fernsehserie und des Veröffentlichungstermins des Buches zu vermeiden, würde ich es sehr begrüßen, wenn Sie bereit wären, einen Vertreter des Signum-Verlags zu empfangen und ihm persönlich das Datum der TV-Ausstrahlung von *Tim Frazer* mitzuteilen. Gleichzeitig könnten Sie in meinem Namen nochmals betonen, dass das Buch nicht vor Ende der Fernsehserie zum Verkauf stehen oder öffentlich erhältlich sein darf. Der Vertreter des Verlags ist, soweit ich es verstanden habe, gerne bereit, nach Köln zu kommen, um diese Angelegenheit mit Ihnen zu besprechen.

Der Roman erschien Ende Januar 1963 bei Signum in der sehr guten Übersetzung von Ursula Bruns, die auch für sämtliche weitere Auflagen verwendet wurde, als Band Nr. 154 unter dem Titel *Tim Frazer*. Gemeinsam mit *Der Andere* und *Die Nylonmorde* erschien der Krimi in einem Sammelband Mitte der 1960er vom gleichen Verlag, ehe der Goldmann-Verlag 1968 den Roman in derselben Fassung als Band 3064 veröffentlichte. Vorliegende Ausgabe von Williams & Whiting enthält allerdings eine völlig neue, ungekürzte und auf Basis des Originalmanuskripts verfasste Übersetzung und trägt den Titel *Tim Frazer I: Der Fall Denston* (inklusive Ordnungszahl, da als Band 44 und 45 die anderen beiden

Geschichten der Trilogie erscheinen). Auch sind die Kapitel nun erstmals richtig unterteilt und nummeriert.

In Slowenien (*Tim Fraser* [sic!]), Frankreich (*Où est passé Harry?*) und den Niederlanden (*De wereld van Tim Frazer*) erschien der Roman ebenso.

Da Francis Durbridge ein vielbeschäftigter Autor war, der ständig parallel an mehreren Werken arbeitete (auch um die große Nachfrage nach seinen Stoffen zu sättigen), engagierte er für die Romanfassung, die immer auf dem Originaldrehbuch beruhte, jeweils einen Mitarbeiter, der diese in enger Absprache mit ihm mitgestaltete. Im Falle der Buchform von *The World of Tim Frazer* war dies Tim Carew, der diese Funktion auch bei den Romanen *The Other Man* (*Der Andere*), *A Time of Day* (*Es ist so weit,* vgl. Band 46), *The Scarf* (*Das Halstuch,* vgl. Band 29), *Portrait of Alison* (*Porträt von Alison*, vgl. Band 23) und *Tim Frazer Again* (*Tim Frazer II: Die Salinger-Affäre*, vgl. Band 44) innehatte.

Wenn man den Roman mit dem Originaldrehbuch von Francis Durbridge vergleicht (es ist übrigens in der englischen Fassung komplett bei Williams & Whiting erschienen, Ausschnitte davon finden sich hier im Anhang), so wird klar, dass der Roman Szene für Szene dem TV-Manuskript folgt und die Dialoge identisch sind. Da der Roman in der Ich-Form erzählt wird, entfällt lediglich eine kurze Sequenz, in der Frazer nicht dabei sein konnte, die aber durch Charles Ross Erwähnung findet.

Spannende Lektüre bei einem Krimi von Francis Durbridge, in dem der Autor ganz viele Puzzleteile am Ende zu einem runden Ganzen zusammenfügt.

Francis Durbridge
Tim Frazer I:
Der Fall Denston

Die handelnden Personen

TIM FRAZER	Ingenieur
CHARLES ROSS	Chef einer Regierungsabteilung
HARRY DENSTON	Offizier der Royal Air Force
HELEN BAKER	Schauspielerin
DONALD EDWARDS	Schiffsmodellbauer
RUTH EDWARDS	seine Frau
DR. KILLICK	Arzt
EDGAR TUPPER	Gebrauchtwarenhändler
ARTHUR CROMBIE	Textilhändler
NORMAN GIBSON	Wirt im *Three Bells*
MADGE GIBSON	Norman Gibsons Tochter
LESTER	Ganove
MA DODSWORTH	Betreiberin eines Raststättencafés
ANYA	Nichte des Ehepaars Edwards
ANSTROV	russischer Matrose
NIKIYAN	russischer Kapitän
CONSTABLE MUIR	Polizist in Henton
WALTERS (»REMBRANDT«)	Maler
JOHN CAXTON	Mitarbeiter von Charles Ross
MRS. GLOVER	Tim Frazers Haushälterin
BONNINGTON	Ladenbetreiber in Camden Town
WILL TRUMAN	Fischer
HENRY	Angestellter in Ross' Abteilung

Die Handlung spielt 1960 in London und Henton,
an der englischen Nordostküste.

Kapitel eins

Ich lenkte den Wagen auf eine der mittleren Fahrspuren der M1 und trat kräftig aufs Gas. Als der Tachometer über achtzig anzeigte, lehnte ich mich zurück, um den Rausch der Geschwindigkeit zu genießen, aber es dauerte nicht lange, bis ich wieder über Harry Denston nachzudenken begann.

Es war mehr als zwölf Jahre her, als ich Harry zum ersten Mal begegnete. Wir studierten an der Universität Birmingham Ingenieurwesen und nach den Vorlesungen eilten wir immer in den nächsten Pub, wo Harry stets einen einfachen oder doppelten Whisky trank, je nachdem, wie es um seine Finanzen bestellt war. Ich hingegen begnügte mich immer mit Bier.

Im Laufe weniger Monate wurde klar, dass eine Maschinenfabrik kein geeigneter Ort für den Charme und die fröhliche Art von Harry Denston sein würde. Es überraschte mich daher nicht, als er eines Abends verkündete, dass er zur Royal Air Force gehen wollte. Er hoffte, dass es für ihn dort aufregender sein würde.

Wie sich herausstellte, fühlte sich Harry bei der Royal Air Force geradezu wohl und so hörte ich bald Berichte über seine rasche Beförderung. Innerhalb weniger Jahre schaffte er es bis zum Offizier. Daher war ich etwas überrascht, als ich ihn ein Jahr später zufällig in der Regent Street traf und ihn in Zivil sah. Harry war der Typ, der bei jeder Gelegenheit gerne eine Uniform trug, vor allem, wenn es die eines Offiziers war.

Er schien hocherfreut, mich wiederzusehen, und bestand darauf, mir in einem viktorianischen Pub hinter dem Oxford Circus mehrere Drinks zu spendieren. Es dauerte mindestens zehn Minuten, bis er zugab, dass er nicht mehr diente. Offenbar hatte es eine Art »Missverständnis« bezüglich der Beiträge für die Offiziersmesse gegeben. Er konnte jedoch darüber lachen und erklärte, dass es in Friedenszeiten bei der Air Force für ihn ohnehin nichts zu tun gäbe.

Die Drinks zeigten ihre Wirkung und Harrys sonniger Charme tat sein Übriges dazu, dass ich so dumm war, ihm zu erzählen, dass ich gerade eine kleine familiäre Maschinenfabrik in Hornsey von einem älteren Cousin geerbt hatte, der gerade gestorben war. Seine Augen leuchteten sofort auf und er schien sofort Feuer und Flamme dafür zu sein. Vergeblich versuchte ich ihm zu versichern, dass das Konto der Firma bis zum erlaubten Limit überzogen und die Gerätschaft veraltet war. Außerdem bestand das gesamte Personal aus nur vier Arbeitern, zwei Lehrlingen und einer Schreibkraft.

Harry ließ sich davon jedoch nicht abschrecken.

»Da steckt ganz viel Potential drin«, versicherte er mir immer wieder. »Alles, was du tun musst, ist, den Betrieb auf Vordermann zu bringen, neue Anlagen anzuschaffen und in einige der moderneren Bereiche wie die Kunststoffproduktion einzusteigen. Erst gestern habe ich mit einem Mann gesprochen, der jemanden suchte, der hunderttausend Plastiktüten für eine Fluggesellschaft herstellt.«

Harry kannte immer jemanden, der auf der Suche nach etwas war. Jedenfalls hatte mich Harry noch vor der Sperrstunde des Pubs dazu überredet, ihn zum Partner zu machen. Er wollte tausend Pfund beisteuern. Das Geld sah ich allerdings nie, obwohl er mir leichthin versicherte, dass er keine Schwierigkeiten haben würde, es aufzubringen.

Seltsamerweise war die Partnerschaft eine Zeit lang recht erfolgreich. Gemeinsam schafften wir es, der alten Firma ein beträchtliches Maß an neuem Leben einzuhauchen. Harry suchte den Bankdirektor auf und überredete ihn, unseren Überziehungskredit zu verlängern, damit wir mehrere neue Maschinen kaufen konnten. Harry war es auch, der uns Aufträge für alle möglichen neuartigen Produkte verschaffte, die einen guten Gewinn abwarfen. Es war Harry, der ins Ausland flog, dort das Feld erkundete und ein paar Aufträge aus Westdeutschland mitbrachte, die uns mehr als sechs Monate lang beschäftigten.

Manchmal war es gar nicht so einfach, einige der von Harry angenommenen Aufträge zu erfüllen, aber das war mein Problem, und in der Regel gelang es uns, rechtzeitig zu liefern. Nach achtzehn Monaten hatten wir unser Personal und unsere Fläche verdoppelt und unseren Überziehungskredit auf nur achthundert Pfund reduziert. Nach außen hin sah die Lage ziemlich rosig aus, aber ich hatte bereits begonnen, gewisse Bedenken gegen Harry zu hegen.

Leider schien Harry nur dann glücklich zu sein, wenn er über seine Verhältnisse lebte, und schon bald spielte er die Rolle des Geschäftsmannes mit Spesenkonto und einem Hillman Minx. Er begann, vermehrt ins Ausland zu reisen, und ein paar Mal stellte ich fest, dass er an der Riviera war, obwohl er eigentlich in der Schweiz sein sollte.

Zurück in London, verbrachte er viel zu viel Zeit in Nachtclubs. In einem davon traf er Helen Baker, die Schauspielerin aus dem West End, die gerade frisch geschieden war. Sie kannten sich erst ein paar turbulente Wochen lang, als sie ihre Verlobung bekannt gaben.

Ich tat mein Bestes, um Harrys Spesenkonto einzuschränken, aber das war keineswegs einfach, denn die Buchhaltung war der am wenigsten effiziente Bereich unseres Unternehmens. Ich hatte zu viel zu tun, um viel Zeit im Büro zu verbringen, und musste das meiste einer älteren Kassiererin überlassen, die Angst hatte, Harry vor den Kopf zu stoßen.

Da die Aufträge jedoch weiterhin flossen und Geld in unsere Kassen spülten, begnügte ich mich damit, mich auf praktische Angelegenheiten zu konzentrieren. Harry ging weiterhin seinen eigenen Weg, wobei er, wie ich später erfuhr, bei den meisten unserer Kunden den Eindruck erweckte, er sei der Chef des Unternehmens.

Erst am Ende unseres dritten gemeinsamen Jahres nahm mich unser Steuerberater eines Morgens beiseite und zeigte mir ein halbes Dutzend Schecks, die ihm offensichtlich große Sorgen bereiteten. Es handelte sich um recht hohe Beträge, die Harry bei verschiedenen Banken eingelöst hatte. Sie trugen wie üblich seine und meine Unterschrift und waren offensichtlich in Ordnung. Erst bei näherer Betrachtung stellte ich fest, dass meine Unterschrift – sehr gut – gefälscht worden war.

Natürlich musste ich Harry damit konfrontieren.

Er leugnete zunächst, wie ich es erwartet hatte, aber als ich ihn weiter fragte und nachbohrte, welche Waren oder welchen Wert er für die Schecks erhalten hatte, brach er schließlich zusammen und gab zu, dass er sie ausgestellt hatte, um einige dringende Schulden zu begleichen. Ich vermutete, dass diese Schulden etwas mit Glücksspiel zu tun hatten. Er war dennoch geneigt, die ganze Angelegenheit auf die leichte Schulter zu nehmen.

»Das ist nur vorübergehend, alter Junge. In ein, zwei Monaten zahle ich alles zurück.«

»Hör mal, Harry«, protestierte ich, »es geht hier nicht nur um ein paar Pfund aus der Portokasse. Es geht um fast viertausend. Außerdem hast du die tausend, die du damals für die Partnerschaft versprochen hast, auch nie gezahlt.«

»Richtig, alter Freund!«, nickte er zügig. »Sagen wir, es sind dann glatte fünftausend, oder? Natürlich würde Helen mir das Geld sofort leihen, aber ich habe da ein großes privates Geschäft laufen, das in den nächsten Wochen zehntausend einbringen sollte.«

»Privates Geschäft?«, fragte ich misstrauisch.

»Es hat nichts mit unserer Firma zu tun«, versicherte er mir eilig. »Eine etwas heikle Angelegenheit, die ich für einen Freund von mir erledige.«

Er verließ das Büro und ich sah ihn drei Tage lang nicht wieder. In der Zwischenzeit begann die Bank, sich über unseren Überziehungskredit aufzuregen, der inzwischen ziemlich hoch war. Obendrein begannen zwei unserer größten Gläubiger auf Zahlung zu drängen. So kam eins zum anderen und am Ende des Monats standen wir vor dem Konkurs. Harry Denston war dabei keine große Hilfe gewesen. Er war mehrere Male für zwei oder drei Tage nicht da und hatte keine Erklärung für seine Abwesenheit. Ich verbrachte viel Zeit damit, den Gläubigern die Lage zu erklären, aber die großen Firmen waren nicht bereit, auf ihr Geld zu warten. Außerdem waren zwei unserer Schecks zurückgewiesen worden.

Am Tag nach der Bekanntgabe unseres Konkurses erhielt ich eine Nachricht von Harry, die er auf ein halbes Blatt blaues Notizpapier gekritzelt hatte.

Sie lautete:

Lieber Tim,

unsere Probleme sind gelöst.
Triff mich morgen Abend im »Three Bells« in Hen-
ton. Werde dir dann alles erklären.

Dein Harry

In der Nähe von Coventry verließ ich die M1 und fuhr in
Richtung Nordosten.

Kapitel zwei

Das Handbuch für Mitglieder des Automobilklubs verriet mir, dass Henton an der nordöstlichen Spitze Englands lag (etwa auf halbem Weg zwischen Bridlington und Hornsea), 368 Einwohnerinnen und Einwohner hatte und kein Hotel besaß, das auch nur einen Stern verdiente. Ich zerbrach mir den Kopf darüber, warum Harry mich ausgerechnet dort treffen wollte, aber ich fand keine Antwort.

Wie die meisten Londoner wusste ich wenig über den Norden Englands und war sicher, dass Harry noch weniger darüber wusste. Als ich durch Thorne fuhr, fragte ich mich zum hundertsten Mal, warum Harry in Henton sein sollte, das ich mir als ein abgelegenes Fischerdorf vorstellte. Immer, wenn er in der Vergangenheit zum Fischen war, begab er sich nach Südfrankreich, wo er gleichzeitig immer einen Picknickkorb, einen Cocktailbecher zum Mischen von Drinks und eine attraktive Begleiterin in greifbarer Nähe hatte.

Ich nahm die A63 nach Hull und fuhr dann über Land nach Hornsea. Von der Nordsee her wehte ein kalter Wind, und ich war dankbar, dass das Auto eine Heizung hatte. Ich schaltete das Radio ein, um die Sechs-Uhr-Nachrichten zu hören, als der Sprecher gerade über ein russisches Schiff berichtete, das in der vorangegangenen Nacht in der Nordsee einige Meilen vor Henton gesunken war. »Zwei der Besatzungsmitglieder sind ertrunken«, hieß es in der Meldung, »die übrigen Seeleute konnten gerettet werden und befinden sich zurzeit in Henton.« Bei dieser Nachricht wurde ich hellhörig, denn anscheinend hatte Henton endlich Bedeutung erlangt. Allerdings war ich immer noch keinen Schritt näher daran, herauszufinden, was Harry Denston dort machte.

Ich vermutete, dass Henton in den Sommermonaten den Anspruch erheben konnte, malerisch zu wirken. Soweit ich auf den ersten Blick jedoch sehen konnte, war der Ort ein ständiges Angriffsziel der Nordsee, die mit all ihrer Wucht gegen den Hafen donnerte, als ob sie jeden Mann, jede Frau und jedes Kind im Dorf hassen würde. Der Wind heulte von der See heran. Es war jene Art von Sturm, die jede ungesicherte Tür zuschlug und die Fensterrahmen klappern ließ. Es war zu dunkel, um die Schiffe in dem kleinen Hafen zu sehen, aber ich stellte mir vor, dass sie wie Korken im Wasser hin und her hüpften.

Es schien nur eine Straße zu geben, eine gewöhnliche und eintönige Durchgangsstraße mit gleichförmigen zweistöckigen Häusern. Das *Three Bells* war leicht zu finden. Es befand sich am oberen Ende der Straße, in der Nähe des kleinen Kriegerdenkmals. Auf den ersten Blick schien es beinah nicht nach Henton zu passen. Von außen betrachtet hätte man glatt denken können, dass es mindestens einen Stern im Handbuch des Automobilklubs verdient hätte. Dieser Umstand hätte zumindest auf Harry hingedeutet, denn er hatte es schon immer gerne bequem.

Ich parkte mein Auto auf dem Hof hinter dem Hotel und wankte zur Eingangstür. Der Wind hob mich fast von den Füßen und ich bemerkte, dass er das Schild mit dem Namen des *Three Bells* so zum Schwanken brachte, als wolle er es aus den Angeln heben.

Der Gastraum war menschenleer, wirkte jedoch einladend. Es herrschte eine gemütliche Atmosphäre, mit einem hellen Feuer in einem altmodischen Kamin. Die Eichenbalken, Sitzbänke und Stühle sahen solide und geschmackvoll aus. Ich begann, mich ein wenig wohler zu fühlen.

Hinter dem Tresen stand ein freundlicher, kräftig gebauter Mann. Er sah auf, als ich hereinkam, und sagte fröhlich: »Guten Abend, Sir.«

»Guten Abend. Sind Sie der Wirt?«

»Das bin ich«, sagte er, »Norman Gibson, zu Ihren Diensten, Sir. Was kann ich für Sie tun?«

»Ich suche nach einem Freund von mir, der hier sein soll. Sein Name ist Harry Denston.«

»Sie meinen, er soll hier wohnen, Sir?«

»Das nehme ich an, ja.«

Der Wirt schaute verdutzt. »In meinem Gästebuch steht niemand mit diesem Namen«, sagte er.

Ich starrte ihn an. »Aber er muss drinstehen. Ich erhielt eine Nachricht von ihm. Darin stand, dass er hier sei.«

Er schüttelte den Kopf. »Das muss ein Irrtum sein, Sir.«

»Gibt es noch einen anderen Pub in Henton?«, fragte ich.

Gibson rümpfte missbilligend die Nase. »Es gibt da noch das *Crown*«, sagte er, »aber die haben keine Zimmer zu vermieten.«

Ein plötzliches schwaches Gefühl von Wut überkam mich. Ich war zweihundert Meilen gefahren, um Harry zu treffen, nur um festzustellen, dass er nicht da war. Zum Teufel mit Harry Denston, dachte ich.

Schließlich setzte ich mich auf einen Barhocker und sagte dann: »Nun, das ist verdammt seltsam. Ein Freund von mir hat mir geschrieben und mich gebeten, ihn hier zu treffen.«

»Dann ist es zunächst mal das Beste, wenn Sie etwas trinken«, schlug Gibson mitfühlend vor.

»Da haben Sie recht«, stimmte ich zu. »Machen Sie mir einen doppelten Scotch mit Soda.«

Nach dem Drink fühlte ich mich etwas besser, bestellte dann noch einen und bat um ein Zimmer.

»Selbstverständlich, Sir«, sagte Gibson. »Für wie lange?«

Ich zuckte mit den Schultern. »Für zwei Nächte, vielleicht auch für drei. Wäre das in Ordnung?«

»Ja«, sagte Gibson. »Haben Sie viel Gepäck?«

Ich deutete auf meine Reisetasche. »Das ist alles.«

»Meine Tochter muss jeden Moment da sein. Sie wird das Zimmer für Sie herrichten.«

Draußen heulte der Wind unvermindert weiter. »Es scheint hier allerhand Aufregung gegeben zu haben«, bemerkte ich. »Ich habe es in meinem Autoradio gehört.«

»Ah, Sie meinen das russische Schiff«, sagte Gibson. »Eine schreckliche Angelegenheit. Wir haben sogar einen der Männer von dem Schiff hier. Ihm geht's leider ziemlich schlecht.«

In diesem Moment betrat ein Mädchen den Raum. Sie war

mollig, blond und hübsch. Sie trug eine Schüssel mit Wasser und ein Handtuch auf dem Arm.

»Hallo, Madge. Wie geht es ihm?«

Das Mädchen schüttelte zweifelnd den Kopf und leerte die Schüssel in das Waschbecken unter der Theke. Sie bemerkte mich und rückte eine verirrte Locke zurecht. »Dr. Killick hat nicht viel Hoffnung für ihn, fürchte ich«, sagte sie.

Gibson drehte sich zu mir um. »Es geht um den russischen Matrosen, von dem ich Ihnen erzählt habe«, erklärte er. »Ist der Doktor noch bei ihm, Madge?«

»Ja, aber er scheint starke Zweifel daran zu haben, dass er die Nacht übersteht wird.«

Gibson machte ein schnalzendes Geräusch mit seiner Zunge. »So schlimm, was?«, sagte er. »Armer Teufel, schreckliche Sache. Ich kann es einfach nicht fassen. Ist er denn gar nicht wieder zu sich gekommen?«

Madge schüttelte den Kopf. »Nicht seit gestern Abend. Ich glaube, ich bleibe heute Abend besser bei ihm, für den Fall, dass es ihm tatsächlich schlechter geht.«

Vielleicht war es egoistisch, aber ich dachte nicht viel über den russischen Seemann nach, denn ich hatte genug eigene Sorgen. Aber eine einsame Mahlzeit trug viel dazu bei, meine tiefe Verärgerung zu vertreiben: Das Steak war genau so zubereitet, wie ich es mochte, und das Gemüse hätte auch von einer Französin gekocht worden sein.

Ich nahm noch einen Drink an der Theke und ging schließlich um zehn Uhr auf mein Zimmer. Plötzlich wurde mir klar, dass ich nach meiner zweihundert Meilen langen Fahrt außerordentlich müde war. Das Problem mit Harry Denston, wo auch immer er sein mochte, würde bis zum nächsten Morgen warten müssen. Um halb elf war ich fest eingeschlafen.

Es muss kurz vor Mitternacht gewesen sein, als ich das anhaltende Klopfen hörte. Ich kämpfte mich aus dem Tiefschlaf, setzte mich mit einem Ruck auf und stellte fest, dass es an meiner eigenen Tür pochte. Ich stolperte über die alten Eichendielen und öffnete sie. Draußen stand Madge in einem

Morgenmantel und beäugte mich ängstlich.

»Es tut mir sehr leid, dass ich Sie überfalle, Mr. Frazer«, sagte sie, »aber könnten Sie einen Moment mitkommen?«

»Was ist los?«, sagte ich verschlafen.

»Es handelt sich um den russischen Seemann. Es geht ihm furchtbar schlecht.«

»Was ist los mit ihm?«

»Das weiß ich nicht. Ich dachte, er würde schlafen, aber plötzlich öffnete er die Augen und begann zu sprechen. Er wurde ganz wild und war außer sich, da wusste ich nicht, was ich tun sollte. Deshalb habe ich Sie geweckt.«

Ich zog meinen Bademantel und meine Hausschuhe an. »In Ordnung, Madge«, sagte ich, »ich komme mit und schaue ihn mir an.«

Sie wies den Weg zu einem Zimmer am anderen Ende des Korridors.

Der Mann im Bett war nicht ansprechbar und im Delirium. Er war recht jung, wie ich feststellte, und die nassgeschwitzten Locken seines schwarzen Haars hingen ihm über die Stirn. Seine Hände klammerten sich krampfhaft an die Bettdecke und seine Augen starrten mich furchterregend an.

Ich hatte kurz nach dem Krieg in Deutschland ein paar Brocken Russisch aufgeschnappt, deshalb neigte ich meinen Kopf zu ihm hinunter, um zu verstehen, was er sagte. Das meiste klang für mich wie absolutes Kauderwelsch, aber ich verstand die Worte »Meer« und »Kapitän«. Dann setzte er sich plötzlich auf und sagte sehr deutlich: »Anya! Anya!«

Ich drückte ihn zurück in die Kissen und sagte: »Ganz ruhig, junger Freund, immer mit der Ruhe, entspannen Sie sich.« Er fing wieder an zu murmeln, und ich verstand von zehn Wörtern vielleicht eines. Madge beugte sich vor und wischte ihm den Schweiß von der Stirn. Er ergriff ihre Hand und murmelte mit brüchiger Stimme: »Anya, Anya …«

Madge befreite ihre Hand nur mit Mühe und wir legten ihn wieder auf die Kissen. Allmählich hörte sein Gemurmel auf und seine Atmung wurde leichter. Dann, ganz plötzlich, schien er in tiefen Schlaf zu fallen, und zwar mit einer Geschwindigkeit, die alles andere als normal zu sein schien.

»Ich glaube, wir lassen ihn jetzt besser allein. Es scheint so, als ob wir nichts mehr tun können«, sagte ich leise zu Madge.

Madge nickte müde. Sie sagte: »Wann möchten Sie morgen früh eine Tasse Tee trinken, Mr. Frazer?«

»Wenn Sie munter sind«, sagte ich ihr. Ich sah den Russen wieder an. Er stöhnte einmal und ich dachte, er hätte wieder »Anya« gesagt, aber ich war mir nicht sicher. Wir schlichen uns leise hinaus und gingen zu unseren Zimmern.

Den Rest der Nacht schlief ich unruhig. Zweimal wachte ich auf, weil ich glaubte, ein Stöhnen zu hören, aber als ich lauschte, hörte ich nichts als das Heulen des Sturms.

Ich nahm sehr zeitig das Frühstück ein und ging gleich danach an die frische Luft, weil ich das Bedürfnis hatte, mich zu bewegen. Der Wind hatte zwar etwas nachgelassen, aber es war immer noch bitterkalt. Der tiefschwarze Himmel verriet mir, dass der Sturm noch nicht ganz abgeklungen war. Als ich die schmale Straße zum Hafen hinunterging, beschloss ich, Harry noch einen Tag Zeit zu geben, nur für den Fall, dass er einen Unfall gehabt hatte.

Ich war immer noch ziemlich sauer darüber, wie die Dinge gelaufen waren. Wenn Harry, was sehr wahrscheinlich war, nicht auftauchte, stand ich vor der zweihundert Meilen langen Reise zurück nach London: vierhundert Meilen mit dem Auto, zwei Nächte in einem trostlosen kleinen Fischerdorf mitten im Nirgendwo und nicht das Geringste, was ich erreicht hatte. Als ich von den Salinen zurückkehrte und mir der Wind um die Ohren pfiff, verfluchte ich Harry Denston ein weiteres Mal.

An diesem Abend saß ich im Gastraum, der bis auf vier Fischer, die in der Ecke Cribbage spielten, menschenleer war. Der Wind hatte wieder aufgefrischt und heulte mit neuer Wucht. Ich leerte meinen Bierkrug und reichte ihn Norman Gibson zum Nachfüllen.

»Der Wind hat also doch nicht nachgelassen«, bemerkte er.

»Das kann man wohl sagen«, sagte ich, »obwohl es heute Morgen gar nicht so schlimm war. Ich dachte schon, der Sturm wäre vorbei.«

»Iwo«, sagte Gibson wissend, »so leicht gehen Stürme nicht vorüber.« Ein Fenster klapperte und der Wirte starrte es wütend an.

»Verdammtes Ding«, sagte er ohne damit jemanden speziell anzusprechen.

Die Tür des Gastraums öffnete sich und ein Windstoß blies hindurch. Ein Mann kam herein und blieb einen Moment lang schwer atmend stehen. Er wirkte unscheinbar und war etwa fünfzig, hatte ein fliehendes Kinn und einen ungepflegten Schnurrbart. Regentropfen perlten von seiner Melone und sein schäbiger Mantel ließ ihn wie ein schlecht verschnürtes braunes Papierpaket aussehen. Er nahm seinen Hut ab und zeigte sein schütteres, strähniges Haar, das die gleiche Farbe wie sein Schnurrbart hatte, aber reichlich grau durchzogen war. Sein Gepäck – ein ramponierter Koffer und eine Aktentasche, bei der ein Riemen gerissen war – vervollständigte das verwahrloste Bild. Er sah müde und seltsam erbärmlich aus.

»Allmächtiger Gott!«, keuchte er. »Was für ein Wetter!« Seine Stimme war hoch, klang außergewöhnlich kultiviert und heiser.

Gibson beugte sich über den Tresen und setzte einen professionellen Begrüßungsausdruck auf. »Guten Abend, Sir.«

»Ich weiß nicht, was daran gut sein soll«, sagte der Mann mürrisch. »Sind Sie der Wirt?«

»Das ist richtig, Sir. Gibson ist mein Name. Und was kann ich für Sie tun?«

Der Mann öffnete die obersten Knöpfe seines Regenmantels und entblößte eine zerzauste Fliege. »Ich hätte gerne ein Zimmer, mein Guter«, sagte er. Er schaute sich im Gastraum um. »Das heißt, wenn Sie noch ein Zimmer frei haben.«

»Nur für eine Nacht?«, fragte Gibson.

»Ja. Möglicherweise auch für zwei, aber ich hoffe nicht.« Er hustete und streckte die Hände zum Feuer. »Ich hatte eine kleine Panne mit dem Auto, wissen Sie.«

»Ich denke, wir können Sie unterbringen, Sir«, sagte Gibson freundlich.

Der Mann zog seinen Regenmantel aus und trat an die Bar heran. Die Wärme des Raumes hatte ihm etwas Selbstvertrauen zurückgegeben und seine Stimme war merklich lauter geworden. »Alles, was ich jetzt brauche, ist ein guter, steifer Scotch – am besten ein doppelter.«

Gibson schenkte den Drink ein. »Möchten Sie etwas dazu, Sir?

»Sicher nicht.« Er nahm das Glas in die Hand und schluckte den Whisky in einem einzigen, langen Schluck hinunter. »Nochmal das Gleiche – und einen für Sie, alter Junge.« Der Whisky wirkte bereits auf ihn, und eine leichte Röte überzog seine geäderten Wangen. Ich saß da und beobachtete ihn ohne besondere Anteilnahme. Es würde ein langer Abend werden, und in meiner derzeitigen, etwas getrübten Stimmung schien er mir nicht der ideale Trinkkumpan zu sein.

Gibson nahm einen Halbliter-Krug von einem Haken. »Ich nehme ein Bier, wenn ich darf, Sir.«

»Was immer Sie wollen, mein Guter«, war die unbekümmerte Antwort. Er nahm einen Schluck von seinem zweiten Whisky und schmatzte anerkennend mit den Lippen.

»Es geht nichts über einen Tropfen des alten Highland Fling.« Er drehte sich zu mir um. »Was ist mit Ihnen, alter Junge?«

»Danke«, antwortete ich kurz. »Ich nehme ein halbes Bitter.«

Er sah mich einen Moment lang abschätzend an. Er fragt sich, dachte ich säuerlich, ob ich der Typ war, der die halbe Nacht aufblieb, um sein Publikum zu unterhalten.

Dann wandte er sich an Madge: »Übrigens, haben Sie ein Telefon, das ich benutzen könnte?«

Madge nickte in Richtung des Telefons hinter der Bar. »Normalerweise schon, Sir, aber es ist im Moment außer Betrieb. Der Sturm hat die Leitungen zerstört.«

»Oh, verdammt!«, sagte der Mann. »Das hat mir gerade noch gefehlt!« Er trank noch etwas Whisky und zupfte mit einer bockigen Geste an seinem Schnurrbart herum.

»Gleich die Straße runter gibt es eine Telefonzelle«, schlug Madge vor. »Dort könnte die Leitung vielleicht unbeschädigt sein.«

»Nein, ich lasse es«, entschied er. »Ist nicht wichtig, es kann warten.«

Er schaute sich um, offensichtlich genoss er die Aufmerksamkeit des Publikums, dann wandte er sich wieder Norman Gibson zu. »Also, was schulde ich Ihnen, mein Guter?«

»Zwei große Scotch, zwei halbe Bitter – elf Shilling und zwei Pence«, sagte Gibson.

»Donnerwetter!«, sagte der Mann. »Aber das macht nichts – die Rechnung geht auf die Firma.« Er warf eine Zehn-Shilling-Note, einen Shilling und zwei Pence auf die Theke und hob sein Glas. »Also, Prost, Leute. Ich muss schon sagen, in dieser Gegend herrscht ein ziemlich raues Wetter.«

»Im Vergleich zur Vorwoche hat es sich schon gebessert«, sagte Gibson.

Der Mann lachte. »Was hatten Sie letzte Woche, einen Taifun?«

»Es fühlte sich jedenfalls so an«, sagte Gibson gefühlvoll.

Madge bemühte sich, das Interesse des Neuankömmlings zu wecken. »Haben Sie denn nicht von den Russen gelesen?«, fragte sie.

Der Mann führte sein Glas nicht mehr an die Lippen. »Russen?«, erwiderte er. »Die sind doch immer in den Schlagzeilen. Was haben sie denn hier in der Gegend angestellt?«

»Eines ihrer Schiffe hat neulich Schiffbruch erlitten«, sagte Gibson mit einem Hauch von Vorwurf in der Stimme.

»Ach ja, ich habe davon gelesen. Das war also hier, was?«

»Direkt vor dem Hafen«, nickte Gibson, »fast vor unserer Haustür. Die Rettungsboote haben ganze Arbeit geleistet.« Er schüttelte bedauernd den Kopf. »Soweit ich mich erinnern kann, war es der schlimmste Sturm, den wir in den letzten dreißig Jahren hatten.«

»Dreißig Jahre – das sagt man doch immer«, meinte der Mann mit gewichtiger Herablassung.

»Sie hätten nur mal eine Brise davon erleben sollen«, erwiderte Gibson. Er klang fast besitzergreifend was den Sturm betraf.

»Das, was ich heute erlebt habe, reicht mir schon«, sagte der Mann. Er wandte sich an Madge. »Hat man die Mannschaft retten können?«

»Der Großteil der Besatzung konnte gerettet werden«, sagte Madge, »aber zwei sind ertrunken – sie wurden einfach weggeschwemmt.«

»Meiner Meinung nach, ist es schon ein Wunder, dass überhaupt jemand gerettet werden konnte«, sagte Gibson.

»Wo sind die, die gerettet wurden?«, fragte der Mann.

»Im Cottage-Hospital«, antwortete Gibson. »Aber wir haben auch einen von ihnen hier.« Er zeigte auf die Treppe.

»Wirklich? Wie kommt denn das?«

»Sie mussten drei oder vier von ihnen hierherbringen, während die Rettungsarbeiten liefen«, erklärte Gibson. »Diesem Anstrov ging es zu schlecht, um ihn später fortzubringen. Der Arzt wollte den Transport nicht riskieren, also ist er hier. Armer Kerl, es steht auf der Kippe, ob er überlebt.«

»Er war stundenlang im Wasser«, erklärte Madge.

»Armer Teufel«, sagte der Mann. »Was für ein schockierendes Erlebnis.«

Er strich sich mit der Hand über sein unordentliches Haar und fingerte an seiner Fliege. Mit zwei doppelten Whiskys in sich schien er plötzlich an Statur gewonnen zu haben. Ein Schankraum war eindeutig sein zweites Zuhause. »Ich persönlich mag es, mit beiden Beinen auf dem Trockenen zu stehen.« Dann drehte er sich zu mir um: »Meinen Sie nicht auch, alter Junge?«

»Bei diesem Wetter sicherlich« sagte ich.

Der Mann klopfte sich kläglich auf den Bauch. »Ich bin ein wenig hungrig«, verkündete er. »Ich habe seit dem Mittagessen nichts mehr zu mir genommen. Könnten Sie mir ein paar Sandwiches auftreiben, meine Gute?«

Er schenkte Madge das, was er für ein gewinnendes Lächeln hielt.

»Natürlich, Sir«, sagte Madge. »Wollen Sie lieber Schinken oder Rinderzunge?«

»Mir passt beides. Mit jedem eines, seien Sie so lieb.« Er wandte sich wieder an mich. »Ich heiße Crombie«, sagte er und streckte die Hand aus.

»Tim Frazer«, sagte ich und ergriff seine feuchte Hand.

»Ich komme aus Leeds«, fuhr Crombie fort, »bin im guten alten Lumpenhandel tätig.«

»Welcher – ähm – Handel?« erkundigte ich mich.

»Der Lumpenhandel – Textilien.«

»Oh, verstehe«, sagte ich. »Sind Sie nur auf der Durchreise in Henton?«

Der Mann war offensichtlich entschlossen, sich zu unterhalten, und es erschien mir unfreundlich, nicht darauf einzugehen.

Crombie schnitt eine Grimasse. »Hier würde ich doch keine fünf Minuten bleiben, wenn ich es vermeiden kann«, grinste er Madge beschwichtigend an, »bei allem Respekt für Ihr Dorf, Miss, versteht sich. Nein, die Sache ist die, dass ich einen kleinen Unfall mit meiner alten Kiste hatte. Das hat alle meine Pläne über den Haufen geworfen.«

»Wo ist das passiert?«, fragte ich.

»Ein paar Meilen von hier, auf der Hauptstraße. Ich nahm die Kurve zu scharf und krachte – schwupps – in einen verdammt großen Lastwagen.«

»Dann haben Sie aber Glück, dass Sie überhaupt hier sind«, bemerkte ich.

»Das können Sie laut sagen, alter Junge. Aber der Wagen ist zu Schrott gefahren. Meine Sorge ist, dass ich nicht weiß, wie ich morgen nach Nottingham kommen soll – ich muss dort viele Kunden besuchen.«

Ich bestellte eine neue Runde Getränke. »Fährt denn kein Zug?«, fragte ich.

»Morgen früh um sieben Uhr vierzig gibt es einen«, sagte Gibson.

Crombie erschauderte leicht. »Nein, danke. Da muss ich vermutlich an jeder Station umsteigen und brauche wahrscheinlich den ganzen Tag.« Er hob sein Glas und prostete mir zu. »Also, Kopf hoch, alter Junge. Vielleicht ist das hier ein verdammt mieser Ort, um hängenzubleiben, aber solange der Alkohol nicht ausgeht, kann ich genauso gut das Beste aus der Situation machen.« Er stützte sich mit den Ellbogen auf die Theke. »In welcher Branche sind Sie tätig, wenn ich fragen darf?«, erkundigte er sich.

»Ingenieurwesen«, antwortete ich kurz. Ich sah nicht viel Sinn darin, meinem Gegenüber zu erklären, dass ich vor Kurzem in Konkurs geschlittert war.

»Ingenieurwesen, was?«, sagte Crombie. »Wie ich höre, gibt es in diesem Bereich eine Menge Entwicklungen.« Er biss mit sichtlichem Vergnügen in ein Sandwich und starrte Madge an. »Dieses Sandwich ist verdammt gut«, verkündete er, den Mund nicht ganz leer. »Und Sie haben mit dem Schinken und der Zunge nicht gespart.«

Madge schüttelte den Kopf. »Ich bin nicht knauserig«, sagte sie.

»Für wahr nicht«, sagte Crombie.

Ich überlegte, dass ich eine weitere Stunde in Crombies Gesellschaft nicht mehr aushalten würde.

»Um ehrlich zu sein«, sagte ich, weil ich keine Lust hatte, über Technik zu reden, »bin ich ziemlich genervt. Ich bin den ganzen Weg von London hierhergefahren, um einen Freund von mir zu treffen, der nicht aufgetaucht ist.«

»Na hören Sie, das ist aber ganz und gar nicht in Ordnung«, erwiderte Crombie mitleidvoll. »Das ist verdammt rücksichtslos, würde ich sagen.«

»Der alte Harry Denston war nie übermäßig rücksichtsvoll«, antwortete ich.

Crombie klammerte sich mit Vergnügen an den Namen. Diesem Typ Mann brauchte man nur den Namen eines Menschen zu nennen, und er glaubte, ihn zu kennen. Er nannte kurz hintereinander zwei Denstons, einen Denison und einen Cranston.

Die Stimme von Madge durchbrach glücklicherweise diese Erinnerungen. »Da kommt Dr. Killick«, verkündete sie. »Ich frage mich, wie es unserem Patienten geht.«

Wir sahen alle auf, als der Arzt die Treppe herunterkam. Killick war um die fünfzig, klein und kahlköpfig. Er trug den besorgten Gesichtsausdruck, der für überarbeitete Allgemeinmediziner in abgelegenen Gegenden typisch war.

Der Arzt sah uns alle nacheinander an, als hoffte er inständig, dass wir alle in guter körperlicher Verfassung waren, und ließ sich müde in einen Stuhl sinken.

»Gibt es etwas Neues, Doktor?«, fragte Gibson.

»Leider nicht«, sagte Killick müde. »Es ist nur noch eine Frage der Zeit. Ich wäre überrascht, wenn er die Nacht überlebt.«

»Oh, Doktor, können wir denn gar nichts tun?«, fragte Madge.

»Wir haben alles getan, was wir konnten«, sagte Killick mit niedergeschlagener Stimme.

»Ist er überhaupt nicht mehr zu sich gekommen?«, fragte Gibson.

»Nein. Ich habe ihm eine Spritze gegeben und – nun, um ehrlich zu sein, hoffe ich, dass er gar nicht wieder zu sich kommt. Das wäre das Beste für ihn, so wie die Dinge liegen.«

Gibson nickte verständnisvoll. »Ich nehme an, Sie könnten einen Drink gebrauchen, was Doktor«, sagte er.

»Das könnte ich«, sagte Killick. »Ich hätte gerne einen Whisky mit Soda, bitte.«

Gibson schenkte den Whisky ein und spritzte ein wenig Sodawasser hinzu.

»Es tut mir nur leid, dass es hier passieren musste«, fuhr Killick fort. Er schenkte Madge ein onkelhaftes Lächeln. »Obwohl ich kaum eine professionellere Assistentin hätte haben können, selbst im Krankenhaus nicht.«

Madge sah mich schnell an. »Gestern Abend war ich aber nicht sehr professionell«, sagte sie entschuldigend, »ich musste Mr. Frazer zu Hilfe holen.«

Dr. Killick sah mich fragend an, worauf ich sagte: »Leider konnte ich auch nicht viel tun. Madge hat mich gestern Abend geweckt und mich gebeten, mitzukommen und nach Anstrov zu sehen. Sie war sehr aufgeregt. Sie dachte, er könnte zu toben beginnen.«

»Es war wirklich dumm«, sagte Madge, »aber ich saß den ganzen Abend bei ihm und plötzlich öffnete er die Augen und fing an zu reden.«

»Auf Russisch, nehme ich an«, kommentierte Killick.

»Das nehme ich an«, sagte Madge, »obwohl es auch jede andere Sprache gewesen sein könnte. Jedenfalls konnte ich nichts verstehen, woraufhin er langsam wütend wurde, also habe ich Mr. Frazer geweckt.«

»Ich verstehe«, sagte der Arzt. Er schaute mich mit einem sehr scharfen und durchdringenden Blick an. »Konnten Sie herausfinden, wovon er sprach?«

»Er hat nichts Verständliches von sich gegeben«, erklärte ich. »Er war im Delirium und das, was er sagte, machte nicht viel Sinn.«

Killick sah überrascht aus. »Sprechen Sie denn Russisch?«

»Ein wenig«, sagte ich. »Ich verstehe es besser, als ich es sprechen kann. Das Einzige, was einen Sinn ergab, war, dass Anstrov immer wieder nach jemandem rief, der Anya hieß.«

»Anna?«, sagte Killick.

»Nein, An-ya«, korrigierte ich. »Ich nehme an, sie ist seine Frau oder seine Freundin.«

»Und das ist alles?«

»Leider ist das alles, was ich verstehen konnte«, sagte ich. »Der Rest war nur Unsinn – absolutes Kauderwelsch. Es könnte natürlich auch ein Dialekt gewesen sein.«

»Tja, danke, Mr. Frazer«, sagte Killick. »Es war mir wichtig, Ihre Version der Geschichte zu hören, denn sowohl der Kapitän als auch der Erste Offizier fragen mich ständig nach Anstrov.«

»Wie geht es den Matrosen im Krankenhaus?«, erkundigte sich Madge.

»Nun, zwei von ihnen sind gestorben, wie Sie wissen«, sagte Killick. »Den anderen geht es gut – die meisten haben nur einen Schock. Der Erste Offizier und einige der anderen werden morgen entlassen.«

»Und was passiert dann mit ihnen?«, fragte Gibson.

Killick zuckte mit den Schultern. »Ich nehme an, sie werden direkt nach London gebracht. Wir hatten die Leute von der Botschaft hier oben, die sich wie Schäferhunde um sie herumgetrieben haben und im Allgemeinen ziemlich lästig waren. Die Männer sind sehr freundliche Seelen – wenn man ihnen die Chance dazu gibt!«

Gibson nickte zustimmend. »Sie scheinen mir sehr anständige Kerle zu sein. Und sehr mutig.«

Killick trank seinen Drink aus und stand auf. Er wandte sich mit einer höflichen Verbeugung an mich. »Danke, dass Sie mir erzählt haben, was passiert ist, Mr. Frazer«, sagte er. »Ich werde den Kapitän darüber informieren. Und wenn Sie mich jetzt entschuldigen wollen, dann werde ich mir den Patienten noch einmal ansehen.«

Als der Arzt den Raum verließ, klingelte das Telefon am Ende der Bar. Gibson ging ran und wandte sich dann an Crombie. »Das war nur das Amt«, sagte er. »Das Telefon funktioniert wieder, falls Sie noch jemanden anrufen wollen.«

»Gut«, sagte Crombie, »dann versuche ich es bei der Werkstatt und frage mal nach, wie es mit meinem Auto aussieht.«

Crombie ging zum Telefon. Ich saß noch eine Weile im Gastraum. Plötzlich hatte ich das unerklärliche Gefühl, dass in diesem kleinen Dorf etwas Seltsames vor sich ging. In diesem Moment beschloss ich, Harry Denston noch einen Tag Zeit zu geben. Ich traf die notwendigen Vorkehrungen mit dem Wirt. Als ich Crombie zurückkehren sah, ging ich eilig auf mein Zimmer. Die starke Seeluft hatte mich sehr müde gemacht.

– 2 –

Der Sturm wütete die ganze Nacht, aber am nächsten Morgen hatte der Wind nachgelassen. Es war immer noch bitterkalt, doch die Sonne kämpfte sich einen Weg durch den grauen Himmel.

Im *Three Bells* herrschte eine düstere Stimmung, denn Anstrov war in der Nacht gestorben. »Eine schreckliche Sache«, sagte Norman Gibson und schüttelte traurig den Kopf. »Das erste Mal, dass dies in meinem Haus einem Ausländer passiert ist.« Madge, die den Tränen nahe war, schien zu befürchten, dass der Tod des Russen ihre pflegerischen Fähigkeiten in Frage stellen würde. Sie war am frühen Morgen in sein Zimmer gegangen und hatte ihn, wie sie selbst sagte,

»schrecklich still und kalt« vorgefunden. Dr. Killick traf in Begleitung von Constable Muir ein, der der einzige Polizeibeamte in Henton war. Gemeinsam erledigten sie die banalen Formalitäten, die mit dem Tod einhergingen.

Da ich nichts Besseres zu tun hatte, überprüfte ich Anstrovs Habseligkeiten gemeinsam mit Constable Muir. Es waren nur wenige Gegenstände, die alle vom Meer mitgenommen und zerknittert waren: eine Brieftasche, eine Armbanduhr, ein Kamm, eine Krawattennadel, ein Notizbuch, ein Feuerzeug und ein Paar Manschettenknöpfe.

Muir, der ohne seinen Helm überraschend normal aussah, saß mir gegenüber an einem Tisch im Gastraum. Schwer atmend und mühsam schreibend, erstellte er in seinem Notizbuch eine Liste aller Dinge, die ich ihm vorlas.

»Ein Paar Manschettenknöpfe«, verkündete ich. Ich sah sie mir genau an. »Silber, nehme ich an.«

»Ein Paar silberne Manschettenknöpfe«, sagte Muir und leckte seinen Bleistift ab.

Ich griff nach dem nächsten Gegenstand. »Ein Kamm, schwarz; eine Brieftasche; ein Feuerzeug.«

Muir schrieb eifrig und schloss dann sein Notizbuch. »Ist das alles?«

Ich nickte.

»Nicht viel, oder?«

»Was passiert mit diesen Dingen?«, fragte ich.

»Ich weiß es nicht, Sir«, sagte Muir. »Der Kapitän kommt später hierher. Ich schlage vor, wir übergeben sie ihm für die nächsten Angehörigen dieses Kerls.«

Arthur Crombie kam die Treppe herunter. Er trug seinen Koffer und seine Tasche, den Regenmantel hatte er über den Arm gehängt. Er war frisch rasiert, blutete aber stark aus einer Schnittwunde am Kinn, die er mit einem nicht allzu sauberen Taschentuch unwirksam abtupfte. Sein Anzug sah aus, als hätte er darin geschlafen und seine Fliege wanderte in Richtung seines linken Ohrs.

Er hob einen nikotingefärbten Finger zur Begrüßung. »Morgen«, sagte er, »gab es irgendwelche Anrufe für mich?«

»Nicht, dass ich wüsste«, antwortete ich.

»Verdammt und zugenäht«, sagte Crombie kurz und bündig. »Diese verflixte Werkstatt hat geschworen, mich anzurufen.« Er blinzelte mit seinen blutunterlaufenen Augen und zündete sich eine Zigarette an. »Diese Werkstätten sind doch alle gleich: Sie versprechen, einen Auftrag zu erledigen, und warten dann eine Woche lang.«

»Sollte das Auto denn fertig sein?«, fragte ich.

»Nun, sie sagten, sie würden es so gut flicken, dass ich damit nach Nottingham kommen kann.«

»Warum rufen Sie nicht in der Werkstatt an?«, schlug ich vor.

»Das werde ich auch«, sagte Crombie. Sein Blick fiel auf die Gegenstände auf dem Tisch. »He, was ist denn das alles? Ist das alles von dem Russen?«

Constable Muir schien einen Ausdruck vorsichtiger Missbilligung zu tragen. »Das ist richtig, Sir«, sagte er.

Crombie schauderte. »Schrecklich, in einem solchen Kaff zu sterben. Ist schon schlimm genug, hier leben zu müssen, denke ich. Haben Sie den Wirt irgendwo gesehen?«

»Er ist zum Bahnhof gegangen, um auf den Zug aus London zu warten«, sagte ich ihm.

»Mrs. Gibson hat ihre verheiratete Schwester in London besucht«, berichtete Muir.

»Was ist mit der Tochter?«

»Die ist beim Einkaufen«, sagte Muir. »Sie sagte, sie wäre in etwa einer Stunde zurück.«

»Oh, verdammt!«, sagte Crombie gereizt. Er schnaufte und wandte sich an den Polizisten. »Nun, da Sie anscheinend der Experte für Ortskundiges sind, Constable, könnten Sie mir vielleicht sagen, was ich tun muss, um meine Rechnung zu bezahlen?« Seine Art schien mir unnötig aggressiv und unfreundlich zu sein. Ich fühlte eine zunehmende Irritation.

Constable Muir hingegen war vermutlich schon vielen Männern wie Crombie begegnet und deshalb ließ er sich nicht aus der Ruhe bringen. Er sagte freundlich: »Gewiss, Sir. Mr. Gibson hat die Rechnung auf die Theke gelegt, falls Sie sie begleichen wollen.«

Crombie blickte Muir an, als witterte er eine Unverschämtheit. Er öffnete den Mund, um etwas zu sagen, überlegte es sich anders und nahm den Umschlag von der Theke. Er schlitzte ihn auf und betrachtete die Rechnung mit einem bösen Blick. »Teufel noch mal!«, rief er, »wer hätte gedacht, dass ich die verflixte Hochzeitssuite hatte.«

Draußen hielt ein Auto, die Türen schlugen zu, und Dr. Killick betrat den Gastraum. Er sah, wie ich fand, müde und deprimiert aus. Er wurde von einem großen, gutaussehenden Mann begleitet, der eine etwas zerknitterte blaue Uniform trug. Trotz dieses Umstands und der Tatsache, dass er sich mit Hilfe eines Gehstocks unbeholfen fortbewegte, umgab ihn eine undefinierbare Aura von Eleganz und zäher seemännischer Erfahrung.

Killick lächelte mich matt an und wandte sich dann an den Polizisten. »Das ist Kapitän Nikiyan, Muir. Er ist gekommen, um Anstrovs Habseligkeiten zu holen.«

»Ich habe sie alle hier, Sir«, nickte Muir. »Mr. Frazer und ich haben eine Liste erstellt, der Kapitän muss nur noch unterschreiben.«

»Danke, ja«, sagte Nikiyan und musterte den Polizisten scharfsinnig.

Muir holte einen Kugelschreiber hervor. »Wenn es Ihnen nichts ausmacht, für die Habseligkeiten hier zu unterschreiben, Sir.«

Nikiyan kritzelte seine Unterschrift unten auf das Blatt Papier. Muir sammelte die Sachen zusammen und reichte sie dem Kapitän. Dabei fiel ein großer Zettel auf den Boden. Ich hob ihn auf und sah ihn mir an.

»Das kann nicht von Anstrov sein«, sagte ich.

»Was ist los, Sir?«, fragte Muir.

»Ein Garagenticket«, sagte ich ihm.

»Garagenticket?«, fragte Nikiyan verwirrt.

»Es ist eine Art Quittung«, erklärte ich. »Man bekommt sie, wenn man sein Auto in einer Garage abstellt.« Ich sah mir den Schein noch einmal an. »Die hier ist von der Marble Arch Garage in London.«

Kapitän Nikiyan schüttelte vehement den Kopf. »Anstrov nicht … nie in London«, sagte er mit Nachdruck.

»Nein, er kann nie dort gewesen sein«, sagte Killick langsam.

»Tja, das Ticket war aber in seinem Zimmer«, sagte Muir, »ich habe alles von oben selbst heruntergebracht.«

»Höchst mysteriös«, murmelte Killick. »Was in aller Welt sollte Anstrov mit einem Londoner Garagenticket anfangen?«

»Ganz offensichtlich«, sagte ich, »gehörte es ihm ja nicht. Entweder gehört es Gibson oder es wurde von jemandem zurückgelassen, der im selben Zimmer wohnte. Wie auch immer, ich werde das Ticket Gibson geben, wenn er wieder da ist.« Ich nahm die Quittung von Muir und steckte sie in meine Brieftasche. Dann wandte ich mich an Nikiyan. »Herr Kapitän, in der Nacht vor Anstrovs Tod war er noch einige Minuten bei Bewusstsein. Ich weiß nicht, ob der Doktor Ihnen das gesagt hat?«

»Habe ich nicht«, sagte Killick. »Aber fahren Sie ruhig fort, Frazer. Erzählen Sie ihm, was passiert ist.«

Nikiyan warf mir einen Blick zu, der von höflicher Erwartung geprägt war.

»Ich war bei Anstrov im Zimmer und er hat ein paar Worte gesprochen«, erklärte ich. »Alles, was ich verstehen konnte, war, dass er nach jemandem namens »Anya« rief. Das ist leider auch alles. Ich dachte nur, dass seine Familie das vielleicht gerne wissen möchte.«

»Anya«, sagte Nikiyan nachdenklich, »vielleicht das seine Freundin – seine Verlobte.«

»Sehr wahrscheinlich«, sagte ich.

Nikiyan nickte heftig mit dem Kopf. »Er wollten heiraten Frau aus Kiew. Vielleicht ihr Name Anya.«

»Wahrscheinlich ist es das«, sagte Killick.

»Anstrov guter Junge. Ist Tragedie so jung sterben – so sehr jung«, antwortete Nikiyan.

»Es tut uns allen sehr leid, Kapitän«, sagte Killick.

Nikiyan legte den Kopf schief. Er seufzte und zuckte mit den Schultern. »Es nicht gibt etwas, was wir können tun«, sagte er traurig. »Zu spät.«

»Dr. Killick hat alles getan, was in seiner Macht stand, Kapitän«, sagte Muir.

»*Da, da*«, unterbrach ihn Nikiyan. »Doktor sehr freundlich. Alle hier sehr hilfreich«, er verbeugte sich mit einer unbeholfenen, ruckartigen Bewegung. »Ich gerne danken Ihnen allen für Freundlichkeit. Alle sehr freundlich zu uns. Jeder von Sie.«

Er schüttelte Killick, Muir, Crombie und mir die Hand. Mir fiel auf, dass sie sehr lange und knochig war. Dann nahm Killick ihn sanft am Ellbogen und sie gingen gemeinsam hinaus.

Crombie krümmte mit einer Grimasse seine Finger, die durch die Kraft von Nikiyans Händedruck vorübergehend betäubt waren.

»Sind schon komische Kerle, diese Ausländer«, sagte er. »Wundert mich nur, dass er nicht auch noch eine Flasche Wodka herausgeholt hat …«

– 3 –

Ich saß an diesem Abend mit ziemlich düsterem Gemüt beim Abendessen. Es schien ziemlich offensichtlich, dass – egal wo ich Harry treffen würde – es nicht in Henton war. Wahrscheinlich, so dachte ich wütend, würde ich in London eine weitere Ansichtskarte von ihm finden, auf der stand, dass er gerade Honolulu verlassen hatte und ich ihn in San Francisco zum Abendessen treffen sollte.

Meine Gedanken kreisten um Helen Baker. Ich hatte sie kurz vor meiner Abreise nach Henton gesehen. Hinter ihrer oberflächlichen Frivolität hatte ich bemerkt, dass sie sehr besorgt war. Leider empfand ich nicht so viel Mitgefühl mit ihr, wie ich es hätte haben sollen. Jede Frau, die sich auf eine Heirat mit Harry Denston einließ, hätte sich auf ihren Geisteszustand hin untersuchen lassen sollen.

Ich spießte mit aller Kraft eine Portion von Mrs. Gibsons wunderbar gegartem Kotelett auf die Gabel. Harry, so sagte ich mir zum hundertsten Mal, war ein hoffnungsloser Fall, und wenn ich ihn das nächste Mal sehen würde, würde ich ihm wahrscheinlich eine verdammt harte Abreibung verpassen. Selbst dieser Gedanke erwies sich als unbefriedigend – ich war mir nämlich nicht ganz sicher, ob Harry, der in seiner

Jugend ein angesehener Boxer im Mittelgewicht war, nicht mir ganz schön eine verpasst hätte.

Ich beschloss, Helen ein Telegramm zu schicken. Mit Sicherheit sorgte sie sich mittlerweile zu Tode. Ich kritzelte den Telegrammtext auf einen alten Umschlag. Als ich aufsah, stand Norman Gibson an meinem Tisch.

»Hat es bei der Abreise Ihres Freundes keine Probleme gegeben, Mr. Frazer?«, fragte Gibson.

»Meines Freundes?«, sagte ich, kurzzeitig verwirrt. »Ach, Sie meinen Crombie. Ich würde ihn nicht gerade als meinen Freund bezeichnen. Ja, er ist kurz vor dem Mittagessen abgereist. Übrigens reise ich morgen auch ab.«

»Tut mir leid, das zu hören«, sagte Gibson. »Wir haben Sie gerade erst kennengelernt.«

»Es tut mir auch leid«, sagte ich, obwohl es nicht ganz der Wahrheit entsprach. »Ich war gerade dabei, ein Telegramm zu schreiben. Kann ich es von hier aus durchgeben?«

»Ich werde Madge bitten, dies zu erledigen«, sagte Gibson. »Dann können Sie in Ruhe Ihren Kaffee austrinken.« Er rief nach Madge, die gerade ihr Make-up im Spiegel hinter der Theke nachbesserte. »Lass die Kriegsbemalung für eine Minute sein und gib dieses Telegramm für Mr. Frazer durch.«

»Die Adresse steht oben, Madge«, sagte ich. »Hoffentlich können Sie sie lesen.«

»*Miss Helen Baker, Shaftesbury Theatre*«, las Madge und brach dann überrascht ab: »O-o-oh! Ist das *die* Helen Baker, Mr. Frazer?«

»Ja, genau die«, sagte ich.

Madge sah mich mit so etwas wie Ehrfurcht an. Ich war in ihrer Wertschätzung eindeutig gestiegen. »Mensch!«, rief sie fast ehrfürchtig. »Erinnerst du dich, Vati? Wir haben sie in diesem Film gesehen, als wir vor etwa einem Monat nach Leeds gefahren sind.«

»Ach ja«, sagte Gibson, der offensichtlich kein Filmfan war und sich überhaupt nicht erinnern konnte.

»Sie war umwerfend«, fuhr Madge verträumt fort. »Immer so glamourös.« Sie sah mich fast vorwurfsvoll an. »Ist sie eine Freundin von Ihnen, Mr. Frazer?«

»Nun, sie ist mit einem Freund von mir verlobt.« Beinahe hätte ich noch hinzugefügt: »Gott steh ihr bei!«, aber ich konnte es gerade noch rechtzeitig unterlassen.

»Gib das Telegramm durch und kümmere dich dann wieder um deinen Kram«, mahnte Gibson streng. Er drehte sich verzweifelt zu mir um.

»Ich habe es nur schnell hingekritzelt, Madge«, sagte ich.

»Sind Sie sicher, dass Sie es lesen können?«

»Sie kann es sehr gut lesen«, sagte Gibson. »Sie kann es schon auswendig, nehme ich an.«

Madge warf ihrem Vater einen vorwurfsvollen Blick zu und las: »*Komme morgen zurück. Keine Spur von Harry. Tim.* – Stimmt das, Mr. Frazer?«

»Hundertprozentig«, lächelte ich.

Als Madge gegangen war, sagte Gibson: »Es tut mir leid, dass Ihr Freund nicht aufgetaucht ist.«

»Da kann man nichts machen«, meinte ich achselzuckend.

»Aber eins ist doch klar«, fuhr Gibson fort, »Sie haben einiges an Aufregung erlebt wegen der Vorgänge hier.«

»Das kann wohl sagen.« Dann erinnerte ich mich an das Garagenticket in meiner Brieftasche. »Ach, übrigens – unter den Sachen von Anstrov war auch ein Garagenticket.«

»Ein Garagenticket?«

»Ja. Aber es kann natürlich nicht ihm gehört haben, denn es stammt aus einer Londoner Garage. Ich nahm an, dass es entweder Ihnen gehört oder von demjenigen zurückgelassen wurde, der das Zimmer vor ihm hatte.«

Ich tastete in der Innentasche meiner Jacke herum.

In diesem Moment entdeckte ich, dass meine Brieftasche verschwunden war.

Kapitel drei

Ich kehrte vor Wut kochend und frustriert nach London zurück. Der Verlust meiner Brieftasche, in der sich einundvierzig Pfund in Scheinen befunden hatten, hatte das Fass zum Überlaufen gebracht. Norman Gibson war glücklicherweise sehr verständnisvoll gewesen und hatte einen Scheck zur Begleichung meiner Hotelrechnung angenommen und einen weiteren für meine Reisekosten eingelöst. In Anbetracht meiner finanziellen Lage ging er dabei ein größeres Risiko ein, als ihm sicherlich bewusst war. Constable Muir war sofort informiert worden, hatte alle Einzelheiten aufgenommen und versicherte mir, dass er die Angelegenheit sofort untersuchen würde. Sie hatte eindeutig Vorrang vor abgelaufenen Hundemarken, umherstreunendem Vieh auf der Landstraße und geringfügigen Parkverstößen. All diese »Fälle« wurden beiseitegeschoben, bis Mr. Frazers Brieftasche wiedergefunden war. Durch diesen Diebstahl wurden alle, die in Henton wohnten, zu mutmaßlichen Kriminellen.

In ernsterer Stimmung reflektierte ich meine eigene, wenig beneidenswerte Lage. Man hatte mich auf der ganzen Linie zum Narren gehalten. Ich war mit dem Geschäft im Konkurs und so gut wie pleite. Um es mit den Worten eines populären Liedes von Richard Rodgers und Lorenz Hart zu sagen: *Ich war verhext, geplagt und völlig durcheinander.*

Als ich auf die Hauptstraße nach Doncaster einbog, dachte ich an meine materiellen Vermögenswerte: Da war zum einen der Ford Consul, der zufrieden unter meiner Hand in Richtung Nottingham schnurrte. Er brachte mindestens siebenhundert Pfund und war das erste, was ich verkaufen wollte. Dann war da meine bequeme Wohnung, die ich wohl gegen ein möbliertes Zimmer in Bayswater tauschen musste. All das bedeutete, dass ich mich mit dem Wenigsten zufriedengeben musste. Meine Alternative bestand nur darin, es Harry Denston gleichzutun, und einen naiven Trottel zu finden, auf dessen Kosten ich leben konnte.

In dieser wenig verheißungsvollen Stimmung erreichte ich Hundertzwanzig Meilen und viele Drinks später London.

Ich verlor keine Zeit, um wieder zahlungsfähig zu werden und verkaufte den Konsul für siebenhundertfünfundzwanzig Pfund. Der Händler hatte mir siebenhundert geboten, aber ich blieb bei siebenhundertfünfzig. Schließlich einigten wir uns nach dreißig Minuten sinnlosen Geplauders darauf, uns in der Mitte zu treffen. Ich nahm dann ein Taxi zu meiner Wohnung.

Mrs. Glover, meine Haushälterin, war gerade mit ihrer Arbeit beschäftigt. Sie war eine mollige und mütterliche Person, die mich mit einer fast bedingungslosen Hingabe umsorgte. Ich vermutete, dass sie es für höchste Zeit hielt, dass ich mir eine Frau suchte und das Junggesellenleben an den Nagel hängte. Manchmal dachte ich mir das auch.

Mir fiel auf, dass das Wohnzimmer blitzsauber war und dass Mrs. Glover einige frische Blumen hereingestellt hatte. Sie unterbrach ihre Arbeit, als sie mit dem Staubtuch über den Kaminsims fuhr, und sagte: »Guten Abend, Mr. Frazer. Willkommen zu Hause.«

»Hallo, Mrs. Glover«, begrüßte ich sie. »Sie sind ein bisschen spät dran, nicht wahr?«

»Ich dachte, ich bringe noch ein paar Blumen mit«, sagte sie. »Sie hellen die Wohnung etwas auf.«

Ich sah mich im Zimmer um. »Da haben Sie recht. Hier sieht's ja wunderbar aus«, räumte ich ein. »Woher wussten Sie, dass ich heute zurückkomme?«

»Ich war heute Vormittag hier, als Miss Baker anrief«, erklärte Mrs. Glover. »Sie sagte, sie hätte ein Telegramm von Ihnen erhalten.«

Ich nickte abwesend und hob einen Stapel Briefe auf, von denen die meisten unverkennbar Rechnungen waren. »Es ist sehr nett von Ihnen, dass Sie sich so viel Mühe machen, Mrs. Glover«, murmelte ich.

Sie war schon immer eine geschwätzige Frau, die gerne

verweilte. »Ich habe Ihnen Tee und Milch gebracht«, fuhr sie fort. »Ich glaube, dann haben Sie jetzt alles, Sir.«

»Da bin ich mir sicher«, sagte ich. »Gibt es irgendwelche Nachrichten?«

»Ja«, sagte sie und runzelte die Stirn, als sie sich daran erinnerte.

»Ein Mr. Ross hat angerufen – zweimal, um genau zu sein. Einmal heute Vormittag und ein zweites Mal vor etwa zehn Minuten.«

»Ross?«, fragte ich. »Ich glaube nicht, dass ich jemanden kenne, der Ross heißt. Sind Sie sicher, dass Sie den Namen richtig verstanden haben?«

Mrs. Glover verschränkte bedächtig die Arme. »Mr. Frazer«, sagte sie streng, »haben Sie jemals erlebt, dass ich einen Namen falsch verstanden habe?«

»Niemals«, antwortete ich schnell. »Hat er gesagt, was er will?«

»Nein, er hat nur gesagt, dass er später wieder anruft.«

In diesem Moment klingelte es an der Tür. »Das wird Miss Baker sein«, erklärte Mrs. Glover eifrig. »Sie sagte, sie würde wahrscheinlich auf dem Weg zum Theater vorbeischauen.«

Helen Baker betrat den Raum und Mrs. Glover zog sich diskret zurück. Helen sah müde und besorgt aus. Sie war blass und hatte dunkle Ringe unter ihren ausdrucksstarken Augen. Selbst ihr kastanienbraunes Haar hatte nicht mehr den gewohnten Glanz. Mit seltsam monotoner und ausdrucksloser Stimme sagte sie: »Na, Tim, wie geht es dir?«

»Mir geht es gut«, antwortete ich. »Möchtest du etwas trinken?«

Sie zog ihren Mantel aus und warf ihn achtlos auf einen Stuhl. Dann streckte sie die Hände zum Kaminfeuer hin. »Vor der Aufführung besser nicht«, beschloss sie.

Ich bewegte mich auf den Getränketisch zu. »Was dagegen, wenn ich mir was nehme?«

Ich mixte mir einen Whisky mit Soda. Helen sah mich einen Moment lang an, ohne zu sprechen. Dann sagte sie niedergeschlagen: »Er ist also nicht aufgetaucht.«

»Nein«, sagte ich.

Sie seufzte. »Es tut mir so leid, Tim.«

Ich trank etwas Whisky. »Es gibt nichts, was dir leidtun müsste«, antwortete ich ihr.

Sie gestikulierte ungeduldig. »Aber ich fühle mich für die ganze Sache verantwortlich, jeder Penny, den du hattest, steckte in dieser elenden Firma.«

Ich zuckte mit den Schultern. »Das ist eine leichte Übertreibung. Wie auch immer, nur weil du mit einem Mann verlobt bist, bist du nicht für alle seine Handlungen verantwortlich.«

Sie schüttelte entschlossen den Kopf. »Darling, ich meine es ernst. Wie hoch ist der Verlust? Zehntausend? Zwölftausend?«

»Nichts dergleichen.« Ich stellte mein Getränk auf dem Tisch ab und rückte etwas näher an sie heran. »Helen, es hat keinen Sinn, das alles noch einmal durchzukauen. Weißt du, ich kann wirklich niemandem die Schuld geben, außer mir selbst. Als Harry anfing, auf diese Reisen zu gehen und das Geschäft zu vernachlässigen, hätte ich ein offenes Wort mit ihm reden sollen.«

»Aber du hast doch ganz offen mit ihm geredet«, sagte sie vehement. »Um Gottes Willen, komm mir nicht mit dem verletzten Märtyrer. Du hattest eine Aussprache mit ihm und alles, was er dabei gesagt hat, war eine Menge nichtssagendes Geschwätz.« Ihre Stimme nahm einen bitteren Ton an. »Niemand kennt Harrys aalglatte Masche besser als ich. Denk nur an den Brief, den er dir geschrieben hat.«

»Welchen meinst du, Helen?«

»Du weißt doch verdammt gut, welchen«, sagte sie hitzig. »Der, in dem »*Unsere Probleme sind gelöst – triff mich in Henton*« stand. Wenn du mich fragst, fangen die Probleme gerade erst an. Ich wusste genau, dass er nicht auftauchen würde, und selbst wenn er es getan hätte, hätte er sich irgendeinen verrückten Plan ausgedacht, um dich das Geld vergessen zu lassen, das du bereits verloren hast.« Sie wandte sich wieder dem Feuer zu und klopfte ungeduldig mit einem Fuß auf den Teppich.

»Du scheinst zu vergessen«, sagte ich milde, »dass es der Firma sehr gut ging, bis …«

Sie drehte sich um und sah mich wieder an. »… bis Harry die ganze Sache vermasselt hat, wie er es immer tut. Ihr beide nervt mich, mit eurem »Wir sind alte Kumpels«-Gehabe und eurer »Wir müssen zusammenhalten«-Nummer. Harry hat dich reingelegt, und das weißt du verdammt gut.«

»Arme Helen«, sagte ich unbeholfen.

Sie lachte leise und freudlos. »Von wegen arme Helen! Armer Tim!«

»Weißt du«, sagte ich mit derselben sanften Stimme, »du regst dich viel mehr darüber auf als ich.«

Helen zeigte eine Reaktion. »Ich nehme an, das tue ich. – Aber du bist ja auch nicht diejenige Person, die herausgefunden hat, dass ihr Verlobter ein Betrüger ist.«

»Du bist immer noch mit ihm verlobt?«

»Ja, Gott steh mir bei, das bin ich immer noch. Helen Baker macht sich lächerlich wegen eines mittellosen, nichtsnutzigen Faulenzers wie Harry Denston.« Sie lachte bitter auf. »Mein Presseagent würde in Ohnmacht fallen, wenn er das wüsste.«

Ich sah sie einen Moment lang an. Dann goss ich, ohne zu sprechen, einen großen Schluck Whisky in ein Glas und fügte ein wenig Soda hinzu. »Ich glaube, du solltest doch lieber das hier trinken«, sagte ich.

Helen schien sich ein wenig zu entspannen und nahm das Glas. Sie sagte lustlos: »Ich glaube, du hast recht.«

»Ich nehme an, du hast nichts von ihm gehört?«, fragte ich dann.

»Kein Wort – ich habe nicht einmal eine Postkarte bekommen. Aber er wird auftauchen. Ich kenne Harry. Ich habe das alles schon mal erlebt. An einem dieser Tage«, fügte sie düster hinzu, »wird er sich melden. Hast du eine Zigarette?«

Ich zeigte auf die Schachtel auf dem Tisch. »Bediene dich nur.«

Sie zündete sich eine Zigarette an und rauchte einen Moment lang schweigend. Dann sagte sie: »Tim, was wirst du jetzt tun? Hast du daran gedacht, es nochmals alleine zu versuchen?«

Ich zuckte eher hilflos mit den Schultern. »Ich weiß es nicht. Ich bin mir noch nicht sicher.«

»Nun, wenn du das vorhast, dann würde ich …« Sie zögerte und fuhr dann fort: »… würde ich dir einen Teil als Starthilfe geben. Immerhin habe ich in letzter Zeit ziemlich gut verdient, und ich weiß, dass es eine gute Investition wäre.«

Ich hob ablehnend die Hand. »Nein, Helen. Das kommt nicht in Frage.«

»Warum nicht? Was meinst du?«

»Du weißt ganz genau, was ich meine. Ich lasse nicht zu, dass du Harrys Schulden bezahlst – unter keinem Vorwand.« Ich legte ihr kurz die Hand auf die Schulter. »Glaube nicht, dass ich das Angebot nicht zu schätzen weiß, aber ich denke nicht daran, mich nochmals selbständig zu machen. Ich habe meine Lektion gelernt …«

»Auf die ganz harte Tour«, warf Helen traurig ein.

»Nun, das macht nichts. Es ist noch nicht aller Tage Abend. Vielleicht gehe ich sogar ins Ausland.«

»Du solltest keine großen Schwierigkeiten haben, einen Job zu finden«, sagte sie.

Ich war erleichtert, als das Telefon das Gespräch unterbrach. Die Stimme am anderen Ende war klar und kultiviert. »Mr. Frazer?«

»Ja«, sagte ich.

»Guten Abend«, fuhr die Stimme fort. »Mein Name ist Ross. Es tut mir leid, wenn ich Sie störe.«

»Das tun Sie keineswegs. Was kann ich für Sie tun?«

Die angenehme Stimme sagte: »Ich hoffe, Sie werden mich nicht für unverschämt halten, Mr. Frazer, aber ich habe gehört, dass Ihre Firma in Konkurs ist, und ich habe mich gefragt, ob Sie schon spezielle Pläne für die Zukunft haben.«

Ich spitzte meine Ohren. »Nun, nein«, gestand ich. »Ich hatte eine vage Idee, ins Ausland zu gehen.«

»Ich verstehe. Nun, falls Sie Ihre Meinung ändern sollten, könnten Sie sich mit mir in Verbindung setzen. Ich könnte jemanden mit Ihren Qualifikationen gebrauchen.«

Etwas verblüfft antwortete ich: »Ich danke Ihnen vielmals. Vielleicht sagen Sie mir den Namen Ihrer Firma und geben mir Ihre Telefonnummer?«

Es gab eine kurze Pause. Dann sagte die Stimme: »Ich denke, es wäre besser, wenn Sie mich hier aufsuchen würden. Ich würde mich freuen, Sie kennenzulernen. Wäre Ihnen morgen Nachmittag recht?«

»Gewiss. Sagen wir um drei Uhr?«

»Das würde mir sehr gut passen.«

»Die Adresse lautet 29 Smith Square.«

»Ich werde da sein«, versprach ich. »Danke, Mr. Ross.«

»Ich habe zu danken, Mr. Frazer. Also: morgen Nachmittag um drei Uhr …«

Helen sah mich erwartungsvoll an, als ich den Hörer auflegte.

»Gute Nachrichten?«, fragte sie.

»So etwas gibt es doch gar nicht«, sagte ich ihr.

– 2 –

Pünktlich um drei Uhr am nächsten Nachmittag fand ich mich in einem großen Zimmer wieder, das geschmackvoll mit antiker Eiche eingerichtet war. Ein fröhliches Feuer brannte im Kamin und der einzige Hinweis auf Strenge war ein großer Stahlschrank in einer Ecke. Nicht weniger als vier Telefone befanden sich auf dem verzierten Schreibtisch, der der Würde des Raumes entsprach. Hinter dem Schreibtisch gab es eine Reihe von Rollenkarten, die einfach heruntergezogen werden konnten.

Charles Ross erhob sich vom Schreibtisch und streckte mir seine Hand entgegen. Während wir uns die Hand schüttelten, musterte ich ihn vorsichtig. Auf den ersten Blick wirkte er sehr gewöhnlich, um nicht zu sagen unscheinbar. Er hätte alles von Beruf sein können: Bankmanager, Steuerprüfer, Anwalt oder Börsenmakler. Er trug einen nüchternen, gut geschnittenen Anzug und war nicht zu unterscheiden von tausend anderen Männern Anfang fünfzig, die täglich nach London pendelten.

»Wie schön, dass Sie gekommen sind, Mr. Frazer«, sagte

er herzlich. »Setzen Sie sich doch und nehmen Sie sich eine Zigarette.«

Ich bedankte mich und nahm in einem bequemen Ledersessel Platz. Ross schob mir eine Schachtel mit Zigaretten zu, dann nahm er sich selbst eine. Als er sie anzündete, betrachtete er mich nachdenklich durch den Rauch hindurch. Sein direkter Blick beunruhigte mich ein wenig.

»Das mit Ihrer Firma tut mir leid«, sagte er in die Länge gezogen. »Sie müssen sehr viel Pech gehabt haben.«

»Wir hatten sicherlich unseren Anteil daran«, antwortete ich unverbindlich.

Ross stieß den Rauch in Richtung der Decke aus und lehnte sich in seinem Stuhl zurück. »Ich habe Ihnen einen Vorschlag zu machen, Mr. Frazer«, verkündete er. »Er ist eher ungewöhnlich, aber ich denke, Sie werden ihn interessant finden.« Er wartete darauf, dass ich etwas sagte.

»Ich würde ihn gerne hören«, sagte ich.

»Vielleicht sollte ich mich etwas ausführlicher erklären«, fuhr Ross fort. »Ich leite eine Behörde …«

Ich unterbrach ihn. »Eine Regierungsbehörde?«

»Ja.«

Das war es also. Die Beamten wollten etwas Know-how zu einem günstigen Preis. »Ich fürchte, dass ich nicht wirklich daran interessiert bin, für die Regierung zu arbeiten«, sagte ich und versuchte, dabei höflich zu klingen.

Außer einem leichten Hochziehen der Augenbrauen zeigte Ross' Gesicht keine Reaktion. »Wirklich?«, murmelte er. »Darf ich wissen, warum?«

»Die Bezahlung ist nicht gut«, sagte ich unverblümt. Es hatte keinen Sinn, Zeit zu verschwenden.

Ross untersuchte seine Fingernägel und musterte mich mit seinem leicht beunruhigenden Blick. »Im Allgemeinen stimme ich Ihnen zu«, räumte er ein. »Die Bezüge im öffentlichen Dienst sind im Großen und Ganzen nicht gerade fürstlich. Aber es gibt Ausnahmen von dieser Regel. Meine Abteilung ist eine davon.«

Ich beugte mich vor. »Was genau macht Ihre Abteilung?«

Ross antwortete nicht sofort. Er zog an seiner Zigarette

und stieß dann einen langen Rauchschwall aus.

Leicht irritiert beharrte ich: »Also, Mr. Ross – was macht sie? Sagen Sie mir nicht, dass Sie vom Secret Service sind!«

»Das ist eine ziemlich melodramatische Beschreibung«, sagte Ross, »aber ich denke, sie ist so gut wie jede andere. Während des letzten Krieges haben wir versucht, den Feinden Großbritanniens immer einen Schritt voraus zu sein. Der deutsche Geheimdienst war zeitweise gut, aber wir glauben, dass der unsere besser war. Leider scheint Großbritannien immer noch Feinde zu haben: Wir versuchen, auch ihnen einen Schritt voraus zu sein. Vielleicht könnte man unser Geschäft am besten als das Geschäft von niemandem bezeichnen.« Ross' Lächeln war jetzt freundlicher, und er betrachtete mich fast wohlwollend.

»Sind Sie vom MI5?«, fragte ich. Meine Neugierde war geweckt.

»Nicht ganz.«

»Was dann?«

»Ich habe es Ihnen doch schon gesagt. Wir sind eine Regierungsbehörde. Diese Beschreibung mag nicht sehr aufschlussreich erscheinen, aber wir haben Zugang zu – ähm – bestimmten Mitteln, von denen der Steuerzahler nichts weiß. Wir haben auch sehr weitreichende – tja – Befugnisse. Habe ich mich zu Ihrer Zufriedenheit erklärt?«

»Nein«, sagte ich ziemlich unhöflich. »Woher weiß ich, dass das alles wahr ist?«

Ross seufzte leise. »Auf diesem Schreibtisch sehen Sie vier Telefone. Vielleicht möchten Sie das zweite von rechts abnehmen und nach dem Leiter der Sonderabteilung fragen. Es ist eine Direktverbindung.«

Ich fühlte mich ein wenig dumm und nahm den Hörer ab.

»Nur zu«, ermutigte Ross, »fragen Sie nach Colonel Rolleston-Mann.«

Ich warf Ross einen Blick zu, aber sein Gesichtsausdruck zeigte nur aufrichtiges Wohlwollen. Ich sagte in den Hörer: »Colonel Rolleston-Mann, bitte.« Eine männliche Stimme sagte: »Einen Moment bitte, Mr. Ross.«

Kurz darauf meldete sich eine andere Stimme in der Leitung: »Hallo, Charles. Was gibt's?«

Ross nahm mir den Hörer aus der Hand. »Wie geht es deinem frischgeborenen Enkel, Bill?«, fragte er und hielt das Gerät so, dass ich die Antwort hören konnte.

»Rufst du nur deshalb an?«, erkundigte sich die Stimme am anderen Ende.

»Ja, das ist alles für den Moment, Bill«, sagte Ross.

»Na, dann lass mich in Ruhe«, war die entmutigende Antwort. »Ich habe zu arbeiten, auch wenn du anscheinend nichts zu tun hast.« Colonel Rolleston-Mann warf den Hörer unwirsch auf die Gabel.

Ross legte seine Fingerspitzen aneinander und sah mich fragend an. »Sind Sie jetzt zufrieden, Mr. Frazer?«

»Ja«, sagte ich schwach. »Was genau wollten Sie mit mir besprechen?«

Ross lehnte sich in seinem Stuhl zurück. »Mr. Frazer, Sie waren bis vor kurzem der Partner eines Mannes namens Harry Denston. Abgesehen von Ihrer geschäftlichen Übereinkunft habe ich gehört, dass Denston sich von Zeit zu Zeit Geld von Ihnen geliehen hat.«

»Ja, das hat er tatsächlich«, sagte ich. »Woher wissen Sie das?«

Er schlug die Akte auf seinem Schreibtisch auf und fuhr fort: »Wenn ich richtig informiert bin, haben Sie bei diesem Geschäft fünftausend Pfund verloren. Abgesehen davon schuldet Denston Ihnen – persönlich, nicht der Firma – dreihundert Pfund.« Er schloss die Akte und betrachtete mich mit vollkommener Gelassenheit.

»Richtig«, sagte ich, »und wo Sie schon dabei sind, können Sie auch noch einundvierzig Pfund hinzufügen.«

Jetzt war es Ross, der überrascht aussah. »Zusätzliche einundvierzig Pfund?«

»Ja«, sagte ich. »Vor einigen Tagen erhielt ich einen Brief von Harry Denston, in dem er mich aufforderte, ihn an einem Ort namens Henton zu treffen, das liegt oben an der Nordostküste. In dem Brief stand, dass unsere geschäftlichen Sorgen vorbei seien und dass ich mein ganzes Geld zurückbekommen würde.« Ich zuckte mit den Schultern. »Er ist nicht aufgetaucht, und zu allem Überfluss wurde mir auch noch die Brieftasche gestohlen. Sie enthielt einundvierzig Pfund. Ich bezweifle, dass Harry sie selbst gestohlen hat, aber ich dachte, ich könnte das Geld genauso gut auf seine Rechnung setzen.«

Ross lächelte wieder. »Warum nicht? Ich verstehe, was Sie meinen.«

»Das freut mich zu hören«, sagte ich mit kaum verhohlener Ironie. »Es war übrigens eine sehr schöne Brieftasche.«

»Ganz recht«, sagte Ross beiläufig, »ich habe sie schon bewundert.«

Zu meinem großen Erstaunen holte Ross meine Brieftasche aus seiner Innentasche und schob sie mir zu. »Ich denke, Sie werden feststellen, dass nichts fehlt«, murmelte er.

Ich hob die Brieftasche auf und überprüfte den Inhalt. Es war alles da. Aber es gab immer noch eine Menge Dinge, die ich wissen musste, auch wenn Ross eine direkte Telefonverbindung zum Chef der Sonderabteilung hatte. »Ich bin immer noch ein bisschen verwirrt«, sagte ich. »Was genau ist das für ein Job, den Sie mir anbieten?«

Eine neue, vertraut klingende Stimme meldete sich von der Tür her. »Wir möchten, dass Sie Harry Denston für uns finden.«

Ich drehte mich um. Direkt in der Tür stand ein Mann, den ich nur mit Mühe als Arthur Crombie identifizieren konnte.

Zuerst dachte ich, dass ich mich irrte, denn dies war ein ganz anderer Crombie. Der heruntergekommene, witzige und schäbig gekleidete Textilvertreter, den ich in Erinnerung hatte, war verschwunden. Dieser neue Crombie hatte tadellos gepflegte Hände anstelle der nikotinverschmierten Finger und etwas schmutzigen Nägel, die ich im *Three Bells* gesehen hatte. Der struppige Schnurrbart war mit militärischer Präzision gestutzt worden. Die extrem kultivierte und raue Stimme war jetzt klar und prägnant. Es war die Stimme eines Mannes, der es gewohnt war, zu befehlen. (Crombie hatte, wie ich später erfuhr, bei den frühen Kämpfen in der westlichen Wüste einen Orden für außergewöhnliche Verdienste erhalten und verbrachte den Rest des Krieges in einer der weniger orthodoxen Abteilungen des militärischen Geheimdienstes).

Ich schaute von Crombie zu Ross und war fassungslos.

»Ich glaube, Crombie kennen Sie schon«, sagte Ross. »Er ist ein Kollege von mir.«

Ich zögerte. »Ein Kollege von Ihnen?«

»Ja. Wir arbeiten in dieser Abteilung zusammen.«

Ich starrte Crombie an, der mich angrinste. »Ich weiß, ich habe gesagt, dass ich in der Textilbranche bin, mein Guter«, sagte er, und wieder hörte ich die nasale, schnarchende Stimme von Arthur Crombie aus Leeds. Dann lächelte Crombie wohlwollend. »Ich nehme an, Sie haben gedacht, ich sei ziemlich grässlich. Übrigens tut es mir leid, dass ich Ihre Brieftasche an mich nehmen musste. Ich hoffe, es hat Ihnen keine Unannehmlichkeiten bereitet.«

Trotz allem zwang ich mich zu einem schiefen Lächeln: »Aber ganz und gar nicht«, sagte ich. Ich wandte mich an Ross. »Sind alle Ihre Mitarbeiter erfahrene Taschendiebe?«

»Einige sind besser darin als andere«, sagte Ross leichthin. »Aber Crombie ist auf dem besten Weg, unser Star in dieser Richtung zu werden.« Er fuhr ernster fort: »Ich nehme an, dass Sie denken, dass wir unnötige Geheimniskrämerei betreiben, Mr. Frazer.«

»Ich muss gestehen, dass ich ein wenig verwirrt bin«, sagte ich. »Warum genau haben Sie mich heute Nachmittag hierher bestellt?«

»Wir haben Ihnen doch schon gesagt, warum«, sagte Ross leise. »Wir wollen, dass Sie Harry Denston für uns finden.«

»Aber Harry ist nicht verschwunden!«, rief ich.

Ross hob die Augenbrauen. »Wirklich nicht?«, fragte er. »Alles scheint darauf hinzudeuten.« Er sah mich mit einem leicht frostigen Lächeln an.

»Aber«, sagte ich lahm, »was ich meine, ist, dass er einfach irgendwo untergetaucht ist. Sie kennen Harry natürlich nicht so gut wie ich. So etwas passierte ständig, als wir noch zusammen im Geschäft waren. Ich wusste nie, wo er von einem Tag auf den anderen war. Früher oder später wird er wieder auftauchen.«

»Wir wollen ihn aber nicht früher oder später«, erwiderte

Ross nüchtern. »Wir wollen ihn jetzt.«

»Haben Sie denn versucht, ihn zu finden?«, fragte ich.

»Nein.«

»Aber warum nicht?«

Nach einem kurzen Zögern sagte Ross: »Weil wir keine Neugierde in – nun, ähm – bestimmten Kreisen erwecken wollen.«

»Aber sicher«, meinte er, »werden meine Nachforschungen irgendwo ein gewisses Maß an Neugierde wecken.«

Ross schüttelte den Kopf. »Ich wüsste nicht, warum sie das sollten. Schließlich haben Sie einen völlig legitimen Grund, ihn zu finden: Er war der direkte Grund für die Pleite Ihres Unternehmens und er schuldet Ihnen Geld.«

»Das macht Sie aus unserer Sicht zum idealen Mann«, warf Crombie ein. »Außerdem kennen Sie Harry Denston. Sie wissen, wo er sich gerne aufhält, kennen seine Gewohnheiten und seine Freunde und wissen alles über ihn.«

»Ich beginne mich zu fragen, wie viel ich eigentlich über Harry weiß«, sagte ich nachdenklich.

Ross lehnte sich über den Schreibtisch nach vorne. »Wollen Sie die Aufgabe übernehmen oder nicht?« Sein Tonfall klang leicht herausfordernd.

»Gehen Sie da denn nicht ein Risiko ein?«, fragte ich. »Immerhin wissen Sie praktisch nichts über mich.«

Ross setzte ein kaltes Lächeln auf. »Ach nein, Mr. Frazer?«

Er öffnete eine Schublade seines Schreibtisches und nahm eine Mappe heraus. »Im Gegenteil, wir wissen eine ganze Menge über Sie. Sonst wären Sie ja nicht hier.« Er legte die Mappe vor mir auf die Ecke des Schreibtischs. »Hier ist Ihr Dossier«, sagte er leise. »Lesen Sie es.«

Ich las es. Mein Dossier stimmte bis ins kleinste Detail. Nachdem ich fertiggelesen hatte, legte ich die Akte auf den Schreibtisch und sagte mit einem, wie ich hoffte, leichten Sarkasmus. »Das ist mein Leben. Tim Frazer.«

»Wir versuchen, gründlich zu sein«, sagte Ross leichthin. Dann beugte er sich vor und seine Stimme wurde leiser: »Wenn Sie sich entscheiden, diesen Auftrag anzunehmen, zahlen wir Ihnen das Doppelte Ihres bisherigen Gehalts und die Spesen. Nun?«

Ich schaute von Ross zu Crombie und war fassungslos. Ich konnte sehen, dass Crombie lächelte.

»Ich brauche Ihre Entscheidung *jetzt*, Mr. Frazer«, sagte Ross, »egal, wie sie ausfällt.«

Meine Entscheidung war schnell getroffen. »In Ordnung.« sagte ich. »Ich werde Harry Denston für Sie finden.«

»Gut«, sagte Ross.

Mit einem leichten Gefühl der Irritation kam ich zu dem Schluss, dass aus diesem geheimnisvollen Paar nicht viel herauszuholen war. Sie wussten verdammt gut, dass ich »ja« sagen würde, weil sie genau wussten, wie pleite ich war.

Dann kam mir plötzlich ein Gedanke. »Aber sagen Sie mir eines«, beharrte ich.

»Was?«, fragte Ross.

»Warum sind Sie so an Harry interessiert? Warum sind Sie so erpicht darauf, ihn zu finden?«

Ich sah, wie Ross und Crombie einen kurzen Blick austauschten. Dann sagte Ross: »Denston hatte in Henton mit jemandem eine Verabredung.«

»Natürlich hatte er das«, sagte ich trocken. »Mit mir.«

»Nicht in erster Linie mit Ihnen, Mr. Frazer«, korrigierte Ross sanft. »Sie wurden nach Henton bestellt, um Denstons Treffen mit einer anderen Person zu verschleiern.«

»Wer war diese andere Person?«, fragte ich.

»Ein Mann namens Anstrov«, sagte Ross.

»Sie meinen den russischen Seemann, der gestorben ist?«

Ross nickte. »Ganz genau. Wir glauben, dass Anstrov in Henton an Land gehen sollte, aber der Schiffbruch hat den Plan durcheinandergebracht und das Treffen kam nicht zustande.«

»Aber ich verstehe nicht«, sagte er. »Warum sollte Harry mit Anstrov in Kontakt treten wollen? Das ergibt für mich nicht den geringsten Sinn.«

»Darauf können wir Ihnen im Moment keine Antwort geben«, sagte Ross. »Aber finden Sie Denston für uns, dann können wir es Ihnen sagen.«

»Wir haben einen Anhaltspunkt, Frazer«, sagte Crombie. »Wir glauben, er ist wichtig. Er befindet sich in Ihrer Brieftasche.«

Ich nahm die Brieftasche heraus und sah sie durch. Dann zog ich das Garagenticket heraus. »Meinen Sie das hier?«, fragte ich.

»Genau«, antwortete Ross.

Ich drehte mich zu Crombie um. »Deshalb haben Sie also meine Brieftasche an sich genommen.«

Crombie nickte. »Ich habe bei der Garage nachgefragt und herausgefunden, dass das Ticket für Denstons Wagen ist.«

Ich erinnerte mich noch gut an Harrys Wagen, einen Hillman Minx Coupé. Harry wollte ihn gegen einen Jaguar eintauschen und bei der Einkommenssteuer als Ausgaben geltend machen, aber ich konnte ihn davon abbringen.

»Ist es ein Hillman Minx, GPD 297?«, fragte ich.

»Richtig«, sagte Crombie. »Er wurde vor gut einer Woche in der Garage abgestellt. Der Schlüssel ist auch dort. Ursprünglich sollte er nur für eine Nacht dort sein, dann rief jedoch der Besitzer die Garage an und sagte, dass er erst in einer Woche oder so wieder abgeholt würde. In der Garage kennt man Denston nicht. Für sie zählt nur das Ticket. Sie haben die eine Hälfte, die andere haftet hinter der Windschutzscheibe.«

Ich schaute auf das Ticket. »Ich verstehe«, sagte ich langsam.

»Unsere Theorie ist, dass Anstrov das Ticket hatte, nur für den Fall, dass etwas schief geht und Denston nicht in Henton auftaucht.«

»Mit anderen Worten«, erklärte Ross, »wir glauben, dass Anstrov eine Vereinbarung mit Denston hatte, wonach Anstrov nach London kommen und das Auto abholen sollte, wenn Denston nicht auftauchte.«

»Und das Auto würde ihn zu Harry führen?«, wagte ich zu kombinieren.

»Genau«, sagte Crombie.

»Aber wir können uns natürlich irren«, fügte Ross hinzu.

Dieses Eingeständnis überraschte mich ein wenig: Bisher hatten sie mit allem recht gehabt.

»Das scheint zu erklären, warum Anstrov das Ticket hatte«, bemerkte ich. Ich sah es mir nochmals an. »Marble-Arch-Garage. – Das ist doch die große Garage in der Nähe des Hotels *Cumberland*, oder?«

»Genau die«, sagte Crombie.

»Nun, ich habe das Ticket«, meinte ich, »also hole ich den Wagen ab.«

Crombie führte mich durch einen langen Korridor in einen kleinen Raum, in dem ein älterer Mann mit Brille hinter einem Schreibtisch umgeben von Aktenschränken saß.

»Guten Abend, Henry«, sagte Crombie. »Das ist Mr. Frazer. Legen Sie eine Karte für ihn an und geben Sie ihm hundert Pfund, damit er weitermachen kann. Er ist ab heute bei uns.«

Der Mann namens Henry nickte und ging zu einem Tresor. Daraus holte er zwanzig Fünf-Pfund-Noten hervor. Dann ging er zu einem Karteikasten und holte eine leere Karte heraus. Darauf schrieb er meinen Namen, meine Adresse, meine Telefonnummer und mein Alter. »In den nächsten Tagen bräuchte ich dann noch ein Foto von Ihnen«, sagte er.

Als ich das Haus am Smith Square verließ, war ich so glücklich wie schon lange nicht mehr. Es wurde mir klar, dass Charles Ross eine sehr gut organisierte Abteilung leitete.

– 3 –

Ich stieß die Schwingtür der Garage auf und ging zum Empfangstresen. Der Mann dahinter sah sich das Ticket an, stempelte es ab und nahm einen Zündschlüssel von einer Leiste hinter sich.

Er zeigte auf eine Tür gleich hinter dem Ausstellungsraum. »Dort steht der Wagen, Sir«, sagte er.

Zehn Minuten später fuhr ich in Harrys Auto in Richtung Oxford Street …

Ich bog in eine Seitenstraße der Edgware Road ein und parkte. Ich hielt es für eine gute Idee, das Auto gründlich zu durchsuchen, in der Hoffnung, noch etwas zu finden, das mich weiterführen würde.

In der Kartentasche fand ich nichts außer einem Handbuch des Automobilklubs und einer alten Abendzeitung. Ich öffnete das Handschuhfach und holte ein Staubtuch, eine alte Rennkarte für Pferderennen, ein Paar lederne Fahrhandschuhe, eine dunkle Brille und ein Brillenetui heraus. In dem Etui fand ich eine herkömmliche Hornbrille und auf der Innenseite des Deckels ein kleines Etikett mit einem Namen und einer Adresse:

Mrs. Ruth Edwards,
Talltree-Cottage,
Cobham.

Ich betrachtete das Etikett einige Sekunden lang stirnrunzelnd. Vielleicht gehörte es auch einfach einer von Harrys Freundinnen. Das alte Sprichwort »Der Männer Willen sind keine Mädchen mit Brillen« galt für Harry nicht. Er machte sich an alles heran, was unter fünfzig war.

Mir kam der Gedanke, dass Helen Baker wissen könnte, wer Ruth Edwards war. Ich wusste, dass frisch verlobte Männer ihren Verlobten manchmal eine Liste ihrer früheren Freundinnen vorlegen – vermutlich in der Absicht, mit einer reinen Weste zu beginnen. Ich hielt es für unwahrscheinlich, dass Harry eine solche Vorsichtsmaßnahme für notwendig oder wünschenswert gehalten hatte, aber es war möglich – bei Harry war alles möglich!

Ich überquerte die Straße zu einer Telefonzelle. Ich warf einen Blick auf meine Uhr und rechnete damit, dass Helen in ihrer Wohnung war. Sie nahm sofort ab.

»Helen«, sagte ich, »entschuldige die Störung, aber kennst du zufällig eine Frau namens Ruth Edwards?«

Sie klang leicht überrascht. »Ruth Edwards? Da klingelt bei mir nichts, Darling. Sollte ich sie denn kennen?«

»Ich habe mich gefragt, ob sie vielleicht eine Freundin von Harry war.«

»Nun, wenn sie es war, dann hat er sie mir verschwiegen.«

»Du hast also noch nie von ihr gehört?«

»Niemals. Aber was …?«

»Danke, Helen«, sagte ich schnell. »Ich muss leider weiter.«

»Aber Tim, warte! Ich würde gerne wissen, ob diese Frau mit …«

»Ich erkläre es dir später«, sagte ich. »Bis dann.«

Ich legte auf und ging zurück zum Auto.

Ich fuhr aus Esher heraus und nahm die A3 nach Cobham. Langsam begann ich zu begreifen, wie es sein musste, ein Detektiv zu sein: die endlosen Routineuntersuchungen; die unaufhörliche Abfolge von falschen Spuren; das geduldige Verfolgen jedes noch so vagen Hinweises.

Zehn Minuten später war ich in Cobham. Ich hielt an einem kleinen Gemischtwarenladen und erkundigte mich nach dem Weg zum Talltree-Cottage.

»Sie können es nicht übersehen«, sagte die Frau im Laden. »Es hat ein hellblaues Tor und gleich hinter der Garage steht ein hoher Baum.«

Es war ganz einfach zu finden. Im Garten spielte ein kleines Mädchen, das etwa zehn Jahre alt war, mit einem Ball. Sie hatte ein ziemlich ernstes Gesicht und große, wehmütige Augen. Unter ihrer Wollmütze kam ein langer Zopf zum Vorschein, der mit einem roten Band befestigt war. Ich sagte: »Hallo.«

Das Mädchen hörte auf, mit dem Ball zu spielen, und sah zu mir auf, wobei sich ihre Gesichtszüge in ein plötzliches und seltsam gewinnendes Lächeln verwandelten.

»Hallo«, sagte sie.

»Wohnt Mrs. Edwards hier?«, fragte ich.

Sie nickte.

Wir gingen gemeinsam zur Haustür, und als ich auf die Klingel drückte, drehte ich mich zu dem Kind um, das mich aufmerksam musterte. Ihre Augen, bemerkte ich, waren von einem sehr dunklen Braun.

»Und wie heißt du?«, fragte ich sie.

Mit einem seltsamen Anflug von Würde antwortete sie: »Mein Name ist Anya …«

Kapitel vier

Ich blickte in die großen braunen Augen, die mich so neugierig musterten.

»Hast du Anna gesagt?«, fragte ich.

»Nein, habe ich nicht«, antwortete das Kind mit äußerster Klarheit, »ich habe *An-ya* gesagt.«

Unglaublich, dachte ich, das kann kein Zufall sein, denn soweit ich wusste, war Anya in Russland und in osteuropäischen Ländern ein sehr gebräuchlicher Name, aber im Herzen des ländlichen Surrey klang er äußerst seltsam.

Bevor ich noch mehr sagen konnte, wurde die Tür von einer Frau um die fünfundfünfzig geöffnet. Ihr dunkles Haar war geschmackvoll frisiert und kaum ergraut. Sie war immer noch hübsch, aber ihr Mund und ihre Augen wirkten hart. Sie schaute mich mit der distanzierten Art an, mit der Hausfrauen Vertretern begegneten, und sagte: »Ja?«

»Sind Sie Mrs. Edwards?«, fragte ich.

»Die bin ich«, sagte sie, immer noch auf der Hut.

Ich zog das Brillenetui aus meiner Tasche. »Es tut mir leid, Sie zu stören«, sagte ich, »aber gehört das vielleicht Ihnen?«

Mrs. Edwards betrachtete das Etui einen Moment lang. Dann änderte sich ihr Verhalten. »Aber ja«, sagte sie. »Ich hatte die Brille schon für verloren gehalten. Ich habe überall nachgefragt, aber ohne Ergebnis.« Ich bemerkte, dass sich ihre Miene merklich entspannt hatte. Sie trat zur Seite und hielt mir die Tür auf. »Wollen Sie nicht reinkommen?«

Kurz bevor wir gemeinsam in den Flur gingen, wandte sich Mrs. Edwards dem Kind zu. »Anya! Zeit für den Tee, Liebes. Wasch dir in der Küche die Hände.« Der Name des Kindes war also wirklich Anya.

»Kommen Sie, ich muss Ihnen meinen Mann vorstellen«,

lud Mrs. Edwards freundlich ein.

Sie führte mich in das Wohnzimmer. Es war groß, niedrig und gemütlich eingerichtet mit Chintzstoff bezogenen Sesseln und Vorhängen aus demselben Material. An der Decke befanden sich freiliegende Eichenbalken, an denen eine kleine Sammlung gut polierter Messinggegenstände hing. Der Raum hatte ein überwiegend nautisches Flair: Auf dem Kaminsims standen zwei Schiffsmodelle und darüber hing ein Ölgemälde eines Schoners in voller Fahrt. Jede der vier Wände war mit Drucken von Segelschiffen bedeckt. Ich entdeckte auch einen Schiffskompass und ein altmodisches Schiffsbarometer.

Mrs. Edwards führte mich zur offenen Tür eines kleineren, angrenzenden Raumes. Es schien die Funktionen von Arbeitszimmer und Werkstatt zu vereinen, und die nautische Atmosphäre, die im Wohnzimmer herrschte, schien allumfassend zu sein.

Ein älterer, in die Arbeit vertiefter Mann bastelte an einem Schiffsmodell auf einem groben Holztisch. Er trug eine unansehnliche dunkelgraue Flanellhose, einen ziemlich glänzenden blauen Zweireiher mit abgewetzten Messingknöpfen und eine Wolljacke, die ihm mehrere Nummern zu groß war. Ich bemerkte, dass seine schwarzen Schuhe schon bessere Tage gesehen hatten.

Auf allen Seiten waren Modellschiffe in verschiedenen Stadien der Fertigstellung zu sehen: Segelschiffe, Dampfschiffe, eine alte Galeere und eine Nachbildung eines alten Mississippi-Ruderboots. Ein wirres Durcheinander von Werkzeugen und ein großes Buch mit einem zerfledderten Ledereinband vervollständigten das Bild einer unorganisierten Vorgangsweise.

Mr. Edwards blinzelte seine Frau und mich mit milden, kurzsichtigen Augen fragend an. Dann kam er auf uns zu und betrat das Wohnzimmer.

»Donald, ich habe meine Brille wieder«, verkündete Mrs. Edwards. »Dieser Herr hat sie mir netterweise gebracht.« Sie wandte sich an mich. »Leider weiß ich nicht, wie Sie heißen. Das ist mein Mann.«

»Tim Frazer«, sagte ich und reichte Donald Edwards die

Hand, die er geistesabwesend schüttelte. »Was hast du da über Brillen gesagt, meine Liebe?«, murmelte er.

»Du weißt doch«, sagte Mrs. Edwards, »die Brille, die ich vor etwa drei Wochen in London verloren habe.«

»Ach ja«, sagte Edwards, »ich erinnere mich.« Für mich war klar, dass er sich überhaupt nicht erinnerte.

»Ich kann Ihnen gar nicht sagen, wie sehr ich mich freue, sie wiederzuhaben, Mr. Frazer«, sagte Mrs. Edwards. »Ich war völlig verloren ohne sie.«

»Du hast doch deine neue«, sagte ihr Mann milde.

»Oh, ja – aber sie war nie ganz so wie diese, weißt du.« Ihr Blick forderte ihn auf, ihr nicht zu widersprechen.

»Ich wusste es nicht«, wagte Edwards kleinlaut zu sagen, »aber ich glaube es dir.«

Mrs. Edwards warf ihrem Mann einen vorwurfsvollen Blick zu und wandte sich dann wieder mir zu: »Wo in aller Welt haben Sie sie gefunden, Mr. Frazer? Soweit ich mich erinnern kann, habe ich sie in einem kleinen Restaurant in der Regent Street liegen lassen. Ich rief am nächsten Tag an, aber man sagte mir, dass niemand sie abgegeben hätte. Leider sind die Leute heutzutage unglaublich unehrlich.«

»Nun«, sagte ich, »ich habe sie in einem Auto gefunden.«

»In einem *Auto*?« Mrs. Edwards' Stimme erreichte eine hohe Tonlage, die ungläubig klang.

»Ja«, sagte ich dezidiert. »Ich habe es von einem Freund geliehen, einem Mann namens Harry Denston.«

»Harry Denston?«, wiederholte Donald Edwards. »Ich glaube nicht, dass wir jemanden mit diesem Namen kennen, oder, meine Liebe?« So wie ich ihn mir ansah, kam er mir vor, wie ein geistesabwesender alter Mann, der sein Gedächtnis durchforstete, auf das er sich jedoch schon lange nicht mehr verlassen konnte.

Mrs. Edwards konnte diesbezüglich auch nicht weiterhelfen. »Ich glaube nicht«, sagte sie. »Nein. Ich bin mir sicher, dass wir niemanden mit diesem Namen kennen.«

»Er muss die Brille im Restaurant gefunden haben, oder wo auch immer du sie verloren hast«, kommentierte Edwards.

»Wahrscheinlich«, stimmte sie zu. »Hat er Sie denn gebeten, mir die Brille vorbeizubringen, Mr. Frazer?«

»Nein«, antwortete ich. »Ich habe Harry Denston schon eine ganze Weile nicht mehr gesehen. Nicht, seitdem ich seinen Wagen habe. Ich habe die Brille zufällig darin gefunden und da ich ohnehin auf dem Weg nach Farnham war, dachte ich, ich bringe sie vorbei.«

»Wie nett von Ihnen«, sagte Mrs. Edwards überschwänglich. Sie drehte sich zu Anya um, die gerade ins Zimmer gekommen war. »Anya, schau! Das ist die Brille, die ich verloren habe. Mr. Frazer hat sie den ganzen Weg von London hierhergebracht.«

»Sie haben sich sehr viel Mühe gegeben«, sagte Donald Edwards entschuldigend.

»Aber ganz und gar nicht«, versicherte ich ihm. »Wenn ich nicht ohnehin in diese Richtung gefahren wäre, dann hätte ich sie mit der Post geschickt.«

»Es war jedenfalls außerordentlich aufmerksam und nett von Ihnen«, sagte Mrs. Edwards, »ich kann Ihnen gar nicht sagen, wie dankbar ich bin.«

Anya sprach zum ersten Mal, seit sie mir ihren Namen verraten hatte. »Bleibt Mr. Frazer zum Tee?«, fragte sie.

Mrs. Edwards lachte. »Ja, meine Liebe, ich denke, das ist das Mindeste, was wir tun können«, sagte sie. »Sie bleiben doch und trinken eine Tasse Tee mit uns, nicht wahr, Mr. Frazer?«

»Nun …«

»Ein Nein akzeptiere ich nicht«, betonte Mrs. Edwards.

Edwards richtete seine milden Augen auf mich. »Das heißt, Sie bleiben«, sagte er.

»Gut, das wäre also geklärt.« Mrs. Edwards nahm das Kind an der Hand. »Komm mit, Anya. Du kannst mir in der Küche helfen.«

»Entzückendes kleines Mädchen«, sagte ich, als sie gegangen waren.

»Ja, nicht wahr?«, sagte Edwards. Er blickte fast wehmütig, wie mir schien, in Richtung Küche: »Ein süßes Kind. Wir beide hängen sehr an ihr. Wir könnten den Gedanken gar nicht ertragen, uns jetzt von ihr zu trennen.« Er brach ab und schaute mich durch seine dicke Brille an. »Sie können es natürlich nicht wissen: Anya ist nicht unsere Tochter.«

»Ach, wirklich?«, antwortete ich ungeschickt. »Das dachte ich mir aber.«

»Oh, nein. Wir haben keine eigenen Kinder. Anya ist das Kind meines Schwagers. Er ist Witwer, also verbringt sie die meiste Zeit bei uns.«

»Ich verstehe«, sagte ich. Die Erklärung erschien mir völlig logisch, aber ich konnte diesen quälenden Zweifel nicht loswerden. Ich fuhr fort: »Anya – ist das nicht ein ziemlich ungewöhnlicher Name?«

»Ja, vermutlich«, sagte Edwards. »Ehrlich gesagt, weiß ich nicht, wie sie dazu gekommen ist.«

»Er klingt irgendwie mitteleuropäisch«, schlug er beiläufig vor. »Tanya – das ist ein russischer Name, Anya könnte ungarisch sein, oder vielleicht serbisch. Auf jeden Fall nicht englisch.«

»Ach?«, sagte Edwards abwesend. »Ich muss gestehen, dass ich sehr wenig über diese Dinge weiß. Ich erinnere mich, dass sie deshalb gehänselt wurde, als sie in die Schule kam. Kinder können grausame kleine Teufel sein, wissen Sie, und auf jedes Kind mit einem ungewöhnlichen Namen stürzen sie sich sofort.« Er lächelte in Erinnerungen schwelgend. »Ich erinnere mich, dass ich mit einem kleinen Jungen namens Horatio zur Schule ging: Er hatte es auch nicht leicht …«

Mir wurde schnell klar, dass weitere Nachforschungen über Anyas Herkunft mich nicht weiterbringen würden. Die Erwähnung von Horatio war ein nautisches Gesprächsangebot, auf das es geradezu unhöflich gewesen wäre, nicht einzugehen.

Ich ging zum Kaminsims und schaute mir die Schiffsmodelle genauer an. Ich zeigte auf ein Modell, das ich für einen Klipper aus der Mitte des neunzehnten Jahrhunderts hielt, und sagte: »Das ist hübsch. Haben Sie es gemacht?«

Er lächelte. »Mit dem da bin ich ziemlich zufrieden.«

»Aus gutem Grund«, sagte ich herzlich. »Es ist wunderschön gemacht. Es muss ein faszinierendes Hobby sein.«

Edwards stieß einen kleinen Seufzer aus. »Ich muss sagen, es ist mehr als nur ein Hobby von mir«, sagte er reumütig.

»Sie verkaufen sie also?«

»Du liebe Zeit, ja. Es gibt einen ziemlich guten Markt für diese Art von Dingen, wissen Sie? Sie würden sich wundern. Rechnungen müssen bezahlt werden, Mr. Frazer«, fuhr er zögernd fort, als ob er sich nicht traute, die schmutzige Frage des Lebensunterhalts anzusprechen, »Schiffe zu bauen scheint meine einzige berufliche Qualifikation zu sein.«

»Nun, die hier sehen jedenfalls sehr professionell aus«, sagte ich.

Er setzte ein distanziertes Lächeln auf, dann nahm er mich am Ellbogen.

»Kommen Sie doch mal mit in meine Bude, ich zeige Ihnen ein paar meiner anderen Stücke.«

»Sehr gerne«, sagte ich.

»Schiffe haben mich immer schon fasziniert«, sagte Edwards, als wir in seinem Arbeitszimmer mit Werkstatt waren, »die Marinegeschichte, das Zeitalter der Segelschifffahrt, all diese Dinge …«

»Waren Sie bei der Marine?«, erkundigte ich mich.

Edwards schüttelte bedauernd den Kopf. »Nein, leider nicht«, sagte er. »Es war immer mein Bestreben, aber sie haben mich abgewiesen. Sie meinten, ich hätte ein schwaches Herz! Absoluter Unsinn natürlich, ich war noch nie einen Tag krank.« Er lächelte ziemlich mitleiderregend. »Also musste ich mich mit Modellen begnügen, statt mit echten. Kommen Sie mal her.«

Er führte mich auf die andere Seite des Tisches. »Allerdings«, fuhr er fort, als er sich für sein Thema erwärmte, »haben auch Modellschiffe ihren Reiz, wissen Sie. Wie dieses hier zum Beispiel.« Er nahm ein Modell eines Segelschiffs in die Hand und reichte es mir.

Ich nahm es einen Moment lang in die Hand und sagte dann: »Es ist wunderschön.«

»Ja«, sagte Edwards langsam, »aber ich bin mir dabei nicht ganz sicher.«

»Warum?«, fragte ich. »Für mich sieht es perfekt aus.«

»Finden Sie das wirklich?« Er schüttelte zweifelnd den Kopf. »Es ist schon komisch, aber ich bin mir nicht ganz sicher, ob es echt ist oder nicht.«

»Echt?«, wiederholte ich verblüfft.

Edwards kicherte nachsichtig. »Tut mir leid, Mr. Frazer, das muss sich für Sie natürlich wie Griechisch anhören. Lassen Sie es mich erklären: Alle Modelle, die ich baue, sind Rekonstruktionen von Schiffen, die es wirklich gegeben hat.«

»Sie meinen, es sind maßstabsgetreue Modelle«, sagte ich zu meiner Überraschung beeindruckt.

»Nun, nicht gerade maßstabsgetreue Modelle, obwohl ich natürlich versuche, sie so genau wie möglich zu rekonstruieren. Das hier ist eine Fregatte namens *North Star*.« Er zeigte auf eine Abbildung in einem aufgeschlagenen Buch auf dem Tisch. »Das ist sie.«

»Ah ja«, sagte ich, sah mir die Abbildung im Buch an und verglich sie mit dem Modell. Mir kam die Ähnlichkeit fast unheimlich vor, und das sagte ich ihm auch.

Edwards quittierte mein Kompliment mit einem Schulterzucken. Er fuhr fort: »Mit der *North Star* ist eine interessante Geschichte verbunden. Sie verließ den Hafen von Plymouth eines Morgens im April 1794. Sie war nur wenige Meilen in den Kanal hinausgefahren, als ein ungewöhnlicher Sturm aufzog, einer der schlimmsten in der Geschichte. Es schien, als könnte niemand in einem solchen Sturm überleben, und doch konnten dank der Gebete der Bevölkerung und des Mutes der Retter fast achtzig Männer gerettet werden. Bei dieser Art von Sturm war das ein Wunder, und so wurde es damals auch gesehen.« Er sah mich sehr direkt an, und ich bemerkte, dass seine Augen seltsamerweise nicht mehr wässrig und kurzsichtig wirkten. »Von der gesamten Besatzung kamen nur der Kapitän und der Erste Offizier ums Leben.«

Ich betrachtete Edwards mit neuem Interesse. »Das ist wirklich eine bemerkenswerte Geschichte«, erwiderte ich. Ich betrachtete das Modell erneut. »Und ein sehr schönes Modell.«

Aber Edwards schüttelte den Kopf. »Ich bin immer noch nicht glücklich damit.« Er brach ab und zeigte auf das Buch.

»Ich habe das ungute Gefühl, dass diese Abbildung nicht echt ist, dass es sich nicht wirklich um die *North Star* handelt. Was meinen Sie, Mr. Frazer?«

Ich war mir bewusst, dass er mich jetzt scharf beäugte. Ich sagte leichthin: »Ich fürchte, das kann ich Ihnen nicht sagen, Sir. Ich weiß sehr wenig über diese Dinge.« Draußen waren leise Schritt zu hören, und Anya erschien in der Tür. »Der Tee ist fertig, Onkel Donald«, sagte sie zu ihm.

»Braves Mädchen«, antwortete Edwards. Er umklammerte meinen Ellbogen. »Kommen Sie, Mr. Frazer. Ich habe genug von Ihrer wertvollen Zeit in Anspruch genommen. Ich hoffe, ich habe Sie nicht gelangweilt.«

»Aber ganz und gar nicht«, sagte ich mit echter Überzeugung und folgte Edwards ins Wohnzimmer.

– 2 –

Am nächsten Morgen kochte ich gerade Kaffee, als das Telefon klingelte. Eine knappe, nicht sofort erkennbare Stimme sagte: »Frazer?«

»Am Apparat«, sagte ich, »wer ist da?«

»Hier spricht Crombie. Ich glaube, Sie haben mich angerufen.«

»Ja, ich habe gestern Abend versucht, Sie zu erreichen. Ich habe Ihnen etwas zu erzählen, Crombie.«

»Ist es wichtig?«

»Ich glaube schon«, sagte ich.

Crombie zögerte einen Moment, dann sagte er: »Können Sie um halb eins in meinem Klub sein, dem *Royal Service* in St. James?«

»Ich werde da sein«, versprach ich.

Zurück in der Küche hatte ich meinen Kaffee zur Hälfte ausgetrunken, als es an der Tür klingelte. Ich war überrascht, als ich feststellte, dass es Helen war.

»Hallo«, sagte ich, »ich dachte, es wäre Mrs. Glover. Ich wollte sie darum bitten, den Kühlschrank zu reinigen.«

Helen wirkte heiter und gelassen. »Wenn ich etwas mehr Zeit hätte, würde ich das gerne für dich erledigen, aber ich bin auf dem Weg zum Friseur und schon spät dran.«

Ich betrachtete ihr Haar, an dem ich nichts Verbesserungswürdiges fand. »Ich habe es auch ein bisschen eilig«, meinte ich, »aber wir könnten eine Tasse Kaffee einschieben. Ich habe gerade welchen gemacht.«

»Tut mir leid, mein Lieber«, sagte Helen. »Ich bin nur kurz hier, weil du mir gestern Abend eine Nachricht hinterlassen hast. Du wolltest mich doch wegen etwas sprechen, stimmt's?«

Ich nickte. »Ich frage mich, ob du mir einen Gefallen tun würdest?«

»Wenn ich kann. Um was geht es denn?«

Ich zögerte einen Moment. »Die Bitte mag seltsam für dich klingen«, erklärte ich, »aber ich möchte, dass du eine Liste für mich erstellst.«

Helen hob die Augenbrauen. »Eine Liste? Eine Liste wovon?«

»Eine Liste aller Freunde und Bekannten von Harry.«

Helen sah völlig verblüfft aus.

»Wahrscheinlich kenne ich selbst eine ganze Menge davon«, fügte ich hinzu, »aber ich bezweifle, dass ich alle kenne. Kannst du das für mich tun?«

»Aber wofür in aller Welt brauchst du so eine Liste?«

»Ich versuche Harry zu finden, deshalb«, sagte ich wohlüberlegt.

Helen lachte. »Aber, Darling, warum so dramatisch? Du redest so, als ob Harry verschwunden wäre.«

»Und? Ist er das denn nicht?«, erwiderte ich.

»Natürlich nicht«, antwortete sie nachsichtig. »Es würde mich nicht wundern, wenn wir eines Tages eine Ansichtskarte aus Monte Carlo oder sonst woher bekämen, auf der steht, dass er sich mit fremdem Geld einen Riesenspaß macht.«

»Möglicherweise«, sagte ich. »Aber was ist, wenn wir keine Postkarte bekommen? Ich kann es mir nicht leisten, zu warten. Ich muss Harry finden.«

»Aber warum?«, beharrte sie. »Du hast doch ganz anders geredet, als du von Henton zurückgekommen bist. Ich dachte, du hättest ihn längst abgeschrieben.«

»Vielleicht hatte ich das«, sagte ich, »aber ich habe meine

Meinung geändert.«

»Warum? Ist etwas passiert?«

Ich zuckte mit den Schultern. »Ich habe es mir einfach anders überlegt, das ist alles.«

»Warum dieses plötzliche Interesse für Harry?«, fragte sie. »Ich dachte, du wolltest einfach einen Schlussstrich ziehen und ihn vergessen.« Sie trat etwas näher an mich heran. »Tim, wenn es das Geld ist, das dir Sorgen macht – nun, du kennst meine Meinung dazu.«

»Das kannst du dir gleich aus dem Kopf schlagen. Du wirst ganz sicher nicht Harrys Schulden für ihn bezahlen.«

»Es ist also das Geld«, sagte sie anklagend.

»Das Geld spielt eine Rolle«, sagte ich. »Warum zum Teufel sollte Harry damit durchkommen? Warum soll immer jemand anderes für ihn den Kopf hinhalten?«

»Da gibt es keinen Grund«, sagte Helen wehmütig, »aber er scheint irgendwie immer ungeschoren davonzukommen. Machen die Gläubiger der Firma langsam Ärger?«

»Nicht mehr als sonst.«

»Warum dann dieser plötzliche Sinneswandel?«

»Das habe ich dir doch schon erklärt«, meinte ich.

»Du hast mir gar nichts erklärt«, sagte Helen vehement, »außer, dass du Harry finden musst. Gibt es noch einen anderen Grund dafür, außer dem Geld?«

»Nein«, sagte ich kurz.

»Steckt Harry in irgendwelchen Schwierigkeiten?«

Ich lächelte. »Du kennst doch Harry – er steckt immer in irgendwelchen Schwierigkeiten.«

Sie schüttelte ungeduldig den Kopf. »Du weißt, was ich meine – gibt es ernste Probleme?«

Ich dachte einen Moment lang nach. Helen war nicht dumm, und es würde nichts bringen, wenn ich versuchte, ihr etwas vorzumachen. Ich überlegte kurz. »Warum sollte es die geben? Und selbst wenn er welche hätte, kann er auf sich selbst aufpassen.«

»Da bin ich mir nicht so sicher. Tim, was Harry angeht, brauchst du nichts vor mir zu verbergen, das weißt du. Du würdest dich wundern, was ich alles ertragen musste, seit wir verlobt sind.«

»Bei Harry würde mich nichts mehr wundern«, sagte ich trocken.

»Trotzdem bin ich ihm gegenüber verpflichtet«, argumentierte sie. »Wenn er in Schwierigkeiten steckt, möchte ich das wissen.«

»Wenn ich etwas wüsste, würde ich es dir sagen«, versicherte ich ihr. »Aber ich tappe genauso im Dunkeln wie du.«

Offensichtlich war Helen misstrauisch. Bevor ich Ross getroffen hatte, hatte ich Harry Denston achselzuckend abgetan. Jetzt war ich für sie ohne ersichtlichen Grund plötzlich genauso wie sie darauf erpicht, ihn zu finden.

»Ich habe wieder vom Konkursverwalter gehört«, sagte ich schließlich, »und ich muss Harry so schnell wie möglich finden. Wenn du mir die Liste seiner Freunde erstellen könntest, wäre ich dir sehr dankbar dafür.«

»Und mehr hast du mir nicht zu sagen?«, fragte Helen.

»Mehr kann ich dir nicht sagen.«

»Na gut«, sagte sie resigniert. Ich spürte einen kurzen Anflug von Erleichterung. »Ich fange sofort mit der Liste an und bringe sie dir morgen irgendwann vorbei, wahrscheinlich nach dem Theater.«

Ich lächelte, um die Anspannung zwischen uns zu brechen.

»Danke für deine Mitarbeit, Helen«, sagte ich.

Sie schaute auf ihre Uhr. »Ich muss los. Ich bin sowieso schon spät dran.« Sie sah mich fast verführerisch an und schien etwas sagen zu wollen. Dann überlegte sie es sich anders und verließ eilig die Wohnung.

– 3 –

Crombie passte perfekt in die ruhige und etwas gediegene Atmosphäre des *Royal Service Club*: Sein nüchterner brauner Tweed stand ihm wie eine makellose Uniform. Er trug eine Regimentskrawatte und seine braunen Schuhe glänzten wie Kastanien.

Wir saßen zusammen in einer Ecke des Raucherzimmers. Der Klub war praktisch menschenleer, abgesehen von einer kleinen Gruppe am Kamin und zwei ehrwürdigen weißbärtigen Kriegsveteranen in der gegenüberliegenden Ecke.

Ein Kellner erschien mit zwei Gläsern Sherry auf einem Silbertablett. Crombie wartete, bis der Mann außer Hörweite war, bevor er sprach: »Dieses kleine Mädchen in Cobham … Sie haben nicht zufällig ihren Nachnamen herausgefunden, oder?«

»Leider nicht«, sagte ich, »Anya war alles, was ich gehört habe. Edwards sagte nur, dass sie seine Nichte sei und die meiste Zeit bei ihnen verbringe.« Ich nippte an meinem Sherry und zündete mir eine Zigarette an. »Vielleicht ist der Name Anya auch nur ein Zufall.«

»Das ist möglich«, sagte Crombie.

»Aber glauben Sie, dass es einer ist?«

»Sehen wir uns die Fakten an: Anya war der Name, den Anstrov, der russische Seemann, kurz vor seinem Tod genannt hat. Richtig?«

»Richtig«, sagte ich. »Der Kerl war im Delirium und fast nicht mehr bei Verstand, aber ich hörte ihn mehrmals den Namen »Anya« rufen.«

Crombie nickte. »Dann: Anstrov hatte irgendeine Verabredung mit Harry Denston und sollte sein Auto abholen. Stattdessen haben Sie es abgeholt und eine Brille darin gefunden. Die Brille gehörte einer Frau namens Mrs. Edwards, die seltsamerweise eine Nichte namens Anya hat.« Crombie schaute mich verwundert an. »Finden Sie nicht, dass das alles zu viel des Zufalls wäre?«

»Doch, das finde ich auch«, sagte ich, »aber ich muss immer an Donald Edwards und seine Frau denken. Sie sind das harmloseste Paar, das man sich vorstellen kann.«

Crombie lächelte nachsichtig. »Es ist erstaunlich, wie viele scheinbar harmlose Leute auf den Titelseiten der Zeitungen landen. Während des Krieges haben wir einmal einen deutschen Spion aufgegriffen, der drei Jahre lang in demselben Dorf den Weihnachtsmann gespielt hat. Aber lassen Sie uns noch einmal Ihre Beschreibung von Donald Edwards durchgehen, ja? Nur um zu kontrollieren, ob Sie nicht etwas übersehen haben.«

Ich dachte einen Moment lang nach. »Ich denke, er ist etwa fünf- oder sechsundfünfzig«, sagte ich. »Etwa einen Meter siebzig groß, weißes Haar, das oben langsam dünner wird. Er wirkt ein wenig geistesabwesend. Ich würde sagen: der Professorentyp. Ein bisschen schäbig gekleidet: alte, fettige Flanellhosen, doppelreihiger Blazer mit Messingknöpfen, Schuhe mit Absatz.«

»Waren es Regimentsknöpfe an dem Blazer?«, warf Crombie ein.

»Nein, sicher nicht. Das wäre mir aufgefallen. Ich glaube, das ist alles, außer, dass er sein Taschentuch im linken Ärmel trug.«

»Können Sie sich noch an sonst irgendetwas erinnern?«

»Nichts, fürchte ich. Außer, dass er sich sehr mit seinen Schiffsmodellen beschäftigt, vor allem mit einem, das *North Star* hieß.«

Crombie schaute nachdenklich auf seinen Sherry. »Und Mrs. Edwards?«

»Ungefähr so alt wie ihr Mann und etwas größer«, sagte ich. »Dunkelhaarig – fängt gerade an, grau zu werden. Kurzsichtig, könnte ich mir vorstellen. Scheint in der Familie die Hosen anzuhaben, aber man kann so etwas ja nie genau sagen. Offensichtlich hat sie das kleine Mädchen sehr gern.«

Crombie nickte unverbindlich, leerte sein Glas und winkte dem Kellner zu. Als frische Getränke gebracht worden waren, sagte er schließlich: »Hat denn Helen Baker keine Ahnung, wo Denston stecken könnte?«

»Ich habe sie heute Morgen gesehen«, antwortete ich. Sie verfolgt die Theorie, dass er an der Riviera ist, um auf Kosten anderer Urlaub zu machen. Ich muss zugeben, das würde zu ihm passen.«

»Diesmal ist er nicht an der Riviera«, sagte Crombie entschlossen.

Ich beugte mich vor und senkte meine Stimme. »Was wollen Sie eigentlich von Harry Denston?«, fragte ich unverblümt.

»Diese Frage haben Sie doch Ross auch schon gestellt«, bemerkte Crombie.

»Das weiß ich, aber er hat mir keine zufriedenstellende Antwort gegeben.«

»Leider kann ich das auch nicht«, sagte Crombie gelassen, »zumindest nicht im Augenblick. Und selbst wenn ich es könnte, bin ich mir nicht sicher, ob ich es tun würde, Frazer. Glauben Sie mir, in diesem Beruf ist es manchmal am besten, wenn man nicht alles über das Warum und Woher weiß. Es ist besser, einfach die Arbeit zu erledigen, Komplikationen so weit wie möglich zu vermeiden und sich nicht weiter um Details zu kümmern. In vielen Fällen gilt: Je weniger man weiß, desto besser.«

Crombie lehnte sich in seinem Stuhl zurück und betrachtete mich fast väterlich.

»Das ist nicht so einfach, wie es klingt«, sagte ich mit einem Anflug von Ungeduld, »jedenfalls nicht für mich. Harry Denston und ich waren Partner, vergessen Sie das nicht. Deshalb hat Ross mir diesen Auftrag überhaupt erst gegeben.«

»Und?«

Ich empfand Crombies Unbekümmertheit als leicht irritierend. »Ich muss doch wenigstens ein bisschen über die Hintergründe wissen«, sagte ich lahm.

»Aber Sie wissen doch etwas: Wir versuchen, Harry Denston zu finden.«

»Das ist nicht genug«, erklärte ich. »Ich möchte wissen, weshalb ich nach Harry suche und was mit ihm passiert, wenn ich ihn gefunden habe.«

»Alles zu seiner Zeit«, antwortete Crombie ruhig. »Was kümmert sie es, was mit ihm passiert? Er ist doch kein Freund von Ihnen.«

»Da liegen Sie falsch«, protestierte ich.

»Aber verdammt noch mal, Mann«, erwiderte Crombie geduldig, »er hat Ihr Geschäft ruiniert und schuldet Ihnen einen Haufen Geld. Das ist doch keine Basis für eine schöne Freundschaft.«

»Das mag sein«, sagte ich. »Aber ich kenne Harry besser als die meisten Menschen, und so seltsam es auch erscheinen mag, er ist immer noch mein Freund.«

»Das ist schon seltsam«, murmelte Crombie.

»Ich war verdammt verärgert, als er nicht in Henton auftauchte«, fuhr ich fort, »aber seitdem habe ich mich ein wenig
beruhigt. Er macht oft die verrücktesten Dinge, aber ich muss
zugeben, dass ich ein gewisses Mitleid mit ihm habe.«

»Ich verstehe«, sagte Crombie. »Ich weiß natürlich, was
Sie meinen. Auch ich hatte schon Freunde wie Harry Denston.«

»Und was passiert jetzt?«, bohrte ich nach.

Crombie stellte sein Glas ab. »Es gibt nur eines, was ich
Ihnen sagen kann«, sagte er, wobei er seine Worte offensichtlich mit Bedacht wählte. »Wenn Sie Harry Denston wirklich
so sehr mögen, wie Sie sagen«, er unterbrach den Satz und
klopfte mit den Fingerspitzen sanft auf den Tisch, »dann müssen Sie ihn finden. Sie würden ihm damit einen großen Gefallen tun.«

Er erhob sich von seinem Stuhl und verglich seine Uhr
mit jener auf dem Kaminsims.

»Und jetzt müssen Sie mich entschuldigen, ich habe eine
Verabredung zum Mittagessen.«

»Da ist nur noch eine Sache, Crombie«, warf ich ein.
»Was soll ich mit Harrys Wagen machen?«

»Haben Sie ein eigenes Auto?«

»Im Moment nicht. Ich musste meines verkaufen.«

»Dann würde ich Harrys Auto weiterhin benutzen«, sagte
Crombie.

Zurück in meiner Wohnung versuchte ich, ganz unvoreinge-
nommen an Harry Denston zu denken: an Harry, der sich trotz
seiner Fehler – und das waren viele – vor nichts Sorgen machte; an Harry, dessen Pläne, schnell reich zu werden, in einem
Dutzend Klubs und Cocktailbars Gesprächsthema waren; an
Harry, der immer einen »heißen Tipp« beim Pferderennen
hatte, wie man den Favoriten schlagen konnte; an Harry, dessen Charme sogar Helen Baker erlegen war. Ich fragte mich,
was Crombie gemeint hatte, als er sagte, ich würde Harry
einen Gefallen tun, wenn ich ihn finden würde.

Meine Träumerei wurde durch das Telefon unterbrochen.
Ich ging hinüber und hob den Hörer ab.

Eine kehlige Stimme mit einem Cockney-Akzent sagte: »Ist dort Regal 7211?«

»Ja«, sagte ich. »Wer spricht da?«

»Ich habe gerade Ihre Anzeige in der Zeitung gesehen«, sagte die Stimme.

»Was für eine Anzeige?«, fragte ich leicht verblüfft.

»Die in der *Evening Mail*, Kumpel. Der Hillman Minx. Klingt genau nach der Art von Karre, die ich suche.«

»Ich glaube, Sie haben sich in der Nummer geirrt«, sagte ich. »Ich habe kein Auto zum Verkauf inseriert.«

»Moment mal«, sagte die Stimme, »das ist doch Regal 7211, oder?«

»Ja.«

»Und haben Sie einen 1956er Hillman Minx, ein einziger Besitzer, dreißigtausend auf dem Tacho, oder haben Sie ihn nicht?«

»Doch, ja«, sagte ich, »aber was …«

»Was zicken Sie dann so rum?«, unterbrach die Stimme aggressiv. »Ihre Anzeige steht in der *Evening Mail*. Richtig?«

»Falsch«, korrigierte ich.

»Hören Sie, ich hab' viel zu tun, Mister«, sagte die Stimme im Tonfall eines Mannes, dessen Geduld auf die Probe gestellt wurde, »überlegen Sie sich mal, was Sie eigentlich wollen, und rufen Sie mich dann zurück, ja? Mein Name ist Tupper, Edgar Tupper. Rufen Sie mich zurück unter Waltham Cross 965.« Ein Klicken ertönte, als er den Hörer auf die Gabel knallte.

Offensichtlich bezog sich der Mann auf Harrys Auto: Die Angaben stimmten, sogar der Kilometerstand auf dem Tacho.

Ich hatte eine Mittagsausgabe der *Evening Mail* auf dem Rückweg von Crombies Klub gekauft und schlug sie bei den Kleinanzeigen auf. Ganz unten auf der Seite las ich:

Hillman Minx, 1956. Versenkbares Verdeck. Ein Besitzer. 30.000 Meilen. Angebote: Regal 7211.

Ich starrte ein paar Momente auf die Anzeige. Jemand wusste, dass ich Harrys Wagen hatte, und wollte ihn offenbar unbedingt haben. Ich entschied mich schnell, nahm den Hörer ab und fragte die Telefonistin nach Waltham Cross 965.

Die gleiche Stimme antwortete: »Tuppers Garage.«

»Mein Name ist Frazer«, sagte ich. »Sie haben vor ein paar Minuten mit mir über die Anzeige in der *Evening Mail* gesprochen.«

»Na was denn!«, sagte Tupper. »Sie haben also Ihr Gedächtnis wiedergefunden, was?«

»Sind Sie an dem Auto noch interessiert?«, fragte ich.

»Nun, ich habe nicht angerufen, um mich nach Ihrem Befinden zu erkundigen«, sagte Tupper mit gewichtigem Sarkasmus. »Bringen Sie den Wagen her und lassen Sie uns einen Blick darauf werfen.«

»Wo sind Sie?«, fragte ich.

»An der Cheshunt Road, ein paar Kilometer hinter Waltham Cross. Tuppers Garage kann man gar nicht verfehlen.«

»Wann würde es Ihnen passen?«

»Jederzeit, Kumpel. Ich bin den ganzen Tag und die halbe Nacht hier!«

Tuppers Garage erwies sich als ein unscheinbarer Laden. Auf dem Verkaufshof standen drei Autos, deren Preise in optimistischer Erwartung auf die Windschutzscheiben geschrieben waren: ein ramponierter Baby-Austin, ein schäbig aussehender MG, ungefähres Baujahr 1936, und ein Kombi. Es gab zwei Zapfsäulen und dahinter einen kleinen Beton- und Glasbau, der vermutlich als Büro diente.

Tupper betankte gerade den Wagen eines Kunden aus einer der Zapfsäulen. Er war ein stämmiger, unansehnlicher Mann in den späten Fünfzigern. Er trug zerschlissene Hosen, Gummistiefel, eine uralte Strickjacke und, unpassenderweise, einen ramponierten Homburg-Hut. Mr. Tupper hatte, wie seine Kleidung, eindeutig schon bessere Tage gesehen. Er weckte in mir sofort ein Gefühl des Misstrauens.

Als er an der Zapfsäule fertig war, kam Tupper auf mich zu und wischte sich die Hände an seinem Hosenboden ab. Er schaute mich mit einem wenig freundlichen Blick an.

»Mein Name ist Frazer«, erklärte ich. »Sie haben mich wegen des Hillmans angerufen. Wollen Sie ihn sich mal ansehen?«

»Dann wollen wir mal«, nickte Tupper, und wir gingen gemeinsam zum Wagen.

Er schlurfte um das Auto herum und begutachtete die Karosserie. Dann schob er seine schwere Masse auf den Fahrersitz und startete den Motor. Er hörte einen Moment lang zu und grunzte unwillig.

»Nicht schlecht«, sagte Tupper einen Moment später und steckte den Kopf unter die Motorhaube, »hab' schon Schlimmeres gesehen.« Dann wandte er sich mir zu. »Was wollen Sie dafür haben?«

Ich machte einen leicht unwissenden Eindruck. »Ach, das weiß ich nicht«, antwortete ich vage. »Was denken Sie?«

Tupper schob seinen Hut nach hinten und sah mich äußerst misstrauisch an: »Hören Sie, sie sind mir vielleicht einer! Erst vergessen Sie Ihre Anzeige und jetzt wissen Sie nicht, wie viel Sie für das verdammte Auto haben wollen!«

»Tja, ich habe nicht viel darüber nachgedacht«, sagte ich leichthin. »Der Entschluss, es zu verkaufen, kam auch spontan.«

»Wenn Sie noch keinen Preis im Kopf haben«, verkündete Tupper, »mache ich Ihnen eben ein Angebot: Fünfhundert Piepen.«

Ich zögerte.

»Ein guter Preis für so eine alte Kiste«, fuhr Tupper fort, »einen höheren Preis bekommen Sie nirgendwo anders, glauben Sie mir.«

»Och, ich weiß nicht«, sagte ich.

»Ich schon«, sagte Tupper mit Bestimmtheit. »Fünfhundert Eier. Was sagen Sie?«

Ich zögerte immer noch. »Ist das Ihr höchstes Angebot?«

Tuppers Augen verengten sich. »Das habe ich nicht gesagt, oder?«

»Sie sagten, Sie hätten noch nicht viel darüber nachgedacht, also machte ich Ihnen ein Angebot. Fairer geht's nicht, oder? Ich bin nicht zum Spaß in diesem Geschäft, wissen

Sie.«

Ich tat so, als würde ich darüber nachdenken. »Tut mir leid«, sagte ich schließlich, »ich fürchte, fünfhundert kommen für mich nicht in Frage.«

Tuppers Gesicht verzog sich. »Oh, nicht doch. Sie müssen doch eine Vorstellung davon haben, was Sie dafür haben wollen. Geben Sie mir eine Zahl.«

»Machen Sie mir doch ein anderes Angebot«, schlug ich vor und lächelte ihn freundlich an.

Er kratzte sich nachdenklich im Nacken. »Also gut, dann – fünfhundertfünfundsiebzig.«

»Wie viel?«

»Fünfhundertfünfundsiebzig. Das ist mein Höchstgebot.«

»Fünfhundertfünfundsiebzig, was?« sagte ich. »Das ist aber ein ganz schöner Sprung.«

»Tja, immerhin ist der Wagen ganz gut in Schuss«, räumte Tupper freundlich ein. »Die Reifen und alles andere scheinen in Ordnung zu sein.«

»Oh, das sind sie«, stimmte ich zu. Ich begann, mich zu amüsieren.

»Dann kommen wir also ins Geschäft?«

Ich überlegte kurz. Jemand wollte dieses Auto unbedingt haben, dachte ich, und es war interessant zu sehen, wie weit er zu gehen bereit war. Tupper war zweifellos nur ein Mittelsmann. Mit einem Anflug von leichtem Sadismus beschloss ich, ihn ein wenig ins Schwitzen zu bringen.

Ich schüttelte bedauernd den Kopf. »Ich glaube, ich kann noch mehr dafür bekommen«, sagte ich.

»Aber nicht von Edgar Tupper. Mehr geht nicht«, lautete die gleichgültige Antwort.

Ich seufzte und wandte mich ab. »Wenn das so ist … Ich muss leider weiter.«

Aber Tupper überlegte es sich schnell anders. »He, warten Sie mal kurz.«

Ich drehte mich wieder um. »Und?«, sagte ich teilnahmslos.

»Hören Sie zu, Kumpel«, sagte Tupper, »ich habe Ihnen fünfhundertfünfundsiebzig geboten. Das ist ein sehr fairer

Preis, da können Sie sagen, was Sie wollen. Was wollen Sie denn noch?«

»Ich will hundert Pfund mehr«, sagte ich ruhig.

Tuppers Gesicht bekam eine violette Färbung. »Sie – wollen was?«

»Ich sagte, ich will hundert Pfund mehr. Dann sind es sechshundertfünfundsiebzig Pfund.«

Tupper zeigte mit einem schmutzigen und zitternden Zeigefinger auf den Hillman. »Dafür? Sie müssen verrückt sein, Kumpel«, stotterte er, »Sie müssen verrückt sein! Der Wagen ist niemals sechshundertfünfundsiebzig Pfund wert!«

»Das habe ich auch nicht behauptet«, grinste ich. »Ich habe nur gesagt, dass ich das für ihn haben will.«

Er starrte mich bösartig an. »Ich gebe Ihnen sechshundert.«

Wieder schüttelte ich den Kopf. »Tut mir leid, Mr. Tupper.«

Er holte tief Luft. »Hören Sie, ich sage Ihnen, an mir soll's nicht liegen. Ich will fair sein und mich nicht quer stellen.«

»Natürlich nicht«, murmelte ich.

Plötzlich ließ er einen Wortschwall los. »Ich gebe Ihnen sechshundertzwanzig.«

»Nichts zu machen«, sagte ich stur. »Wenn Sie das Auto wollen, müssen Sie zahlen, was ich dafür verlange. Wissen Sie, Sie haben wirklich Glück, dass Sie es so billig bekommen.«

Einen Moment lang dachte ich, ich sei zu weit gegangen. Tupper schien kurz vor einem Wutanfall zu stehen. »Aber das verflixte Ding ist doch keine sechshundertfünfundsiebzig wert!«, schimpfte er. »Verdammt noch mal, für etwas mehr als achthundert krieg' ich doch schon einen neuen!«

Mir wurde klar, dass es nun an der Zeit war, ein wenig nachzubohren.

»Aber«, sagte ich bedeutungsvoll, »Sie wollen doch gar keinen neuen, oder?«

Tuppers hängendes Kinn ragte hervor. »Was zum Teufel wollen Sie damit sagen?«

»Ich will damit sagen«, erklärte ich leise, »dass Sie, wenn ich mich nicht sehr täusche, genau dieses Auto haben wollen. Habe ich recht?«

Tupper schlurfte unbeholfen mit den Füßen. »Nun, ich weiß nicht so recht«, sagte er. »Ich möchte auf jeden Fall so einen haben.«

»Warum?«, fragte ich unverblümt.

»Weil ich einen Kunden habe, der darauf wartet, deshalb.«

»Warum kauft er sich nicht ein neues?«

»Verdammt, woher soll ich wissen, warum er sich kein neues kauft? Ich habe ihn nicht danach gefragt.«

»Lassen Sie mich das klarstellen«, sagte ich. »Sie meinen, Ihr Kunde möchte einen 1956er Hillman mit versenkbarem Verdeck, der dreißigtausend auf dem Tacho hat? Ich nehme an, er hat nicht auch noch das Kennzeichen genannt, oder?«

Tupper zappelte weiter. »Er hat nur gesagt, dass es so wie dieser sein muss: versenkbares Verdeck, gleiche Farbe, gleiches Baujahr, gleicher Kilometerstand.«

»Sehr merkwürdig«, sagte ich milde, aber ich hatte das Gefühl, dass ich ihn jeden Moment zusammenbrechen lassen konnte. »Aber bitte schön: Der Wagen gehört Ihnen für sechshundertfünfundsiebzig.«

»Das ist doch Wahnsinn!«, schnaubte Tupper.

»Finde ich nicht«, erwiderte ich. »Sagen Sie, Mr. Tupper, wer ist dieser Kunde von Ihnen?«

Er sah mich fast mitleidig an. »Sie glauben doch nicht«, sagte er bitter, »dass ich Ihnen das verraten werde?«

»Warum sollten Sie es nicht?«, fragte ich unschuldig.

»Damit Sie dann hinter meinem Rücken mit ihm das Geschäft alleine machen, was?«

»So seltsam es auch klingen mag«, sagte ich ihm, »daran habe ich nicht gedacht.«

»Das können Sie wem anderen erzählen!«, sagte Tupper in einem Ton unermesslicher Verachtung. »Halten Sie mich für dumm oder was?«

»Dann werde ich es Ihnen beweisen«, sagte ich in vernünftigem Tonfall. »Ich sage Ihnen, was wir tun können: Sie sagen mir, wer Ihr Kunde ist, und Sie können den Wagen für sechshundert Pfund haben.«

Tupper dachte über diesen Vorschlag nach. Einen Moment lang hatte ich den Eindruck, er würde zustimmen.

»Da gibt's doch 'nen Haken«, schlussfolgerte er.

Ich schüttelte den Kopf. »Kein Haken.«

»Aber es muss einen geben«, sagte Tupper. »Das liegt doch auf der Hand.« Er dachte einen Moment lang intensiv nach. »Ich sage Ihnen, was ich tue, Kumpel«, sagte er schließlich.

»Das klingt schon besser«, sagte ich ermutigend.

Plötzlich lächelte Tupper: ein Umstand, der ihn kaum sympathischer machte, wie ich fand. Auch seine Stimme wurde ruhiger, wie ein Fluss nach einer Stromschnelle. »Ich gebe Ihnen, was Sie verlangen«, sagte er. »Sechshundertfünfundsiebzig.«

Im Geiste fluchte ich. Einen Moment lang hatte es fast so ausgesehen, als würde Tupper mit der gewünschten Information herausrücken. Dann war ich es, der sagte: »Kein Haken?«

»Kein Haken«, bestätigte Tupper.

Es war offensichtlich sinnlos, ihn im Moment weiter auszuquetschen. »In Ordnung«, sagte ich schließlich, »abgemacht.«

Tuppers schäbige Strickjacke sank sichtbar herab und sein Lächeln wurde breiter. »Was Geschäfte betrifft, bin ich kein schlechter Partner«, sagte er selbstgefällig. »Es ist nur so, dass ich dabei schon ein paar Mal in Schwierigkeiten geraten bin. Verstehen Sie?«

»Ich verstehe«, sagte ich gefühlvoll.

»Na, dann ist das ja geklärt«, sagte Tupper. Er verdrehte die Augen: Es sah so aus, als würde er sich in seinen Gedanken an jahrelange, zwielichtige Autogeschäfte erinnern. »Ich brauche Ihnen nur die kleine Geschichte von dem Jaguar erzählen, den ich letzte Woche hier hatte. Schien anfangs wie eine gemachte Sache aus. Aber der Kerl, der den Wagen verkaufen wollte, war etwas dubios und …«

»Moment noch«, unterbrach ich ihn. »Will Ihr Kunde das Auto denn gar nicht sehen, bevor er sich bereit erklärt, meinen

Preis dafür zu zahlen?«

»Darüber brauchen Sie sich keine Sorgen zu machen, Kumpel«, versicherte mir Tupper. »Mein Kunde vertraut mir, verstehen Sie? Er weiß, was er bekommt. Er weiß, dass ich ihm keinen Blödsinn auftischen würde. Sie lassen den Wagen einfach hier, und ich stelle den Scheck aus.«

»Nein, Mr. Tupper«, sagte ich bestimmt. »Keine Schecks. In bar, wenn es Ihnen nichts ausmacht.«

Tupper blieb der Mund offen. »In bar?«, sagte er ungläubig. »Sie sind vielleicht ein Komiker! Sie glauben doch nicht etwa, dass ich hier sechshundertfünfundsiebzig Pfund rumliegen habe, oder?«

»Nun, wenn das so ist, dann bringe ich Ihnen den Wagen morgen Vormittag wieder«, sagte ich. »Sagen wir gegen elf Uhr – dann haben Sie genügend Zeit, um das Geld zu besorgen.«

»Moment mal«, warf Tupper ein, »wie wäre es, wenn Sie den Wagen jetzt hier stehenließen und ich Ihnen für heute Abend meine alte Kiste leihe?«

»Tut mir leid, Mr. Tupper«, sagte ich, »ich fürchte, das wird nicht gehen. Sie holen das Geld bis morgen um elf Uhr und ich bin dann mit dem Auto hier.«

Tuppers Gesichtsausdruck war nun offen feindselig: »Na gut«, sagte er mürrisch. »Wir sehen uns dann morgen.«

»Und halten Sie das Geld bereit«, warnte ich.

Ohne eine Antwort abzuwarten, stieg ich in den Hillman und fuhr davon.

Etwa drei Meilen von Tuppers Garage entfernt hielt ich an einer Telefonzelle an. Ich dachte mir, dass Crombie besser Bescheid wissen sollte. Möglicherweise würde Ross' merkwürdige Organisation aufgrund meiner jüngsten Geschäfte mit Edgar Tupper in Aktion treten wollen.

Als Crombie sich meldete, sagte ich: »Ich glaube, ich bin an etwas dran. Man hat mir gerade fast siebenhundert Pfund für Harrys Auto angeboten.«

»Siebenhundert?«, wiederholte Crombie. »Und was ist es wert?«

»Ungefähr fünfhundertfünfzig, maximal sechshundert.«

»Interessant»«, bemerkte Crombie. »Wer hat Ihnen dieses Angebot gemacht?«

»Ein Kerl namens Tupper. Er hat eine Garage in Waltham Cross. Aber er ist nur der Mittelsmann und kauft das Auto offensichtlich für jemand anderen.«

»Woher wissen Sie, dass er nur der Mittelsmann ist?«, fragte Crombie.

»Weil er es mir gesagt hat.«

Es gab eine kurze Pause. Dann fragte Crombie: »Wie ist dieser Tupper überhaupt mit Ihnen in Kontakt gekommen?«

»Jemand hat eine Anzeige in der *Evening Mail* aufgegeben«, antwortete ich. »Darin wurde Harrys Auto genau beschrieben. Daneben stand meine Telefonnummer.«

»Wo sind Sie jetzt?«

»Ich bin auf dem Weg zurück nach London. Können wir uns irgendwo treffen? Ich gebe Ihnen dann alle Einzelheiten.«

»In Ordnung«, sagte Crombie. »Dieser Tupper hört sich für mich interessant an. Ich komme in etwa einer Stunde bei Ihnen vorbei. Sind Sie bis dahin dort?«

Ich warf einen kurzen Blick auf meine Uhr. »Wenn ich ein bisschen auf die Tube drücke, dann sollte ich es schaffen. Warten Sie, ich gebe Ihnen meine Adresse …«

»Die Adresse habe ich«, sagte Crombie, »wir sehen uns in einer Stunde.«

Ich schloss die Eingangstür meiner Wohnung auf und ging hinein. Crombie stand mir im Flur gegenüber, eine Hand auf einem kleinen Tisch.

Er machte einen Schritt auf mich zu. Ich konnte sehen, dass alle Farbe aus seinem Gesicht gewichen war und sein Mund weit offenstand.

»Crombie, was ist denn los?«, rief ich.

Er schwankte leicht. Einen Moment lang kam mir der Gedanke, dass er betrunken sein könnte. Als er endlich sprach, schien er jedes Wort mit schrecklicher Anstrengung hervorzuzwingen. »Frazer … Hören Sie … die *North Star* …«

»Was ist mit der *North Star*?«, fragte ich.

Crombie schnappte mit einem schaudervollen Schnaufen nach Luft.

»Ich … will, … dass … Sie …« Seine Augen wurden glasig, als er sprach, und er stolperte nach vorne in meine Arme. Ich brauchte nicht den Anblick des Messergriffs, der zwischen seinen Schulterblättern steckte, und den dunklen Blutfleck, der sich auf seinem Mantel ausbreitete, um zu wissen, dass Crombie tot war.

Einen Moment lang hatte mich blanke, blinde Panik im Griff. Ich hatte nicht damit gerechnet, dass dieser Auftrag wie ein einfaches Detektivspiel ablaufen würde, aber dass ich in diesem frühen Stadium über einen gewaltsamen Tod stolpern würde, war mehr als überraschend und ich war nicht darauf vorbereitet.

Ich riss mich zusammen und eilte ins Wohnzimmer. Als ich den Hörer abnahm und überlegte, ob ich Ross oder die Polizei anrufen sollte, schaute ich instinktiv zum Kaminsims.

Darauf stand ein Modell eines Segelschiffs. Mit einem plötzlichen Krampf in der Magengrube stellte ich fest, dass es sich dabei um die *North Star* handelte!

Kapitel fünf

Ich beschloss schließlich, zu Ross' Büro zu fahren. Mir wurde klar, dass das, was eine interessante, möglicherweise aufregende und lukrative Arbeit zu werden versprach, sich nun zu etwas ganz anderem entwickelt hatte. Ross war für niemanden zu sprechen, als ich in sein Vorzimmer kam, aber ich ließ ihm die dringende Nachricht ausrichten.

Er drehte sich etwas irritiert um, als ich in sein Büro platzte. »Was ist los, Frazer?«, fragte er gereizt. »Ich habe Ihnen doch gesagt, dass Sie sich an Crombie wenden sollen, wenn Sie etwas Wichtiges herausfinden. Er kann sich um alle unmittelbaren Probleme kümmern.«

»Crombie ist tot«, platzte es aus mir heraus. »Er wurde ermordet.«

Ross starrte mich einen Moment lang an, ohne zu sprechen. Nicht einmal ein Wimpernzucken verriet irgendeine Regung. Dann sagte er leise: »Was ist passiert?«

Ich hatte Mühe, wieder zu Atem zu kommen. »Ich habe mich mit Crombie in meiner Wohnung verabredet«, sagte ich. Meine Stimme klang seltsam, sogar für mich selbst. »Als ich dort ankam, war er schon da. Er hatte ein Messer in seinem Rücken.«

»Haben Sie die Polizei informiert?«, fragte Ross sofort.

»Nein, ich dachte, dass es besser sei, erst mit Ihnen zu sprechen.«

Ross nickte. »Das haben Sie ganz richtig gemacht. Haben Sie Ihr Auto hier?«

»Ja.«

Ross erhob sich schnell vom Schreibtisch. »Gut! Erzählen Sie mir den Rest der Geschichte auf dem Weg …«

Ich schloss die Wohnungstür auf und ging zur Seite, damit

Ross eintreten konnte, in der Erwartung, dass er beim Anblick der Leiche einen Ausruf machen würde. Er tat es aber nicht.

»Er stand genau dort«, begann ich, blieb dann stehen und blickte mich entsetzt um. Die Leiche war verschwunden. »Ich schwöre Ihnen, er stand dort, dann fiel er nach vorne und blieb hier liegen«, sagte ich und deutete auf den Boden. »Mensch, ich habe ihn mit eigenen Augen gesehen!«

Ross sagte nichts. Er bückte sich leicht und untersuchte den Teppich.

Ich eilte zum Kaminsims im Wohnzimmer. Auch das Modell der *North Star* war verschwunden.

»Verdammt«, murmelte ich, »bin ich denn verrückt geworden? Das Modell ist auch weg!«

»Das sehe ich«, sagte Ross in einem sachlichen Ton.

»Aber ich schwöre, es stand auf dem Kaminsims!«, sagte ich hilflos.

»Frazer, sind Sie absolut sicher, dass Crombie tot war?«

»Ganz sicher.« Ich drehte mich um und sah ihn an. »So etwas kann man doch nicht erfinden! Beide waren sie vor zwanzig Minuten hier: Crombie lag im Flur und das Schiffsmodell stand auf dem Kaminsims. Das glauben Sie mir doch, oder?«

»Nun mal hübsch der Reihe nach«, sagte Ross gleichmütig. Mit dem Ton hätte er auch eine Partie Bridge vorschlagen können. »Setzen Sie sich, Frazer. Sie sagten, dass Sie kurz nach dem Mittagessen einen Anruf von diesem Tupper erhalten haben, der Ihnen Denstons Wagen abkaufen wollte?«

»Das ist richtig. Er sagte, er hätte die Anzeige in der *Evening Mail* gefunden.«

Ross überlegte einen Moment lang. »Haben Sie die Anzeige in der Zeitung geschaltet?«

»Nein, aber irgendjemand hat es getan. Ich habe sie selbst gesehen.«

»Hat Tupper einen besonderen Grund genannt, warum er den Wagen wollte?«

»Zuerst nicht. Später sagte er, er sei für einen Kunden.«

Ross tippte nachdenklich an sein Kinn. »Sie haben sich also mit Tupper getroffen, das Geschäft abgeschlossen und die Übergabe des Wagens für morgen Vormittag vereinbart?«

»Er wollte mich heute Nachmittag überreden, den Wagen gleich bei ihm zu lassen. Das wollte ich aber nicht.«

»Ach, das wollte er?«, sagte Ross. »Warum haben Sie ihn nicht dort gelassen?«

Nach kurzem Zögern antwortete ich: »Nun, aus zwei Gründen: Ich wollte einerseits wissen, was Crombie über die Sache mit Tupper denkt, und andererseits eine weitere Gelegenheit haben, den Wagen nochmals zu untersuchen, nur für den Fall, dass ich etwas übersehen habe.«

»Was für ein Typ ist dieser Tupper?«, fragte Ross.

»Raue Schale, weicher Kern«, erklärte ich. »Der typische kleine Autohändler, wie er im Buche steht und wie man ihn in der Branche oft findet. Mehr als alles andere hat mich allerdings der Preis überrascht, den er mir genannt hat: sechshundertfünfundsiebzig Pfund – eine absurde Summe. Ich kenne mich im Gebrauchtwagenhandel nicht sehr aus, aber selbst mir war klar, dass der Wagen nicht so viel wert ist. Offensichtlich hatte es Tupper – oder die Leute, in deren Auftrag er handelte – verdammt eilig, den Wagen zu bekommen.«

»Was ist mit der Garage?«

»Sie sah ganz normal aus. Ein paar Zapfsäulen, eine Art Büro und ein paar herumstehende Autos zum Verkauf – das Übliche eben.«

»Ich verstehe«, sagte Ross nachdenklich. »Gut, fahren Sie bitte fort. Sie haben also Crombie angerufen?«

»Ich rief ihn an, sobald ich von Tupper weg war. Ich erzählte ihm kurz, was passiert war, und er sagte, er würde mich hier treffen, sobald ich wieder in der Stadt sei.«

»Wie lange haben Sie dafür gebraucht?«, fragte Ross.

»Von dem Zeitpunkt an, als ich Crombie anrief? Etwa eine Stunde – etwas weniger vielleicht.«

Ross nickte.

»Als ich hierherkam, stand er draußen im Flur«, ich zeigte durch die offene Tür. »Zuerst habe ich gar nicht gemerkt, dass etwas nicht stimmt. Ich ging auf ihn zu und er sagte etwas wie »Frazer … die *North Star* …«, dann fiel er nach vorne in meine Arme und ich sah das Messer in seinem Rücken.«

»Und dann?«

»Mir haben ganz schön die Beine zu schlottern begonnen«, sagte ich ehrlich. »Ich lief hier ins Wohnzimmer und wollte den Notruf wählen. Dann fiel mir plötzlich das Modell der *North Star* auf dem Kaminsims auf und ich beschloss, nicht die Polizei zu rufen, sondern zu Ihnen zu fahren.«

»Ich verstehe«, sagte Ross.

»Das klingt jetzt alles ziemlich unwahrscheinlich«, schloss ich entschuldigend, »aber ich versichere Ihnen …«

»Keine Sorge«, sagte Ross, »unwahrscheinliche Geschichten bin ich gewöhnt, und diese hier ist es überhaupt nicht. Crombies Leiche ist vielleicht verschwunden, aber draußen ist Blut auf dem Teppich. Wissen Sie, Frazer, Sie haben sie gestört. Sie waren noch in der Wohnung, als Sie zurückkamen.«

»Sie?«, fragte ich. »Wer zum Teufel sind denn »sie«?«

Ross ignorierte diese Frage und ging zum Telefon. Er wählte eine Nummer und sagte dann bestimmt: »Hurst … Ross hier. Ich möchte, dass Sie sich sofort mit Laidman in Verbindung setzen. Sagen Sie ihm, dass Crombie einen Unfall hatte … Ja, einen *sehr* schweren … Verstehen Sie? … Das ist alles. Gute Nacht.«

Ross legte auf und ich mischte zwei übergroße Whiskys mit Soda. Dann sagte ich: »Das erste Mal, als ich Crombie sah, bestellte er einen doppelten Scotch in dem Pub in Henton.«

Ross starrte in sein Glas. »Er war einer meiner besten Männer – und ein Freund. In diesem Geschäft findet man nicht viele Freunde, zumindest habe ich nie welche gefunden. Aber Arthur Crombie war einer von ihnen.«

Ich schwieg, denn ich wusste, dass alles, was ich sagen würde, völlig unzureichend wäre.

Doch Ross dachte nicht lange über Crombie nach. »Was bedeutet das alles für Sie?«, fragte er.

»Wie meinen Sie das?«

Der Anflug eines Lächelns umspielte Ross' Lippen. »Sie müssen diese Sache nicht weiter machen, wenn Sie nicht wollen«, sagte er. »Wir haben Sie nur gebeten, uns zu helfen, weil Sie Harry Denston gut kennen. Aber – na ja, Sie sind ja nicht wirklich einer von uns. Sie können jederzeit aussteigen, wenn Ihnen danach ist.«

»Danach ist mir nicht«, sagte ich.

Ross zog die Augenbrauen hoch. »Haben Sie denn keine Angst?«

»Doch natürlich habe ich Angst«, sagte ich. »Ich habe eine Höllenangst.«

Ross' Lächeln wurde breiter. »Das freut mich zu hören, denn wenn Sie keine Angst hätten, dann könnte ich Sie nicht gebrauchen.«

»Keine Sorge«, sagte ich. »Ich bin Ihr Mann.« Ich streckte meine Hand aus, die immer noch leicht zitterte. Dann mixte ich zwei weitere Drinks und sagte: »Natürlich wäre es sehr hilfreich, wenn Sie meine Neugierde etwas befriedigten.«

»Über Harry Denston?«

»Ja.«

Ross nahm einen Schluck und stellte dann sein Glas auf den Tisch. »Vor drei Monaten wurde aus einem Haus in Westminster etwas gestohlen«, sagte er. »Wir glauben, dass dieser« – er hielt kurz inne – »spezielle Gegenstand in die Hände von Harry Denston gelangt ist und dass er ihn Anstrov übergeben wollte. Sie wissen, was passiert ist: Der Plan ging schief.«

»Das bedeutet«, sagte ich, »dass Harry den Gegenstand, den Sie suchen, immer noch hat?«

»Nun, wir hoffen es. Es ist unsere Aufgabe, ihn zu finden, bevor er ihn loswird – oder er ihm weggenommen wird.«

»Ich nehme an, es hat keinen Sinn, Sie zu fragen, um was es sich handelt?«, erkundigte ich mich zaghaft.

Ross schüttelte den Kopf. »Es ist zwecklos, fürchte ich. Ich habe Ihnen schon viel mehr erzählt, als ich hätte tun sollen. Finden Sie Harry Denston, dann erzähle ich Ihnen den Rest.«

»Aber eine Frage gibt es noch, auf die ich gerne eine Antwort von Ihnen hätte«, sagte ich. »Glauben Sie, dass Harry Denston Crombie ermordet hat?«

»Das weiß ich genauso wenig wie Sie«, sagte Ross unverbindlich. »Genauer gesagt wissen Sie es besser: Sie kennen Denston – ich nicht.«

»Ich glaube nicht, dass er es getan hat«, sagte ich mit Bestimmtheit. »Ich bin mir sogar verdammt sicher, dass er es nicht getan hat. Es sieht so aus, als stecke Harry bis zum Hals in allen möglichen schmutzigen Dingen, aber er würde niemanden umbringen.«

»Nun, ich hoffe, Sie haben recht«, sagte Ross. Er trank seinen Drink aus. »Wissen Sie, Ihr Garagenfreund interessiert mich im Moment sehr.« Er griff nach seinem Hut und seinem Mantel. »Wir werden den Wagen heute Nacht nochmals von oben bis unten durchleuchten«, kündigte er an. »Wenn wir nichts finden, dann können Sie den Termin einhalten.«

– 2 –

Am nächsten Vormittag machte ich mich auf den Weg zu Tuppers Garage. In der Nacht zuvor hatten zwei von Ross' Männern den Hillman mit penibelster Gründlichkeit untersucht. Wenn es auch nur eine Stecknadel in diesem Fahrzeug gegeben hätte, sie hätten sie entdeckt. Aber da war nichts, abgesehen von den Gegenständen, die ich beim Abholen in der Marble Arch Garage gefunden hatte.

Ich erreichte Tuppers Garage pünktlich um elf Uhr. Als ich vorfuhr, bemerkte ich einen Drei-Tonnen-Lastwagen der Armee, der direkt gegenüber der Garage geparkt war. Eines seiner Hinterräder war platt. Ein junger Soldat, der seine marineblaue Baskenmütze auf den Hinterkopf geschoben hatte, saß auf dem Trittbrett und rauchte eine Zigarette.

Ich ging in das Büro und fand Tupper in einer hitzigen Diskussion mit einem Unteroffizier. Tupper quittierte meine Anwesenheit mit einem mürrischen Nicken.

Der Unteroffizier war ein großer Mann und seine stämmige Gestalt drohte aus seinem Kampfanzug zu platzen. Auf der linken Brusttasche trug er eine doppelte Reihe Kampagnenbänder.

»Ja glaubt ihr denn, das hier ist eine verdammte Regimentswerkstatt?«, brummte Tupper. »Was ist denn jetzt schon wieder?«

Der Unteroffizier hielt einen Reifenheber in der Hand. In seiner starken Faust sah er fast mickrig und filigran aus. »Haben Sie einen schwereren als diesen, Kumpel?«, fragte er.

»Bin gleich bei Ihnen«, sagte Tupper zu mir und wandte sich wieder an den Soldaten. »Was ist denn mit dem da los?«

Der Unteroffizier machte ein schnalzendes Geräusch mit der Zunge. »Da kann ich ja gleich mit Messer und Gabel den Reifen wechseln.«

Tupper kramte in einem Werkzeugkasten. »Unsere Armee scheint aus einer Reihe Komikern zu bestehen«, sagte er verbittert. »Haben Sie denn kein eigenes Werkzeug, verdammt noch mal? Ich habe Ihnen doch schon alles gegeben, was ich habe.«

»Machen Sie mir keine Vorwürfe, Kumpel«, sagte der Unteroffizier. »Ich bin nur der Beifahrer.« Er winkte mit dem Daumen in Richtung des Lastwagens. »Der Fahrer, den sie mir gegeben haben, ist ein Volltrottel – sitzt auf seinem Hintern rum und raucht eine Kippe nach der anderen.«

»Dann pfeifen Sie ihn doch mal anständig zusammen«, schlug Tupper vor. »Sie sind doch ein Offizier, oder?«

Der Unteroffizier lachte verbittet. »Damit er sich dann bei der Militärpolizei beschwert, was? Nicht mit mir!«

Tupper reichte ihm einen Satz Reifenheber. »Und warum haben Sie keinen Ersatzreifen?«, fragte er.

»Weil ihn dieser Idiot da draußen vergessen hat«, sagte der Unteroffizier säuerlich.

Tupper wischte sich die Nase mit dem Handrücken ab. »Heiliger Bimbam«, sagte er. »Scheint ja einer von den ganz schlauen Kerlen zu sein, was?«

»Das können Sie laut sagen, Kumpel«, sagte der Unteroffizier verbittert. Dann verließ er das Büro und ging über die Straße in Richtung des Lastwagens.

»Gut«, sagte Tupper. »Jetzt zu unserem Geschäft. Haben Sie das Fahrtenbuch?«

»Hier ist es«, erwiderte ich. »Haben Sie das Geld?«

»Das hab' ich, Kumpel«, sagte Tupper. »Es ist alles bereit für Sie.«

Er schaute aus dem Fenster und sah, dass der Unteroffizier wieder zurückkam. »Oh, verflixt! Jetzt geht das wieder los!«

»Darf ich mal Ihr Telefon benutzen?«, fragte der Unteroffizier.

»Was ist denn diesmal los?«, fragte Tupper gereizt.

»Ich möchte ein Ferngespräch nach Paris führen«, sagte der andere. Er zwinkerte mir behäbig zu, als er den Hörer abnahm.

»Soldaten!«, rief Tupper angewidert aus. »Die glauben, sie wissen alles. Verdammte Verschwendung von Steuergeldern, wenn Sie mich fragen. Fahren Sie jetzt gleich zurück nach London, Mr. Frazer?«

»Ja«, sagte ich.

»Dann bringe ich Sie zum Bahnhof«, bot Tupper mit unerwarteter Freundlichkeit an.

Er ging zu einem baufälligen Tresor in der Ecke und öffnete ihn. Vom Telefon her war die Stimme des Unteroffiziers zu hören, der lautstark protestierte.

»Das weiß ich alles«, sagte er gereizt. »Dieser verflixte Schwachkopf hat kein Werkzeug mit und auch kein Reserverad – dieser Komiker! ... Ja, ich weiß verdammt gut, dass wir spät dran sind ...«

Tupper legte mehrere dicke Bündel von Geldscheinen vor mir auf den Tisch. »Es ist alles da«, sagte er. »Sechshundertfünfundsiebzig Mäuse.«

Ich begann, die Noten zu zählen.

Aus dem Augenwinkel heraus sah ich den Unteroffizier an, der seinen Blick verzweifelt zum Dach richtete. Sein kläglicher Monolog ging weiter: »Und was zum Teufel kann ich dafür? ... Was soll ich tun? ... Ja, »Garage« nennt es sich jedenfalls, aber ...« Er unterbrach den Satz, als er das viele Geld auf dem Tisch liegen sah. »Hier geht offensichtlich nicht alles mit rechten Dingen zu«, vertraute er dem Mann am anderen Ende an. »Außerdem ein furchtbares Durcheinander, egal, wo man hinblickt.«

Tupper hörte diese Bemerkung und warf dem Unteroffizier einen giftigen Blick zu. »Kümmern Sie sich gefälligst um Ihren eigenen verdammten Kram!«, schimpfte er.

Der andere winkte Tupper mit zwei ausdrucksstarken Fingern zu und brüllte dann in das Telefon: »In Ordnung, Bert! Wir sehen uns später.« Er grüßte Tupper zum Schein und ging dann wieder hinaus.

Ich beendete die Zählung des letzten Bündels von Geldscheinen. »Ganz genau sechshundertfünfundsiebzig, Mr. Tupper«, bestätigte ich.

»Gut«, sagte Tupper. »Dann bringe ich Sie jetzt zum Bahnhof.«

– 3 –

Ich nahm den Zug von Waltham Cross aus und war um halb zwei wieder in London. Nach einem Glas Bier und einem Sandwich in einem Pub ging ich zurück in meine Wohnung und fragte mich, was Ross wohl als Nächstes für mich vorbereitet hatte.

Ich sollte es bald erfahren. Ross meldete sich um halb drei am Telefon. »Können Sie sofort herkommen, Frazer«, fragte er.

»Was gibt es?«, erkundigte ich mich eifrig.

Ross' Stimme klang zwanglos. »Nicht viel. Ich habe eine kleine Filmvorführung in meinem Büro vorbereitet. Ich denke, Sie sollten daran teilnehmen.«

Ich war inzwischen immun gegen Überraschungen, und wenn Ross eine Filmvorführung in seinem Büro wollte, wer war ich, das in Frage zu stellen?

Als ich in Ross' Büro eintraf, lag dicker Zigarettenrauch in der Luft. Die Vorhänge waren zugezogen und an der Wand gegenüber von Ross' Schreibtisch war eine Leinwand aufgestellt worden. Auf dem Schreibtisch stand ein Filmprojektor, und ein gelangweilt aussehender Mann in einer Latzhose war dabei, einen Film einzufädeln. Ross stand mit einem kräftig gebauten Mann in einem makellosen blauen Anzug am Schreibtisch.

»Hallo, Frazer. Darf ich Ihnen John Caxton vorstellen?«, sagte Ross.

Mir kam der große Mann irgendwie bekannt vor. Wir gaben uns die Hand und ich sagte unsicher: »Sind wir uns nicht schon einmal irgendwo begegnet?«

»Sie haben mich heute Vormittag gesehen«, sagte Caxton lakonisch.

Dann erkannte ich ihn als den großen und widerspenstigen Unteroffizier wieder, den ich wenige Stunden zuvor in Tuppers Garage gesehen hatte.

Ross, überlegte ich, hatte sein Personal gut ausgebildet: Ich erinnerte mich an Crombies verrucht genaue Darstellung eines zwielichtigen Handelsreisenden; Caxtons streitlustiger Unteroffizier war nicht weniger perfekt gewesen. Ross' Männer waren, abgesehen von ihren anderen Qualifikationen, offenbar alle erfahrene Schauspieler.

»Wir werden Ihnen jetzt einen Film zeigen«, erklärte mir Ross, »darauf werden Sie sehen, was bei Tupper passiert ist, nachdem Sie gegangen sind. Ich möchte, dass Sie mir sagen, ob Sie jemanden erkennen.« Er nickte dem Filmvorführer zu. »Können wir starten?«

»Wir können«, antwortete der Vorführer. Er ging zu einem Wandschalter und drehte das Licht aus.

Fasziniert sah ich Tuppers Garage auf der Leinwand. Tupper sprach gerade mit Caxton vor dem Büro. Er war offensichtlich über etwas verärgert und gestikulierte mit seinen Händen. Dann nickte er mit dem Kopf in Richtung des Büros, und Caxton ging hinein, während Tupper die Straße auf und ab schaute. In diesem Moment kam Caxton aus dem Büro, trug einen großen Schraubenschlüssel bei sich und verschwand aus dem Blickfeld.

»Das wurde natürlich alles aus dem Inneren des Lastwagens aufgenommen«, erklärte mir Caxton, und mir wurde klar, warum es so lange gedauert hatte, die Reifenpanne des Fahrzeugs zu beheben.

Ein Ford Consul erschien auf der Leinwand und fuhr an den Zapfsäulen vor. Tupper schüttelte dem Beifahrer die Hand, als dieser ausstieg. Es handelte sich offensichtlich um einen privaten Mietwagen. Auf dem Fahrersitz saß ein Chauffeur mit Mütze.

Der Konsul fuhr weg und Tupper führte den Mann zu dem Hillman Minx, der gleich hinter den Zapfsäulen geparkt war.

Sie standen zusammen, unterhielten sich offenbar angeregt und betrachteten das Auto. Tuppers Besucher, so konnte ich sehen, war kräftig gebaut, trug einen Filzhut und einen Gürtelmantel.

Ross' Stimme kam aus der Dunkelheit. »Das ist der wichtige Teil, Frazer. Schauen Sie genau hin und sagen Sie uns, ob Sie diesen Mann schon einmal gesehen haben.«

Während er sprach, erschien eine Nahaufnahme der beiden Männer, die neben dem Hillman standen. Ich erkannte den Mann sofort. »Großer Gott!«, sagte ich aufgeregt. »Das ist Nikiyan, der Kapitän!«

Ross drehte sich zum Vorführer: »Gut, das reicht. Machen Sie das Licht an.« Dann wandte er sich mir zu und zum ersten Mal bemerkte ich einen Hauch von Aufregung in seiner Stimme. »Sind Sie sich ganz sicher, dass es Kapitän Nikiyan war?«

»Absolut sicher«, sagte ich mit Nachdruck. »Daran gibt es überhaupt keinen Zweifel. Ihn würde ich überall wiedererkennen.«

»Hat dieser Mann Crombie jemals gesehen?«, fragte Ross.

Ich erinnerte mich an das *Three Bells* in Henton. »Ja«, sagte ich dann. »Als wir Anstrovs Sachen an Nikiyan übergaben, war Crombie dabei. Ich erinnere mich, dass Nikiyan ihm die Hand schüttelte.«

»Warum?«, erkundigte sich Ross.

Ich zuckte mit den Schultern. »Er hat allen die Hand geschüttelt.«

Ich brach das darauffolgende Schweigen mit einer Frage: »Warum wollte Nikiyan den Hillman?«

»Vermutlich, weil er Harry Denston gehörte.«

»Ja, aber warum?«, beharrte ich. »Gestern Abend haben Ihre Männer das Auto von oben bis unten durchsucht. Da ist doch nichts Ungewöhnliches an dem Wagen.«

»Ich wette, Mr. Tupper sieht das anders«, warf Caxton trocken ein.

»Wieso glauben Sie das?«, fragte ich.

»Nun, er hat Ihnen fast siebenhundert Pfund dafür bezahlt,

nicht wahr?«

»Das ist richtig«, sagte ich. »Sechshundertfünfundsiebzig, um genau zu sein.«

»Und was ist das Auto wert?«

»Och, maximal fünfhundertsechsundfünfzig.«

»Eben«, sagte Caxton mit einem Anflug von leisem Triumph. »Und was glauben Sie, was Nikiyan dafür bezahlt hat?«

»Das weiß ich nicht«, sagte ich.

»Ich auch nicht«, sagte Caxton ein wenig grimmig, »aber wie ich unseren Freund Tupper kenne, kann man darauf wetten, dass es weit über siebenhundert waren. Der alte Tupper ist ein gewiefter Geschäftsmann. Ich bezweifle sehr, dass er mit weniger als hundert Pfund Gewinn zufrieden gewesen wäre.« Er wandte sich an Ross. »An diesem Wagen *muss* etwas Ungewöhnliches sein, Sir.«

Ross zuckte mit den Schultern. »Nun, wenn es so ist, Caxton«, sagte er, »dann haben wir es nicht gefunden. Und Sie kennen Willets Methoden gut genug: Er würde auch eine Babysrassel in der Sahara finden ...«

– 4 –

Ich wollte gerade ins Bett gehen, als es an meiner Haustür klingelte. Es war Helen Baker, der es offensichtlich so schlecht ging, dass ich ihr sofort einen Drink einschenkte.

Sie ließ sich etwas müde in einen Stuhl sinken. »Gott, was für ein Tag! Wir hatten heute Nachmittag eine Matinee – eine von diesen Wohltätigkeitsveranstaltungen.« Sie leerte ihr Glas, dann öffnete sie ihre Handtasche. »Ich habe die Liste von Harrys Freunden für dich gemacht, Tim.«

»Danke«, sagte ich. Ich warf einen Blick auf die Liste, die fast beide Seiten eines Blattes Notizpapier bedeckte. »Da hast du dich aber wirklich ins Zeug gelegt. Jeder, den Harry je gekannt hat, muss hier draufstehen.«

»Nun, du hast gesagt, ich soll alle aufschreiben, die mir einfallen. Und das habe ich getan – bis hin zu seiner Putzfrau.« Sie lehnte sich vor und sagte ernst: »Tim, warum wolltest du diese Liste?«

Ich setzte mich auf die Armlehne des Sofas. »Ich versuche, Harry zu finden. Genauer gesagt: Ich muss ihn finden. Es ist jetzt nötiger denn je.«

Ich konnte sehen, dass ihre Augen beunruhigt funkelten. »Ja, aber *warum*? Ist Harry in Schwierigkeiten? Ist die Polizei hinter ihm her?«

»Nein«, sagte ich, »die Polizei nicht.«

»Wer dann?« Als ich nicht antwortete, fuhr sie hartnäckig fort: »Und außerdem – was meintest du, als du sagtest, es sei jetzt notwendiger denn je, ihn zu finden? Warum ausgerechnet jetzt?«

Ich sah in Richtung des Flurs. Ich erinnerte mich daran, wie Crombie vorwärts getaumelt war und vor meinen Füßen starb. Ich erinnerte mich auch an Crombies lapidare Bemerkung, dass es in seinem besonderen Beruf oft gut sei, nicht zu viel zu wissen. Helen wollte natürlich alles wissen.

»Ich habe genau das gemeint, was ich gesagt habe«, antwortete ich nach einer Weile. »Jemand anderes – nicht die Polizei – sucht nach Harry. Und diese Person wurde ermordet.«

Helen sah schockiert aus. »Aber ich verstehe das nicht! Weiß denn die Polizei von diesem – diesem Mord?«

»Ja, sie weiß es.«

»Tim«, bohrte sie nach, »wer war diese Person?«

»Ein Freund von mir«, sagte ich. »Er hat mir geholfen, Harry zu suchen, und jemand hat ihm ein Messer in den Rücken gerammt. So einfach war das, Helen.«

Sie lachte nervös. »Das glaube ich dir nicht. Du machst Witze.«

»Ich wünschte, es wäre so«, sagte ich. »Es ist aber leider wahr. Ich habe den Mann mit dem Messer im Rücken gesehen. Glaube mir, das war keine schöne Erfahrung.«

»Wann ist das passiert?«, fragte sie.

»Gestern Abend.«

»Aber es steht nichts darüber in der Zeitung.«

»Nein«, sagte ich, »und ich bezweifle, dass jemals darüber berichtet wird.« Ich rückte näher an sie heran. »Helen, bitte glaub nicht, dass ich dir irgendetwas vormache, aber …«

Ich brach ab, als ich einen Blick auf eine Aktentasche erhaschte, die auf dem Boden neben dem Sofa stand. »Ist das deine?«

»Ja, ich habe sie mitgebracht«, sagte sie, »aber sie gehört mir nicht.«

Ich sah mir die Aktentasche genauer an. »Die habe ich doch schon mal irgendwo gesehen«, sagte ich.

»Gut möglich«, sagte sie. »Sie gehört Harry.«

»Warum hast du sie dann hierhergebracht?«

»Ich war gestern im Cottage und habe sie in einem der Schränke gefunden. Sie hat mich gleich neugierig gemacht und …«

»Moment mal«, unterbrach ich sie. »Was ist das für ein Cottage? Ich wusste nicht, dass du ein Cottage hast, Helen.«

»Es ist in Surrey«, sagte sie, »etwa zwei Meilen von Alton entfernt. Wir haben es jetzt seit über sechs Monaten.«

Ich hob die Augenbrauen. »Wir?«

»Ja. Harry und ich. Wir waren an den Wochenenden oft dort.«

»Das ist alles neu für mich«, sagte ich und bedauerte diese Bemerkung.

Sie zuckte eher hilflos mit den Schultern. »Ich wollte es dir sagen, aber Harry wollte es nicht. Er meinte, es sei unser Geheimversteck und er wollte nicht, dass irgendjemand davon erfährt.«

»Ich hätte nicht gedacht, dass ich unter die Rubrik »irgendjemand« falle«, sagte ich mit einem Hauch von Selbstmitleid.

»Ich weiß, Darling«, sagte Helen reumütig. »Ich hatte auch kein gutes Gefühl dabei, aber Harry war unnachgiebig. Er war furchtbar geheimnistuerisch und übertrieben sentimental was die ganze Sache betrifft.«

»Nun, vergessen wir es«, sagte ich kurz und knapp. Dieses Cottage erklärte wahrscheinlich eine Menge von Harrys verlorenen Arbeitstagen, dachte ich säuerlich. Dann verdrängte ich das Pech der Firma *Frazer & Denston Ltd.* aus meinem Gedächtnis. Ich deutete auf die Aktentasche. »Du sagtest, du hättest sie in einem der Schränke gefunden?«

»Ja«, sagte Helen. »Weißt du, nachdem du mich um diese Liste gebeten hast, habe ich mich gefragt, ob es nicht noch eine andere Möglichkeit gibt, wie ich dir helfen kann, Harry zu finden.« Sie lächelte etwas blass. »So seltsam es auch klingen mag, ich will ihn auch zurück. Jedenfalls wusste ich, dass er ein paar Kleidungsstücke und andere Dinge im Cottage gelassen hatte und deshalb bin ich gestern Abend dorthin gefahren.«

Ich untersuchte die Aktentasche. »Hast du sie gehöffnet?«

»Nein, das konnte ich nicht. Sie ist abgeschlossen. Du kannst es versuchen, wenn du willst.«

Das Schloss schien ziemlich stark zu sein, aber nicht so stark, dass man es mit einem Schraubenzieher nicht aufbrechen konnte. Ich holte einen aus der Küche und machte mich ans Werk. Während ich arbeitete, sagte ich: »Hat Harry jemals irgendwelche Geschäftspapiere in dein Cottage mitgenommen?«

Helen schenkte mir ein schiefes Lächeln. »Harry mochte es nicht besonders, irgendwo zu arbeiten, schon gar nicht im Cottage. Deshalb wurde ich auch ziemlich neugierig, als ich diese Aktentasche fand. Ich bin mir ziemlich sicher, dass ich sie noch nie gesehen habe. Irgendwie scheinen eine Aktentasche und Harry auch nicht zusammenzupassen.«

»Ich verstehe, was du meinst«, sagte ich grimmig. Ich hantierte ein letztes Mal mit dem Schraubenzieher herum. Dann gab das Schloss nach. Ich öffnete die Tasche und nahm ein gerahmtes Bild heraus. »Na, so ein Mist!«, sagte ich unwillkürlich.

»Was ist das?«, erkundigte sich Helen neugierig.

»Es ist ein Druck – eine Lithographie.«

»Also«, rief Helen, »das wird ja immer seltsamer! Was um alles in der Welt macht ausgerechnet Harry mit einem Bild in einer Aktentasche?«

Ich antwortete nicht, sondern starrte ungläubig auf das Bild eines Schiffes, einer Fregatte, die aus einem Hafen auslief, bei dem es sich um Portsmouth handeln konnte. Am unteren Rand des Bildes stand die Inschrift: DIE NORTH STAR. 1794.

Kapitel sechs

Am folgenden Nachmittag fuhr ich zu Donald Edwards' Cottage in Cobham. Was Autos betraf, so schien ich als verdeckter Ermittler sehr erfolgreich zu sein. Erst hatte ich meinen Consul verkauft, dann Harrys Hillman Minx an den Mann gebracht und nun konnte ich solange ich wollte einen schönen Jaguar nutzen, den mir Ross zur Verfügung gestellt hatte. Langsam verstand ich, was er damit gemeint hatte, als er mir sagte, dass seine Abteilung »weitreichende Befugnisse« und »Zugang zu Mitteln, von denen der Steuerzahler nichts wusste« hatte.

Ich schmunzelte vor mich hin, als ich die Straße nach Cobham entlangfuhr. Jeder Steuerprüfer hätte sich wohl gewundert, wie der Geschäftsführer eines kürzlich in Konkurs gegangenen Maschinenbauunternehmens in einem fast nagelneuen Jaguar durch die Gegend fahren konnte.

Ein kleiner Junge, der unerwartet eine elektrische Eisenbahn geschenkt bekam, hätte sich nicht mehr gefreut als Donald Edwards, als ich mit dem Bild der *North Star* bei ihm auftauchte.

Wie ein Kapitän auf der Brücke seines Schiffes saß er an seinem Schreibtisch und hielt den Druck fast ehrfürchtig in der Hand. Von Zeit zu Zeit betrachtete er die Abbildung in seinem Nachschlagewerk durch ein großes Vergrößerungsglas und verglich sie mit dem Bild. Das von ihm gebaute Schiffsmodell stand dabei, wie ich bemerkte, vor ihm auf dem Schreibtisch.

Er betrachtete mich mit größtem Wohlwollen. »Ich kann Ihnen gar nicht sagen, wie sehr ich mich darüber freue, Mr. Frazer«, sagte er, und seine wässrigen Augen blinzelten begeistert hinter seinen dicken Brillengläsern. »Es nimmt mir eine große Last von den Schultern, eine sehr schwere Last.«

»Ich bin sehr froh, das zu hören«, sagte ich.

Sein Lächeln war fast selig. »Dieses Bild hier bestätigt, was ich gehofft hatte, Mr. Frazer.« Er tippte auf das Nachschlagewerk. »Obwohl es sich um einen anderen Stich handelt, ist das Schiff mit Sicherheit dasselbe. Es sieht also so aus, als wäre das Originalbild doch die *North Star*.«

»Ja«, stimmte ich zu, »es ist unwahrscheinlich, dass zwei Künstler denselben Fehler machen.«

»Ganz recht.« Edwards verglich nun den Druck mit dem Modell. »Eines der Dinge, die mir auf der ersten Abbildung seltsam vorkamen, war der Winkel des Bugspriets. Ich muss sagen, ich dachte er sei zu steil für eine Fregatte jener Zeit, aber dieser Stich von ihnen bestätigt es.«

»Ja, das kann sogar ich sehen«, erwiderte ich.

Mrs. Edwards kam mit einer Tasse Tee in jeder Hand ins Zimmer. »Ich dachte mir, Sie könnten das brauchen, Mr. Frazer«, sagte sie. »Ich kenne Donald, wenn er erst einmal anfängt, über seine Modelle zu reden, hat die Zeit keine Bedeutung mehr für ihn.«

Ich nahm die mir angebotene Tasse.

»Was für ein außergewöhnlicher Zufall, dass Sie diesen Druck gefunden haben«, fuhr sie fort. »Und das so kurz nach dem Gespräch mit Donald.«

»Es ist ziemlich erstaunlich«, stimmte ich zu. »Aber das Bild gehört mir nicht, wissen Sie. Es gehört einem Mann namens Harry Denston.«

Sie sah ihren Mann an. »Der Name kommt mir bekannt vor, dir nicht auch, Donald?«

»Mir nicht, meine Liebe«, sagte Edwards milde.

Mrs. Edwards drehte sich zu mir um. »Natürlich, jetzt erinnere ich mich! Das war doch der Name des Gentlemans, den Sie erwähnten, als Sie das letzte Mal hier waren? Der Mann, dem der Wagen gehört, in dem Sie meine Brille gefunden haben?«

»Ganz recht«, sagte ich. »Sie haben ein sehr gutes Gedächtnis, Mrs. Edwards.«

Sie lächelte verschmitzt. »Jemand muss in diesem Haus ein gutes Gedächtnis haben. Donald kann sich meistens an nichts erinnern. Ist dieser Mr. Denston ein Freund von

Ihnen?«

»Ja«, sagte ich. »Er ist auch ein Geschäftspartner.«

»Ich verstehe.« Mrs. Edwards dürstete eindeutig nach mehr Informationen.

»Unsere Firma ging allerdings pleite«, fuhr ich fort. »Harry Denston ist verschwunden und schuldet mir eine Menge Geld. Ich versuche immer noch, ihn zu finden.«

»Das kann ich verstehen«, sagte Mrs. Edwards unsicher.

»Ich habe die Zügel selbst in die Hand genommen«, erzählte ich ihr, »und habe gerade seinen Wagen verkaufen können.«

Edwards gluckste anerkennend. »Das freut mich für Sie.«

»Er hat auch einen bemerkenswert guten Preis erzielt«, murmelte ich beiläufig. »Ich habe ihn an einen Mann namens Tupper verkauft.«

Keiner der beiden reagierte auf diese Information, sondern beide betrachteten mich weiterhin mit höflichem Interesse.

»Mit wessen Auto sind Sie dann heute gekommen?«, erkundigte sich Mrs. Edwards.

»Ach, mit einem anderen«, sagte ich beiläufig. »Ich habe es aus dem Erlös gekauft.«

Mrs. Edwards stieß einen mitfühlenden Seufzer aus. »Nun, ich hoffe, Sie finden Mr. Denston«, sagte sie. »Ich verstehe sehr wenig von Geschäften, aber es muss absolut ärgerlich sein, wenn so etwas passiert.«

»Ich werde ihn schon finden«, sagte ich.

Edwards tippte mit dem Zeigefinger auf das Bild auf seinem Schreibtisch.

»Oh je«, sinnierte er, »wenn der Stich nicht Ihnen gehört, Mr. Frazer, dann kompliziert das die Sache natürlich.«

»Warum denn?«, erkundigte ich mich.

Edwards zögerte, dann sagte er unsicher: »Ich habe mich gefragt, ob ich mir das Bild für eine Weile ausleihen könnte. Ich hätte gerne Zeit, es genauer zu studieren.«

»Warum nicht?« Ich lächelte. »Schließlich habe ich Harrys Wagen verkauft, da wird es wohl nichts ausmachen, wenn ich Ihnen eines seiner Bilder leihe.«

»Das ist außerordentlich nett von Ihnen«, sagte Edwards

dankbar. »Ich werde gut darauf aufpassen.«

»Da bin ich mir ganz sicher, Mr. Edwards«, versicherte ich ihm. Ich schaute wieder auf das Modell der *North Star* und mir kam eine Idee. »Ich schlage Ihnen einen Handel vor, Mr. Edwards«, sagte ich. »Ich leihe Ihnen den Stich, wenn Sie mir dieses Modell verkaufen.«

»Nun, ich weiß nicht so recht«, sagte Edwards, der von meinem Vorschlag sichtlich verblüfft war.

»Aber warum nicht?«, beharrte ich. »Wollen Sie es denn nicht verkaufen?«

»Nun, das ist es nicht ganz, aber …«

»Was ist es dann?« beharrte ich.

Edwards zögerte einen Moment, dann sagte er: »Ehrlich gesagt, Mr. Frazer, fühle ich mich ein wenig unverschämt, das zu sagen, nach all den Mühen, die Sie meinetwegen auf sich genommen haben, aber – nun ja, es steckt eine Menge Arbeit in diesen Modellen, wissen Sie.« Er lächelte zaghaft. »Sie sind ziemlich teuer.«

»Das ist schon in Ordnung«, versicherte ich ihm. »Ich zahle Ihnen den Marktpreis dafür.«

»Donald, das kannst du unmöglich akzeptieren«, schaltete sich Mrs. Edwards unerbittlich ein. »Immerhin war Mr. Frazer sehr nett zu uns: Erst hat er mir meine Brille zurückgebracht und dann ist er den ganzen langen Weg aus London mit dem Bild hierhergekommen.«

»Ja, natürlich, meine Liebe, das weiß ich«, sagte Edwards entschuldigend. Er drehte sich zu mir um. »Mr. Frazer, der Marktpreis für dieses Modell liegt bei zwanzig Pfund. Ich bin gerne bereit, von Ihnen nur zehn dafür zu nehmen.«

»Zehn?«, sagte ich. »Aber das ist doch absurd! Dann einigen wir uns doch wenigstens auf …«

Edwards hob eine Hand. »Nein, ich bestehe darauf«, unterbrach er entschieden. »Ich bestehe wirklich darauf. Zehn Pfund, sonst können Sie es nicht haben.«

Ich sah erst Edwards und dann seine Frau an. »Nun, vielen Dank«, sagte ich schließlich. »Das ist wirklich sehr nett von Ihnen, aber es scheint mir viel zu wenig dafür zu sein.«

»Das wäre also geklärt«, sagte Mrs. Edwards zügig. »Ich

werde es für Sie in eine Schachtel packen, Mr. Frazer.« Sie hob das Modell vorsichtig auf und nahm es mit hinaus.

Ich zählte zehn Ein-Pfund-Noten aus meiner Brieftasche ab. »Das ist wirklich sehr freundlich von Ihnen«, sagte ich. »Ich habe immer noch das Gefühl, dass ich Ihnen viel mehr dafür geben sollte.«

»Unsinn, mein lieber Freund«, erwiderte Edwards. »Gerne hätte ich es Ihnen umsonst überlassen.« Er breitete seine Hände in einer ausdrucksvollen Geste aus. »Aber es steckt so viel Arbeit darin, wissen Sie, und diese ist heutzutage fast meine einzige Einnahmequelle.«

»Wenn das so ist, dann freue ich mich sehr darüber«, antwortete ich. »Das ist genau das, was ich für meinen Kaminsims brauche.«

»Wunderbar«, sagte Edwards. »Dann sind wir beide glücklich.« Er schob die Scheine in eine Schublade, ohne sie zu zählen.

»Ich hatte vor einiger Zeit ein Schiffsmodell auf meinem Kaminsims«, sagte ich absichtlich, »aber es ist verschwunden. Deshalb brauche ich ein Ersatzmodell.«

Ich beobachtete Edwards genau, aber in seinem Gesichtsausdruck war nicht mehr als höfliches Erstaunen zu erkennen. »Wirklich?«, fragte er. »Sie meinen, es wurde gestohlen?«

»Ja, das glaube ich.«

Mrs. Edwards kam eilig ins Zimmer und trug einen Pappkarton bei sich. »Das sollte genügen«, sagte sie. »Da es nicht mit der Post verschickt wird, habe ich das Modell nicht so sorgfältig wie üblich verpackt.«

»Sehr schön«, meinte ich. »Ich muss jetzt zurück nach London. Sie waren sehr freundlich. Ich hoffe, wir sehen uns irgendwann wieder.«

Ruth Edwards lächelte breit. »Das hoffe ich auch, Mr. Frazer.«

Ich stieg in den Jaguar ein und stellte die Schachtel auf den Beifahrersitz. Anya gesellte sich zu Edwards und seiner Frau an die Vordertür, und alle winkten mir zu, als ich wegfuhr. Ich musste daran denken, dass man sich kaum eine glücklichere und normalere Familie vorstellen konnte: der zerstreute, kurzsichtige alte Mann mit seiner Leidenschaft für Modellschiffe; seine flotte und tüchtige Frau, die ihn wie einen schelmischen, unordentlichen kleinen Jungen zu behandeln schien; und ein kleines Mädchen namens Anya …

Im Wohnzimmer meiner Wohnung nahm ich das Modell der *North Star* aus seiner Schachtel und betrachtete es sorgfältig. Dann stellte ich es auf den Kaminsims und betrachtete es eine ganze Minute lang. Ich ertappte mich dabei, dass ich mich fragte, welches düstere Geheimnis mit diesem Schiff verbunden war; genauer gesagt fragte ich mich, was es mit Harry Denston zu tun hatte. Ich konnte Harry mit einem Schnellboot, einem Luxusdampfer oder einer Yacht in Verbindung bringen, aber Harry und dieses Segelschiff von vor anderthalb Jahrhunderten passten einfach nicht zusammen. Genauso wenig waren mein Freund und die Geschichte der Seefahrt irgendwie zusammenzubringen.

Ich betrachtete das Modell noch ein paar Augenblicke, dann hob ich die leere Schachtel auf, um sie Mrs. Glover zu überlassen, die sicher eine Verwendung dafür finden würde. Als ich das tat, sah ich auf dem Boden der Schachtel einen Umschlag liegen, einen gewöhnlichen, gelblichen Umschlag von der üblichen, deprimierenden Art, die unweigerlich eine Rechnung enthielt. Ich schlitzte ihn auf und nahm ein Stück billiges Briefpapier heraus.

In Großbuchstaben und mit blauem Kugelschreiber geschrieben stand dort ein einziger Satz:

ANSTROV IST NICHT TOT.

Kapitel sieben

– 1 –

Ross untersuchte das Blatt Papier mit einigem Interesse und sah dann zu mir auf. »Und Sie sagen, es gibt keinen Zweifel daran, dass dieser russische Seemann Anstrov in den *Three Bells* in Henton gestorben ist?«, fragte er.

»Überhaupt keinen. Er war schon dem Tode nahe, als ich ihn in der Nacht zuvor sah. Er war mehrere Stunden im Wasser, vergessen Sie das nicht. Er muss dann in den frühen Morgenstunden des darauffolgenden Tages gestorben sein. Die Tochter des Wirts hat ihn gefunden. Dann kam der örtliche Polizist und später kam Kapitän Nikiyan, um Anstrovs Sachen abzuholen. Ich sage Ihnen, Anstrov ist der toteste Mann, den Henton je gesehen hat.«

»Aber dieser Zettel muss etwas bedeuten«, sagte Ross entschlossen, »und Mrs. Edwards muss ihn in die Schachtel gelegt haben.«

»Da stimme ich Ihnen zu«, meinte ich. »Niemand sonst hätte das tun können. Soll ich zu ihr fahren und mich mit ihr darüber unterhalten?«

»Im Augenblick nicht«, erwiderte Ross. »Mich interessiert jetzt mehr dieser Anstrov. Irgendwann muss doch auch ein Arzt ins Spiel gekommen sein, oder?«

»Ja«, nickte ich. »Sein Name ist Killick. Er hat wohl Anstrovs Totenschein ausgestellt.«

»Wissen Sie etwas über Killick?«

»Nicht sehr viel. Er scheint mir aber ein sehr angenehmer Kerl zu sein: um die fünfzig, lebhaft und fröhlich – der übliche Typ eines Landarztes.«

»Dann unterhalten Sie sich nochmal mit ihm«, beschloss Ross. »Vielleicht finden Sie so etwas heraus …«

Ich fuhr die zweihundert Meilen nach Henton, während mein

Gehirn in einem Gärungsprozess der Verwirrung war. Während ich die fast menschenleere Küstenstraße zwischen Withernsea und Hornsea entlangfuhr, versuchte ich, die Ereignisse der letzten Tage und die Menschen, denen ich begegnet war, Revue passieren zu lassen: Da war zunächst Harry Denston, der spurlos verschwunden war und sich nun auf der falschen Seite des Gesetzes befand; dann Helen Baker, die so unglücklich mit einem Mann verlobt war, der ihr, soweit ich sehen konnte, nur Ärger und Kummer bringen konnte; schließlich Donald Edwards und seine Frau, deren gutmütige Art gewisse geheimnisvolle Untertöne nicht verschleiern konnte; und Edgar Tupper, der Autohändler, der auf unerklärliche Weise ein Auto für eine irrsinnige Summe kaufte und sich anschließend mit einem russischen Schiffskapitän traf; dann waren da noch der Seemann Anstrov, der angeblich tot war, aber offenbar noch lebte; und Anya, das Kind mit dem märchenhaften Charme, dessen Namen Anstrov wenige Stunden vor seinem Tod – oder seinem Nicht-Tod – im Delirium gemurmelt hatte.

Ich kam zu dem Schluss, dass mein einziger Weg darin bestand, Ross' Anweisungen zu befolgen und meinen Verstand zu bewahren. Ich war nun wieder in Henton, wo diese seltsame und makabre Abfolge von Ereignissen ihren Anfang genommen hatte …

Norman Gibson begrüßte mich mit großer Begeisterung. Bei einem Drink im Gastraum sagte er: »Diesmal haben Sie aber wirklich besseres Wetter mitgebracht. Sind sie gekommen, um Ihren Freund zu treffen?«

»Nein«, sagte ich, »ich bin eigentlich hier, um mit Dr. Killick zu sprechen.«

Gibson war unverbindlich, aber spürbar neugierig. »Ach wirklich?«, sagte er.

»Ich habe ihn aus London angerufen. Er sollte jeden Moment hier sein.«

Gibson polierte ein Glas und betrachtete es kritisch. »Bei all den Ärzten in der Harley Street«, sagte er, »hätte ich nicht gedacht, dass Sie den ganzen Weg hierherkommen müssen.«

Er blickte auf, als Dr. Killick den Gastraum betrat. »Ah, da ist er ja schon.«

Killick begrüßte mich überschwänglich. »Schön, Sie wiederzusehen«, sagte er.

»Das finde ich auch«, nickte ich. »Setzen Sie sich und trinken Sie etwas.«

Killick schüttelte den Kopf: »Es ist ein bisschen zu früh für mich, danke. Was ist das für eine dringende Angelegenheit, in der Sie mich sprechen wollten?« Er strahlte mich mit der größten Herzlichkeit an.

Killick sah so gelassen und liebenswürdig aus, so ganz das Bild eines freundlichen Landarztes, dass ich einen Moment lang zögerte, bis ich mich an etwas erinnerte, das mir Ross über einige der Leute gesagt hatte, die für ihn und gegen ihn gearbeitet hatten: »Es reicht nicht aus, eine Rolle zu spielen – man muss die Person sein, die man verkörpert.« Nachdem ich Crombie und Caxton in Aktion gesehen hatte, verstand ich, was er damit meinte: Crombie hatte sich so sehr in seine Rolle als schäbiger Textilreisender vertieft, dass er wahrscheinlich jeden Abend vor dem Schlafengehen in seinem Auftragsbuch nachschaute; Caxton hatte als Unteroffizier der Armee sicherlich fast sehnsüchtig an die Beförderung zum Oberstabsfeldwebel und an ein Bierchen in der Offiziersmesse gedacht.

Ich fühlte mich jetzt nicht mehr ganz so töricht und sagte: »Ich möchte Ihnen eine ziemlich seltsame Frage stellen, Doktor. Ich hoffe, Sie nehmen sie mir nicht übel.«

»Das bezweifle ich«, sagte Killick gut gelaunt. »Nach fünfundzwanzig Jahren in der Allgemeinmedizin kann mich nichts mehr erschüttern.«

»Erinnern Sie sich an Anstrov, den russischen Matrosen?«

Killick sah überrascht aus. »Sehr gut sogar. Warum?«

»Ich bin nur wegen Anstrov hier. Ich habe Sie schon gewarnt, dass ich Ihnen eine ziemlich seltsame Frage stellen würde.« Ich zögerte einen Moment, dann sagte ich unverblümt: »Ist Anstrov tatsächlich gestorben?«

Killick starrte mich erstaunt an. »Wie bitte?«

Ich wiederholte die Frage.

»Ich habe gehört, was Sie gesagt haben, Mr. Frazer«, erwiderte Killick ein wenig kühl, »aber ich fürchte, ich verstehe Sie nicht.«

»Ich frage Sie nur«, erwiderte ich, »ob Anstrov wirklich tot war.«

»Natürlich war er tot«, sagte Killick. Er sah mich mit kaum verhohlenem Misstrauen an.

»Und daran besteht kein Zweifel?«

»Nicht der geringste. Es ist sogar ein Wunder, dass er noch so lange am Leben geblieben ist. Ihnen ist hoffentlich klar, dass Sie damit eine ernsthafte Verleumdung meiner beruflichen …«

»Was ist mit der Leiche passiert?«, unterbrach ich ihn.

Killick sah mich an, bevor er antwortete. »Das war allerdings ein wenig seltsam«, sagte er langsam. »Es muss wohl erst gewesen sein, nachdem Sie schon abgereist waren, nehme ich an. Dieser russische Kapitän – wie hieß er noch mal?«

»Nikiyan«, ergänzte ich.

»Richtig! Nikiyan kam an der Spitze einer Delegation bestehend aus seinen Männern hierher. Sie bestanden darauf, dass Anstrov auf See bestattet werden sollte.«

»Und wurde er das?« fragte ich.

Killick nickte. »Ja, das wurde er. Er wurde in einem Trawler aufs Meer hinausgefahren, wo dann die Trauerfeier stattfand.«

»Hat jemand von den Einheimischen an diesem Gottesdienst teilgenommen?«

Er dachte einen Moment nach. »Ja, der Pfarrer und die Besatzung des Trawlers.«

Ich schien nicht weiterzukommen, aber ich hatte das Gefühl, dass etwas ganz und gar nicht stimmte.

Killicks normalerweise gut gelauntes Gesicht verzog sich zu einem Stirnrunzeln. »Was genau ist der Grund für all das? Warum sind Sie so an Anstrov interessiert?«

»Ich bin nur neugierig«, erklärte ich.

»Kommen Sie, Mr. Frazer«, sagte Killick sanft. »Sie haben doch nicht aus reiner Neugierde diese ziemlich lange Reise auf sich genommen!«

110

»Ich wäre ohnehin durch Henton durchgefahren«, sagte ich beiläufig, aber sehr wachsam.

Der Arzt sah nicht überzeugt und leicht verärgert aus. »Es tut mir leid, dass Sie sich nicht in der Lage sehen, Ihre Neugier etwas genauer zu erklären«, sagte er steif. »Ich kann Ihnen jedenfalls versichern, dass ich nicht die Angewohnheit habe, einen Mann für tot zu erklären, wenn er noch lebt.« Er zeigte ein frostiges Lächeln. »Ich habe einen gewissen Ruf zu wahren, wissen Sie.«

Ich entschuldigte mich. »Meine Absicht war aber ganz und gar nicht, Sie …«

Gibsons Erscheinen neben mir unterbrach meinen Satz.

»Sie werden am Telefon verlangt, Mr. Frazer.«

Das überraschte mich. Keiner außer Ross wusste, dass ich in Henton war. Vielleicht war es Ross, aber ich bezweifelte es. Er war, wie ich wusste, kein großer Freund von Telefonaten. »Wer ist es?«, wollte ich wissen.

»Ich habe nicht gefragt«, antwortete Gibson, »aber ich werde es tun.« Er ging zurück zum Telefon und ich hörte, wie er die Frage stellte. Als er zurückkam, sagte er: »Es ist ein Mr. Denston. Ein Mr. Harry Denston.«

»Denston?«, sagte ich ungläubig.

»Das hat er gesagt.«

Ich ging zum Telefon und nahm den Hörer ab. »Hallo, Harry? Hier ist Tim.«

Harry hatte nicht das, was man eine ruhige Stimme nennen würde, besonders nicht am Telefon. Ich erkannte die Stimme sofort als die seine, aber sie klang angespannt, besorgt und mehr als nur ein wenig verängstigt. Sie sagte ruckartig: »Tim, bist du das? Hör zu, du musst …«

Ich unterbrach ihn. »Wo zum Teufel bist du die ganze Zeit gewesen?«, fragte ich. »Ich habe überall nach dir gesucht. Wo steckst du? Warum bist du letzte Woche nicht hier aufgetaucht?«

Er schaltete sich mit einem plötzlichen Wortschwall ein. »Du musst aufhören, mir hinterherzulaufen! Du musst vergessen, dass ich existiere, hast du verstanden?«

»Nein, das verstehe ich nicht!«, erwiderte ich knapp.

»Was meinst du mit »ich muss vergessen, dass du existierst«? Es fällt mir etwas schwer, das zu tun. Du scheinst zu vergessen, dass du mir eine Menge Geld schuldest. Nur für den Fall, dass du es nicht wusstest, die Firma *Frazer & Denston* gibt es nicht mehr und meine fünftausend Pfund sind auch futsch. Was sagst du dazu?«

Harry antwortete zögernd. »Ist es das Geld, das dir Sorgen macht?«

»Nur ein bisschen«, sagte ich sarkastisch. »Ich muss dich sehen, Harry – und zwar bald. Wir beide haben eine Menge Dinge zu klären.«

»In Ordnung«, sagte Harry schließlich. »Dann sehen wir uns am Sonntagvormittag.«

Ich erinnerte mich daran, dass völlige Rücksichtslosigkeit die einzige Möglichkeit war, Harry an die Einhaltung einer Verabredung zu binden, und sagte brüsk: »Wo?«

»In deiner Wohnung. Ich bin gegen elf Uhr da.«

Aus langjähriger Erfahrung mit Harry Denston wusste ich, dass »gegen elf Uhr« alles zwischen zwölf Uhr dreißig und sechs Uhr des darauffolgenden Abends bedeuten konnte. »Nicht »gegen elf Uhr«!«, sagte ich schroff. »Um Punkt elf!«

»Ich werde da sein«, versprach Harry. Er klang lustlos und entmutigt – ganz und gar nicht wie der Harry Denston, den ich kannte.

»Kann ich mich darauf verlassen?«

»Ja, aber hör zu, Tim. Wenn du irgendjemandem davon erzählst – wenn du auch nur ein Wort darüber verlierst –, dann werde ich mich nicht blicken lassen. Hast du das verstanden?« Es lag eine Art verzweifelte Dringlichkeit in seiner Stimme.

Er musste wie immer eine Reihe von Bedingungen daran knüpfen, dachte ich säuerlich. Dann sagte ich: »In Ordnung, ich verstehe.«

»Ich meine es ernst«, warnte er.

»Ich hoffe, wir meinen es beide ernst«, erwiderte ich kalt. »Also dann: Um elf Uhr am Sonntagvormittag – und sei dieses Mal da.«

Ich legte auf und blickte nachdenklich auf den Apparat.

Ich wusste, dass es zu viel verlangt war, von einem Telefonanruf von Harry Denston eine Klärung der Situation zu erwarten. Ich erinnerte mich an so viele andere Gespräche, bei denen es immer darum ging, dass ich die Gebühren zahlte und während deren er mir erklärte, dass »ein kleines Missgeschick passiert war« und dass »sich ein Fehler eingeschlichen hatte« (eine Lieblingsfloskel von Harry, wenn etwas katastrophal und irreparabel schiefgelaufen war). Ich seufzte leise und ging zurück zu Dr. Killick.

»Entschuldigen Sie die Unterbrechung, Doktor«, sagte ich. »Das war ein alter Freund von mir. Irgendwie ist es ihm gelungen, mich hier aufzuspüren.«

Killick lächelte beschwichtigend. »Das hat mir die Möglichkeit gegeben, mich ein wenig zu beruhigen«, sagte er. »Ich muss mich für meinen Ausbruch von vorhin entschuldigen.«

»Im Gegenteil, Ihre Bemerkungen waren mehr als berechtigt«, antwortete ich. »Ich hätte Ihnen nicht eine so lächerliche Frage stellen sollen.«

Killick sah mich an. »Lächerlich würde ich nicht gerade sagen. Seltsam, ja.«

»Wollen Sie es sich nicht doch anders überlegen, und etwas mit mir trinken?«, lud ich ihn ein.

Er schaute auf seine Uhr und schüttelte den Kopf. »Nein, danke. Ich muss vor meiner Sprechstunde noch zwei Patientinnen besuchen. Die beiden Damen können leider Alkohol auf eine Meile entfernt riechen.« Er lehnte sich in seinem Stuhl zurück und faltete die Hände vor der Brust. »Wissen Sie, ich habe über Ihre Idee nachgedacht, dass Anstrov vielleicht gar nicht tot ist. Das ist wirklich ziemlich fantastisch. Wie kamen Sie auf diese Idee?«

Ich dachte, es wäre besser, die Angelegenheit auf sich beruhen zu lassen. Auf jeden Fall hatte mir Harrys Lebenszeichen – wenn es auch nur über das Telefon gekommen war – mehr als genug Grundlage zum Nachdenken gegeben. Ich war beauftragt worden, Harry Denston zu finden: Die Frage nach Anstrovs unglücklichem Tod musste warten.

»Es war nur so ein Gedanke«, sagte ich beiläufig. »Es

kam mir eines Tages in den Sinn, als ich über Henton und den Sturm nachdachte und darüber, was hier passiert ist.«

Aber Killick ließ sich nicht so leicht abschrecken. »Ja, aber irgendjemand muss Ihnen doch etwas über Anstrov erzählt haben, oder Sie müssen etwas über ihn gelesen haben. Niemand würde einem Arzt eine solche Frage ohne einen bestimmten Grund stellen.«

»Ich habe einen Grund«, sagte ich ihm.

»Das muss aber ein sehr driftiger sein«, sagte Killick. Es lag noch immer eine Spur von Steifheit in seiner Stimme, als er hinzufügte: »Und Sie würden mir lieber nicht sagen, was es ist?«

Ich fühlte mich wie ein kleiner Junge, der über das Verschwinden von Schokolade befragt wird, und antwortete: »Leider nein. Zumindest nicht im Augenblick.«

»Nun, Sie haben mich sehr neugierig gemacht«, sagte Killick. Er erhob sich von seinem Stuhl. »Wie lange wollen Sie diesmal bei uns bleiben?«

»Ich fahre morgen nach Carlisle weiter, um ein paar Freunde zu besuchen«, log ich leichtfertig.

»Und dann wieder zurück nach London?«

»Ja.«

»Ich gönne mir in ein paar Tagen auch mal wieder eine Reise nach London«, sagte Killick.

»Dann kommen Sie doch einfach mal vorbei«, schlug ich vor.

»Vielleicht nehme ich Sie beim Wort, aber ich werde wohl ziemlich beschäftigt sein. Ich muss eine Menge Leute treffen.«

»Dann essen Sie doch heute mit mir zu Abend.«

»Ich bezweifle, dass ich das schaffen werde«, sagte Killick bedauernd.

»Meine Sprechstunde beginnt in einer Viertelstunde und die Grippesaison ist in vollem Gange.«

Nachdem Killick gegangen war, saß ich noch eine Weile im Gastraum. Ich dachte an seine Reaktion auf meine Frage nach der Möglichkeit, dass Anstrov nicht tot sein könnte: Seine eher verärgerte Ablehnung dieser Theorie hätte kaum echter sein können. Es schien unmöglich, dass irgendjemand außer Mrs. Edwards den Zettel in die Schachtel gelegt hatte, aber welche Verbindung bestand zwischen Mrs. Edwards, einer ganz gewöhnlichen Hausfrau, und einem jungen russischen Seemann, dessen Leiche vermutlich auf dem Grund der Nordsee lag?

Meine Gedanken drehten sich plötzlich um Harry Denston. Offensichtlich war er überhaupt nicht erpicht darauf, mich zu sehen. Ebenso offensichtlich hatte er irgendwie erfahren, dass ich in Henton war. Ich verfluchte mich dafür, dass ich den Anruf nicht zurückverfolgen ließ. Dann wurde mir jedoch bewusst, dass Harry höchstwahrscheinlich eine öffentliche Telefonzelle benutzt hatte.

Ich bemerkte, dass ich sehr müde war und gähnte ausgiebig. Ich aß früh zu Abend und ging dann ins Bett.

– 2 –

Der Sonntagmorgen war hell und sonnig. Ich konnte hören, wie Mrs. Glover mit ihrem Staubsauger beschäftigt war, während ich mich in der Badewanne zurücklegte.

Ich stieg aus dem Bad und rasierte mich. Auf dem Weg ins Schlafzimmer sah ich Mrs. Glover und sagte: »Ich erwarte um elf Uhr jemanden. Könnten Sie bis halb elf mit allem fertig sein?«

Sie schaute mich vorwurfsvoll an und sagte in dem mitleidigen Ton, den Frauen gegenüber Männern verwenden, wenn sie über Hausarbeit sprechen: »In Ordnung, Sir. Aber was ist mit dem Schlafzimmer?«

»Das Schlafzimmer kann warten«, sagte ich.

Um genau zwei Minuten vor elf klingelte es an der Haustür. Das ist zu schön, um wahr zu sein, dachte ich: Harry hatte nicht nur den Termin eingehalten, sondern war auch noch pünktlich. Fast mit einem Gefühl des Bedauerns stellte ich fest, dass damit mein Auftrag so gut wie erledigt war: Ich hatte Harry Denston gefunden. Jetzt lag es an Ross …

Als ich jedoch die Tür öffnete, stellte ich fest, dass es Helen Baker war.

Sie ging ins Wohnzimmer und legte ihre Pelzstola achtlos

115

auf einen Stuhl. »Hallo, Tim«, sagte sie mit einer seltsam farblosen Stimme.

Ich warf einen Blick auf die Uhr. Der Stundenzeiger stand praktisch auf elf. »Ich habe dich heute Vormittag gar nicht erwartet«, sagte ich lahm.

»Das weiß ich«, meinte sie gelassen.

»Helen«, gab ich hastig von mir, »ich möchte nicht ungastlich erscheinen, aber ich erwarte jeden Moment jemanden. Könntest du später wiederkommen?«

Sie drehte sich zu mir. Um ihre Augen waren dunkle Ringe, die von einer Nacht mit wenig Schlaf zeugten. Dann sagte sie etwas müde: »Ist schon gut, Tim, ich weiß Bescheid. Du erwartest Harry.«

»Von wem weißt du das?«

»Ich habe ihn getroffen«, sagte sie ohne jede Regung. »Ich habe ihn am Freitagabend gesehen. Er bat mich, dir zu sagen, dass er heute nicht kommen wird.«

Ich spürte einen plötzlichen Anfall von unkontrollierbarer Wut. »Warum nicht?«, fragte ich schroff. »Er hat mir ganz fest versprochen, dass er kommen würde.«

Sie zuckte mit den Schultern. »Ich weiß es nicht. Er hat mir nur gesagt, dass ich es dir ausrichten soll.«

Ich hielt ihren Arm fest. »Wo ist Harry?«, fragte ich heftig und konnte die Wut in meiner Stimme nicht verbergen.

»Ich weiß es nicht«, wiederholte sie in demselben ausdruckslosen Ton von vorhin. »Ich kann es dir auch nicht sagen, Tim. Er rief mich am Freitag an und bat mich, ihn in einem Café bei Waltham Cross zu treffen. Ich bin nach der Vorstellung dorthin gefahren.«

»Was für ein Café?«

Helen rümpfte angewidert die Nase. »Eine furchtbare Bruchbude namens *Treff bei Ma* oder so ähnlich – so eine Raststätte für Lastwagenfahrer.«

»Aber warum in einem solchen Café, um Gottes willen? So pleite kann er doch nicht sein.«

»Ich weiß es nicht«, sagte sie. »Es war jedenfalls nicht meine Idee, das kannst du mir glauben. Ich habe versucht, ihn zu überreden, in meine Wohnung zu kommen, aber er wollte nicht.«

»Na gut, dann erzähl«, erwiderte ich. »Was ist passiert?«

»Er sagte, er habe mit dir gesprochen und dass du wütend wegen des Geldes bist, das er dir schuldet.«

»Ich habe viel verärgerter getan, als ich eigentlich bin«, erklärte ich. »Vor allem, weil ich ihn unbedingt so schnell wie möglich sehen wollte.«

»Das war mir klar«, sagte Helen. »Jedenfalls hat er mir mit Nachdruck gesagt, dass er dich nicht mehr sehen will, und er hat mir aufgetragen, dass ich dir das Geld zurückzahlen soll. Er hat es mir gegeben.« Sie öffnete ihre Handtasche und holte einen Scheck heraus. »Hier ist es.«

Der Scheck war auf Tim Frazer ausgestellt und von Helen Baker unterzeichnet. Er war auf fünftausenddreihundert Pfund ausgestellt.

»Aber das ist doch verrückt«, sagte ich. »Diesen Scheck hast du für mich ausgestellt.«

»Ich weiß«, sagte Helen. »Harry hat mir das Geld in bar gegeben.«

Ich kratzte mich verwirrt am Kopf. »Aber woher sollte Harry fünftausend Pfund nehmen?«

»Ich habe keine Ahnung«, antwortete sie gereizt. »Das Einzige, was ich dir sagen kann, ist, dass er mir das Geld in bar gegeben hat. Ich habe es zur Bank gebracht und dann einen Scheck auf deinen Namen ausgestellt. Mehr gibt es nicht zu sagen.«

Das stimmte ganz offensichtlich nicht und das teilte ich ihr auch mit. »Soll ich dir sagen, was ich denke, Helen? Ich denke, du versuchst, Harrys Schulden mit deinem eigenen Geld zu bezahlen. Also, was mich betrifft, kannst du das vergessen.«

»So ist es aber ganz und gar nicht, Tim«, protestierte sie. »Ich schwöre es dir! Er hat mir das Geld in Fünf-Pfund-Noten gegeben. So viel Geld wollte ich natürlich nicht mit mir herumtragen, also habe ich es zur Bank gebracht. Jeder würde das tun.«

»Ich kann das nur schwer glauben«, antwortete ich zweifelnd.

Sie zuckte mit den Schultern. »Darling, alles was ich kann, ist dir die Wahrheit zu sagen.«

Ich schaute noch einmal auf den Scheck und dann auf Helen. Die Sache ergab keinen Sinn. »Wie konnte Harry fünftausend Pfund aufbringen – einfach so?«

»Wahrscheinlich hat er sich das Geld von jemandem geliehen. Du weißt schon: Er stopft ein Loch, indem er ein anderes aufreißt.«

»Ich kann mir nicht vorstellen, dass jemand, der nur halbwegs bei Verstand ist, Harry fünftausend Pfund leiht«, sagte ich. »Hast du ihm gesagt, dass ich ihn unbedingt sehen will?«

»Ja, das habe ich, aber das hätte ich mir auch sparen können. Er will dich nicht sehen.«

Das tat ein bisschen weh. »Warum sollte er mich nicht sehen wollen?«

Ihre Antwort klang alles andere als überzeugend. »Offenbar hat er gerade mit jemandem ein neues Unternehmen gegründet«, sagte sie, »und er will nicht, dass seine neuen Partner von der Pleite eurer Firma erfahren.«

Das klang ein bisschen übertrieben, selbst für Harry. Ich lachte spöttisch. »Die ganze Welt weiß, dass unsere Firma in Konkurs gegangen ist. Wir hatten einige sehr prominent platzierte Anzeigen in der Finanzpresse.«

»Na dann«, sagte Helen lahm, »hat er vielleicht Angst, dass du zu viel darüber erzählen würdest, dass du dich einmischt – was weiß ich!«

»Klingt das für dich glaubhaft?«, wandte ich ein. »Trotz allem sind Harry und ich immer sehr gute Freunde gewesen. Das weißt du doch, Helen.«

In diesem Moment klingelte es an der Haustür. Es war die Sonntagszeitung. Jeden Samstag ging ich mit der Regelmäßigkeit eines Uhrwerks zu dem kleinen Laden an der Ecke und fragte, ob ich die Sonntagszeitungen etwas früher bekommen könnte, mit dem Resultat, dass sie jeden Sonntag ein wenig später kamen.

»Entschuldige mich einen Moment«, sagte ich zu Helen und ging in den Flur hinaus, wobei ich die Tür zum Wohnzimmer hinter mir offenließ. Die Zeitung lag auf der Matte. Ich nahm sie in die Hand und warf einen Blick auf die Schlagzeilen. Als ich mich aufrichtete, sah ich Helen im Spiegel über dem Kaminsims.

Sie hielt sich einen kleinen Gegenstand vor das Gesicht. Zuerst dachte ich, sie zündete sich mit meinem Tischfeuerzeug eine Zigarette an. Dann erkannte ich, dass es sich nicht um ein Feuerzeug, sondern um eine winzige Minox-Kamera handelte.

Ich konnte meinen eigenen Augen kaum trauen, als ich beobachtete, wie sie die Kamera direkt auf das Modell der *North Star* richtete. Dann steckte sie die Kamera schnell in ihre Handtasche und ging in die Mitte des Raumes. Als ich zurückkam, war sie gerade dabei, sich eine Zigarette anzuzünden.

Mein erster Impuls war, sie auf der Stelle zur Rede zu stellen, ihr die Kamera abzunehmen und herauszufinden, was sie da tat. Aber ich überlegte es mir anders und sagte beiläufig: »Ich habe dir noch gar keinen Drink angeboten, Helen.«

Sie zuckte kein einziges Mal mit der Wimper und ich begann zu begreifen, warum sie als Schauspielerin so erfolgreich war. Sie lächelte mit aller Nonchalance, die es auf der Welt gibt. »Zu früh für mich, Liebling. Ich muss jetzt leider los – ein paar langweilige Leute kommen zum Mittagessen zu mir.«

Helens kleiner Auftritt mit der Kamera konnte warten, aber ich musste wissen, was mit dem Geld war. Ich deutete mit dem Finger auf den Scheck. »Helen, bevor ich ihn annehme, schwörst du mir, dass Harry dir das Geld wirklich gegeben hat? «

»Ja, natürlich«, sagte sie leichthin. »Glaubst du, ich habe einfach so fünftausend Pfund zu verschenken?«

»Neulich hattest du sie auch«, erinnerte ich sie.

Sie schüttelte den Kopf. »Das ist nicht ganz dasselbe. Ich war bereit, dir das Geld zu leihen, für den Fall, dass du ein neues Geschäft aufbauen willst.«

Ich steckte den Scheck in meine Tasche. Bei Harry konnte man durchaus damit rechnen, dass er nicht gedeckt war, aber

Helen hätte auch einen dreimal so hohen Betrag hinschreiben können, ohne dass sie sich dabei selbst materiell geschadet hätte.

»Nun gut, wenn Harry es so will»«, sagte ich, »dann ist das eben das Ende einer schönen Freundschaft. Er hat das Recht, sein eigenes Leben zu führen. Aber was ist mit dir? Siehst du ihn wieder?«

»Ich weiß es nicht«, sagte sie schlicht.

»Aber du bist immer noch verlobt, oder? Harry wäre nicht so dumm, dich aufzugeben.«

Sie schenkte ihm ein eher blasses Lächeln. »Nicht einmal da bin ich mir sicher. Wie ein verliebtes Paar haben wir jedenfalls nicht gewirkt, als wir uns am Freitag trafen.« Sie sah auf die Uhr. »Tim, ich muss los! Lass uns bald einmal zusammen zu Mittag essen – wenn möglich noch diese Woche.«

»In Ordnung«, sagte ich, »ich rufe dich an.«

Sie schenkte mir ein Lächeln, das mich normalerweise in die Knie gezwungen hätte. So aber machte es mich nur wütend.

»Wie läuft es mit dem Stück«, fragte ich auf dem Weg zum Flur.

»Man setzt uns nächste Woche ab«, sagte sie. »Wusstest du das nicht?«

»Nein«, sagte ich. »Das tut mir leid.«

Sie zog eine kleine Grimasse. »Mir aber nicht. Ich bin ganz froh, wenn ich ein wenig Ruhe habe.«

Als Helen gegangen war, stand ich da und starrte auf das Modell der *North Star,* aber ich kam in meinen Gedanken nicht weiter. Gleichzeitig ärgerte ich mich, dass ich Helen nicht mehr unter Druck gesetzt und sie nicht zur Wahrheit gezwungen hatte.

Meine Laune war mittlerweile auf den Nullpunkt gesunken. Ich ging zum Getränketisch und mixte mir einen übergroßen Gin Tonic.

Kapitel acht

Am nächsten Tag beschloss ich, ein paar Nachforschungen im *Treff bei Ma* anzustellen. Irgendwie musste ich den Grund für das heimliche Treffen zwischen Harry und Helen an einem so unwahrscheinlichen Ort herausfinden. Hätte Helen eine von einem Dutzend Cocktailbars genannt, hätte es vielleicht einen gewissen Sinn ergeben, aber dass sie sich in einer Raststätte für Lastwagenfahrer trafen, klang zu unglaublich.

Als ich auf den Parkplatz des Cafés fuhr, wunderte ich mich noch mehr. Der *Treff bei Ma* war eine einfache Holzhütte, die direkt an der Waltham Cross Road stand. Sie sah baufällig und deprimierend aus und schien für Reisende wenig einladend zu sein. Ein Schild über der Tür wies mich darauf hin, dass es zu jeder Tages- und Nachtzeit warme Mahlzeiten gab und dass die Besitzerin Dodsworth hieß. Ich parkte das Auto und ging hinein.

Das Innere war auch nicht ansprechender. Es gab ein halbes Dutzend Tische mit groben Holzbänken und auf jedem Tisch standen eine Flasche Soße und billiges Plastikgeschirr. Ein Tresen erstreckte sich über die gesamte Länge des Cafés. Darauf stand ein großer Teekessel und unter einer Glasabdeckung lagen einige nicht gerade frisch wirkende Sandwiches. Hinter dem Tresen saß eine kräftige und vulgär geschminkte Frau, die ich für »Ma« Dodsworth hielt. Sie las eine Zeitung.

Wie ihre Einrichtung war Ma rustikal und nicht übermäßig sauber. Ihr Haar war grau und hing ihr unordentlich ins Gesicht. Sie hatte ein dreifaches Doppelkinn und einen großen, hängenden Busen. Ihre kleinen, schweinsförmigen Augen, die durch den Rauch ihrer Zigarette blickten, waren hell und wachsam. Sie schien mir ein ziemlich harter Brocken zu sein, und ich fragte mich erneut, was sie wohl mit Harry und Helen gemeinsam haben mochte.

Ma blickte auf und schob ihren wuchtigen Körper aus

dem Stuhl, dann wischte sie sich die Hände an ihrem stark befleckten Kittel ab und strich sich eine Haarsträhne aus den Augen. »Ja, mein Lieber?«, sagte sie.

Ich bestellte eine Tasse Tee und Ma machte sich am Teekessel zu schaffen. Als sie mir den Tee zuschob, hielt sie ihn mit einem schmutzigen Daumen an der Untertasse und verschüttete dabei einen Teil des Inhalts. Dann griff sie mit ihrem dicken und mit Altersflecken übersätem Arm nach einer Zuckerdose, die einen Schrick hatte, und schob sie mir zu.

Ich nippte an dem Tee. Er hatte offensichtlich schon seit Stunden gekocht.

»Sehr ruhig hier«, bemerkte ich.

»Später wird's voller, mein Lieber«, sagte sie. »Würd' mich nicht wundern, wenn's am Abend rappelvoll is'.«

Ich sah mich um, um mich zu vergewissern, dass der Raum leer war, und sagte dann zaghaft: »Ich frage mich, ob Sie mir wohl helfen können?«

Sie verdrehte die Augen und setzte eine groteske kokette Miene auf.

»Einem Gentleman ist man immer gerne zu Diensten«, sagte sie.

»Können Sie sich vielleicht an eine Dame erinnern, die am Freitagabend hier war?«

»Eine *Dame*?« Ma vibrierte vor Lachen. »Damen kommen nicht viele hierher, mein Lieber. Jedenfalls nicht solche, die Sie als »Dame« bezeichnen würden. Freitag, sagten sie?« Sie kratzte sich nachdenklich am Kinn. »Wenn ich so drüber nachdenke, war tatsächlich eine Dame hier. Ein sehr edles Exemplar. Nett, aber sehr vornehm.«

»Hat sie jemanden getroffen?«

»Ja, jetzt, wo Sie's erwähnen, fällt's mir wieder ein. Einen Gentleman – 'nen Stammgast von mir!«

»Ein Stammgast von Ihnen?«, fragte ich überrascht.

»Stimmt, Schätzchen. Er kommt oft auf 'ne Tasse Tee und ein Sandwich vorbei. Wundert mich übrigens, dass er heut' Nachmittag noch nich' hier war.«

Ich spürte einen plötzlichen Anflug von Erregung. »Wohnt er denn hier in der Nähe?«

»Keine Ahnung, wo er wohnt, Schätzchen«, antwortete Ma. »Stelle deinen Gästen niemals Fragen – so lautet mein Motto.«

»Verständlich«, stimmte ich zu. Ich trank noch etwas Tee und beobachtete Ma wachsam. »Sie sagten, er kommt oft vorbei?«

»In der letzten Woche war er fast jeden Tag hier«, sagte Ma. Mit einem Grunzen beugte sie sich vor und hob ein Sandwich hoch. »Verdammt, das kann man wohl nur mehr den Hühnern vorwerfen.«

»Glauben Sie, dass er heute auch kommt?«, bohrte ich nach.

Ma warf mir einen schlauen Blick zu. »Wenn Sie sich hinsetzen und in Ruhe Ihre Tasse Tee genießen, dann bekommen Sie ihn wahrscheinlich zu Gesicht. Ist genau seine Zeit.«

»Danke«, sagte ich. »Das mache ich.« Ich ging zu einem der Tische hinüber und nahm eine zwei Wochen alte Zeitschrift in die Hand.

Ma kehrte zu ihrer Lektüre zurück. Ein oder zwei Mal bemerkte ich, wie sie mich über ihre Zeitung hinweg ansah, dann erhob sie sich von ihrem Stuhl und verschwand in den hinteren Bereichen des Cafés.

Als sie einige Augenblicke später an den Tresen zurückkehrte, bestellte ich eine weitere Tasse Tee und eine Schachtel Zigaretten. Dann setzte ich mich wieder geduldig an meinen Tisch. Ein paar Gäste betraten immer wieder das Lokal, aber Harry war nicht dabei …

Gut eine Stunde später stieß ein junger Mann die Tür auf und schlenderte auf meinen Tisch zu. Er war schlank, von mittlerer Größe und bewegte sich geschmeidig. Er trug einen kurzen weißen Regenmantel, enge Hosen und spitze italienische Schuhe. Ein sofortiges Gefühl der Abneigung und des Misstrauens konnte ich ihm gegenüber nicht unterdrücken.

Er setzte sich mir gegenüber und sagte mit knapper, hoher Stimme: »Sie sind Frazer, nicht wahr?«

»Stimmt«, sagte ich kalt. »Und wer sind Sie?«

»Sie können mich Lester nennen«, sagte der junge Mann. Er schien sich seiner Sache sehr sicher zu sein.

»Was kann ich für Sie tun?«, sagte ich.

Lester bewunderte seine Fingernägel. »Falls es Sie interessiert«, sagte er, »ich bin ein Freund eines Freundes von Ihnen.«

»Ach?«, sagte ich. »Und wer ist dieser Freund?«

Er sah mir direkt in die Augen. »Harry Denston«, antwortete er ruhig.

»Was wollen Sie?«, fragte ich.

»Tja, ich glaube gar nicht, dass *ich* etwas Bestimmtes will«, sagte er freundlich. »Ich möchte Ihnen nur einen guten Rat geben, das ist alles.«

Ich zündete mir mit studierter Nonchalance eine Zigarette an. »Nur zu«, sagte ich, »aber ich denke, ich sollte Sie besser warnen, dass ich nicht sehr gut darin bin, Ratschläge anzunehmen – insbesondere, wenn Sie von Fremden kommen.«

Lesters Lächeln schien von Dauer zu sein. »Das ist schon in Ordnung, Mr. Frazer. Sie brauchen ihn nicht anzunehmen.«

»Dann lassen Sie mal Ihren Rat hören«, sagte ich. Das Lächeln verschwand plötzlich. »Wir möchten, dass Sie aufhören, nach Harry Denston zu suchen.«

»Warum?«, fragte ich unverblümt.

Das Lächeln war wieder da. »Weil Sie ihn sehr nervös machen. Das mögen wir nicht.«

»Und wer ist »wir«?«

»Harry und ich.«

»Lassen Sie uns etwas klarstellen, ja?«, sagte ich. »Mache ich Harry nervös oder Sie?«

»Harry«, antwortete Lester. »Sie bereiten mir keine Sorgen, alter Junge. Da braucht es schon viel mehr, um mich nervös zu machen.«

»Das kann ich mir vorstellen«, sagte ich.

Lester richtete sich auf. »Nun, das war der Rat«, sagte er freundlich. »Ich hoffe, Sie werden ihn befolgen. Ich an Ihrer Stelle würde es tun.«

Ich sah ihn vorsichtig an. »Ach, das würden Sie?«, erwiderte ich dann.

»Natürlich.« Lester holte einen Kamm hervor und fuhr sich damit lässig durch sein stark gegeltes Haar. »Was kümmert Sie die ganze Sache noch? Harry hat Ihnen das Geld, das er Ihnen schuldet, zurückgezahlt. Sie sind also wieder flüssig. Warum machen Sie sich noch Sorgen?«

»Ich mache mir keine Sorgen«, antwortete ich ihm. »Ich bin nur neugierig, das ist alles.«

»An Ihrer Stelle würde ich aufhören, neugierig zu sein, Kumpel. Wissen Sie, was ich tun würde?«

»Nein, sagen Sie es mir.«

»Ich würde eine nette kleine Reise nach Südfrankreich machen – Monte Carlo, Nizza, Juan-le-Pins, Cannes – diese Ecke der Welt!«

»Es ist doch die falsche Jahreszeit für Südfrankreich, oder?«, wandte ich verhalten ein.

Lesters Lächeln wurde breiter. »Für Sie nicht. Für Sie ist es genau die richtige.«

»Ich werde darüber nachdenken«, sagte ich beiläufig.

»Dann denken Sie aber nicht zu lange darüber nach, Kumpel«, erwiderte er und ging zur Tür. »Cheerio!«

Ich hielt ihn zurück. »Einen Moment noch, Lester«, sagte ich.

Er drehte sich um. »Ja?«

»Sie haben vergessen, mir eine Sache zu sagen.«

»Ach? Und welche?«

»Was passiert, wenn ich nicht nach Südfrankreich fahre?«

»Ich hätte gedacht, Sie wüssten die Antwort darauf«, meinte Lester sanft.

»Nein, das tue ich nicht.«

Plötzlich trat er an meinen Tisch heran und beugte sich darüber, sein Gesicht ganz nah an meinem. Dann sagte er leise: »Was ist mit Crombie passiert?«

Kapitel neun

Ich kam zu dem Schluss, dass die einzige Person, die mir wirklich helfen konnte, Mrs. Edwards war. Es war offensichtlich, dass sie den Zettel geschrieben hatte, auf dem stand, dass Anstrov nicht tot war. Außerdem war augenscheinlich, dass es eine Verbindung zwischen dem Kind Anya und der Tatsache gab, dass der russische Matrose vor seinem Tod immer wieder den Namen »Anya« gemurmelt hatte. Mrs. Edwards – Anstrov – Anya: Irgendwo musste es eine Verbindung zwischen ihnen geben.

Ich hatte gedacht, dass Dr. Killick etwas Licht in die Sache bringen könnte, aber er war mir keine große Hilfe. Offensichtlich hatte er mich für verrückt gehalten, als ich fragte, ob Anstrov wirklich tot sei – schließlich hatte Killick den Mann in seinen letzten Stunden begleitet und seinen Tod bestätigt. Oberflächlich betrachtet, war Killicks wütende Reaktion auf die Frage verständlich. Kein Arzt hätte mit der Annahme, dass er jemanden lebendig begraben hat, eine Freude gehabt.

Ich kam zu dem Schluss, dass Mrs. Edwards' Nachricht nur eines bedeuten konnte – und zwar, dass der Mann, der in Henton gestorben war, nicht Anstrov war. Aber das schien ebenso absurd, denn Kapitän Nikiyan hatte die Leiche identifiziert.

Meine Gedanken kreisten um den jungen Mann, der sich Lester nannte. Er wusste offensichtlich, wo sich Harry Denston aufhielt, und hatte sein Bestes getan, um mich von seiner Spur abzubringen. Lester wusste, wer Crombie umgebracht hatte, ja, er konnte es sogar selbst getan haben. Er arbeitete für jemanden, der wusste, wo Harry war, und sie (wer auch immer »sie« sein mochten) waren bereit, alles zu tun, um seinen Aufenthaltsort geheim zu halten – einschließlich einem Mord. Ross hatte mich damit beauftragt, Harry zu finden, aber dieser war fest entschlossen, nicht gefunden zu werden.

Und dann war da noch Helen Baker: Wie passte sie in dieses bizarre Puzzle? Handelte sie aus Liebe, aus falsch verstandener Loyalität oder aus einem finsteren Motiv heraus? Warum hatte sie das Foto der *North Star* in meiner Wohnung gemacht?

Eine ganze Stunde lang rang ich mit diesen Fragen und fand mich schließlich an dem Punkt wieder, an dem ich begonnen hatte – dem Zettel von Mrs. Edwards. Ich stieg in mein Auto und fuhr in Richtung Cobham.

Auf halber Strecke der belebten High Street von Cobham griff ich in meine Tasche nach einer Zigarette, fand aber nur eine leere Schachtel. Ich hielt an einem Laden an und kaufte ein Päckchen mit zwanzig Stück. Ich wollte gerade wieder losfahren, als mir ein etwas ramponierter Austin Eight auffiel, der in der Nähe eines Gemüseladens auf der gegenüberliegenden Straßenseite angehalten hatte. Ruth Edwards stieg aus dem Auto und ging in den Laden.

Ich überquerte die High Street zum Austin, sah mich in der Straße um und setzte mich dann auf den Beifahrersitz.

Ich schaute mich im Inneren des Wagens um. Auf der Ablage hinter dem Rücksitz lag ein großer, ausgestopfter Stofftiger, und auf dem Rücksitz ein quadratisches braunes Papierpaket, adressiert und versandfertig. Um ganz sicher zu gehen, hatte Mrs. Edwards die Adresse zweimal auf das Paket geschrieben: einmal auf das Papier und ein zweites Mal auf ein kleines Etikett, das an der Schnur befestigt war. Darauf stand:

> *C. Bonnington, Esq.,*
> *48 Clayton Road,*
> *Camden Town,*
> *London, NW1.*

Ich kritzelte den Namen und die Adresse auf die Rückseite eines alten Umschlags und legte das Päckchen auf den Rücksitz. Dabei bemerkte ich Ruth Edwards, die auf das Auto zuging. Als sie mich auf dem Vordersitz sah, blieb sie stehen und holte scharf Luft. Ich öffnete die Tür und sagte: »Steigen

Sie doch ein, Mrs. Edwards. Ich möchte unbedingt mit Ihnen sprechen.«

Ihr Versuch der Nonchalance schien mir nicht ganz erfolgreich zu sein. »Was machen Sie in meinem Wagen?«, fragte sie.

»Ich warte auf Sie«, erklärte ich. Sie sah aufgeregt und sichtlich unbehaglich aus. »Warum in aller Welt sind Sie nicht zum Cottage gekommen, Mr. Frazer? Warum müssen wir hier reden – in meinem Auto?«

»Ich war gerade auf dem Weg dorthin, aber ich habe zufällig Ihr Auto gesehen und dachte, es wäre etwas weniger auffällig«, erwiderte ich.

Sie erholte sich schnell wieder. »Was wollen Sie?« Ihre Stimme war ganz normal, aber ich bemerkte, dass sie ihre Lippen unaufhörlich mit der Zunge befeuchtete.

»Nun, zunächst einmal danke für die Nachricht«, sagte ich.

»Ich fürchte, ich verstehe Sie nicht ganz.« Ihr Gesichtsausdruck war beleidigt und kühl.

»Ich bezog mich auf den Zettel, der dem Modell beilag, das ich von Ihrem Mann gekauft habe«, erklärte ich.

Sie machte eine ungeduldige Geste. »Ich habe nicht die geringste Ahnung, wovon Sie sprechen, Mr. Frazer.«

Ich machte einen Ansatz, aus dem Auto auszusteigen. »Dann muss ich mich entschuldigen«, sagte ich. »Ich habe mich offensichtlich geirrt. Es muss wohl Ihr Mann gewesen sein, der den Zettel in die Schachtel gelegt hat. Ich werde mit ihm darüber sprechen.«

Ich stand schon mit einem Fuß auf der Straße, aber sie hielt mich zurück.

»Nein, warten Sie«, flehte sie eindringlich, »es gibt keinen Grund, Donald davon etwas zu erzählen. Was genau wollen Sie denn wissen?«

»Ich möchte wissen, ob Sie die Nachricht geschrieben haben.«

Sie zögerte und versuchte offenbar, sich zu sammeln. Dann nickte sie eher zögerlich.

»Warum?«

»Ich dachte, es könnte Ihnen helfen, das ist alles.«

»Mir helfen? Auf welche Weise?«

Sie schaute aus dem Fenster und sagte dann schnell: »Hier können wir nicht reden.« Es lag ein Hauch von Verzweiflung in ihrer Stimme.

»Das glaube ich doch«, erwiderte ich. »Meinen Sie, dass die Nachricht mir helfen könnte, Harry Denston zu finden?«

Ohne mich anzuschauen, sagte sie: »Vielleicht.«

»Auf dem Zettel stand »Anstrov ist nicht tot««, fuhr ich fort. »Was meinten Sie damit? Dass der Tote gar nicht Anstrov war?«

Sie schaute wieder aus dem Fenster. »Ja«, sagte sie abwesend. Sie wandte sich mit einem einladenden Blick an mich. »Mr. Frazer, es tut mir leid, aber ich kann jetzt nicht mit Ihnen reden. Ich erwarte jeden Moment meinen Mann, und wenn er uns zusammen sieht, dann wird er …«

»In Ordnung«, unterbrach ich sie. »Wenn ich jetzt gehe, treffen wir uns dann irgendwann morgen?«

Sie zögerte und ließ ihren Blick die Straße auf und ab wandern. Dann sagte sie: »Ich erwarte Sie gegen elf Uhr im Cottage.«

»Ich werde da sein«, nickte ich und stieg wieder aus dem Auto. Dann kam mir plötzlich ein Gedanke. »Ach – bevor ich gehe, Mrs. Edwards, noch eine Frage: Kennen Sie zufällig einen Dr. Killick?«

Ihr Blick war völlig leer. »Dr. Killick? Nein, ich glaube nicht – ich bin mir sogar sicher, dass ich ihn nicht kenne. Warum fragen Sie?«

»Es war nur eine Frage«, sagte ich vage. »Es ist wirklich nicht wichtig.«

»Nun, ich habe jedenfalls noch nie von ihm gehört«, sagte sie.

Ich stieg aus dem Auto aus und schloss die Tür. Durch das offene Fenster sagte ich: »Bis morgen, Mrs. Edwards.«

Sie nickte mit zusammengekniffenen Lippen. Dann fuhr sie weg und ich überquerte die Straße zu meinem eigenen Auto.

In Bonningtons Laden in Camden Town schien es bis auf Küchenherde alles zu geben.

Er verkaufte Briefmarkenalben, Angelruten, Rollschuhe, Musikinstrumente, alte Duellpistolen, Spielkarten, Pferdegeschirr, Bierkrüge und riesige Messingkessel.

Mir war klar, dass der Weg zu Bonnington ziemlich weit war, aber nachdem ich die Adresse auf dem Paket in Mrs. Edwards' Auto gesehen hatte, beschloss ich, dieser Spur nachzugehen. Ich ließ meinen Blick über die verwirrende Auswahl an Waren im Schaufenster schweifen. Ganz vorne standen mehrere Schiffsmodelle.

Langsam dämmerte mir etwas. Edwards hatte mir erzählt, dass er die von ihm gefertigten Modelle verkaufte – und jedes der Modelle im Schaufenster hätte von ihm stammen können: Sie wiesen alle dieselbe exquisite Verarbeitung und akribische Detailgenauigkeit auf. Ich beschloss, dass es einen Versuch wert war.

Der Mann hinter dem Ladentisch kam auf mich zu. »Ja, Sir?«, sagte er. »Was kann ich für Sie tun?«

»Ich interessiere mich sehr für die Modelle, die Sie im Schaufenster haben«, erklärte ich.

»Ach ja, Sir? Gibt es eines, das Ihnen besonders gut gefällt?«

»Ich suche ein Modell eines bestimmten Schiffes«, erwiderte ich. »Es ist eine Fregatte namens« – ich hielt inne und sagte dann sehr deutlich – »*North Star.*«

Der Mann nickte und schenkte mir ein vielsagendes Lächeln. Dann öffnete er eine Schublade unter dem Ladentisch und nahm einen kleinen Umschlag heraus, den er mir reichte. »Sie kommen genau zur rechten Zeit«, sagte er. »Es ist erst heute Morgen angekommen.«

Ich saß in meinem Auto und riss den Umschlag auf. Darin befand sich ein kleines, aber perfekt entwickeltes Foto. Jedes Detail des Kamins im Salon meiner Wohnung war originalgetreu wiedergegeben: die Uhr, eine Blumenvase, ein Pfeifenständer – und das Modell der *North Star*.

Sobald ich wieder in meiner Wohnung war, rief ich Helen

Baker an und sagte ihr, dass ich sie sofort sehen musste.

Ich begrüßte Helen an der Haustür und führte sie ins Wohnzimmer.

Dort sagte sie beiläufig: »Das klingt alles furchtbar ernst und dramatisch, Tim. Worum geht es eigentlich?« Sie richtete sich vorteilhaft in einem Sessel ein und zog die Augenbrauen ganz leicht hoch. »Du sagtest, du hättest eine Überraschung für mich. Ich hoffe, es ist eine schöne.«

»Das musst du entscheiden«, erwiderte ich kompromisslos. Ich holte das Foto aus meiner Brieftasche und hielt es ihr hin. »Es ist ziemlich gut geworden, nicht wahr? Ich muss dir zu dieser Fotografie gratulieren – ich wusste gar nicht, dass du so gute Bilder machen kannst.«

Helen sah das Foto und schreckte zurück. »Oh, Tim …«, sagte sie unglücklich.

»Hör auf mit dem Drama«, sagte ich säuerlich. »Und versuch nicht, mir zu erzählen, dass du das Foto nicht gemacht hast. Ich habe dich nämlich dabei gesehen. Ich denke, ich verdiene eine Erklärung.«

»Ich weiß nicht, was ich sagen soll«, murmelte sie hilflos.

»Dann sag doch *irgendwas*«, schnauzte ich. »Warum hast du es gemacht?«

»Ich weiß es nicht.« Sie blickte mit den Augen zu Boden und drehte ein Taschentuch in ihren Fingern.

»Ich bin wild entschlossen herauszufinden, warum du dieses Foto gemacht hast«, sagte ich grimmig. »Na, los raus damit.«

Helen blickte auf. Ich konnte sehen, dass sie vor Kummer Tränen in den Augen hatte. Dann sagte sie mit zitternder Stimme: »Harry hat mich gebeten, es zu tun. Er gab mir die Kamera und sagte mir, dass …« Sie stockte und ihre Stimme verstummte.

»Erzähl mir den Rest«, sagte ich, »und zwar die Wahrheit.«

Dann legte sie mit einem plötzlichen Redeschwall los. »Ich habe einfach nicht nachgedacht, Tim. Harry gab mir die Kamera und bat mich, ein Foto von dem Modell auf deinem

Kaminsims zu machen. Es schien für mich völlig harmlos.« Sie umklammerte meinen Arm. »Tim, es tut mir furchtbar leid, ich hätte dir davon erzählen sollen. Das ist mir jetzt klar.«

»Das ist ja sehr erfreulich«, erwiderte ich. »Hat Harry gesagt, warum er das Foto wollte?«

Sie schüttelte den Kopf. »Nein.«

»Hast du eine Ahnung, warum er es wollte?«

»Nein, natürlich habe ich nicht die geringste Ahnung. Du glaubst mir doch, Tim, nicht wahr?«

»Ehrlich gesagt«, erwiderte ich, »weiß ich es nicht.«

»Aber es ist die Wahrheit!«

»Jetzt hör mir mal zu«, sagte ich ernst. »Die Leute, mit denen Harry zu tun hat, meinen es ernst, das weißt du. Das ist kein Spiel für sie. Wenn du irgendetwas über sie weißt – irgendetwas –, dann sagst du es mir besser, bevor es zu spät ist.«

»Was meinst du – bevor es zu spät ist?«

»Ich habe dir doch erzählt, was mit meinem Freund passiert ist«, sagte ich. »Ich habe ihn hier im Flur gefunden, mit einem Messer im Rücken. – Also, was war, als du Harry getroffen hast?«

»Das habe ich dir doch schon gesagt.«

»Dann erzähle es mir nochmal.«

Sie sprach, ohne mich anzusehen. »Er sagte, dass er dich nicht sehen will und dass du ihn in Ruhe lassen sollst. Er gab mir das Geld für dich und bat mich dann, das Foto zu machen. Er sagte mir, ich solle die Kamera in einem Geschäft in Camden Town abgeben.«

»Hieß der Laden *Bonnington*?«, fragte ich schnell.

Sie drehte sich zu mir um. »Ja, das ist richtig. Woher kennst du ihn?«

Ich ignorierte die Frage. »Wie hat Harry ausgesehen, als du ihn gesehen hast?«, fragte ich.

»Schrecklich«, antwortete Helen bereitwillig. »Er sah krank und verängstigt aus. Er wollte über nichts sprechen. Aber in einer Sache schien er sich absolut sicher zu sein – er will, dass du ihn in Ruhe lässt.«

»Warum hat er mir dann geschrieben und mich gebeten, ihn in Henton zu treffen?«

Sie zuckte hilflos mit den Schultern. »Ich weiß es nicht.«

»Hat er Henton oder den Brief erwähnt?«

»Nein.«

»Hat er dir gesagt, woher er das ganze Geld hat?«

»Er hat mir nichts gesagt – nicht das Geringste.« Mit zittriger Hand zündete sie sich eine Zigarette an.

Dann klingelte das Telefon. Ich sah Helen an, die nervös an ihrer Zigarette paffte, und nahm den Hörer ab.

Ich erkannte die Stimme am anderen Ende sofort als jene von Mrs. Edwards. Sie sagte eindringlich: »Mein Mann nimmt morgen früh einen späteren Zug, also kommen Sie bitte nicht vor ein Uhr hierher.«

»Ich verstehe. Danke für den Anruf.« Ich legte auf und wandte mich an Helen.

»Meinst du, ich könnte vielleicht einen Drink bekommen?«, fragte sie. Ihre Stimme klang leblos und bedrückt.

Ich mischte zwei Whiskys mit Soda und reichte Helen ein Glas. Sie trank einen Schluck und fragte: »Tim, was ist das für eine Sache, in die Harry verwickelt ist? Weißt du es?«

»Nein, ich weiß es nicht«, sagte ich, »aber ich hoffe, dass ich es morgen um diese Zeit weiß …«

Kapitel zehn

Etwa drei Meilen außerhalb von Cobham bemerkte ich zwei Polizeiautos und einen Krankenwagen, die am Straßenrand standen. Mehrere Autos hatten angehalten, und ich steckte meinen Kopf aus dem Fenster, um zu sehen, was passiert war. Auf der linken Seite der Straße hatte sich ein Kleinwagen im Straßengraben überschlagen.

Die Autoschlange löste sich langsam auf und ein Motorradpolizist winkte mich weiter. Dann kam die Schlange wieder zum Stillstand und ich steckte meinen Kopf erneut aus dem Fenster. »Sind die Leute schwer verletzt?«, fragte ich den Verkehrspolizisten.

»Es ist nur eine Person, Sir – eine Frau«, erwiderte er. »Schreckliche Sache – sie holen sie gerade aus dem Wrack. Ich schätze, dass es das für sie war.«

Der Polizist ging weiter. Ich beobachtete, wie eine Trage zu dem Autowrack gebracht wurde. Von meinem Standort aus konnte ich sehen, dass die Fahrertür nach innen gedrückt war.

Neben dem Unfallwagen bemerkte ich einen etwa dreizehnjährigen Jungen, der einen ausgestopften Stofftiger hielt und ihn einem anderen Jungen zeigte. Das erinnerte mich sofort an einen ähnlichen Stofftiger, den ich kürzlich gesehen hatte …

Ich fuhr bis zu dem Jungen vor. »Woher hast du den, Kleiner?«, fragte ich ihn.

Der Junge zuckte mit dem Daumen in Richtung des Wracks. »Ist aus dem Auto, das da liegt«, sagte er.

Ich parkte meinen Wagen am Straßenrand und ging auf eine kleine Gruppe von Menschen zu, die sich in der Nähe des Wracks versammelt hatten.

»Haben Sie die Frau schon identifiziert?«, fragte ich den Polizisten.

Er betrachtete mich neugierig. »Wir hatten noch keine Gelegenheit dazu, Sir.«

»Ich habe die Befürchtung, dass es eine Bekannte von mir sein könnte«, erklärte ich. »Könnte ich sie wohl einen Moment sehen?«

»Kommen Sie mit, Sir«, sagte der Polizist.

Wir drängten uns durch die Menge zu der Bahre neben dem Autowrack. Dort lag eine Frau, die in Decken gehüllt war. Der Polizist zog die Decken ein wenig herunter und sah mich fragend an.

Trotz des Blutes, dass aus zwei Schnittwunden in ihrem Gesicht quoll, erkannte ich die Frau sofort als Ruth Edwards.

»Diese Dame ist eine Bekannte von mir, Sergeant«, sagte ich. »Kann ich Sie wohl ins Krankenhaus begleiten?«

Der Polizist sah verwirrt aus. »Sie waren nicht in den Unfall verwickelt, oder, Sir?«

»Nein, ich bin nur zufällig vorbeigekommen.«

Der Polizist deutete auf einen Mann in Zivil. »Sie sollten besser den Arzt fragen, Sir.«

Der Arzt war ein jüngerer Mann mit auffallend rotem Haar. Auf meine Bitte hin sagte er: »Ich wüsste nicht, warum Sie nicht mitkommen sollten. Ich kann nichts sagen, bevor ich sie im Krankenhaus nicht gründlich untersucht habe, aber sie scheint ziemlich schwer verletzt zu sein.«

»Glauben Sie, dass sie durchkommt?«, fragte ich.

Der Arzt schaute mich scharf an. »Das kann ich noch nicht sagen«, antwortete er kurz. Er wandte sich an einen der Sanitäter. »Kommen Sie, lassen Sie uns ins Krankenhaus fahren.«

Ich saß auf dem ausziehbaren Sitz am vorderen Ende des Krankenwagens und schaute aufmerksam auf Ruth Edwards, die mit geschlossenen Augen ganz still dalag. Der Arzt holte einige Instrumente aus seiner Tasche, die auf der anderen Bahre lag.

Plötzlich stieß Mrs. Edwards einen zitternden Seufzer aus. Ihre Augen flackerten auf und sie versuchte zu sprechen.

Ich beugte mich vor. »Was ist, Mrs. Edwards?«, fragte

ich.

Sie zwang sich, die Worte auszusprechen, schaffte es aber nur mit größter Anstrengung.

»Helen ... Baker ...«

»Ja?«, sagte ich. »Was ist mit ihr?«

Sie flüsterte so leise, dass ich sie kaum verstehen konnte: »Sie ... hat ... Denston ... nicht getroffen.«

»Sie hat ihn nicht getroffen?«

Mrs. Edwards bewegte ihren Kopf ganz langsam hin und her. »Nein ... Sie hat ... gelogen ... Sie hat Denston ... nicht ... gesehen ...«

»Wo ist Harry Denston?«, fragte ich angespannt.

Ihr Gesichtsausdruck wurde leer.

Ich lehnte mich näher zu ihr. »Versuchen Sie, es mir zu sagen«, drängte ich. »Es ist sehr wichtig. Wo – ist – Harry – Denston?«

Der Arzt näherte sich mir mit einer Injektionsspritze für Mrs. Edwards und legte eine Hand auf meinen Arm. »Ich glaube nicht, dass sie im Moment sprechen sollte«, sagte er. In seiner Stimme lag ein Hauch von sanftem Vorwurf.

Aber Mrs. Edwards' Lippen bewegten sich wieder, und ich beugte mich vor, um zu hören, was sie sagte. »Ich glaube ... Helen ... weiß es ...«

Dann schob der Arzt die Nadel in ihren Arm und sie verlor das Bewusstsein.

Der Arzt wandte sich an mich: »Sie wird jetzt mindestens vierundzwanzig Stunden nicht bei Bewusstsein sein. Sieht für mich nach einem Schädelbruch aus.«

Der Krankenwagen hielt mit einem sanften Ruck an und ich kletterte hinaus. Es hatte keinen Sinn, mit ins Krankenhaus zu fahren. Mir gelang es, einen vorbeifahrenden Lieferwagen anzuhalten, der mich zurück zu meinem Wagen brachte. Dann fuhr ich wieder nach London.

Es war an der Zeit, dachte ich grimmig, bei Helen eine wirklich harte Gangart einzuschlagen ...

– 2 –

Als es später an jenem Abend in meiner Wohnung an der Tür

klingelte, war ich überrascht, als Dr. Killick mit einer großen Aktentasche in der Hand davor stand.

»Ich habe mich daran erinnert, dass Sie mich eingeladen haben, Sie zu besuchen, wenn ich in London bin«, sagte er mit einem freundlichen Lächeln. »Ich dachte, ich nehme das Angebot an. Ich hoffe, es stört Sie nicht, dass ich Sie so überfalle.«

»Überhaupt nicht«, antwortete ich. »Ich freue mich, Sie zu sehen.«

»Ich war auf dem Weg zum *Royal Hospital*«, erklärte Killick, »und da dachte, ich schlage zwei Fliegen mit einer Klappe.«

Er nahm einen Umschlag aus seiner Jackentasche. »Ich war gestern im *Three Bells* in Henton, und Norman Gibson erwähnte zufällig, dass ein Brief für Sie aus London eingetroffen sei. Er wollte ihn Ihnen nachschicken, aber da ich ohnehin nach London fuhr, dachte ich, ich könnte ihn Ihnen auch persönlich überbringen.«

»Das war sehr nett von Ihnen, Doktor«, sagte ich.

Killick reichte mir den Brief. Ich erkannte die Schrift auf dem Umschlag als jene von Harry. Es war nur eine kurze Notiz, die auf den Punkt gebracht war:

Zum letzten Mal – hör auf, mir nachzulaufen.

Wenn du weißt, was gut für dich ist, dann vergiss, dass ich existiere.

Ich steckte den Brief zurück in den Umschlag und sah zu Killick auf. »Er ist von einem Freund von mir«, erklärte ich ihm. »Harry Denston.«

»Ist das nicht der Mann, den Sie in Henton treffen sollten?«

Ich nickte. »Aber ich verstehe nicht, warum er mir ins *Three Bells* geschrieben hat. Er hat ja meine Adresse.« Ich steckte den Brief in meine Tasche. »Was führt Sie ins *Royal Hospital*, Doktor? Oder ist das ein Berufsgeheimnis?«

»Ganz und gar nich«, sagte Killick. »Gareth – das ist mein

Schwager – hatte heute früh einen Autounfall. Er ist mit einem gebrochenen Bein davongekommen, aber ich habe meiner Schwester versprochen, dass ich mich vergewissern werde, dass man sich gut um ihn kümmert.«

»Wo war der Unfall?«, fragte ich.

»In der Baker Street, glaube ich. Warum fragen Sie?«

»Nun, es ist wohl nur ein Zufall, aber eine Bekannte von mir war heute auch in einen Autounfall verwickelt.«

»Tut mir leid, das zu hören«, sagte Killick. »Wurde sie schwer verletzt?«

»Es ist eine Frau namens Ruth Edwards. Es steht immer noch kritisch um sie.«

»Das ist wirklich schlimm«, erwiderte Killick mitfühlend. »Wie ist dieser Unfall passiert?«

»Ich weiß es nicht«, antwortete ich. »Ich bin mit ihr im Krankenwagen mitgefahren. Eigentlich ist sie auch nur eine flüchtige Bekannte. Ich habe eines Tages zufällig ihre Brille gefunden und sie ihr zurückgegeben.«

»Nun«, meinte Killick, »ich hoffe, sie erholt sich schnell.«

»Das hoffe ich auch für Ihren Schwager.«

Killick lächelte. »Gareth? Ach, der wird schon wieder. Er ist zäh wie Leder. Trotzdem werde ich nachsehen, ob er im Krankenhaus gut behandelt wird, damit meine Schwester beruhigt ist.«

Er lehnte mein Angebot eines Drinks ab und sagte, dass er wieder gehen musste.

Ich begleitete ihn in den Flur. »Vielen Dank, dass Sie mir den Brief gebracht haben«, sagte ich.

Er lächelte. »Überhaupt kein Problem, mein lieber Mr. Frazer.«

Als Killick gegangen war, las ich Harrys Brief noch einmal und beschloss, dass es nur eine Möglichkeit gab. Ich musste sofort zu Ross fahren.

Mein Gespräch mit Ross war in einer Hinsicht enttäuschend, in einer anderen jedoch seltsam erfreulich. Er sagte etwas frostig: »Ich habe Ihnen einen Auftrag erteilt, Frazer: »Finden Sie Harry Denston!« Also, machen Sie sich an die Arbeit.«

Ich kam mir ein wenig hilflos und töricht vor.

Er beugte sich vor, und ich sah, dass ein kleines, kaltes Lächeln seine Lippen umspielte. »Wollen Sie mir damit etwa sagen, dass die Angelegenheit für Sie zu schwer ist?«, fragte er.

»Das habe ich nicht gesagt«, sagte ich etwas verärgert. »Ich glaube sogar, dass ich endlich weiterkomme.«

Ross hatte immer noch sein kaltes Lächeln aufgesetzt. Er lehnte sich in seinem Stuhl zurück, legte die Fingerspitzen aneinander und sagte: »Inwiefern?«

Ich fühlte mich eher wie ein kleiner Junge, der vor dem Schuldirektor steht. Dann sah ich, dass Ross nicht mehr lächelte. Er erklärte mir: »Hören Sie mir zu, Frazer. Ich habe eine Menge erfahrener Leute, die für mich arbeiten – Leute, die ich nie kontrollieren muss. Ich frage sie nicht nach Fortschrittsberichten; in der Regel interessieren mich solche Dinge nicht, bis die Arbeit, die sie machen, zufriedenstellend erledigt ist. Andere sind jünger und weniger erfahren, und ich muss sie im Auge behalten, damit sie keine Fehler machen.« Es überraschte mich, als er hinzufügte: »Sie gehören zur ersten Kategorie, Frazer.«

Ich fühlte mich plötzlich ermutigt. »Ich bin froh, das zu hören«, sagte ich.

»Wenn Sie etwas von meiner Abteilung wollen oder brauchen, dann sagen Sie es. Was Ihren Auftrag betrifft, so sind Sie diesbezüglich auf sich allein gestellt – im Moment jedenfalls«, sagte Ross.

»Na gut. Zunächst möchte ich einige Informationen über eine Frau namens Ma Dodsworth. Sie betreibt ein Raststättencafé in der Waltham Cross Road.«

Ross kritzelte eine Notiz auf den Block vor ihm. »Wollen Sie etwas Bestimmtes über sie wissen?«

»Ich würde gerne ein wenig über ihren Hintergrund erfahren.«

»Gut«, sagte Ross. »Sonst noch etwas?«

»Noch eine Sache«, fuhr ich fort. »Könnten Sie herausfinden, ob ein Mann gestern in der Baker Street in einen Autounfall verwickelt war und in das *Royal Hospital* gebracht wurde? Sein Vorname ist Gareth, aber das ist alles, was ich über ihn weiß.«

»Ich beschaffe diese Informationen«, sagte Ross. »Wenn ich sie habe, dann treffen wir uns irgendwo.«

– 3 –

Kurz nachdem ich an jenem Morgen in meine Wohnung zurückgekehrt war, kam Donald Edwards an, um mich zu besuchen. Er sah müde, besorgt und zerzaust aus und trug ein großes braunes Papierpäckchen bei sich.

Er blinzelte mich einen Moment lang an, dann sagte er: »Ich habe Ihnen das Bild zurückgebracht, das Sie mir geliehen haben.«

Ich führte ihn ins Wohnzimmer. »Sie hätten es doch nicht ausgerechnet jetzt zurückbringen müssen«, sagte ich. »Sie hätten es auch später irgendwann mit der Post schicken können. Für mich war das nicht eilig.«

»Ich wollte nicht, dass es kaputt geht«, sagte Edwards zögernd. »Deshalb dachte ich, ich bringe es Ihnen persönlich vorbei.«

Ich nahm das Päckchen und deutete auf einen Stuhl. Edwards setzte sich.

»Der Unfall Ihrer Frau tut mir schrecklich leid«, sagte ich. »Waren Sie heute Morgen schon im Krankenhaus?«

Edwards nickte. »Leider ist ihr Zustand unverändert.«

Er nahm seine Brille ab und polierte sie an seiner schäbigen Strickjacke. »Es war wirklich sehr nett von Ihnen, dass Sie sich gestern die Mühe gemacht haben«, sagte er.

»Das war das Mindeste, was ich tun konnte.«

Edwards fuhr sich müde mit einer Hand über die Augen. Ich fand, dass er sehr klein und erbärmlich aussah. »Ich bin besorgt, Mr. Frazer«, sagte er, »sehr besorgt sogar. Ich habe den größten Teil des Vormittags auf der Polizeiwache verbracht. Es scheint so, als ob der Polizei die Sache merkwürdig vorkommt.«

»Inwiefern?«, fragte ich.

»Sie scheinen Zweifel daran zu haben, dass es ein Unfall war. Sie denken, dass sich möglicherweise jemand an dem

Wagen zu schaffen gemacht hat.« Er wich meinem Blick aus und starrte aus dem Fenster.

»Aber warum sollten sie das denken?«

»Ich weiß es wirklich nicht«, sagte Edwards mit verzweifelter Stimme. »Die Polizei ist furchtbar zurückhaltend, wissen Sie, sie gibt nur wenig preis. Natürlich habe ich ihnen gesagt, dass diese Annahme absurd ist.« Er sah mich eindringlich an. »Wer um alles in der Welt sollte sich denn an Ruths Wagen zu schaffen machen wollen? Das ist eine absolut fantastische Annahme.«

»Was glauben Sie denn, was geschehen ist?«, fragte ich.

»Das ist schwer zu sagen, muss ich zugeben.« Für einen Moment erhellte ein zackiges Lächeln sein gezeichnetes Gesicht. »Wissen Sie, Ruth war eigentlich nie eine sehr gute Fahrerin, sie war immer so unbeholfen und hatte die beunruhigende Angewohnheit, den linken Blinker zu setzen und dann rechts abzubiegen. Aber was mich wirklich bewegt, ist, wohin sie eigentlich fahren wollte. Sie erzählt mir fast immer von ihren Verabredungen, aber ich habe nicht die leiseste Ahnung, wo sie gestern hinwollte.« Er zögerte, dann murmelte er zaghaft: »Sie hat nicht zufällig im Krankenwagen etwas zu Ihnen gesagt?«

»Leider nicht. Sie kam nur kurz zu Bewusstsein und hat ein paar Worte gemurmelt. Leider habe ich sie nicht verstanden.« Diese Lüge ging mir leicht über die Lippen. »Vielleicht kann der Arzt Ihnen weiterhelfen.«

»Nein«, antwortete Edwards kläglich, »ich habe schon mit ihm gesprochen. Er sagt, dass er nichts gehört hat.«

»Es tut mir leid, dass ich Ihnen nicht weiterhelfen kann«, bedauerte ich. »Aber lassen Sie mich einen Drink für Sie holen. Das wird Sie ein wenig aufmuntern.«

»Nein, danke, Mr. Frazer. Wissen Sie, ich habe heute Morgen noch nicht gefrühstückt.«

Für einen Moment stellte ich mir Edwards vor, wie er sich kurzsichtig und verzweifelt in einer leeren Küche umsah. »Nun, das können wir schnell ändern«, schlug ich vor. »Meine Kochkünste sind begrenzt, aber mit einer Bratpfanne kann ich ganz gut umgehen.«

»Nein, wirklich, danke. Mir ist nicht so nach Essen zumute.«

»Einen Kaffee also?«

»Nein, nichts, wirklich …«

Dann sagte ich: »Es war schon ein seltsamer Zufall, dass ich im selben Moment auftauchte.«

»Das war es in der Tat«, sagte Edwards. »Als der Arzt mir davon erzählte, nahm ich an, dass Sie vielleicht auf dem Weg zu uns waren, um das Bild abzuholen.« Er deutete auf das Päckchen.

Ich schüttelte den Kopf. »Eigentlich war ich auf dem Weg zu einer alten Freundin von mir in Farnham.«

»Oh, ich verstehe«, sagte Edwards abwesend und erhob sich mühsam.

»Nun, ich muss jetzt gehen. Und nochmals vielen Dank für Ihre große Freundlichkeit.«

»Das ist gerne geschehen«, sagte ich. Ein plötzlicher Gedanke kam mir in den Sinn. »Weiß Anya von dem Unfall Ihrer Frau?«

»Ich musste ihr natürlich etwas sagen, aber sie weiß nicht, wie ernst es ist.«

»Was sagt das Krankenhaus? Als ich anrief, sagten sie nur, dass sie nicht über den Berg ist.«

Edwards' Unterlippe zitterte. »Offenbar sind die nächsten vierundzwanzig Stunden entscheidend«, informierte er mich. »Ihr Schädel ist gebrochen und sie hat schwere Verletzungen am Brustkorb und am Nacken.«

Ich nickte wohlwollend. »Wenn ich irgendetwas für Sie tun kann, Mr. Edwards, zögern Sie bitte nicht, sich mit mir in Verbindung zu setzen.«

Die schwachen Augen blinzelten. »Das ist sehr nett von Ihnen. Wir sind Ihnen sehr dankbar für alles, was Sie getan haben – wir beide.«

Als Edwards gegangen war, schaute ich durch das Fenster der Wohnung. Er stand einsam auf der Straße und nahm scheinbar keine Notiz vom Verkehr und von den Passanten. Anscheinend sah er nichts und niemanden.

Als ich mich vom Fenster abwandte, klingelte das Telefon. Am anderen Ende meldete sich die Stimme von Ross: »Ich habe die Information, die Sie wollten. Wir treffen uns in einer halben Stunde an der Nadel der Kleopatra.«

Auf die Sekunde pünktlich hielt ein großer Bentley mit Chauffeur direkt vor mir an. Ich setzte mich auf den Rücksitz neben Ross, der aussah wie ein Geschäftsmann aus der Großstadt, der auf dem Weg zu einer hochrangigen Konferenz war.

»Ich habe die Informationen, die Sie über Ma Dodsworth wollten«, erklärte er.

»Irgendwelche Vorstrafen?«, fragte ich im Berufsjargon.

Ross lächelte leise. »Zunächst einmal«, sagte er, »scheint die Dame nie verheiratet gewesen zu sein – und das trotz der Bezeichnung »Ma«. Die meisten Leute scheinen sie so zu nennen.«

»Wie der mütterliche Typ kam sie mir auch nicht vor«, bemerkte ich.

»Anscheinend hat sie einen gewissen Ruf«, fuhr Ross fort, »vor allem in ihrer Umgebung.«

»Einen guten, einen schlechten oder einen neutralen?«

»Eine Mischung aus allem. Harte Schale, weicher Kern, wenn Sie verstehen, was ich meine.«

»So wie die Figur Tugboat Annie?«, schlug ich vor.

»Ganz recht«, sagte Ross. »Offenbar schafft sie es, sich auf der richtigen Seite des Gesetzes zu bewegen.«

»Was ist mit dem Café? Wie läuft das Geschäft?«

»Nicht gut, nicht schlecht. Viele Fernfahrer besuchen es und sie verdient ihren Lebensunterhalt damit. Das ist alles über Ma Dodsworth.«

»Was ist mit dem Verunfallten im *Royal Hospital*?«, erkundigte ich mich weiter.

»Das haben wir auch überprüft.« Wieder setzte Ross sein kaltes, kleines Lächeln auf. »Ein Mann namens Gareth Humphries wurde gestern um vier Uhr eingeliefert. Er war in einen Autounfall in der Baker Street verwickelt und hat ein gebrochenes Bein.«

Bezeichnenderweise hatte Ross mich nicht gefragt, warum ich diese verschiedenen Informationen haben wollte. Er sagte lediglich: »Wollen Sie sonst noch etwas wissen?«

Ich zögerte einen Moment, dann sagte ich: »Sie sagten mir, dass ich bei diesem Auftrag auf mich allein gestellt bin. Nun, das ist mir recht. Aber wie weit werden Sie mich decken, wenn ich in Schwierigkeiten gerate?«

Ross hob die Augenbrauen. »Was für Schwierigkeiten?«

»Schwierigkeiten jeglicher Art.«

»Mit der Polizei, meinen Sie?«

»Möglicherweise.«

»Wenn Sie Harry Denston für uns finden, dann decken wir Sie bis zum Äußersten«, antwortete Ross entschlossen.

»Was ist das Äußerste?«

Ross sah mich nachdenklich an. »Das Äußerste ist Mord«, sagte er leise, »aber dafür bräuchten wir natürlich einen sehr guten Grund. Im Idealfall sollte es Selbstverteidigung sein. Beantwortet das Ihre Frage?«

»Ja«, sagte ich.

»Was genau haben Sie vor?«, erkundigte sich Ross.

»Jemand hat mich schwer getäuscht«, sagte ich, »und das gefällt mir nicht. Mit etwas Glück werde ich Denston innerhalb der nächsten achtundvierzig Stunden für Sie finden.«

Ross sagte nichts darauf. Sein Gesicht war völlig ausdruckslos – aber ich glaubte, in den kalten, blassblauen Augen ein zustimmendes Glitzern zu erkennen.

Als ich aus dem Wagen ausstieg, hob Ross eine Hand und beugte sich vor, um dem Chauffeur eine Anweisung zu geben. Dann fuhr der Bentley das Embankment entlang und verschwand …

144

Kapitel elf

Ich hielt es für eine gute Idee, Ma Dodsworth glauben zu lassen, ich sei von der Polizei. Je länger ich darüber nachdachte, desto besser gefiel mir die Idee: Es war unwahrscheinlich, dass Ma mit einem zufälligen Besucher ihres Cafés offen reden würde, aber wenn ich sie mit ein paar drohenden Untertönen erschrecken konnte, würde sie mir wahrscheinlich alles sagen, was ich wissen wollte.

Ich suchte deshalb den alten Mann namens Henry auf und fand ihn in seinem kleinen Büro am Ende des Flurs gegenüber von Ross' Büro in Akten vertieft. Offenbar war er an Bitten wie meine gewöhnt, denn innerhalb von zehn Minuten händigte er mir einen Ausweis, auf dem stand, dass ich Kriminalinspektor Walter Hubert Phillips von New Scotland Yard war. Ich hatte den Eindruck, dass Henry nicht weniger überrascht gewesen wäre, hätte ich ihn um ein Elefantenbaby gebeten.

Vor dem *Treff bei Ma* waren nur zwei Lastwagen geparkt. Einer davon kam gerade auf Touren und machte sich zur Weiterfahrt bereit. Ich betrat das Café und sah, dass nur ein einziger anderer Gast da war, der die Reste seiner Mahlzeit mit einem Stück Brot auftunkte.

Ich warf einen Blick in den Spiegel und fand, dass ich überzeugend aussah. Ich trug einen Regenmantel und einen Filzhut, denn alle Zivilbeamte, die ich je gesehen hatte, trugen immer solche Filzhüte und Regenmäntel, egal ob es regnete oder nicht.

Ma war gerade dabei mit einer Zigarette im Mund hinter dem Tresen die Gläser zu spülen. Sie bediente mich, ohne mir in die Augen zu sehen oder einen Kommentar abzugeben.

Ich ging mit meiner Tasse Tee zu einem Tisch an der Wand und nahm eine drei Monate alte Illustrierte in die Hand, um darin zu blättern.

Der andere Kunde schluckte den Rest seines Tees hinunter und ging zum Tresen. Ma nahm sein Geld und gab ihm den Rest zurück. Nachdem er gegangen war, hörte ich, wie der verbliebene Lastwagen auf dem Parkplatz angelassen wurde.

Ma warf einen flüchtigen Blick in meine Richtung und goss sich eine Tasse Tee ein.

»Kommen Sie und trinken Sie doch eine Tasse Tee mit mir, Ma«, sagte ich. »Ich möchte mich mit Ihnen unterhalten.«

Ma beäugte mich scharfsinnig. Dann kam sie zu meinem Tisch und stellte ihre Tasse darauf ab. Sie setzte sich mit ihrer großen Masse auf den Stuhl gegenüber und sagte beiläufig: »Hab' keine Zeit zum Sitzen und Tratschen, mein Lieber.«

»Wer hat denn etwas von Tratschen gesagt?«, schnauzte ich.

Mas Nasenflügel zuckten. »Sprechen Sie nicht in diesem Ton mit mir, mein Lieber«, sagte sie unwirsch. »Ich mag's nicht, wenn man mich rumkommandiert, wissen Sie. Wer sind Sie eigentlich?«

»Na kommen Sie, Ma«, sagte ich, »Sie erinnern sich doch an mich, oder?«

Sie sah mich mit zusammengekniffenen Augen an. »Waren Sie schon mal hier?«

»Sie wissen ganz genau, dass ich schon mal hier war«, antwortete ich. »Wissen Sie denn auch, wer ich bin?«

Ma setzte ein Lächeln auf. »Nein, keine Ahnung, mein Lieber« Das Lächeln verschwand so abrupt wieder, wie es gekommen war. »Und es ist mir auch völlig egal. Sie schulden mir vier Pence für Ihr Tässchen.«

Ich griff in meine Hosentasche. »Mein Name ist Phillips«, sagte ich.

»Das freut mich«, antwortete Ma säuerlich. »Vier Pence, mein Lieber – wenn Sie die haben.«

»Ich denke, es wird sich ausgehen«, erwiderte ich. »Die Bezahlung bei Scotland Yard ist zwar nicht gerade üppig, aber ab und zu reicht es für eine Tasse Tee.«

Mas Mund zog sich zu einer dünnen Linie zusammen.

»Scotland Yard? Wem wollen Sie denn das weiß machen?«

»Glauben Sie mir denn nicht, dass ich vom Yard bin?«

»Nein«, sagte sie kompromisslos, »das glaub' ich nicht.«

Ich zeigte ihr den Polizeiausweis. »Überzeugt Sie das?«

Ma sah mich mit zähneknirschendem Respekt an. Dann meinte sie unbehaglich: »Was wollen Sie? Gegen mich liegt doch nichts vor!«

»Ich stelle nur ein paar Nachforschungen an«, sagte ich beiläufig. »Es hat nichts mit der örtlichen Polizei zu tun, die braucht nichts davon zu wissen, es sei denn, Sie wollen das. Ich denke, Sie können mir helfen, Ma.«

»Wie kann ich Ihnen helfen?«, fragte sie mit einem Anflug von Grobheit. »Ich bin noch nie in etwas verwickelt gewesen.«

»Da haben Sie aber Glück«, sagte ich ihr. »Vielleicht haben Sie einen einflussreichen Freund.«

»Kommen Sie zur Sache, mein Lieber«, sagte sie freundlicher. »Ich habe nicht den ganzen Tag Zeit, also wie wär's, wenn Sie nicht lange fackeln und Klartext reden?«

»Na gut«, stimmte ich zu, »kommen wir zur Sache. Erinnern Sie sich, als ich das letzte Mal hier war? Da fragte ich Sie nach einem Mann und einer Frau. Sie sagten, Sie hätten sie gesehen.«

Ma betrachtete mich misstrauisch und nickte dann.

»Sie haben mir gesagt, dass sie am letzten Freitag hier waren«, fuhr ich fort.

Sie nickte erneut. »So war's auch, mein Lieber.«

Ich nahm ein Foto aus meiner Brieftasche. Es war ein von mir aufgenommener Schnappschuss von Helen Baker und Harry Denston. Ich reichte ihn Ma. »Haben Sie diese beiden Leute schon einmal gesehen?«

Sie schaute auf das Foto und dann auf mich. »Die hab' ich noch nie in meinem Leben gesehen«, verkündete sie.

»Aber das sind die Frau und der Mann, von denen ich Ihnen erzählt habe«, erklärte ich. »Sie behaupteten doch, Sie hätten sie hier gesehen.«

»Das weiß ich, mein Lieber«, antwortete Ma gleichmütig.

»Warum«, sagte ich mit so viel Geduld, wie ich aufbringen konnte, »haben Sie dann gesagt, dass Sie sie gesehen haben, wenn es nicht stimmt?«

Mas Selbstvertrauen schwand ein wenig. »Nun, das ist ein bisschen schwierig zu erklären«, sagte sie unsicher.

»Jemand hat Ihnen aufgetragen, dass Sie es sagen sollen. Richtig?«

»Richtig«, sagte Ma nach einigem Zögern.

»Wer?«

»Och, ein Freund von mir.«

»Und wie viel hat Ihnen Ihr Freund dafür bezahlt?«

Ihre kleinen, schweinsförmigen Augen funkelten gefährlich. »Jetzt fangen Sie bloß nicht an, verdammt noch mal beleidigend zu werden«, sagte sie enorm bedrohlich. »Ich habe es als Gefallen getan, verstehen Sie? Sie glauben doch nicht, dass ich von einem Freund Geld annehme, oder?«

»Sie doch nicht«, sagte ich. »Wie viel?««

Ma sah mich an, wie ein Boxer, der seinen Gegner abschätzt. »Wenn Sie es unbedingt wissen wollen«, sagte sie mürrisch, »ich habe einen Fünfer damit verdient – nicht mehr.« Ihre Stimme nahm einen keifenden Ton an. »Ich schwöre bei Gott, fünf Pfund – nicht einen Shilling mehr.«

»Na gut, ich glaube Ihnen«, antwortete ich. »Aber ich denke, Sie sollten mir besser die ganze Geschichte erzählen.«

»Na ja, dieser Tupper, der von der Garage unten an der Straße …«, begann sie.

»Tupper?«, unterbrach ich sie.

»Ja, genau. Kennen Sie ihn?«

»Wir sind uns schon begegnet«, erklärte ich. »Erzählen Sie weiter, Ma.«

Jetzt wurde sie etwas ausführlicher. »Tja, ehrlich gesagt, überrascht's mich nicht, dass Sie ihn kennen. Wohlgemerkt, der alte Tupper ist nicht wirklich ein Gauner, auch wenn seine Autos ein bisschen klapprig sind. Da war mal 'n Typ, der hat 'nen Jaguar von ihm gekauft und …«

»Vergessen Sie die Autos«, sagte ich. »Erzählen Sie mir von Tupper.«

Ma warf mir einen vorwurfsvollen Blick zu. »Nun, er kam letzte Woche eines Tages hierher und fragte mich, ob ich mir

148

einen Fünfer verdienen wollte.«

»Und nach reiflicher Überlegung haben Sie »Ja« gesagt«, murmelte ich.

»Was soll das?«, fragte Ma streitlustig.

»Vergessen Sie's«, meinte ich.

»Er hat Sie mir beschrieben«, fuhr sie fort, »und gesagt, dass Sie vielleicht hier aufkreuzen würden, um sich nach einer jungen Frau und ihrem Freund zu erkundigen. Ich sollte Ihnen sagen, dass die beiden letzten Freitag hier waren und dass der betreffende Herr immer wieder vorbeikommt – dass man fast sagen kann, dass er einer meiner Stammgäste sei.« Ma machte eine Atempause.

»Und dann?«

»Dann sollte ich Tupper anrufen und ihm sagen, dass Sie hier sind. Das war alles.«

»Dieser Mann – dieser Lester«, sagte ich, »der Mann, der hier hereinkam und mit mir sprach – haben Sie ihn zuvor schon einmal gesehen?«

Ma schüttelte energisch den Kopf. »Nein, mein Lieber, den hab' ich nie vorher zu Gesicht bekommen. Ich war sehr überrascht, als er hereinkam. Ich dachte, Tupper würde kommen. Er hatte mir ja den Auftrag gegeben.«

»Haben Sie Tupper getroffen, seitdem ich das letzte Mal hier war?«

»Ja«, sagte sie. »Er kam noch am selben Nachmittag hierher. Ich fragte ihn, wer dieser schicke Junge war, und er sagte, dass Sie ein anderer Autohändler sind. Er erklärte, dass er Ihnen ein Auto abkaufen wollte und dass Sie sich weigern, es herzugeben.«

»Und das haben Sie ihm geglaubt?«

Ma zuckte mit ihren dicken Schultern. »Tja, ich weiß nicht«, sagte sie zweifelnd. »Ich fand, es klang ein bisschen dubios. Ich dachte, ihr drei seid vielleicht in irgendwelche krummen Geschäfte verwickelt – gestohlene Autos oder so etwas.«

»Ich verstehe«, erwiderte ich und sah sie forschend an.

Ma war sichtlich verunsichert durch meine Fragen. »Ich habe Ihnen die Wahrheit gesagt, Schätzchen«, beharrte sie.

»Mit euch Jungs vom Yard leg' ich mich lieber nicht an.«

»Sehr klug von Ihnen«, antwortete ich. Dann stand ich auf und ging zur Tür.

»Oh, ich habe meinen Tee noch gar nicht bezahlt.«

»Ist schon in Ordnung, mein Lieber«, sagte Ma und lächelte wieder. »Der geht aufs Haus ...«

Ich beschloss, als nächstes zu Tupper zu fahren. Tupper, so stellte ich mir vor, war der Typ, der reden würde, wenn es sich für ihn lohnte. Auf dem Weg zu seiner Garage ging ich die Auskünfte, die Ma Dodsworth mir gegeben hatte, nochmals durch und kam zu dem Schluss, dass sie zuverlässig waren. Es bestand kein Zweifel daran, denn ich hatte sie mit meiner Nummer erschreckt.

Als ich hupte, kam Tupper heraus und ich sagte ihm, er solle den Jaguar volltanken. Er betrachtete das Auto mit unverhohlener Bewunderung.

»Ganz schönes Teil, das Sie sich da geleistet haben«, bemerkte er, während er den Tankdeckel zuknallte.

»Nicht schlecht, was?«, erwiderte ich. »Ich habe es erst gestern gekauft.«

»Hm«, sagte Tupper. »Wie viel hat es auf dem Tacho?«

»Nur etwa fünftausend.«

»Wirklich?«, meinte Tupper mit mehr als einer Spur von Neid. »Wie viel hat man Ihnen dafür abgeknöpft?«

»Etwas mehr als elfhundert.«

»Donnerwetter!«, sagte Tupper in ehrfürchtigem Ton.

»War das günstig?«, fragte ich naiv.

»Günstig? Das kann man wohl sagen! Verdammt, das ist ja geschenkt.«

»Ich habe es einer Freundin abgekauft«, erklärte ich. »Ihr Mann ist gerade gestorben. Sie hatte sogar zwei Autos, und ich denke, das andere ist noch in viel besserem Zustand als dieses. Aber ich kenne mich mit Autos nicht so gut aus.«

»Sie muss ganz schön dämlich sein, wenn sie den Jaguar für nur elfhundert verkauft hat«, kommentierte Tupper.

Ich warf ihm einen wissenden Blick zu. »Wenn Sie schnell sind, könnten Sie das andere vielleicht auch so billig bekommen.«

»Was ist das andere?«, erkundigte er sich eifrig.

»Ein Rover.«

»Ah«, strahlte Tupper. »Welches Baujahr?«

»58, glaube ich. Jedenfalls ist es in einem sehr guten Zustand.«

Tupper blickte begehrlich auf den Jaguar. »Nun, dieses Teil hier ist wirklich ein Schnäppchen. Wissen Sie, und dieser Rover gefällt mir vom Erzählen her auch.«

Ich tat einen Moment lang so, als ob ich gedankenversunken nachdachte. »Ich sage Ihnen was«, erwiderte ich dann, »Sie kommen heute Abend zu mir und wir schauen uns den Wagen zusammen an. Ich stelle Ihnen meine Bekannte vor, und der Rest liegt dann bei Ihnen. Was halten Sie davon?«

Tupper sah erfreut aus. »Vielen Dank, Mr. Frazer«, sagte er. »Das machen wir.«

Ich reichte ihm eine Karte. »Hier ist meine Adresse«, erklärte ich. »Kommen Sie gegen acht Uhr.«

»Ich werde da sein«, versicherte er mir und steckte die Karte in seine Tasche. Er winkte mir fröhlich zu, als ich wegfuhr.

Aus Respekt mir und einer möglichen Kundin gegenüber hatte sich Tapper frisch rasiert und einen Kragen angelegt, der beinahe sauber war.

»Tut mir verdammt leid, Tupper. Wenn Sie nur ein bisschen früher gekommen wären, hätten Sie den Rover haben können«, erklärte ich.

»Sie meinen doch nicht etwa, dass ihn mir jemand vor der Nase weggeschnappte hat«, meinte er.

»Leider ja«, sagte ich traurig. »Er hat ihn für siebenhundert bekommen. Ich glaube er war ein Händler.«

»Diese verdammten Autohändler!«, rief Tupper angewidert aus. »Dieser Bastard wird jetzt mindestens ein paar hundert Pfund daran verdienen!«

Ich schenkte einen großen Schluck Whisky ein und reichte Tupper das Glas. Bedauernd sagte ich: »Tja, so ist das nun mal. Wasser oder Soda?«

Er schüttelte den Kopf. »Kein Grund, das Zeug zu verwässern, Kumpel.« Er schluckte ärgerlich und murmelte dann: »Verflucht, wenn ich daran denke, dass ich so verdammt nah dran war, zweihundert Mäuse zu verdienen.«

Ich füllte sein Glas nach. »Ach so«, sagte ich beiläufig, »wenn es Ihnen nur darum geht, zweihundert Pfund zu verdienen, dann weiß ich, wie Sie sich die leicht verdienen können – einfach so!« Ich schnippte dramatisch mit den Fingern.

Tupper blickte von einer mürrischen Betrachtung meines Teppichs auf. »Wo ist der Haken?«, wollte er wissen.

»Sie müssen mir nur sagen, was mit dem Hillman Minx passiert ist, den ich Ihnen verkauft habe«, sagte ich leise.

Tupper trank eilig seinen Whisky aus und stellte das Glas auf den Tisch. »Tja, danke für den Drink«, murmelte er. »Ich muss jetzt wieder zurück.«

Ich nahm einen gequälten Gesichtsausdruck an. »Interessieren Sie die zweihundert Pfund denn nicht?«

»Doch«, versicherte mir Tupper. »Mich interessiert jedes leicht verdiente Geld. Aber über dieses Auto spreche ich nicht.«

Ich sah ihn einen Moment lang aufmerksam an. Ich wusste, dass er zweihundert Pfund nicht so einfach ausschlagen würde. »Dann mache ich Ihnen einen anderen Vorschlag«, sagte ich schließlich.

Tupper schaute mich misstrauisch an. »Ich höre.«

»Ich habe einen Mann namens Lester in Ma Dodsworths Café kennengelernt«, sagte ich. »Er kam, nachdem Ma Sie angerufen hatte.«

»Davon weiß ich nichts«, sagte Tupper etwas zu bereitwillig. »Keine Ahnung, wovon Sie reden, Kumpel.«

»Ich glaube doch«, korrigierte ich. »Aber was mich wirklich interessiert, ist, dass Lester über eine Stunde gebraucht hat, um ins Café zu kommen, nachdem Ma Sie angerufen hatte.«

»Na und?«, sagte Tupper mürrisch.

»Lester kann also nicht bei Ihnen in der Garage gewartet haben«, sagte ich. »Die ist nur fünf Minuten vom Café entfernt.«

»Ich weiß nicht, wovon Sie reden«, murmelte Tupper.

»Ach nein? Dann sage ich es Ihnen. Sobald Sie Ma Dodsworth verständigt hatte, riefen Sie Lester an – und er brauchte etwas mehr als eine Stunde, um zu Ma zu kommen.«

»Sie sind verrückt!«, sagte Tupper beleidigt. »Ich habe noch nie von jemandem gehört, der Lester heißt.« Er machte sich auf den Weg zur Tür.

»Ich gebe Ihnen zweihundert Pfund, Tupper, wenn Sie mir die Nummer sagen, die Sie angerufen haben«, sagte ich entschlossen.

Tupper blieb stehen und beäugte mich misstrauisch. »Zweihundert Mäuse? Nur für eine Telefonnummer?«

»Ja«, sagte ich. »Das ist doch einfach, nicht wahr?«

»Klingt für mich ein bisschen zu einfach«, sagte er. »Haben Sie Mäuse hier?«

Ich ging zum Schreibtisch und schloss eine Schublade auf. Ich nahm ein Bündel Fünf-Pfund-Noten heraus und warf es lässig auf den Tisch. Tupper sah mir scheinbar fasziniert zu.

»Lassen Sie uns das klarstellen«, sagte er. »Ich gebe Ihnen die Telefonnummer, und Sie geben mir zweihundert Pfund. Richtig?«

Geduldig wiederholte ich: »Sobald Sie von Ma Dodsworth gehört hatten, haben Sie Lester verständigt. Ich will nur die Nummer, die Sie angerufen haben, das ist alles.«

Tuppers Augen klebten an dem Stapel Fünfer. Er rang einen letzten Kampf mit einer unangebrachten Loyalität und verlor ihn schließlich. Mit heiserer Stimme platzte aus ihm heraus: »Es war Kensington 9630.«

Zum Glück war Tupper viel zu sehr mit dem Geld beschäftigt, um mich anzusehen, denn ich bezweifle sehr, dass es mir gelang, bei dieser Information ein Pokerface zu bewahren. Ich zeigte auf das Geld und sagte: »Na gut, Tupper. Bedienen Sie sich.«

Er hob die Scheine auf, zählte sie geschickt und steckte sie in die Innentasche seines Jacketts. Was, so fragte ich mich, wollte Tupper mit diesem plötzlichen Geldsegen anfangen? Ich dachte an Hunderennbahnen, gigantische Alkoholexzesse, dubiose Autogeschäfte – lauter Dinge, die ihm offensichtlich am Herzen lagen. Plötzlich fühlte ich mich viel besser in Bezug auf meinen Auftrag: Bis jetzt hatten die Gegner immer ihren Willen bekommen, aber zumindest einer von ihnen war offen für finanzielle Überredungskünste.

»Wenn Sie jemand fragt, von mir haben Sie die Nummer nicht, verstanden? Ich habe Sie heute Abend gar nicht gesehen. Haben Sie das kapiert?«, sagte Tupper angespannt.

»Das habe ich«, erwiderte ich. »Ich weiß nicht einmal, wer Sie sind. Und jetzt verschwinden Sie.«

Tupper sah verärgert aus. »Seien Sie doch nicht so unfreundlich, Kumpel. Ich muss mich absichern, verstehen Sie? Ich habe ein Geschäft, das mir sehr am Herzen liegt«, flehte er.

Ich kam zu dem Schluss, dass ich genug von Tupper hatte. Ich zeigte auf die Tür. »Raus«, sagte ich unmissverständlich.

Er warf mir einen giftigen Blick zu und ging.

Als er fort war, ging ich eine ganze Minute lang im Zimmer auf und ab. Dann griff ich nach dem Hörer und wählte KEN 9630.

Es antwortete die Stimme von Helen Baker. »Hallo? Kensington 9630.«

»Hallo, Helen. Schön, deine Stimme zu hören. Kannst du morgen Abend gegen sechs Uhr bei mir vorbeikommen?«

Sie sagte: »Natürlich, Liebling, das würde ich gerne. Hast du Neuigkeiten für mich?«

»Ja«, sagte ich langsam, »ich habe Neuigkeiten für dich.« Ich hatte aufgelegt, bevor sie fragen konnte, ob es gute Neuigkeiten waren.

Kapitel zwölf

Am nächsten Morgen rief mich Ross an, um mir mitzuteilen, dass er Neuigkeiten für mich hatte.

»Ich habe auch welche für Sie«, erklärte ich.

Ich holte mein Auto aus der Garage und fuhr zum Smith Square.

»Die Dinge beginnen sich zu bewegen«, sagte Ross, sobald ich in sein Büro eingelassen wurde. »Tupper wurde ermordet. Ich nehme an, er hat mit Ihnen gesprochen.«

Es ist immer ein Schock, wenn man vom Tod eines Menschen erfährt, den man am Vortag noch gesehen hatte. Ich hielt mich an der Armlehne meines Stuhls fest und sagte: »Ja, er hat den Mund aufgemacht. Wie ist das passiert?«

»Offensichtlich waren sie hinter ihm her. Sie müssen ihm gestern Abend zu Ihrer Wohnung gefolgt sein. Als er zu seiner Garage zurückkam, warteten sie schon auf ihn. Sie schossen ihm zwei Kugeln in den Bauch. Er ist heute Morgen gestorben.«

»Keine Zeugen?«

Ross schüttelte den Kopf. Er schien darauf bedacht zu sein, das Thema zu wechseln. »Was sind das für Neuigkeiten, die Sie für mich haben?«, fragte er.

»Heute Abend wird jemand anderes reden«, sagte ich ein wenig grimmig. »Oder ich täusche mich gewaltig.«

»Und wer soll das sein?«

»Helen Baker. Sie hat schon ziemlich viel geredet, aber das waren alles nur Lügen. Dieses Mal wird sie wohl die Wahrheit sagen. Ich denke, Sie sollten auch kommen.«

»In Ordnung«, sagte Ross. »Um wie viel Uhr?«

»Geben Sie mir etwa eine Stunde Zeit, um sie zu bearbeiten«, bat ich. »Wenn Sie gegen sieben Uhr da sind, sollte Sie sie in der richtigen Verfassung sein, um eine ganze Menge auszubügeln und klarzustellen.«

»Ich werde da sein«, versprach er und entließ mich mit einem knappen Nicken, während er sich einem Stapel Papiere zuwandte.

Helen saß entspannt und glücklich auf dem Sofa in meinem Wohnzimmer. Sie gab, wie ich fand, ein entzückendes Bild ab. Sie trug ein Kleid aus blauer Angorawolle, das ihre wunderbare Figur perfekt zur Geltung brachte, dazu marineblaue Pumps aus Ziegenleder. Zudem zeigte sie beträchtlich viel von ihren sehr wohlgeformten nylonummantelten Beinen. Ich fragte mich, wie eine Frau, die so schön, so beherrscht und so intelligent war, sich so sehr zum Narren machen konnte.

Ich goss Gin und Wermut in einen Krug, fügte eine Menge Eis hinzu, rührte alles um und goss eine großzügige Portion davon in ihr Glas.

Sie nahm einen Schluck und machte ein schiefes Gesicht. »Darling, ist das nicht ein wenig stark?«

»Selbstverständlich«, sagte er. »Entspann dich einfach. Das hier ist eine Art Abschiedsfeier.«

»Abschiedsfeier? Wer geht denn fort?«

»Ich. Ich verlasse dieses Land.«

Sie sah einen Moment lang erschrocken aus. »Aber, Darling, warum?«

Ich zuckte mit den Schultern. »Jetzt, wo ich das Geld von Harry habe, gibt es wirklich nichts mehr, was mich hier halten könnte.«

»Nun, das ist alles ziemlich traurig, Liebling«, sagte Helen wehmütig. Wieder schauspielerte sie, dachte ich.

Ich nahm einen Schluck von meinem Martini. »Wenn Harry sich von all seinen alten Freunden abnabeln will, dann ist das seine Sache«, sagte ich unbesorgt. Ich nahm seinen letzten Brief aus meiner Tasche und reichte ihn Helen. »Lies, was er schreibt.«

Sie las den Zettel und reichte ihn an mich zurück. »Das klingt ziemlich endgültig, nicht wahr?«, sagte sie.

»Es strotzt nicht gerade vor Gemütlichkeit«, stimmte ich zu.

»Aber was ist mit dir? Bist du von diesem Abnabeln auch

156

betroffen?«

»Ich weiß nicht«, antwortete sie nachdenklich. »Als ich ihn das letzte Mal sah, hatte ich den Eindruck, dass ich für ihn nur eine geeignete Person war, um als Vermittlerin zu fungieren – als Handlangerin. Aber er ist wohl nicht der einzige Fisch im Teich.«

Ich sah sie mit Wertschätzung an, und ich muss sagen, sie war einen Augenweide. »Für dich, würde ich sagen, wird der Teich immer voller Fische sein. Leider kann man Leute wie Harry Denston nicht vergessen: Man kann sie nicht einfach aus seinem Leben streichen.«

»Ich weiß«, sagte Helen. Sie schaute einen Moment lang missmutig in ihr Glas.

»Erzähl mir genau, was passiert ist, als du ihn getroffen hast«, forderte ich sie auf.

Sie sah leicht verlegen aus. »Ich habe dir doch schon alles gesagt, was es zu wissen gibt. Mehr gibt es nicht.«

»Ja, ich weiß«, beharrte ich, »aber was mir ein Rätsel ist, ist, warum Harry einen Ort wie Ma Dodsworths Café für euer Treffen gewählt hat.«

Helen sah mich neugierig an, und ich nickte.

»Oh ja«, sagte ich, »ich war dort. Es ist eine echte Bruchbude, nicht wahr? Die Jukebox dröhnt die ganze Zeit, und man kann sich kaum unterhalten.«

»Du kennst doch Harry«, sagte Helen ausweichend, »er mochte schon immer laute Orte.«

»Es gibt verschiedene Arten von Lärm«, sagte ich. »Ich jedenfalls hätte nicht gedacht, dass der *Treff bei Ma* so ganz nach Harrys Geschmack ist.«

Helen warf einen Blick auf ihre juwelenverzierte Armbanduhr. Dann sagte sie: »Ich glaube, ich sollte jetzt besser gehen. Vielleicht erzählst du mir ja von dieser Neuigkeit ...«

Ich unterbrach sie schroff. »Du gehst noch nicht.« Sie sah mich überrascht an. Dann fuhr ich fort: »Ich habe immer gewusst, dass du eine gute Schauspielerin bist – aber erst jetzt habe ich gemerkt, was für eine glänzende Lügnerin du bist.«

»Was soll das heißen?«, fragte sie.

»Das werde ich dir sagen«, erwiderte ich. »In Ma Dodsworths Café gibt es überhaupt keine Jukebox, es gibt keinerlei Musik. Der meiste Lärm in diesem Lokal kommt vom Klappern von Mas falschen Zähnen und dem Scheppern von billigem Geschirr.« Ich schaute ihr tief in die Augen. »Du warst auch nicht einmal annähernd in der Nähe des Cafés, nicht wahr?«

»Ich habe keine Ahnung, wovon du sprichst«, erwiderte sie wenig überzeugend.

»Oh, doch«, antwortete ich. »Deine ganze Geschichte war ein Haufen Lügen. Du warst nicht im Café und du hast Harry nie getroffen. Bis hierhin stimmt alles, nicht?«

»Ich mag es nicht, wenn man mich eine Lügnerin nennt«, sagte Helen eisig. Auf ihren Wangenknochen zeigten sich zwei wütende Farbflecken.

»Mir fielen noch ganz andere Ausdrücke ein, ich bin nämlich noch nicht fertig«, konterte ich. »Du hast mir die Geschichte über Harry aufgetischt, weil du wusstest, dass ich, sobald ich sie gehört hatte, sofort ins Café fahren würde. Nun, ich bin hingegangen und habe deinen charmanten kleinen Freund Lester getroffen. Ich muss sagen, ich hätte nicht ganz gedacht, dass er dein Typ ist. Ich weiß nicht, wie du in all das hineinpasst, aber ich werde es herausfinden.«

Helen fuhr sich mit der Hand über die Stirn. »Ich habe schreckliche Kopfschmerzen«, sagte sie heftig, »und du redest fürchterlich viel Unsinn.« Sie machte Anstalten, sich zu erheben.

Ich schob sie sanft zurück auf das Sofa. »Du wirst mir zuhören, auch wenn es dir nicht gefällt. Was auch immer es ist, in das du verwickelt bist, Mord ist nur ein kleiner Teil davon.«

Sie sah schockiert aus. »*Mord*?«

»Ja, Mord. Tupper ist tot. Man hat ihm in den Bauch geschossen. Er ist heute Morgen gestorben.«

»Aber ich kenne niemanden, der Tupper heißt«, sagte Helen verwirrt. »Ich weiß nicht, wovon du sprichst.«

»Oh doch«, widersprach ich, »und das ist nicht das Einzige, was du weißt. Du hast mich lange genug an der Nase herumgeführt. Du weißt, wo Harry ist, und du wirst es mir sagen.« Ich lehnte mich nach vorne und packte sie am Arm. Es war kein sanfter Griff. »Ich will die Wahrheit«, sagte ich, »und ich werde sie erfahren.«

»Bitte«, protestierte sie schwach, »du tust mir am Arm weh.«

»Wo ist Harry?«

»Ich weiß nicht, wo er ist«, antwortete sie aber ich wusste, dass sie immer noch log. »Mir geht es überhaupt nicht gut«, sagte sie kläglich. »Ich werde jetzt nach Hause gehen.«

»Ich fürchte, das geht nicht.« Ich schaute auf meine Uhr. »Um sieben Uhr kommt jemand, der dich sehen will.«

»Wer ist dieser Jemand?«, fragte Helen.

»Ein Freund von mir.«

»Ist er ein Polizist?«

»Nein, kein Polizist«, erklärte ich.

Ross zündete sich eine Zigarette an und betrachtete Helen nachdenklich. Seine Art war ruhig und überzeugend. »Miss Baker«, sagte er, »wenn ich Sie richtig verstanden habe, dann kam dieser Lester vor etwa zwei Wochen zu Ihnen. Ist das richtig?«

»Vor etwa zwei Wochen«, sagte sie. »Ich bin mir nicht mehr ganz sicher, was das genaue Datum angeht.«

Ross neigte den Kopf. »Erzählen Sie bitte weiter.«

»Er kam zu mir ins Theater«, fuhr Helen fort. »Ich hatte ihn noch nie gesehen und fragte mich, was er wollte.«

»Was genau wollte er?«

Obwohl Ross ruhig und rücksichtsvoll war, konnte ich etwas von seiner unterschwelligen Rücksichtslosigkeit erkennen. Helen, so schlussfolgerte ich, würde jetzt die ganze Geschichte erzählen, und sie würde es auch gerne tun.

»Er erzählte mir, dass mein Verlobter Harry Denston in ernsten Schwierigkeiten steckte. Er sagte, Harry habe etwas gestohlen und es bestünden gute Chancen, dass man ihn verhaften würde.«

»Hat er Ihnen gesagt, was Ihr Verlobter gestohlen hat?«, fragte Ross.

Sie schüttelte den Kopf. »Er war sehr vage, was die ganze

Sache anging. Auf jeden Fall klang es für mich nach absolutem Unsinn und ich habe ihm kein Wort geglaubt.«

»Was hat Sie schließlich davon überzeugt, dass er die Wahrheit gesagt hat?«

»Ein Telefonanruf von Harry.« Sie hielt inne, dann fuhr sie fort: »Lester hatte versprochen, er würde es arrangieren, dass Harry mit mir spricht. Er kam am nächsten Tag zu mir in die Wohnung, und während er dort war, rief Harry an. Er klang absolut verzweifelt. Er sagte, wenn er das hier lebend überstehen wolle, müsse ich alles tun, was Lester verlangte.«

Ross saß da und schaute Helen an, sein Gesicht war ausdruckslos. Helen beugte sich vor. »Nun, was sollte ich denn tun? Ob zu Recht oder zu Unrecht, ich bin in Harry Denston verliebt, und ich will ihn immer noch heiraten. Es ist mir egal, was Sie von mir denken, aber – nun, ich war bereit, alles zu tun, um ihn zu retten.« Sie blickte erst Ross und dann mich mit einer Art nervösem Trotz an.

»Sind Sie ganz sicher, dass es Harry war, der Sie angerufen hat?«, fragte er.

»Ich bin mir sicher«, sagte sie mit Nachdruck. »Während des Telefonats ist Harry herausgerutscht, dass er in Henton ist. Ich bin mir ziemlich sicher, dass er das nicht wollte, und Lester wurde wütend: Er sagte, wenn ich irgendjemandem erzähle, wo Harry ist, würden sie ihn direkt der Polizei übergeben.«

»Was verlangte Lester von dir?«, fragte ich.

»Ich sollte dich überreden, Harry nicht weiter zu suchen«, antwortete Helen. »Lester sagte, dass er und seine Freunde Harry aus dem Land bringen wollten. Das Erste, was ich tun sollte, war, seine Schulden für ihn zu begleichen.«

»Ich verstehe«, sagte ich. »Also war es doch dein Geld.«

Sie nickte. »Ja, das war es. Sie hofften, dass du aufhörst, dich um Harry zu kümmern, sobald du das Geld hast. Ich habe also zugestimmt.« Sie schenkte mir ein blasses Lächeln. »So war das.«

»So weit, so gut«, bemerkte Ross. »Was wollten sie sonst noch?«

»Ich sollte Tim sagen, dass ich Harry in Ma Dodsworths

Café getroffen hatte«, fuhr Helen fort. »Natürlich war ich nie in dieser Bruchbude – damit habe ich mich ja auch verraten. Lester hoffte, dass Tim nicht dorthin gehen würde. Dann hätte er mit Sicherheit gewusst, dass er die Suche nach Harry aufgegeben hatte.«

»Aber ich bin hingegangen«, erklärte ich Ross, »und habe eine nette, freundliche Warnung von Freund Lester erhalten. Er sagte mir, dass ich in Schwierigkeiten geraten würde, wenn ich mich nicht zurückhielte. Und er meinte es auch so.«

»Lester scheint ein nettes Kerlchen zu sein«, bemerkte Ross und wandte sich an Helen. »Ist er der einzige Kontakt, den Sie mit diesen Leuten hatten?«

»Ja«, sagte sie. »Ich habe sonst niemanden gesehen.«

»Und Sie haben auch keine Ahnung, wer dahinterstecken könnte?«

»Überhaupt nicht, leider.« Sie nahm eine zerknirschte Miene an. »Ich habe wohl einiges zur Verwirrung beigetragen – aber … nun ja … Ich habe nur das getan, was mir als das einzig Mögliche erschien, um Harry zu helfen. Sehen Sie, ich kenne ihn so gut: Er ist genau die Art von Mensch, die in eine solche Sache verwickelt wird und den man dann zum Sündenbock macht.«

Ich dachte zynisch, dass dies ein besonders wohltätiger Standpunkt sei, aber ich war nicht mit Harry verlobt. Ich sagte: »Weißt du, wie er in diese Sache hineingeraten ist?«

Helen zögerte. »Nun, indem er dieses … Ding – was auch immer es ist – gestohlen hat.«

»Und was war mit dem Modell auf meinem Kaminsims?«, fragte ich. »Du sagtest, Harry hat dich gebeten, ein Foto davon zu machen. Stimmt das?«

»Nein, nicht er. Es war Lester. Aber das konnte ich dir nicht sagen, ohne die ganze Geschichte zu verraten.«

»Es wäre besser gewesen, wenn du es getan hättest«, kommentierte ich.

Ross massierte nachdenklich sein Kinn. »Sie wollen also sagen«, meinte er langsam, »dass er Ihnen einfach gesagt hat, Sie sollen ein Foto von dem Modell machen und die Kamera an den Laden in Camden Town schicken?«

»Ja«, sagte Helen. »Zu Bonnington.«

»Warum?«, fragte Ross.

»Ich weiß es wirklich nicht«, sagte Helen, die müde und entmutigt klang. »Ich weiß, dass meine Geschichte sehr unwahrscheinlich klingt, und ich weiß, dass ich dumm gewesen bin.«

»Sie waren wirklich sehr dumm«, sagte Ross kompromisslos. »Trotzdem glaube ich Ihnen.«

Helen warf mir einen vorwurfsvollen Blick zu. »Na, das ist doch immerhin etwas.«

»Ich wünschte mir nur, du hättest uns das alles etwas früher erzählt«, sagte ich.

»Das ist mir jetzt klar«, gab sie zu. »Aber ich hatte große Angst vor Lester, und ich wagte nicht daran zu denken, was mit Harry passieren könnte, wenn ich den Mund aufmachte.«

Ross nickte verständnisvoll. »Ich verstehe, dass Sie in einer sehr schwierigen Lage waren, Miss Baker. Aber Sie hätten sich Mr. Frazer anvertrauen sollen.«

»Das weiß ich«, sagte Helen, »aber ich wusste nicht, was Tim vorhatte oder für wen er arbeitete.« Sie schenkte ihm ein kleines, schiefes Lächeln. »Ich weiß es übrigens immer noch nicht.«

Ross lächelte sanft und zündete sich eine weitere Zigarette an. Dann sagte er: »Ich habe gehört, dass Ihr Stück Ende der Woche abgesetzt wird, Miss Baker?«

Helen nickte.

»Glauben Sie, dass sie schon früher wegkommen könnten? Wir möchten, dass Sie die nächsten zwei, drei Tage von der Bildfläche verschwinden. Könnten Sie das Stück sofort verlassen? Vielleicht könnten Sie nach Paris fliegen?«

Helen dachte einen Moment lang nach. »Das wäre nicht einfach«, sagte sie zweifelnd.

»Warum nicht?«, fragte Ross direkt. »Haben Sie denn keine Zweitbesetzung?«

»Doch, schon, aber …«

»Geben Sie dem armen Mädchen eine Chance«, riet Ross kurz und bündig. »Sie hat wahrscheinlich schon lange darauf gewartet, dass so etwas passiert.«

Helen starrte Ross an. »Meinen Sie das ernst?«

»Sehr ernst. Wenn in den nächsten Tagen etwas schief geht – und das könnte sehr leicht passieren –, dann könnte Lester es sich in den Kopf setzen, bei Ihnen vorbeizukommen. Ich möchte nicht, dass das passiert, Miss Baker, und ich glaube, Sie würden das auch nicht wollen.«

Helen wurde unter ihrem Make-up blass. »Aber was ist mit Harry?«, fragte sie.

»Es mag jetzt etwas brutal klingen«, antwortete Ross, »aber ich denke, Sie haben sich im Moment genug Gedanken um Ihren Verlobten gemacht. Ich kann Ihnen versichern, dass Sie ihm nicht helfen, wenn Sie hierbleiben.«

»Überlass Harry mir«, sagte ich. »Ich kümmere mich um ihn.«

»In Ordnung«, sagte Helen. »Dann also Paris. Ich bin im *Meurice*, wenn man mich braucht.«

Sie reichte Ross die Hand, der sie ernsthaft schüttelte. Dann hob sie ihre Pelzstola auf und verließ die Wohnung so locker, als würde sie das Büro ihres Agenten verlassen.

Als Helen gegangen war, wandte ich mich an Ross. »Also, was halten Sie davon?«

»Jetzt hat sie die Wahrheit gesagt«, erklärte Ross entschlossen. »Zu schade, dass sie es nicht schon früher getan hat.«

Ich nickte zustimmend, dann sagte ich: »Ross, ist es wahr, dass Harry etwas gestohlen hat?«

Ross nickte düster. »Ja, das hat er.« Er setzte sich auf die Armlehne des Sofas. »Haben Sie jemals von einem Mann namens John Sinclair White gehört?«

Ich dachte einen Moment lang nach. »Der Name kommt mir bekannt vor.«

»Er ist in seinem Fachgebiet sehr bekannt«, fuhr Ross fort. »Er ist ein Metallurge. Er hat jahrelang an einer neuen Legierung gearbeitet. In wissenschaftlichen Kreisen hat man sich lange darüber lustig gemacht, aber letztlich ist sie ihm doch gelungen.«

»Was ist so besonders an dieser Legierung?«, fragte ich.

»Sie ist leicht«, erklärte Ross, »und billig in der Herstellung. Sie ist fast so stabil wie Stahl und, was am wichtigsten ist, sie ist resistent gegen Radioaktivität.«

»Inwieweit?«

»Selbst wenn ich wollte, kann ich es nur in Laiensprache beschreiben, ohne dass ich es in zu viele wissenschaftliche Begriffe verpacke. Offensichtlich entspricht ein Viertelzoll dieses Metalls einer Dicke von achtzehn Zoll Blei.«

»Aber das ist ja fantastisch!«, rief ich.

»Ziemlich«, sagte Ross. »So fantastisch, dass sich sehr viele Menschen dafür interessieren – und leider nicht nur ehrliche und rechtschaffende.«

»Aber was hat Harry Denston mit all dem zu tun?«

»Dazu komme ich jetzt«, sagte Ross. »Denston lernte White kennen und wollte sich von ihm Geld leihen. White weigerte sich und sie hatten einen heftigen Streit darüber. Das war anscheinend das Ende der Angelegenheit.«

»Nicht wie ich Harry kenne«, warf ich trocken ein.

»Ganz genau. Jedenfalls hat ein gewisser Herr – nennen wir ihn im Moment X – die Bekanntschaft Harrys gesucht und ihm eine beträchtliche Geldsumme für einen Mikrofilm von Whites Formel angeboten.«

»Ich beginne zu verstehen«, sagte ich. »Dieser X hat sich die Tatsache zunutze gemacht, dass Harry White kannte und immer noch wütend auf ihn war.«

»Ganz genau. Die Idee gefiel Harry und er beschloss, es zu versuchen. Nun, er hatte Glück: Er bekam den Film, aber nachdem er ihn hatte, beschloss er …«

»… dass X ihm nicht genug dafür geboten hatte«, unterbrach er, »und dass er ihn auf dem freien Markt verkaufen wollte.«

Ross lächelte. »Sie kennen Ihren Freund offensichtlich sehr gut. Genauso war es. Aber um X bei Laune zu halten, fertigte Harry einen zweiten Film mit einer falschen Formel an, die er ihm gab.«

»Ich verstehe«, sagte ich. »Erzählen Sie weiter.«

»Harry wusste, dass X Kontakt zu einer Gruppe ostdeutscher Funktionäre hatte«, fuhr Ross fort, »und auch, dass er Kontakt zu einem Rüstungskonzern in Westdeutschland aufgenommen hatte. X spielte in Wirklichkeit einen gegen den anderen aus. Harry beschloss, das Gleiche zu tun. Die Ostdeutschen befahlen Harry, Anstrov, ihren Vertreter, in Henton zu treffen. Sie sagten Harry, dass Anstrov den von ihm gewünschten Preis zahlen und den Film abholen würde, aber Harry wollte kein Risiko eingehen.« Ross hielt inne und betrachtete die Spitze seines rechten Schuhs. Dann fuhr er fort: »Erstens hat Harry verlauten lassen, dass er nach Henton fährt, um Sie zu treffen – für den Fall, dass X Verdacht schöpft – und zweitens hat er sich entschlossen, den Film nicht nach Henton mitzunehmen. Nun, Sie wissen, was dann geschah.«

»Nein, das weiß ich nicht«, korrigierte ich ihn.

Ross winkte meine Unterbrechung ab. »Harry fuhr nach Henton. Er kam einen Tag vor Ihnen an und wohnte im *Three Bells* unter dem Namen Hemingway. Plötzlich verschwand Mr. Hemingway jedoch« – Ross schnippte mit den Fingern – »einfach so.«

»Sie meinen, er wurde entführt?«

»Ja.«

»Von wem?«

Ross zuckte mit den Schultern. »Was denken Sie, Frazer?«

Ich dachte einen Moment lang nach. »Es scheint ziemlich offensichtlich, dass er entweder von einer der deutschen Gruppen oder von X, der herausgefunden hatte, dass er betrogen wurde, entführt worden sein muss.«

»Das meine ich auch«, sagte Ross. »Wie auch immer, wer auch immer es ist, es ist ziemlich offensichtlich, dass man ihn noch nicht dazu gebracht hat, den Mund aufzumachen. Er hält weiter durch.«

»Ja«, sagte ich, »das passt zu Harry.«

Ross sah mich scharfsinnig an. »Ich bin froh, dass Sie das sagen«, gab er leise von sich.

»Sie dürfen Harry nicht unterschätzen«, sagte ich. »Er ist ein unverantwortlicher Teufel, dem man weder Geld noch seine Frau anvertrauen kann. Aber er hat eine Menge Mut.«

»Den wird er auch brauchen«, erwiderte Ross.

»Was passiert jetzt?«, fragte ich.

»Das liegt an Ihnen«, antwortete er sanft. »Fahren Sie nach Henton und finden Sie Denston. Keine Sorge, ich lasse Sie nicht im Stich. Einige meiner Leute werden auch dort sein. Diese Sache nähert sich dem Höhepunkt und wir können es uns nicht leisten, auch nur einen Augenblick unachtsam zu sein. Bleiben Sie an Denston dran, meine Leute werden Ihnen dicht auf den Fersen sein.«

Kapitel dreizehn

Der Jaguar machte aus der Fahrt nach Henton nur eine kurze Reise, sodass ich um halb acht des folgenden Abends den Wagen in der Garage der *Three Bells* parken konnte.

Ich betrat den Gastraum. Es herrschte reger Betrieb, und unter den Gästen fiel mir Constable Muir in Zivil auf. Norman Gibson und Madge waren damit beschäftigt, Bier zu zapfen und andere Flaschen zu öffnen.

Madge entdeckte mich und kam auf mich zu. »Hallo, Mr. Frazer«, sagte sie. »Wir haben Ihr Telegramm erhalten. Es ist eine schöne Überraschung, Sie so schnell wiederzusehen.«

Ich sah mich im überfüllten Raum um. »Es ist schön, wieder hier zu sein«, sagte ich.

Gibson, der strahlte, eilte herbei. »Ich habe Ihnen ihr altes Zimmer gegeben«, sagte er. »Ich werde Bill bitten, Ihre Tasche hochzubringen.«

»Vielen Dank«, sagte ich. »Ich nehme einen Whisky mit Soda, Madge.«

Madge schob ein Glas über die Theke, und während ich das Soda hinzugab, lauschte ich dem Stimmengewirr. Ein kleiner, zäh aussehender Fischer mittleren Alters, der mit dem Rücken zum Kamin stand, gab den Ton an.

»Der Kerl kann vielleicht Geschichten erzählen«, sagte ich zu Madge.

»Das ist Will Truman«, erklärte sie. »Er gerät richtig in Rage und hört nie auf zu reden, außer um sich Bier in die Kehle zu schütten.«

Will Truman trank einen tiefen Schluck und sein Publikum wartete schweigend auf die Fortsetzung der Erzählung.

»Ich ging an Bord dieses Kajütbootes, da stellt sich doch der alte Rembrandt mit seinem bärtigen Gesicht vor mich hin«, fuhr Truman fort, »und sagt: »Wenn du nicht von meinem Boot runter gehst, dann häng' ich dich auf!«««

»Ach hör doch auf Will!«, rief ein anderer Fischer. »Das ist doch die gleiche Geschichte als die, bei der der alte Ben Pettifer …«

»Bin doch noch nicht fertig«, unterbrach ihn der aufgebrachte Will Truman.

»Und das wirst du auch bis zur Sperrstunde nicht!«, meldete sich eine anonyme Stimme aus der Ecke.

Aber Truman ließ sich nicht zum Schweigen bringen. »Er packte mich«, fuhr er fort, »und hauchte mich an. Er roch wie eine schäbige Brauerei! Dann kam der Skipper, klopfte ihm auf die Schulter und sagte: »He! So kannst du meine Männer nicht behandeln!« Und wisst ihr, was der alte Rembrandt gemacht hat?«

»Er hat dich ins Wasser geworfen«, schlug die Stimme aus der Ecke vor.

Truman ignorierte die Unterbrechung. »Er ging auf den Skipper zu, ganz langsam, dann packte er ihn. »Noch ein Quieken von dir«, sagt er, »und ich werf' euch beide ins Schweinefutter!««

Es gab ein schallendes Gelächter. Aber ein älterer Fischer, der neben Truman stand, nickte. »Das trau' ich ihm zu«, sagte er. »Von diesem Boot kommt immer Krach. Ich lass' es immer gut sein – tu so, als ob ich nichts hören würde.«

»Das ist das Beste, was du tun kannst, Fred«, sagte Will Truman. »Und ich werd' das auch tun! Diese Kunstfritzen sind doch alle gleich – die sind doch alle verrückt!«

Constable Muir warf wichtigtuerisch ein: »Ich habe gehört, dass er viele seiner Bilder nach London verkauft.«

»Klar, hier bei uns kann er nichts verkaufen«, sagte Truman in einem Ton bitterster Verachtung. »Die Leute hier haben doch Verstand.«

Muir entdeckte mich an der Theke und kam herüber. »Wie geht es Ihnen, Mr. Frazer?«, erkundigte er sich freundlich.

»Gut, danke«, sagte ich. »Klingt so, als sei hier mächtig was los.«

Muir deutete mit dem Daumen in Richtung Truman. »Sie meinen den alten Will? Nein, nichts Besonderes, obwohl bei diesem Künstlertypen immer etwas los ist. Er ist total verrückt und oft betrunken.«

»Wie heißt dieser Künstler?«, fragte ich.

»Sein richtiger Name ist Walters. Aber alle hier nennen ihn Rembrandt. Nach dem Maler, verstehen Sie.«

In meinem Hinterkopf nahm der Keim einer Idee Gestalt an.

»Kommt er jemals an Land?«

»Ab und zu«, sagte Muir. »Er kommt, um etwas Essen und Schnaps zu holen. Aber er macht mir nie viel Ärger – wenn er trinkt, dann meistens draußen auf dem Meer.«

Constable Muir sagte mir und Gibson gute Nacht und schlenderte hinaus. Als ich mein Glas auf die Theke stellte, wanderte mein Blick unwillkürlich zur Treppe. Da sah ich, dass Donald Edwards mit einem Koffer herunterkam.

Edwards richtete seine kurzsichtigen Augen auf mich und sagte: »Na, das ist ja eine Überraschung! Was in aller Welt führt Sie denn in diese Gegend?«

»Ich komme oft hierher«, erklärte ich, »vor allem, wenn ich auf der Suche nach Ruhe und Frieden bin. Leider finde ich sie nicht immer.«

»Das ist aber interessant«, sagte Edwards. »Wann sind Sie angekommen?«

»Vor etwa zwanzig Minuten.«

»Oh je«, sagte Edwards bedauernd, »ich reise leider gerade ab. Wie schade.«

Der Junge namens Bill erschien und hob Edwards' Koffer auf. »Ich werde nachsehen, ob das Taxi schon da ist, Mr. Edwards«, sagte er und verschwand durch die Vordertür.

»Sind Sie schon lange hier?«, fragte ich Edwards.

»Ich bin gestern Abend angekommen«, antwortete er. »Ich erhielt einen Anruf von einem Kunden, der hier wohnt. Er hat sich eine Yacht gekauft und möchte, dass ich ein Modell davon anfertige. Ich habe ihm gesagt, dass ich das ganz einfach nach einem Foto machen kann, aber er hat darauf bestanden, dass ich hierherkomme. Eigentlich ist das dumm und eine völlige Zeitverschwendung.«

»Waren Sie schon einmal hier?«, fragte ich.

»Einmal, vor sehr langer Zeit. Eine nette Gegend, aber für meinen Geschmack ein bisschen zu rau.«

»Wie geht's Mrs. Edwards?«, erkundigte ich mich.

»Gott sei Dank schon viel besser. Die Ärzte scheinen sehr zufrieden mit ihr zu sein.«

»Das sind ja gute Neuigkeiten«, sagte ich. »Richten Sie ihr meine besten Wünsche aus, wenn Sie sie das nächste Mal sehen.«

»Das werde ich«, sagte Edwards. Er warf einen Blick auf die Uhr an der Wand. »Jetzt muss ich mich aber beeilen, sonst verpasse ich noch meinen Zug.«

Einige Zeit später ging ich wieder in den Gastraum, der jetzt fast leer war, und sagte zu Madge: »Könnte ich kurz mit Ihnen und Ihrem Vater sprechen?«

»Ja, natürlich«, sagte sie. Sie rief zum anderen Ende des Tresens »Papa!« hinüber.

Gibson schaute über seine Schulter. »Was ist?«

»Kannst du kurz herkommen?«

Gibson und Madge lehnten sich gemeinsam über den Tresen. Dann sagte ich: »Erinnern Sie sich, als ich das erste Mal hier war, sollte ich Harry Denston, einen Freund von mir, treffen?«

Gibson nickte. »Ja, stimmt. Er ist nie aufgetaucht.«

»Ich dachte, Sie wollten ihn in London treffen«, warf Madge ein.

»Das hätte ich auch tun sollen«, sagte ich, »aber er ist auch in London nicht aufgetaucht.« Ich griff in die Innentasche meines Jacketts. »Ich habe hier einige Fotos von Harry Denston, und ich möchte, dass Sie und Madge sie sich ansehen.«

Ich breitete mehrere Fotos auf der Theke aus: eines war ein Kopf-Schulter-Porträt, die anderen waren Schnappschüsse.

Madge nahm das Porträtfoto in die Hand. »Aber das ist doch Mr. Hemingway!«, rief sie dramatisch aus.

»So ist es«, bestätigte Gibson.

»Erzählen Sie mir von diesem Mr. Hemingway, Norman«,

sagte ich schnell.

Gibson kratzte sich nachdenklich am Kopf. »Das muss ungefähr zur Zeit des großen Sturms gewesen sein«, sagte er. Er zeigte auf eines der Fotos. »Dieser Hemingway hat sich hier eingemietet. Er sagte, er würde ein paar Tage bleiben.«

»Ist er aber nicht«, ergänzte Madge.

»Nein, ist er nicht«, sagte Gibson. »Gekommen ist er an einem Freitag, glaube ich. Am nächsten Morgen war er weg. Er ging am Freitagabend auf sein Zimmer – das war das letzte, was wir von ihm sahen. Sein Bett war unberührt. Die seltsamste Masche, die mir seit langem untergekommen ist.«

»Zuerst dachten wir, er hätte die Mücke gemacht«, erklärte Madge, »um sich vor der Bezahlung seiner Rechnung zu drücken. Aber am nächsten Tag bekamen wir einen Brief, in dem stand, dass er plötzlich abreisen musste. Beigelegt hatte er einen Fünf-Pfund-Schein.«

»Das war sehr großzügig von ihm«, sagte Gibson, »denn die Übernachtung mit Frühstück kostet nur siebzehn Shilling und Sixpence, und beides hat er nicht in Anspruch genommen.«

»Den Brief haben Sie nicht mehr, nehme ich an?«, fragte ich.

»Doch, das denke ich«, antwortete Madge. »Ich habe ihn in eine Kiste unter dem Tresen gelegt.«

»Sieh mal nach, sei so gut«, sagte Gibson.

Madge eilte zum anderen Ende.

»Haben Sie diesen Mr. Hemingway seitdem gesehen?«, warf ich ein.

»Nein, keine Spur von ihm«, sagte Gibson. »Sie sagen, es handelt sich um Ihren Freund Denston, ja?«

Ich zeigte auf eines der Fotos. »Nun, das hier ist Harry Denston. Daran gibt es keinen Zweifel.«

»Das ist auch Mr. Hemingway«, sagte Gibson, »also muss es derselbe Kerl sein. Komische Sache, nicht wahr?«

Madge kam zurück und hielt ein Stück Papier in der Hand. »Hier ist er«, verkündete sie triumphierend. »Ich wusste, dass ich ihn irgendwo aufbewahrt habe.«

Der Brief wirkte wie eine jene typischen hastigen Kritzeleien, die Harry für Korrespondenz hielt.

Tut mir leid, ich musste schnell weg.
Es gab etwas Dringendes zu erledigen.
J. Hemingway.

Ich war gerade dabei, den Brief in meine Tasche zu stecken, als Dr. Killick den Kopf zur Tür hereinsteckte. Als er mich sah, kam er in den Gastraum. »Sieh an, sieh an«, sagte er mitteilsam, »guten Abend, Mr. Frazer. Was führt Sie in diesen Teil der Welt?« Er setzte sich und schaute sich mit großem Wohlwollen um.

»Vielleicht können Sie helfen, etwas Licht ins Dunkel zu bringen, Doktor«, sagte ich.

»Licht ins Dunkel? Um was geht es? Sagen Sie mir bloß nicht, dass Madge wieder das Bier verwässert hat!« Er glückste zufrieden über seinen eigenen Witz.

»So eine Unverschämtheit!«, sagte Madge entrüstet.

Über diese Antwort wurde allgemein gelacht, aber ich hielt mich zurück. Dann erklärte ich Killick: »Ich habe hier einen Brief von einem Mr. Hemingway, der vor etwa drei Wochen hier übernachtet – oder besser gesagt, ein Zimmer gebucht – hat.«

Killick schaute etwas verwirrt, aber Gibson fügte hinzu: »Sie erinnern sich sicher, Doktor: Es war ungefähr zu der Zeit, als wir diesen schlimmen Sturm hatten.«

»An den Sturm kann ich mich gut erinnern«, meinte Killick, »aber an einen Mr. Hemingway nicht.«

»Er kam hier an«, sagte ich, »und man zeigte ihm sein Zimmer, aber am nächsten Morgen war er spurlos verschwunden. Vierundzwanzig Stunden später erhielt Norman diesen Brief mit einer Fünf-Pfund-Note.«

Killick untersuchte den Brief. »Das war aber ziemlich großzügig«, bemerkte er. Dann blickte er leicht überrascht auf. »Und«, sagte er, »was stimmt damit nicht?«

»Zwei Dinge«, sagte ich. »Erstens ist dieser mysteriöse Mr. Hemingway zufällig mein ehemaliger Geschäftspartner Harry Denston. Norman und Madge haben ihn beide anhand von Fotos identifiziert.«

»Ach?«, murmelte Dr. Killick unverbindlich.

»Und zweitens«, fuhr ich fort, »wurde dieser Brief nicht von Harry Denston geschrieben. Ich kenne seine Handschrift so gut wie meine eigene. Ich bin einer der ganz wenigen, die sie lesen können.«

»Vielleicht hat jemand den Brief für ihn geschrieben«, schlug Madge fröhlich vor. »Vielleicht war er zu beschäftigt. Er muss ziemlich viel zu tun gehabt haben, um einfach so zu verduften, ohne jemandem ein Wort zu sagen.«

»Das ist möglich«, stimmte ich zu. »Es kann aber auch sein, dass er von dem Brief gar nichts wusste.«

»Ich kann Ihnen nicht ganz folgen, Mr. Frazer«, sagte Dr. Killick.

»Dann betrachten Sie es doch mal von der Seite:«, begann ich, »Angenommen, Denston wollte gar nicht von hier weg, sondern wurde entführt ...«

»Entführt?«, wiederholte Madge mit erschrockener Stimme.

Gibson holte schwer Luft. »Gott bewahre, Mr. Frazer!«, sagte er dann.

Killick betrachtete mich mit Nachsicht. »Das ist aber ein bisschen weit hergeholt, mein Lieber.«

»Aber ist es so abwegig, Doktor?«, fragte ich. »Das glaube ich nicht. Es passt zu den Tatsachen. Plötzlich, mitten in der Nacht, verschwindet dieser Mann. Vierundzwanzig Stunden später erhält Norman einen Brief – angeblich von Hemingway – in dem er erklärt, warum er so plötzlich verschwunden ist. Natürlich ist Norman damit zufrieden, schließlich ist ein Fünfer für Übernachtung und Frühstück mehr als genug, wo der Gast doch keines von beiden in Anspruch genommen hatte. Nicht wahr, Norman?«

»Das stimmt, Mr. Frazer«, sagte Gibson.

»Warum sollte sich Norman weiter für die Sache interessieren?«, fuhr ich fort. »Er hat einen Fünfer damit verdient – steuerfrei.«

»Da haben Sie auch recht«, sagte Gibson gefühlvoll.

Killick runzelte verblüfft die Stirn. »Das klingt alles logisch«, gab er zu, »aber Entführung! Wirklich, Mr. Frazer, ich kann mich des Eindrucks nicht erwehren, dass Sie voreilige, ziemlich melodramatische Schlüsse ziehen. Es sei denn, Sie haben einen konkreten Grund für die Annahme, dass Ihr Freund wirklich entführt wurde.«

»Nein«, erwiderte ich, »ich habe keinen konkreten Grund, das zu denken.«

»Wie dem auch sei«, sagte Gibson nachdenklich, »ganz schön seltsam ist das alles schon, wie auch immer man es betrachtet.«

Killick sah auf seine Uhr. »Tja, ich fürchte, ich muss los. Leider komme ich nie zur Ruhe.« Er winkte mit der Hand zum Abschied und ging dann hinaus.

»Heute Abend ist aber nicht viel los«, bemerkte ich und sah mich im verlassenen Gastraum um.

»In ein paar Minuten ist das anders«, erklärte Gibson. »Sie sind alle bei einem Dartspiel im *The Crown*. Wenn es vorbei ist, kommen die ganzen Stammgäste hierher.«

»Ein netter Kerl, dieser Dr. Killick«, kommentierte ich.

Gibson nahm einen Aschenbecher in die Hand und leerte ihn ins Feuer. »Oh ja«, sagte er, »der Doktor ist sehr beliebt im Dorf. Und wir mögen in der Regel keine Fremden in dieser Gegend.«

»Ach, ich dachte, er stamme von hier?«, staunte ich.

Gibson schüttelte den Kopf. »Das kann man nicht gerade sagen. Man muss schon dreißig Jahre oder länger hier sein, bevor man als Einheimischer gilt. Ich glaube nicht, dass Dr. Killick viel länger als achtzehn Monate hier ist. Aber er ist trotzdem ein guter Kerl: Er hilft den Leuten Tag und Nacht. Er muss auch ziemlich wohlhabend sein, denke ich.«

Wieder überkam mich das Gefühl, dass Killick ein bisschen zu gut war, um wahr zu sein. »Auf welche Weise hilft er den Leuten?«, erkundigte ich mich.

»Nun, er kümmert sich um einige der Alten, als wären sie noch Kinder. Andererseits hat er auch viel für diesen Walters getan, den wir nur Rembrandt nennen.«

»Ist das der Künstler, von dem vorhin die Rede war?«

Gibson nickte. »Das ist er. Der härteste Kerl, den ich je

gesehen habe. Lebt auf einem Kajütboot auf den Salinen.«

Ich war einen Moment lang still. Ich dachte an Will Trumans Geschichte über Rembrandt – den Künstler, Trunkenbold und Unruhestifter, der so sehr darauf bedacht war, Besucher von seinem Kajütboot fernzuhalten. Ich fragte mich, welches seltsame Band der Freundschaft zwischen Dr. Killick, dem konventionellsten aller Allgemeinmediziner, und einem Mann wie Walters bestand.

»Wenn der Doktor nicht gewesen wäre«, fuhr Gibson genüsslich fort, »dann wär's mit Rembrandt wohl schon längst aus und er wäre im Knast oder so. Killick hat ein paar seiner Bilder gekauft, nur um ihn irgendwie über Wasser zu halten. Und das obwohl Rembrandts Bilder nicht besonders gut sind. Ich wette, er hat das ganze Geld für Schnaps ausgegeben. Aber der Doktor hat ein gutes Herz, verstehen Sie?«

Gibsons Monolog wurde durch das Auftauchen des Kerns des *Three-Bells*-Dart-Teams unterbrochen, angeführt von Will Truman, dessen Wortgewandtheit völlig unbeeinträchtigt zu sein schien.

»Na, was ist mit ein bisschen freundlicher Bedienung, Norman?«, fragte er. »Du willst doch nicht, dass wir alle ins *Crown* zurückgehen, oder?«

»Wenn du das Gesöff, das sie dort Bier nennen, trinken kannst«, sagte Gibson mit einem verächtlichen Schnauben, »dann zieh Leine!«

Ich schob mich ein Stück den Tresen hoch, bis ich neben Will Truman stand. »Wie ist das Spiel ausgegangen?«, erkundigte ich mich.

»Schrecklich!«, sagte Truman angewidert. »Ein paar von den Jungs hier, die sich Dartspieler nennen, haben das Brett ganz schön verfehlt. Charlie hier wollte einen Double-Top zum Abschluss schießen, und was hat er gemacht? Er spießt einen alten Knacker fast mit dem Ohr an der Wand auf.«

Ich lachte. »Wie wäre es mit einem Drink?«

»Da sag ich nicht nein«, erwiderte Will Truman. »Ein Mildes!«

»Ich habe Sie vorhin über Rembrandt sprechen hören«, sagte ich. »Das klang nach einer interessanten Geschichte.

Was genau ist passiert?«

»Eigentlich nicht viel«, sagte Truman. »Wir kamen gerade vorbei, als wir diesen Krach an Bord des Bootes hörten. Wir dachten, er hätte sich mit jemandem geprügelt. Anscheinend war es aber gar kein Kampf, denn es war niemand da, außer dem alten Rembrandt – und wir konnten auch sonst niemanden sehen. Ich vermute, Rembrandt war ein bisschen betrunkener als sonst und hat das friedliche Zuhause zerstört. Jedenfalls habe ich noch nie so einen Krach gehört.«

»Dieser Rembrandt scheint ein ganz merkwürdiger Kerl zu sein«, bemerkte ich.

»Ist er auch!«, stimmte Truman zu. »Aber in Zukunft halte ich mich von ihm fern. Ich will nicht im Wasser landen. Während des Kriegs wurde ich zweimal im verdammten Atlantik von Torpedos angegriffen – und das reicht mir, danke.«

Ich hörte das Telefon klingeln. Kurz darauf kam Gibson auf mich zu. »Es ist für Sie, Mr. Frazer«, verkündete er.

»Aus London?«, fragte ich.

»Das glaube ich nicht. Klingt wie ein Ortsgespräch.«

Ich stellte mein Glas auf die Theke und ging zum Telefon. Dann sagte ich: »Hier ist Tim Frazer …«

Die Stimme am anderen Ende war schwach und zittrig, aber ich erkannte sie sofort. Sie sagte ruckartig: »Tim, hier ist Harry … Wenn du mich sehen willst, treffe mich in … etwa einer halben Stunde …«

»Wo?«, sagte ich fordernd. Diesmal würde es mir gelingen, ihn auf einen bestimmten Ort und eine bestimmte Zeit festzunageln oder den Grund für alles zu erfahren.

Es gab eine Pause und ich glaubte, ein undeutliches Gemurmel am anderen Ende zu hören. Dann sprach wieder eine Stimme, die sich wie die von Harry anhörte, obwohl ich mir nicht ganz sicher war. Die Stimme sagte: »Am Kai – in der Nähe der alten Glocke.« Ein Summen ertönte, als der Hörer aufgelegt wurde.

Ich sagte verzweifelt: »Harry, bist du noch da?« Aber es kam keine Antwort. Ich überlegte, ob man den Anruf zurückverfolgen konnte, verwarf diese Überlegung jedoch wieder. Ich legte den Hörer auf und wandte mich an Gibson.

»Wo ist die alte Glocke?«, fragte ich ihn.

Er sah mich einen Moment lang seltsam an. »Das wird die alte Schiffsglocke sein, die unten am Kai hängt«, erklärte er dann.

Der Kai war menschenleer, als ich hinkam. Die Lagerhäuser warfen riesige, unheimliche Schatten auf die große Freifläche. Ich fuhr vor und hielt vor einem kleinen Steingebäude am Ende des Kais. Vor dem Gebäude hing die Glocke an einer altmodischen Eisenhalterung an der Wand.

Als ich sie sah, ging ich zu ihr hinüber. Ich blieb unter ihr stehen und spähte in die Dunkelheit. Es war nichts zu sehen, und eine kalte, klamme Stille lag über der ganzen Gegend. Ich zitterte, aber nicht nur vor Kälte.

Ich zündete mir eine Zigarette an und schaute auf meine durch die Flamme meines Feuerzeugs erhellte Armbanduhr. Dann erstarrte ich. Ich hatte eine ganz leichte Bewegung im Schatten eines der Lagerhäuser bemerkt. Ich hörte ein sehr schwaches, schlurfendes Geräusch, als ob jemand sein Gewicht von einem Fuß auf den anderen verlagerte. Ich stand völlig regungslos da und lauschte aufmerksam. Dann ging ich absichtlich ein Stück vom kleinen Gebäude weg und stellte mich mit dem Rücken zum Lagerhaus. Die Stille wurde nur durch das Rauschen des Windes, der vom Meer herkam, unterbrochen. Ich zitterte wieder und gestand mir ein, dass ich eine Höllenangst hatte.

Ich blickte mich schnell um, sah aber nichts außer den geisterhaften Umrissen des Lagerhauses. Dann hörte ich leise, aber deutlich hörbar, ein leises metallisches Klicken.

Ein Instinkt veranlasste mich, mich zur Seite zu beugen, was mir zweifellos das Leben rettete. Ein Mann stürzte sich von hinten auf mich und ich spürte, wie ein Messer die Seite meines Regenmantels aufschlitzte.

Ich schlug mit meiner rechten Faust zu und traf den Wangenknochen des Mannes. Er fluchte fürchterlich. Seine Stimme erkannte ich sofort – es war der Mann, der sich Lester genannt hatte. Mit einem Aufwärtshieb schlug er auf meinen Arm, aber es gelang mir, sein Handgelenk zu fassen.

Wir schwankten hin und her, und ich konnte hören, wie Lester eine Reihe von Obszönitäten ausstieß. Er riss sein rechtes Knie hoch, aber ich kam ihm zuvor und erwischte Lesters Knöchel und warf ihn zur Seite. Er knallte auf das Kopfsteinpflaster.

Sein Messer hatte er weiterhin in der Hand. Diesmal kam er mit dem Kopf nach unten auf mich zu und schlug mir ins Gesicht. Ich konnte mich gerade noch rechtzeitig ducken und Lesters Messerhand ergreifen, während ich ihm mit der anderen Faust in die Hüfte schlug. Mein ganzes Gewicht – immerhin mehr als achtzig Kilogramm – lag in diesem Schlag. Lester blieb die Luft weg und ich konnte hören, wie das Messer mit einem Klirren zu Boden fiel.

Trotz allem war er immer noch nicht außer Gefecht. Er stürzte sich auf das Messer, aber ich kickte es gegen die Kante des Kais. Lester warf sich darauf, aber bevor er es erreichen konnte, hechtete ich mit vollem Körpereinsatz nach seinen Beinen. Ich zog ihn zu Boden und verpasste ihm einen sauberen Aufwärtshaken direkt auf die Kieferspitze.

Lester stieß einen schwachen Schrei aus, der wie der eines gefangenen Kaninchens klang, als sich meine Hände um seine Kehle legten. Er holte verzweifelt aus und erwischte mich genau an der Kniescheibe, aber ich konnte ihn noch festhalten. Ich packte ihn an seinem Mantelkragen, wirbelte ihn herum und schlug ihm mit der Rechten auf den Mund.

Lester schreckte zurück, kam aber wieder auf mich zu. Inzwischen befanden wir uns am äußersten Rand des Kais. Unter uns klatschte das dunkle Meer an die Kaimauer. Lester knurrte wie ein Tier und schlang beide Arme um meine Hüfte. Ich löste mich aus seinem Griff und packte ihn wieder an der Kehle. Der Griff lockerte sich erst, als Lester in meinen Handrücken biss.

Ich wusste, dass er wesentlich jünger und wahrscheinlich fitter war als ich, und meine einzige Chance bestand darin, ihn mit einem K.o.-Schlag zu erledigen. Ich nahm mein letztes Quäntchen Kraft zusammen – und davon hatte ich nicht mehr viel übrig! – und versetzte Lester einen Schlag ins Gesicht. Plötzlich warf er die Arme hoch, schrie schrill auf und verschwand in der Dunkelheit unter mir.

Ich atmete schwer, taumelte ein paar Schritte nach vor, zog den Bauch ein und blickte auf das Meer hinunter. Wellen von Schmerz und Übelkeit überrollten mich. Ich hielt meine Hand an mein Gesicht und spürte das warme Blut.

Dann blickte ich wieder auf das Meer hinunter. Die Wellen klatschten gegen die Kaimauer. Ich trat das Messer Lester hinterher und ging schließlich unsicher zu meinem Wagen zurück.

Kapitel vierzehn

Am nächsten Morgen schlief ich lange und verunsicherte Madge ein wenig, indem ich eine Tasse Tee ablehnte, als sie um acht Uhr damit erschien.

Um zehn Uhr dreißig ging ich in den Gastraum und entschuldigte mich bei ihr. Norman Gibson hob leicht die Augenbrauen, als ich statt des Frühstücks einen doppelten Whisky mit Soda bestellte.

Ich brachte mein Getränk zu einem Tisch am Fenster und setzte mich vorsichtig hin. Mein Kopf schmerzte fürchterlich und in meinem Knie pochte ein dumpfer, pochender Schmerz. Die Verletzung an meiner Hand hatte ich größtenteils verarztet, aber Lesters Zahnabdrücke stachen mir weiterhin ins Auge. Mein Gesicht war Gott sei Dank unversehrt, und das war auch gut so. Ich wollte nicht, dass Norman Gibson oder Madge, die beide schrecklich neugierig waren, zu viele Fragen stellten.

Normalerweise trank ich nie einen doppelten Whisky um zehn Uhr dreißig, aber an diesem Vormittag schien es die natürlichste Sache der Welt zu sein. Während ich trank, versuchte ich, einen strukturierten Plan zu schmieden.

Lester war tot, und ich hatte ihn umgebracht: Es war das Beste, über ihn nicht als Mensch aus Fleisch und Blut nachzudenken. Falls und wenn seine Leiche gefunden würde, würde sich Ross darum kümmern. Ich empfand keine Gewissensbisse, weil ich Lester getötet hatte. Auf jeden Fall war es ein klarer Fall von Selbstverteidigung gewesen. Wenn Lester nicht ins Meer gefallen wäre, hätte er mich mit Sicherheit getötet.

Ich war jedoch nicht näher dran, Harry zu finden, obwohl jetzt klar war, dass er irgendwo in Henton war. Es blieb Walters – oder Rembrandt. Wie betrunken er auch sein mochte, ich konnte Will Trumans Geschichte kaum glauben, dass er nur im Alkoholrausch ein teures Kajütboot zerstört hatte. Ich trank noch etwas und ging dann nach draußen. Die kalte Luft war erfrischend, und mein Kopf begann klar zu werden. Ein Besuch bei Rembrandt war ganz offensichtlich an der Zeit. Nach dem, was ich gehört hatte, war er wahrscheinlich ein noch ein härterer Kerl als Lester, und eine weitere Prügelei behagte mir gar nicht.

Ich erinnerte mich daran, dass Ross gesagt hatte, dass einige seiner Männer in Henton sein würden. Dies beruhigte mich in derselben Weise, wie die Ausbeulung, die die 32er-Automatik in meinem Regenmantel verursachte. Als ein Fischer die Straße überquerte und nur ein paar Meter von mir entfernt stehen blieb und sich eifrig eine Zigarette drehte, wusste ich, dass es einer von Ross' Leuten war.

Als ich mich ihm näherte, sah ich, dass es ein Mann mittleren Alters war, der einen grobgestrickten blauen Pullover und oberschenkellange Gummistiefel trug. Er schaute die Straße hinauf und hinab und sagte dann leise: »Rembrandts Kajütboot liegt unten am Kai. Wenn Sie Rembrandt sehen, sagen Sie ihm, dass Sie als Kunsthändler auf der Suche nach Bildern für Ihre neue Galerie sind. Sie haben ein Bild von ihm gesehen, es zeigt einen Einkaufskorb auf einem Tisch. Sagen Sie ihm, dass Sie es ziemlich gut fanden. Sie haben von Henry Frindale etwas über ihn gehört. Wiederholen Sie das.«

Er hätte sich keine Sorgen machen müssen, denn mein Gedächtnis war so gut, das sich solche Details leicht einprägten. Der Fischer nickte und spuckte dann auf das Kopfsteinpflaster. Er sagte: »Viel Glück für Sie.« Dann drehte er sich abrupt auf dem Absatz um und ging in Richtung des *The Crown*.

Das Kajütboot war lange, schmal und sah mächtig aus. Offensichtlich konnte es auch eine beträchtliche Geschwindigkeit erreichen. Ich stand am Kai und betrachtete es einen Moment lang. In diesem Moment kam ein Mann an Deck und leerte einen Eimer über die Bordwand.

Offensichtlich handelte es sich dabei um Rembrandt. Er zündete sich eine Pfeife an und lehnte sich über das Geländer.

Ich fragte mich, ob ich als Kunsthändler so überzeugend sein würde, wie ich es offenbar in der Verkleidung eines Scotland-Yard-Beamten gewesen war. Ross' Organisation war ziemlich gut, wie ich fand: Es war ganz offensichtlich, dass der vernünftigste Zugang zu Walters entweder über seine Bilder oder über das Angebot einer Flasche Whisky bestand. Ich entschloss mich, dass ich nicht in der Stimmung war, ihm einen Drink zu spendieren.

Ich ging ungezwungen die Gangway hinauf und betrat das Deck. Ich konnte sehen, dass Norman Gibsons Beschreibung von Rembrandt in keiner Weise übertrieben war. Er war mindestens einen Meter achtzig groß und von kräftiger Statur. Sein schwarzes Haar wuchs in Hülle und Fülle auf seinem kugelrunden Kopf, und der größte Teil seines Gesichts war von einem verfilzten und ungepflegten Bart verdeckt. Als er mich näherkommen hörte, drehte er sich abrupt um und sah mich mit einem Blick an, der unverkennbar feindselig war.

Mit verschränkten Armen stand er am oberen Ende der Gangway und versperrte mir ohne zu zögern den Weg. »Was zur Hölle wollen Sie hier?«, schimpfte er. »Dieses Boot ist Privateigentum.«

Seine Lippen waren nach hinten gezogen, in seinen Augen lag ein wilder Blick, und der Whiskygeruch in seinem Atem ließ meine morgendliche Übelkeit wieder aufleben.

»Sind Sie Mr. Walters?«, erkundigte ich mich höflich.

»Bin ich. Was zum Teufel wollen Sie?«

»Mein Name ist Clifton«, erklärte ich. »Ich bin Kunsthändler.«

»Clifton?«, sagte Walters misstrauisch. »Hab' noch nie etwas von Ihnen gehört.«

»Das wundert mich nicht«, sagte ich beiläufig. »Ich hatte bis vor zwei Wochen auch noch nichts von Ihnen gehört.«

»Na und?«, sagte Walters beleidigt.

»Ich war in den letzten vier Jahren in New York«, log ich. »Jetzt eröffne ich eine Galerie in der New Bond Street und bin auf der Suche nach ein paar guten Bildern. Ich denke, wir könnten zusammen ins Geschäft kommen.«

Walters starrte mich aus blutunterlaufenen Augen an.

»Und wer hat Ihnen gesagt, dass Sie hierherkommen sollen? Wer hat Ihnen von mir erzählt?«

»Sie sind ein sehr misstrauischer Mensch«, sagte ich freundlich. »Wenn Sie nicht daran interessiert sind, Ihre Bilder zu verkaufen, dann sagen Sie es einfach und ich gehe wieder.«

»Sie haben meine Frage nicht beantwortet«, knirschte er.

Ich hob meine Augenbrauen. »Wie lautete Ihre Frage?«

Walters' kleine Augen verengten sich zu schmalen Schlitzen. »Ich habe Sie gefragt, wer Ihnen von mir erzählt hat?«

Ganz bewusst wandte ich mich von ihm ab. »Vergessen Sie's, mein Lieber«, sagte ich würdevoll. »Ich kann meine Zeit nicht mit temperamentvollen Malern verschwenden, so brillant sie auch sein mögen.«

Walters packte mich am Arm und drehte mich zu sich herum. »Beantworten Sie meine Frage!«, bellte er.

Mit einer Zuversicht, die ich nicht hatte, sagte ich: »Henry Frindale hat mir von Ihnen erzählt. Ich habe ein Bild von Ihnen in seiner Galerie gesehen. Es hat mir gefallen, und er hat mir gesagt, wo ich Sie finden kann. Stellt Sie das zufrieden, Mr. Walters?«

»Was war das für ein Bild?«

»Es war ein Einkaufskorb auf einem Küchentisch.«

Walters entblößte seine verfärbten Zähne zu einem Lächeln. »Ich kann mir vorstellen, dass Ihnen das gefallen hat«, sagte er. »Es ist das beste Bild, das Sie seit Jahren gesehen haben – und sie werden wahrscheinlich auch nie ein besseres sehen.« Walters hatte offensichtlich eine hohe Meinung von seinen künstlerischen Fähigkeiten.

»Eine leichte Übertreibung«, sagte ich leichthin, »obwohl ich zugeben muss, dass das Bild gewisse Qualitäten hat.«

Walters warf mir einen streitlustigen Blick zu. »Ich habe gerade ein Bild fertiggestellt, das alles übertrifft, was Sie in Amerika gesehen haben.«

»Besser als der Einkaufskorb auf dem Tisch?«

Er spuckte ausdrucksvoll ins Meer.

»Großartig!«, sagte ich mit professioneller Begeisterung. »Wie wäre es, wenn sie das Bild für sich selbst sprechen lassen?«

Es schien, als hätte ich noch nicht alle seine Verdachtsmomente zerstreut. »Sie sagten doch, Sie kennen Henry Frindale, nicht wahr?«

»Natürlich kenne ich ihn«, sagte ich mit einer Spur von Ungeduld. »Ich kenne alle Händler. Sie möchten doch nicht, dass ich später nochmal mit einem Empfehlungsschreiben wiederkomme?«

»Seien Sie kein Narr«, sagte Walters.

»Nun gut«, sagte ich freundlich, »dann schlage ich vor, Sie lassen mich das Bild sehen. Wer weiß? Vielleicht verschwenden wir nicht nur Ihre, sondern auch meine Zeit.«

Walters starrte mich an und wandte sich dann dem Unterdeck zu. »Ich hole es«, sagte er kurz.

Er schlurfte die Treppe hinunter, und ich sah mich auf dem Deck um. Vorsichtig bewegte ich mich auf das Oberdeck der Kajüte zu. Plötzlich blieb ich stehen und schaute nach oben, weil mir ein etwas heruntergekommener Rettungsring aufgefallen war. Darauf stand in schwarzen Buchstaben nur ein Wort:

ANYA.

In diesem Moment fügte sich in meinem Kopf alles zusammen. Ich erinnerte mich an den sterbenden russischen Matrosen, der immer wieder »Anya« gerufen und gemurmelt hatte; ich erinnerte mich, wie ich erstaunt war, als ich entdeckte, dass das kleine Mädchen vor Edwards' Cottage überraschenderweise ebenfalls Anya hieß. Es war nun offensichtlich, dass ich mich auf sehr gefährlichem Terrain befand.

Ich schlich mich auf Zehenspitzen zu einem Bullauge und konnte, als ich mich bückte, in die Kabine sehen. Walters wühlte in einem wirren Durcheinander von Leinwänden, die unordentlich an einer der Wände gestapelt waren. Mit dem Rücken zu mir stand eine korpulente Gestalt, die unverkennbar Dr. Killick war.

Auf der Pritsche lag ein Mann, der offenbar bewusstlos war. Mir stockte der Atem, als ich sein Gesicht sah. Es war

Harry Denston …

Ein riesiger, violetter Bluterguss zog sich von seinem rechten Wangenknochen bis zum Rand seines Mundes, seine Oberlippe war fast auf das Doppelte ihrer normalen Größe angeschwollen und über seinem rechten Auge, das halb geschlossen war, befand sich eine hässliche Wunde. Unter seinen Nasenlöchern waren Spuren von getrocknetem Blut zu sehen. Sein Aussehen erklärte den Krach, den Will Truman gehört hatte.

Killick drehte sich um, und ich wich eilig vom Bullauge zurück. Dann wurde mir klar, dass Killick die Kabine verließ, um an Deck zu gehen, und dass es unmöglich sein würde, ihm auszuweichen.

Als er mich sah, lächelte Killick breit. »Was denn? Mr. Frazer«, sagte er freundlich, »was in aller Welt machen Sie denn hier?«

Nach außen hin war er immer noch der freundliche, sehr umgängliche Arzt, den ich im *Three Bells* kennengelernt hatte. Ich betrachtete ihn misstrauisch und behielt meine rechte Hand an dem Revolver in meiner Tasche.

»Was viel interessanter ist, Doktor«, sagte ich grimmig, »ist, was Sie hier machen!«

Killick winkte mit einer Hand in Richtung Kabine. »Ich habe einen Patienten an Bord«, sagte er beiläufig. »Er ist im Delirium, der arme Kerl. Insgesamt ein sehr trauriger Fall.«

»Das kann ich mir vorstellen«, erwiderte ich. »Wer ist Ihr Patient?«

»Ein Verwandter von Rembrandt«, antwortete Killick freundlich. »Oh, verzeihen Sie, ich meine natürlich Walters. Sie kennen ihn noch nicht, oder? Ein sehr unterhaltsamer Kerl, wenn auch ein wenig exzentrisch. Er ist Künstler, wissen Sie.«

»Und Sie«, sagte ich leidenschaftslos, »sind ein verdammter Lügner.«

Ich sah, wie sich Killicks Augen verengten, aber sein Mund blieb in gespielter Überraschung offen stehen. »Wie bitte, Mr. Frazer?«

»Ich sagte, Sie sind ein verdammter Lügner«, wiederholte

ich. »Ihr Patient, wie Sie ihn nennen, ist kein Verwandter von Rembrandt. Es ist Harry Denston.«

Killick stieß einen leisen Seufzer aus. »Harry Denston? Mein lieber Freund, dieser Name scheint bei Ihnen zur fixen Idee zu werden.« Er trat vor, um mich abzufangen, als ich mich auf die Treppe nach unten zubewegte, und rief dann schroff: »Wo wollen Sie hin?«

»Dreimal dürfen Sie raten«, sagte ich.

»Mein Patient darf nicht gestört werden«, protestierte Killick. »Ich verbiete Ihnen, hinunterzugehen, haben Sie verstanden?«

»Ihr Patient ist Harry Denston«, sagte ich. Ich holte die Automatik hervor und richtete sie direkt auf Killicks Bauch. »Jetzt hören Sie auf zu bluffen und sagen Sie Ihrem zahmen Muskelmann, er soll ihn an Deck bringen.«

»Wollen Sie mir etwa drohen?«

»Ja, Ihnen drohe ich«, antwortete ich. »Tun Sie, was ich Ihnen sage, Killick. Sagen Sie Rembrandt, er soll Harry Denston nach oben bringen und dabei gut aufpassen.«

Killick schien erneut protestieren zu wollen, aber ich machte eine drohende Bewegung mit der Waffe.

»Holen Sie Denston«, wiederholte ich.

Killick zuckte mit den Schultern, dann sagte er: »Finden Sie nicht, dass Sie etwas zu weit gehen?«

»Das glaube ich nicht«, antwortete ich. »Sie glauben doch nicht, dass ich allein bin, oder?«

Killick blickte zum Kai. Ein Polizeiauto und ein grauer Jaguar waren gerade vorgefahren. Vier uniformierte Polizisten stiegen aus dem Streifenwagen und beobachteten die *Anya*, als ob sie auf Befehle warteten. Unter den Männern in Zivil fiel mir die massige Gestalt von John Caxton auf.

Killick sah sich verzweifelt um. Dann sagte ich: »Sie können versuchen, davonzuschwimmen, wenn Sie wollen, Killick, aber ich glaube nicht, dass Sie sehr weit kommen werden.«

Für einen Mann mit seiner kräftigen Statur bewegte sich Killick bemerkenswert schnell und rannte auf den Steg zu. Er betrat den Kai und sprintete in eine Seitenstraße.

Ich hatte recht gehabt. Die Männer in Uniform stürzten sich sofort auf ihn.

Caxton und zwei weitere Männer kamen an Bord der *Anya*. Sie legten Walters Handschellen an und führten ihn ab, während dieser heftig fluchte. Caxton und ich gingen nach unten in die Kabine.

Harry Denston hatte sich gegen das schmutzige Kissen auf der Pritsche gelehnt. Seine ramponierten Lippen verzogen sich zu dem Grinsen, das ich so gut kannte. Was auch immer passiert war, dachte ich, sie haben es nicht geschafft, Harry zum Reden zu bringen. Er sagte schwach: »Hallo, Tim. Tut mir leid, ich habe dich ganz offensichtlich in verdammte Schwierigkeiten gebracht.«

Ich lächelte ihn an, ich konnte auch nicht anders. Es war immer das Gleiche – Harry brachte dieses ansteckende Grinsen hervor, und ich konnte ihm nicht widerstehen.

»Das kannst du laut sagen«, antwortete ich.

»Irgendwann musste das Glück ja einmal ausbleiben«, murmelte er.

Caxton holte einen Flachmann hervor und öffnete ihn. »Trinken Sie etwas, Denston«, sagte er. »Reden können Sie später – Sie haben jetzt alle Zeit der Welt …«

Kapitel fünfzehn

Während ich auf meinen Besucher wartete, versuchte ich, die neuesten Entwicklungen zu überblicken. Ich war gerade aus dem Krankenhaus zurückgekehrt, wo sich Ruth Edwards stetig erholte. Leider war es schwierig gewesen, sie zum Reden zu bringen. Ich hatte mir vorgestellt, dass sie mich über Lesters Bedeutung in diesem Fall hätte aufklären können, aber sie bestand darauf, dass sie ihn nur dem Namen nach kannte und mit seinen Aktivitäten nicht vertraut war.

In der Frage von Dr. Killick hatte sie sich jedoch als hilfreicher erwiesen, obwohl sie behauptete, er sei in die Affäre hineingezogen worden und nicht annähernd so kriminell, wie es auf den ersten Blick erscheinen mochte. Ich erzählte ihr, dass Killick seine Beteiligung an den jüngsten Ereignissen in vollem Ausmaß zugegeben hatte. Allerdings behauptete er, nicht zu wissen, wer der Mann war, von dem er seine Anweisungen erhalten hatte. Er versuchte, den Eindruck zu erwecken, dass es sich um einen der geheimnisvollen Russen handelte, aber ich hatte ihm ganz offen gesagt, dass ich ihm nicht glaubte.

Ruth Edwards hatte sich als ebenso hartnäckig erwiesen. Es war auch nicht leicht, einer Frau, die dem Tod gerade nochmal von der Schippe gesprungen war, Informationen zu entlocken. Ein paar Mal bemerkte ich, dass die Krankenschwester mir einen warnenden Blick zuwarf, aber ich musste weitermachen. Und schließlich hatte Ruth Edwards mir gesagt, was ich wissen wollte.

Um das Erlebte zu verarbeiteten, hatte ich mir einen steifen Whisky eingeschenkt und wollte ihn gerade austrinken, als es an der Tür klingelte. Mein Besucher war da.

Es handelte sich um Donald Edwards, schäbig gekleidet und zurückhaltend wie immer.

»Kommen Sie herein, Mr. Edwards«, sagte ich gastfreundlich. »Nett, dass Sie vorbeikommen.«

Ich nahm seinen abgenutzten Regenmantel und hängte ihn an einen Haken im Flur. Wir gingen zusammen ins Wohnzimmer.

»Wie geht es Ihrer Frau? Gibt es etwas Neues?«, fragte ich, obwohl ich die Antwort natürlich schon kannte.

Edwards, der offensichtlich entspannter war, als ich ihn je erlebt hatte, setzte sich. »Sie ist jetzt über den Berg«, sagte er. »Die Ärzte sagen, sie sollte in vier oder fünf Wochen wieder auf den Beinen sein.« Er setzte ein müdes Lächeln auf. »Ich muss sagen, dass ich ganz schön erleichtert sein werde, wenn Sie wieder zu Hause ist. Eine Haushälterin ist ein schlechter Ersatz.«

»Ich freue mich zu hören, dass es ihr besser geht«, antwortete ich und setzte mich Edwards gegenüber. »Ich nehme an, Sie fragen sich, warum ich Sie gebeten habe, herzukommen.«

»Nun, ich muss zugeben, dass ich etwas überrascht war«, sagte er.

Ich machte es mir in meinem Stuhl bequemer. »Ich möchte Ihnen eine Geschichte erzählen, Mr. Edwards, die Sie sicher interessieren wird: Es geht um die *North Star*.« Ich beobachtete ihn aufmerksam, aber er zeigte nur höfliches Erstaunen. »Es ist keine sehr schöne Geschichte«, fuhr ich fort, »aber ich denke, sie wird Sie interessieren.«

Edwards schaute auf seine Uhr. »Ich fürchte, ich habe nicht viel Zeit«, sagte er entschuldigend.

»Dafür werden Sie genug Zeit haben«, erklärte ich. »Es geht auch um einen Mann namens Harry Denston, der ein Freund von mir ist.«

»Harry Denston?«, überlegte Edwards. »Ich glaube, ich habe diesen Namen schon einmal gehört.«

»Das haben Sie in der Tat«, sagte ich. »Sie haben die *North Star* als Vorwand benutzt, um Harry kennenzulernen und sein Vertrauen zu gewinnen. Er erzählte Ihnen, dass er gerade einige maritime Drucke gekauft hatte. Sie zeigten sich interessiert und er zeigte Sie Ihnen.« Ich hob das Bild der *North Star* vom Tisch hoch. »Das hier ist einer der Drucke.«

189

»Ich glaube, das muss ein Irrtum sein«, sagte Edwards in mildem Ton. »Ich sah diesen Druck zum ersten Mal, als Sie ihn zu mir ins Cottage brachten.« Sein Lächeln war eine Studie in verwirrter Unschuld. »Und diesen Freund von Ihnen kenne ich ganz sicher nicht – wie war noch gleich sein Name?«

»Harry Denston.«

Edwards schüttelte bedauernd den Kopf. Er vermittelte den Eindruck, dass er nur zu gern helfen wollte. »Ich fürchte, das ist nur ein Name für mich, Mr. Frazer. Ich kenne ihn nicht.«

»Ich glaube doch«, beharrte ich leise. »Wissen Sie, ich habe diese Geschichte aus bester Quelle.«

»Aus welcher Quelle?«

»Von Ihrem Schwager, Dr. Killick«, sagte ich betont. »Anyas Vater.«

Ich bemerkte, dass seine Augen nicht mehr kurzsichtig blinzelten, sondern kalt und wachsam geworden waren. Schließlich sagte Edwards leise: »Fahren Sie fort, Mr. Frazer. Ich fange an, diese Geschichte recht interessant zu finden.«

»Sie werden Sie gleich noch viel interessanter finden«, erklärte ich. »Sie haben für Harry ein Modell der *North Star* gebaut und dabei diesen Stich hier als Vorlage benutzt. Als Sie Harry besser kennenlernten und feststellten, dass er in finanziellen Schwierigkeiten steckte, boten Sie ihm Geld an, um eine bestimmte Formel zu fotografieren.«

Ich wartete darauf, dass er einen Kommentar abgab, aber er schüttelte nur den Kopf.

»Diese Formel«, fuhr ich fort, »gehörte einem Bekannten von Harry, einem Mann namens John Sinclair White. Harry nahm das Geld und tat, was Sie wollten. Aber er war nicht ganz ehrlich, Mr. Edwards. Er hat Sie hintergangen und Ihnen einen Mikrofilm mit falschen Informationen gegeben.«

»Das ist alles sehr interessant, Mr. Frazer«, meinte Edwards. Seine Stimme war unerschütterlich, aber seine Augen waren keine Sekunde lang ruhig.

»Ich bin froh, dass Sie das denken«, erwiderte ich. »Und es wird noch spannender.«

Edwards legte den Kopf leicht schief und wartete darauf, dass ich fortfuhr.

»Harry setzte sich dann mit einer ostdeutschen Organisation in Verbindung und vereinbarte ein Treffen mit deren Vertreter, einem Mann namens Anstrov, in Henton. Sie erfuhren davon und teilten ihnen sofort mit, dass Denston die Formel gar nicht hatte, sondern dass Sie der richtige Ansprechpartner seien. Anstrov willigte ein, sich mit Ihnen auf Killicks Kajütboot zu treffen, das nach seiner Tochter Anya benannt ist.« Ich machte eine Pause, um dies zu verinnerlichen.

Edwards schüttelte traurig den Kopf. »Ich kann nur vermuten, Mr. Frazer«, sagte er, »dass die Belastung durch Ihre jüngsten Erlebnisse Sie in irgendeiner Weise durcheinandergebracht hat.«

»Die Sache hat mich ziemlich durcheinandergebracht«, sagte ich grimmig, »und ich denke, dass das was ich jetzt sagen werde, Sie auch etwas aus der Fassung bringen wird. *Sie* wissen ja, was passiert ist: Es gab einen Schiffbruch und Anstrov starb. Bevor er starb, erwähnte er den Namen »Anya«. Jetzt wissen« wir natürlich, dass er sich auf das Schiff bezog und nicht auf Killicks Tochter.«

»Das sind alles sehr ernste Anschuldigungen, Mr. Frazer«, bemerkte Edwards.

»Das sollen sie auch sein.« Ich stand mit dem Rücken zum Kamin und ließ Edwards keinen Augenblick aus den Augen. »Sie haben Denston entführt und versucht, ihn zum Reden zu bringen, aber alles, was Sie aus ihm herausbekommen konnten, war, dass der Mikrofilm, den Sie wollten, in der *North Star* war. Dann schickten Sie Ihren Freund Lester los – oder sollte ich sagen, den verstorbenen Lester –, um das Modell aus Harrys Wohnung zu holen.« Ich lächelte erinnerungsvoll. »Ein unangenehmer Typ, dieser Lester. Ich musste ihn töten.«

Edwards sah erschrocken aus. »Sie geben zu, dass Sie ihn getötet haben?«, fragte er ohne es eigentlich zu wollen.

»Hätte ich das nicht getan«, antwortete ich, »hätte er mich zweifellos umgebracht. Wir hatten einen üblen Kampf und er ist dabei ins Meer gestürzt. Ich kann mir vorstellen, dass er immer noch irgendwo dort ist. Aber ich schweife ein wenig vom Thema ab. Als Lester vor Harrys Wohnung ankam, sah er, wie Crombie gerade mit dem Modell herauskam. Er folgte ihm bis hierher und ermordete ihn. Als ich wieder fort war, nahm er das Modell an sich.«

»Aber der Film war doch gar nicht im Modell!«, platzte Edwards heraus.

»Nein, das war er nicht«, sagte ich. »Und doch hat Harry die Wahrheit gesagt, als er meinte, er sei in der *North Star*. Der Film war in der *North Star*, aber nicht in dem Modell.«

Edwards' Gesicht war leer und ausdruckslos. Ich sah ihn kurz an und nahm dann den Druck wieder in die Hand. Ich legte ihn mit der Vorderseite nach unten auf den Tisch. Dann entfernte ich die Schutzfolie und holte einen Umschlag hervor, aus dem ich ein Stück Film herauszog.

»Sie waren so überzeugt, dass Harry das Modell meinte«, sagte ich, »dass Sie nie auf die Idee gekommen sind, in dem Bild nachzusehen.«

Edwards stand auf. Mit einer schnellen Bewegung schob er seine Hand in die Jackentasche und holte einen kleinen, automatischen Revolver ausländischen Fabrikats hervor. Er atmete schnell und hegte offensichtlich einen Plan für eine schnelle Flucht.

»Vielleicht interessiert es Sie, Mr. Edwards, dass wir einen Zuhörer hatten«, sagte ich und nickte mit dem Kopf in Richtung Schlafzimmertür. »Mit der Waffe können Sie mich nicht beeindrucken.«

Die Tür öffnete sich und gab den Blick frei auf John Caxton. Sein massiger Körper nahm den ganzen Raum ein – kraftvoll und unüberwindbar. Er hielt einen Revolver in der Hand.

»Das war's dann, Edwards«, sagte Caxton mit einer Stimme, die fast gelangweilt klang. »Legen Sie die Waffe weg …«

Kapitel sechzehn

Ross betrachtete mich wohlwollend hinter seinem prunkvollen Schreibtisch. Er sagte: »Tja, das war's. Ist ja wirklich alles ganz gut gelaufen. Tut mir leid, dass Sie eine etwas unangenehme Zeit hatten.« Er hätte der Geschäftsführer eines großen Unternehmens sein können, der eine Führungskraft tröstet, die in ein heikles Geschäft verwickelt war.

»Es gab sicherlich einige brenzlige Situationen«, stimmte ich zu.

»In dieser Abteilung«, erklärte Ross mit ruhiger Stimme, »wissen wir nur zu gut, dass der Schein grausam trügen kann. Die Dinge sind fast nie das, was sie zu sein scheinen. Das gilt auch für Menschen.« Er steckte sich eine Zigarette in den Mund und zündete sie mit einem Tischfeuerzeug an. »Edwards sah aus wie ein sanftmütiger kleiner Mann, dessen einziges Interesse im Leben der Bau von Schiffsmodellen war.«

»Anfangs hat er mich getäuscht«, gab ich reumütig zu.

»Natürlich«, sagte Ross. »Er hat seine Rolle lange studiert und fast alle getäuscht. Er war auch indirekt für den Tod von Crombie und Tupper verantwortlich. Hat Edwards übrigens von dem Brief erfahren, den seine Frau Ihnen geschickt hat? Hat er deshalb versucht, sie zu töten?«

»Nein«, erwiderte ich. »Er hat sie am Telefon gehört und dachte, ich würde mit ihr hinter seinem Rücken über den Film verhandeln.«

»Ich verstehe«, sagte Ross nachdenklich. Er blies eine nachdenkliche Rauchwolke in Richtung Decke. »Dann dachte er also, dass Sie den Film haben?«

»Ja, er kam zu dem Schluss, dass Harry ihn an mich weitergegeben haben könnte. Die Ironie der Sache ist, dass ich ihn in dem Druck auch tatsächlich hatte, allerdings ohne es zu wissen.«

Ross nickte. »Offensichtlich wusste Edwards nicht, wo er suchen sollte. Zuerst dachte er, der Film könnte in Harry Denstons Wagen sein, dann konzentrierte er sich auf das Modell …«

»Deshalb haben Sie es auch fotografiert«, warf ich ein. »Als sie feststellten, dass der Film nicht in Harrys Modell war, dachten sie, dass es vielleicht noch einen anderen Nachbau der *North Star* gab. Auf einem Foto hätte Edwards alle Unterschiede entdecken können.«

»Ich habe gehört, dass Sie heute Morgen bei Mrs. Edwards waren?«

»Ja«, sagte ich. »Sie hat mir das mit dem Zettel erklärt. Anscheinend sind zwei Männer aus Ostdeutschland gekommen.«

»Anstrov und Nikiyan«, sagte Ross. »Anstrov war bekanntlich der wichtige Mann bei dieser Mission und Nikiyan sein Assistent. Für den Fall, dass es zu irgendwelchen unerwarteten Zwischenfällen kommen würde, tauschten sie ihre Namen und Identitäten. Nikiyan war es, der in Henton starb.«

»Und Anstrov?«

»Er ist heute Morgen nach Berlin abgereist.«

»Sie meinen, Sie haben ihn gehen lassen?«

»Ja.«

»Warum?«

Ross stand von seinem Schreibtisch auf und ging zum Kaminsims hinüber. Er stand mit dem Rücken zum Feuer und rauchte in aller Ruhe. »Wenn wir ihn festgenommen hätten«, sagte er, »hätte es nur Komplikationen gegeben. Und Komplikationen wollen wir so weit wie möglich vermeiden. Unsere Aufgabe war es, dafür zu sorgen, dass Anstrov am Ende mit leeren Händen dasteht. Das ist uns gelungen.«

»Und was passiert mit Harry Denston?«, fragte ich.

»Ehrlich gesagt, weiß ich das nicht so genau«, sagte Ross. »Wissen Sie, das liegt nicht mehr in meiner Hand. Harry Denston bereitet jetzt dem Innenminister Kopfschmerzen. Ich mache mir viel mehr Gedanken darüber, was mit Ihnen passiert.«

»Was meinen Sie damit?«, fragte ich.

»Was haben Sie vor, jetzt, wo diese Sache vorbei ist?«

Ich zuckte mit den Schultern. »Das weiß ich nicht«, sagte ich etwas ausweichend. »Ich habe mir überlegt, ins Ausland zu gehen – nach Australien oder sonst wohin.«

Ross sah mich eindringlich an. »Wie würde es Ihnen gefallen, für mich zu arbeiten?«

»Sie meinen dauerhaft? In Ihrer Abteilung?«

»Genau das meine ich. Ich wollte Ihnen Crombies Stelle anbieten.«

Einen Augenblick lang, herrschte ein kurzes Schweigen zwischen uns. Ross musterte mich weiterhin prüfend.

Zum ersten Mal, seit ich ihn kannte, klang Ross' Stimme leicht zögernd. Er sagte: »Es ist ein wenig unangenehm. Ich versuche nicht, Sie zu beeinflussen, weder in die eine noch in die andere Richtung. Aber es bleibt die Tatsache, dass Sie verdammt gute Arbeit geleistet haben. Es wird weitere Aufgaben geben, vielleicht leichtere als diese, vielleicht auch schwierigere. Das hängt ganz von Ihnen ab.« Er blickte aus dem Fenster.

Nach einer langen Pause sagte ich: »Erzählen Sie mir von Ihrem nächsten Auftrag, Mr. Ross ...«

ENDE

Tim Frazer, erster Teil –
Die Geschichte des Falls Denston und ihrer Verfilmungen
von Dr. Georg Pagitz

Zur Vorgeschichte

Der britische Autor Francis Durbridge (1912–1998) war bereits der erfolgreichste britische Fernseh- und Radioautor, als er 1960 für die BBC ein Pendant zu seinem Radiohelden Paul Temple schuf, der 1938 das Licht der Welt erblickte und einen unglaublichen multimedialen Siegeszug hingelegt hatte. Temple war Protagonist in Hörspielen, Filmen, Romanen, Kurzgeschichten, Comics, einem Theaterstück und später noch in einer Fernsehserie. Francis Durbridge hatte jedoch stets verweigert, einen Fernsehmehrteiler mit Temple zu schreiben.

1952 verfasste der Autor die erste europäische mehrteilige Krimiserie, *The Broken Horseshoe* (das Drehbuch ist unter dem Titel *Das zerbrochene Hufeisen* als Band 16 dieser Edition erschienen), und legte damit den Grundstein für seine erfolgreiche Fernsehkarriere. Jahr für Jahr schrieb er fortan für die BBC einen sechsteiligen Kriminalfilm, dessen Episoden Woche für Woche ausgestrahlt wurden und dessen Cliffhangereffekte das Publikum dazu veranlasste, am Ball zu bleiben und fieberhaft zu rätseln, wer der Täter war.

Die ursprüngliche Idee war, dass Durbridges Krimis ohne Serienermittler auskamen, denn – so der *Spiegel* (51/1961) – »Erfolg und Publicity sollten sich an den Namen des Autors heften, und nicht – wie im Fall Temple – an den eines erfundenen Detektivs.« Francis Durbridge meinte dazu: »Es sollte heißen: »Ein neuer Durbridge«, ähnlich wie »Ein neuer Hitchcock«.«

Auf die Geschichte von Durbridges 20 TV-Mehrteilern (und wie der Autor nach Deutschland kam) wurde bereits in einigen anderen Bänden (29: *Das Halstuch*, 31: *Ein Mann*

namens Harry Brent, 32: *Wie ein Blitz,* 34: *Die Kette*) ausführlich eingegangen, so dass ich hier diesbezüglich nur auf
eines dieser Bücher verweise.

1960 entschied man sich bei der BBC dazu, die bis dato
längste Fernsehserie zu produzieren. Francis Durbridge hatte
bis dahin bereits acht sechsteilige Krimis verfasst. Wer, wenn
nicht er, sollte für das neue Projekt – das nun doch einen
durchgehenden Ermittler haben sollte – verantwortlich zeich-
nen?

Der neue Titelheld sollte zunächst David Marquand heißen, wurde dann aber von Durbridge – der auf Namen sehr
viel Wert legte – in Tim Frazer umbenannt, wobei laut seinen
Unterlagen auch kurz der Vorname Matthew angedacht war.

Dieser neue Protagonist war gänzlich anders als Paul
Temple. Aber lassen wir Francis Durbridge selbst zu Wort
kommen – der *Radio Times* (10. November 1960) beschrieb
er den neuen Charakter so: »Er ist kein Privatdetektiv. Er ist
auch kein harter, prätentiöser, schießfreudiger, frauenschla-
gender, mittelatlantischer Kerl ohne festen Wohnsitz. Frazer
verbrachte vier Jahre im mittleren Osten bei einer Maschinen-
baufirma und kam nach England zurück, um eine kleine, eigene Werkzeugmaschinenfirma zu gründen. Unglücklicher-
weise ging die Firma pleite und Frazers Partner Harry Denston, der ihm eine große Summe Geldes schuldet, verschwand.
Auf der Jagd nach dem Geld und der Suche nach Harry Denston findet sich Frazer plötzlich in einer weitaus riskanteren
und gefährlicheren Beschäftigung als dem Ingenieurswesen
wieder.«

Tim Frazer war bewusst als Kontrast zu der kurz zuvor
gestarteten Serie *Danger Man* (deutscher Titel: *Geheimauftrag für John Drake*) konzipiert. John Drake, gespielt von
Patrick McGoohan, spielte darin einen irisch-amerikanischen
Geheimagenten, der für eine geheime NATO-Abteilung in
verschiedenen Ländern antidemokratische Aktionen aufdec-
ken musste und auch den einen oder anderen Mordfall bearbeitete. Tim Frazer hingegen war ein unscheinbarer Mann, der
zunächst als Privatperson in einen Spionagefall verwickelt
wurde, diesen klärte und infolgedessen von einer geheimen

Regierungsabteilung immer wieder zur Mitarbeit angeheuert wurde. Auf diese Weise klärte er zwei weitere Fälle.

The World of Tim Frazer, wie die fertige Serie hieß, erhielt erstmals den Übertitel *Francis Durbridge Presents.* Die Ehre, vor dem Titel der Sendung genannt zu werden, erhielt sonst kein BBC-Autor und war ein Privileg für Durbridge.

Alle achtzehn Episoden wurden live produziert. Aus dem Kameraskript der Serie geht hervor, dass am Tag der Ausstrahlung den ganzen Tag mit den Kameras geprobt wurde, nachdem unter der Woche die Inszenierung erfolgte. Von 10.30 Uhr bis 13.00 Uhr und von 14.00 Uhr bis 18.45 Uhr wurde geprobt. Lunch – also das Mittagessen – gab es von 13.00 bis 14.00 Uhr und der obligatorische Tee wurde zwischen 15.45 Uhr und 16.00 Uhr serviert. Das Abendessen wurde zwischen 18.45 Uhr und 19.45 Uhr eingenommen, ehe man sich zwischen 19.45 Uhr und 20.15 Uhr in Stellung brachte, denn danach wurde live übertragen.

Francis Durbridge begann bereits nach Ausstrahlung des ersten Teils von *The Scarf* (BBC 1959, 1961 auch vom WDR unter dem Titel *Das Halstuch* verfilmt), mit der Planung und Einteilung der 18 Episoden. Diesmal war er nämlich auch als ausführender Produzent (im Abspann allerdings unerwähnt) an der Reihe beteiligt und holte sich für die drei Geschichten drei Koautoren: Clive Exton, Barry Thomas und Charles Hatton. Letzterer war ein alter Bekannter, der Erfahrung im Umwandeln von Durbridge-Stoffen besaß: Er hatte zuvor schon viele Durbridge-Romane auf Basis der Drehbücher verfasst. In einem späteren Brief vom 11. Juli 1963 an den WDR und an den Hauptabteilungsleiter Fernsehspiel Hartwig Schmidt erklärte Durbridge wie diese Zusammenarbeit aussah, da es offenbar Verwirrung darum gegeben hatte:

Sehr geehrter Herr Schmidt,

ich habe erfahren, dass Sie mit Frau [Marianne] de Barde [Durbridges deutsche Übersetzerin] über einen Schriftsteller namens Clive Exton gesprochen haben, der einen Teil der Dialogarbeit für mich an der ersten

Tim-Frazer-Geschichte übernommen hat. Da Sie in dieser Angelegenheit offenbar etwas verwundert sind, möchte ich die Situation gerne erläutern.

Wie Sie bereits wissen, bestand *The World of Tim Frazer*, wie es von der BBC ausgestrahlt wurde, aus 18 Episoden, die drei Geschichten umfassten. Alle drei Geschichten wurden von mir persönlich entwickelt, aber aufgrund der enormen Aufgabe, 18 Episoden zu schreiben, stimmte die BBC zu, dass ich – falls gewünscht – einen Autor zur Unterstützung bei den Dialogen beauftragen dürfe.

Clive Exton wurde daraufhin von mir beauftragt, einige Dialoge nur für die erste Geschichte zu schreiben. Er erhielt von mir ein Pauschalhonorar für seine Arbeit und wurde im BBC-Vorspann namentlich genannt. Er hatte jedoch zu keinem Zeitpunkt irgendwelche Rechte am Urheberrecht des Materials.

Als ich später die Drehbücher für Frau de Barde vorbereitete, war von Extons Arbeit nur noch sehr wenig übriggeblieben, sodass es keinen Sinn ergab, für die deutsche Fassung drei Namen zu nennen – meinen, Frau de Bardes und den von Exton. Tatsächlich schrieb mir Clive Exton nach der BBC-Ausstrahlung der ersten Geschichte persönlich und meinte, dass ich ihm gegenüber in Bezug auf die Nennung im BBC-Abspann zu großzügig gewesen sei – angesichts dessen, wie wenig von seinem Material letztlich in der fertigen Fassung verwendet wurde.

Ein zweiter Dialogautor, Barry Thomas, schrieb einige Dialoge für das zweite Tim-Frazer-Abenteuer, und zwar unter denselben Bedingungen wie Clive Exton. Ein Artikel von mir in der *Radio Times*, der zur Zeit der BBC-Ausstrahlung erschien, erläuterte diese Situation mit den beiden Autoren ausführlich.

Ich möchte betonen, dass *Tim Frazer* die einzige Fernsehserie von mir ist, bei der ich einen anderen Autor mit ins Boot geholt habe – und zwar ausschließlich deshalb, weil ich 18 Episoden schrieb und entwickelte, nicht die üblichen sechs. Außerdem möchte ich ganz klarstellen – für den Fall, dass Sie sich diesbezüglich Sorgen machen – dass ich das alleinige Urheberrecht an allen *Tim-Frazer*-Geschichten besitze und kontrolliere. Kein anderer Autor hat irgendwelche Rechte oder Anteile an den *Tim-Frazer*-Serien.

Mit freundlichen Grüßen und besten Wünschen,
Francis Durbridge

Zurück zu *The World of Tim Frazer*: Drei verschiedene Regisseure (die – wie damals üblich – auch immer die verantwortlichen Produzenten waren) kümmerten sich um die Umsetzung: Alan Bromly, Terence Dudley und Richmond Harding. Die Titelrolle wurde mit Jack Hedley (1930–2021) besetzt. Durbridge selbst war darüber sehr glücklich und auch dafür mitverantwortlich. Die Titelmusik war *The Willow Waltz* von Cyril Watters. Die BBC fuhr mit der Serie den größten Erfolg ein, den bis dato eine BBC-Krimireihe gebracht hatte. 91% der TV-Geräte waren eingeschaltet, als Jack Hedley auf Mörderjagd ging.

Die Serie hatte von Anfang bis Ende den alleinigen Titel *The World of Tim Frazer* und keine Untertitel für die einzelnen Episoden. Der Übergang von einem Fall zum nächsten vollzog sich interessanterweise auch nicht jeweils nach sechs Episoden, sondern während der siebenten und der dreizehnten, sodass in diesen beiden Folgen jeweils die vorhergehende Geschichte beendet, Frazer aber gleichzeitig mit dem nächsten Fall betraut wurde. Auf diese Art hielt man das Publikum am Ball und lief nicht Gefahr, dass man nach einem abgeschlossenen Fall den folgenden ausließ. Selbstverständlich wurde der neue Auftrag für Tim Frazer schon so weit in der jeweiligen Episode vorangetrieben, dass sie mit einem äußerst überraschenden Cliffhanger endete. Aus den Originaldrehbüchern zur Serie lässt sich rekonstruieren, dass etwa ein Drittel des alten Falles in die »neue« Folge hineinspielte: So wird etwa in Folge 13 der Fall Salinger auf den Drehbuchseiten 1 bis 12 geklärt, während der neue Fall Melynfforest über die

Seiten 12 bis 35 geht.

Mit Tim Frazer hatte Francis Durbridge zweifellos seine zweitbekannteste Figur geschaffen, von vielen wurde sie auch als Paul Temple des Fernsehens betrachtet, wenngleich sie natürlich vollkommen anders war. Es hätte auch komplett Francis Durbridges Naturell widersprochen, sich an den Schreibtisch zu setzen und einen »Fernseh-Temple« zu erfinden. Das wäre nicht die Art und Weise gewesen, wie er dachte. Er wollte stets etwas Neues.

Sehen wir uns nun die drei Fälle an, denen später in der Regel Untertitel gegeben wurden, um sie voneinander unterscheiden zu können:

Folge
1–7: *The World of Tim Frazer – The Denston Case*
7–13: *The World of Tim Frazer – The Salinger Affair*
13–18: *The World of Tim Frazer – The Melynfforest Mystery*

Für den dritten und letzten Fall finden sich im Internet und in verschiedenen Datenbanken und Büchern unterschiedliche Schreibweisen, dabei geht es um die Orthographie des walisischen Wortes für ›gelb‹, *melyn.* ›Melynfforest‹ bedeutet nichts anderes als »gelber Wald«. Geschrieben wird das Wort in manchen Quellen *Mellin Forest*, im dritten Tim-Frazer-Roman *Melinfforest* und in den *Radio-Times*-Programmankündigungen *Melynfforest.* Im Originaldrehbuch wird der Ort in der ersten Episode mit ›i‹, in den weiteren fünf mit ›y‹ geschrieben. Da die korrekte walisische Schreibweise *melyn* ist, wird diese auch hier bevorzugt.

Erwähnen wir abschließend noch, dass die Frazer-Geschichten auch Basis für zahlreiche TV-Adaptionen waren (in zwei Fällen sogar ohne Tim Frazer) und die Figur als Titelheld in einem (nicht von Durbridge lizenzierten) österreichischen Kriminalfilm namens *Tim Frazer jagt den geheimnisvollen Mister X* auftrat. Die Fernsehfilme waren in Deutschland *Tim Frazer* (1962), *Tim Frazer – Der Fall Salin-*

ger (1963) und *Das Messer* (1971, ohne Tim Frazer) sowie in Italien *Traffico d'armi nel golfo* (1977, erstes Frazer-Abenteuer, Verlegung der Handlung nach Italien) und in Frankreich *La mort d'un touriste* (1975, verschollene DDR-Synchronfassung: *Der Tod eines Touristen*, zweites Frazer-Abenteuer mit Umbenennung der Figuren und Verlegung der Handlung nach Frankreich). Außerdem wollte der Berliner Produzent Sam Waynberg 1964 eine Tim-Frazer-Kinoreihe starten, zu der Durbridge die Geschichten liefern sollte. Die Reihe wurde nie produziert, das Treatment zum ersten Film allerdings geliefert. Es trägt den Titel *Tim Frazer and the Melvin Affair*. Die Geschichte war allerdings nur eine recycelte Version des Stoffs *Passport to Danger!*, einem Durbridge-Hörspiel aus dem Jahr 1945. Das Originalmanuskript zum Radiokrimi und das Szenarium zum Kinofilm sind in Band 33 dieser Edition unter den Titeln *Ein Reisepass in die Gefahr* und *Tim Frazer und die Melvin-Affäre* enthalten.

Großbritannien:
The World of Tim Frazer – **Fall 1 (1960)**
Das erste Abenteuer ging im Original zwischen dem 15. November und dem 27. Dezember 1960 jeweils dienstags um ca. 20.00 Uhr in der BBC auf Sendung. Regisseur und Produzent war Alan Bromley, Clive Exton stand Francis Durbridge für die Dialoge zur Seite (inwieweit er involviert war, haben wir vorhin schon geklärt).

Verlieren wir einige Worte zum Inhalt: *Tim Frazers Kompagnon Harry Denston verschwindet spurlos. Tim begibt sich nach Henton, nachdem er von Harry ein Telegramm mit der Bitte erhält, ihn dort zu treffen. Doch Harry erscheint nicht. Stattdessen stirbt in Frazers Hotel ein russischer Matrose namens Anstrov, der im Todeskampf immer wieder den Namen ›Anya‹ von sich gibt. Am nächsten Tag wird Tims Brieftasche gestohlen. Zurück in London erfährt er, dass er für eine Abteilung der Regierung Harry Denston finden soll. Die erste Spur findet sich in seiner eigenen Brieftasche, die er von Charles Ross, dem Leiter einer nicht näher bezeichneten Behörde, in die Hand gedrückt bekommt. Darin befindet sich ein*

Garagenschein. Dieser befand sich unter Anstrovs Sachen. Es stellt sich heraus, dass der Schein für einen Stellplatz in der Marble-Arch-Garage ist, auf dem Harry Denstons Wagen steht. Im Auto findet Frazer eine wichtige Spur, die ihm zu dem Ehepaar Edwards führt. Im Laufe der Ermittlungen spielt ein Schiffsmodell eine wesentliche Rolle. Was weiß die Schauspielerin Helen Baker, die mit Harry Denston verlobt ist?

Die Serie wurde Woche für Woche in den Riverside Studios geprobt und jeweils am Dienstagabend gegen ca. 20.00 Uhr ausgestrahlt. Das Format mit drei in sich abgeschlossenen Folgen innerhalb von 18 Episoden war ungewöhnlich, aber vielversprechend und wie sich rasch zeigte, auch sehr erfolgreich.

Mit der Figur des sympathischen, jungen Tim Frazer, einem ehemaligen Ingenieur und (wie von Durbridge genannt) »gewöhnlichen« Engländer, erschuf man bewusst einen Gegenpol zu den zahllosen amerikanischen Actionhelden jener Jahre. Auch wurde mit Absicht auf unnötige Szenen verzichtet, die die Handlung nicht vorantreiben. Durbridge verstand es, dass jeder Satz, jeder Dialogteil nicht nur etwas Mysteriöses hatte, sondern auch etwas zur Handlung beitrug – was auch im Nachhinein von der Kritik sehr gelobt wurde.

Die Hauptrolle spielte der damals 30jährige Jack Hedley, ein ehemaliger Marinesoldat, der an der *Royal Academy of Dramatic Arts* ausgebildet wurde. Mit seinem kultivierten Auftreten und seinem guten Aussehen war er sofort beim Publikum beliebt. Für seine Rolle nahm er gute zwölf Kilo ab.

Negative Kritiken zu *The World of Tim Frazer* gab es so gut wie nicht. Man lobte durchwegs die natürlichen Dialoge, die unerwarteten Cliffhanger, den Verzicht auf Gewalt und die stetige Spannung. Allerdings gab es einige Probleme aufgrund der Liveaufzeichnung, so ließ etwa der Darsteller des Charles Ross eine Zigarette fallen, ohne sie auszulöschen. Aus dem Familienkreis von Francis Durbridge ist diesbezüglich überliefert, dass der Autor bei der Ausstrahlung vor dem Fernsehgerät saß und bemerkte, dass Jack Hedley als Tim Frazer ein wichtiges Requisit in seiner Szene vergaß. Die Schauspieler waren allerdings so gut, dass sie dieses Manko überspielten und dass es niemand bemerkte.

Sehen wir uns abschließend an, was die Presse damals berichtete.

Durbridge-Thriller für das Fernsehen
(*Leicester Evening Mail*, Autorin: Cathryn Rose)

Francis Durbridge, der Schöpfer des berühmten Amateurdetektivs Paul Temple, glaubt, dass er mit Tim Frazer, der Hauptfigur einer 18-wöchigen BBC-Krimiserie, die am 15. November beginnt, ein Pendant für das Fernsehen geschaffen haben könnte.

Eine so lange Serie ist ein Novum für Durbridge, aber er erklärte mir, dass sie in drei separate Geschichten unterteilt ist, die nacheinander laufen.

Durbridge, ein rundlicher, kahlköpfiger, etwas schüchterner Mann, sieht eher aus wie ein etwas nervöser Juwelier aus Hatton Garden als ein Autor von spannenden Detektivgeschichten.

1937 erfand er Paul Temple und ist seither ein gefragter Autor von Radio- und zuletzt auch Fernsehkrimis.

Durbridge wurde in Yorkshire geboren und lebt jetzt in Weybridge, Surrey, wo er als Schriftsteller nach »Bürozeiten« arbeitet. Er ist verheiratet und hat zwei Söhne im Alter von 19 und 12 Jahren.

Die Mammutrolle des Tim Frazer geht an einen jungen Schauspieler namens Jack Hedley, der bereits eine etablierte Fangemeinde hat. Sein bemerkenswertester Fernsehauftritt in letzter Zeit war die Rolle eines jungen Vertreters aus den Midlands, der zu einer Firmenfeier nach London reist [...]. Ein weiterer denkwürdiger Auftritt von ihm war die Rolle des Corp in *No Fixed Abode*, der Geschichte von vier Männern in einer Absteige.

Jack, ein großer, gutaussehender, blonder Junggeselle von 30 Jahren, sagt: »Ich spiele oft Männer aus dem Norden – Liverpooler oder Schotten – und ich bin normalerweise ein Schizophrener oder ein Geisteskranker oder ein Liebhaber, der sich nicht bekennt, oder eine Art Penner.« In Wirklichkeit ist Jack ein junger Mann aus der Oberschicht, ehemaliger

Privatschüler mit einer wohlhabenden Mutter, die ein erfolgreiches Werbeunternehmen gegründet hat und leitet.

Nach der Schule ging er zur Marine, um dort Karriere zu machen, und blieb acht Jahre lang, bis er nach seiner Teilnahme am Koreakrieg ausgemustert wurde. Er stieg in das Familienunternehmen ein, konnte das aber nicht ertragen und besuchte dann die *Royal Academy of Dramatic Art.* »Es gab 350 Bewerber für 50 Plätze, und ich habe es geschafft, einen davon zu bekommen.«

In *The World of Tim Frazer* spielt Jack einen kultivierten jungen Mann mit einer Stadtwohnung, einem Jaguar und schöner Kleidung. Im wirklichen Leben ist Jack ein bisschen so wie er. Er hat eine Wohnung in Mayfair und fährt ein großes, sportliches Cabrio. In seiner Freizeit studiert er Ägyptologie und liest gerne Bücher über politische Geschichte.

Neue Francis-Durbridge-Serie
(*Brighton Gazette*)

Tim Frazer ist die Hauptfigur in den drei spannenden Geschichten der neuen Francis-Durbridge-Serie *The World of Tim Frazer* im BBC-Fernsehen.

Diese 18-wöchige Serie – die erste ihrer Art – besteht aus drei einzelnen Abenteuern und nicht aus einer zusammenhängenden Geschichte. Die erste Geschichte beginnt am Dienstag, dem 15. November, und die Rolle des Tim Frazer wird von Jack Hedley gespielt.

Tim Frazer war früher Ingenieur, aber sein Unternehmen ist in Konkurs gegangen und hat ihn arbeitslos gemacht. In der ersten Geschichte beschließt er, seinen alten Freund und Geschäftspartner Harry Denston in dem Fischerdorf Henton aufzusuchen. Durbridge-Süchtige wissen, dass eine friedliche Umgebung einen kontrastreichen Hintergrund für sensationelle Ereignisse bieten kann.

Obwohl er in Yorkshire geboren wurde, hat Francis Durbridge den größten Teil seines Lebens in London und den Midlands verbracht. Er kann auf eine lange Liste von Büchern für den Hörfunk verweisen, darunter natürlich auch die Paul-Temple-Serien. Die letzte seiner acht Fernsehserien, *The*

Scarf, wurde im März 1959 ausgestrahlt.

Jack Hedley (Tim Frazer) hat seit seinem Ausscheiden aus der *Royal Academy of Dramatic Arts* im Jahr 1957 eine Menge Erfahrung in Film, Theater und Fernsehen gesammelt. Seine erste BBC-Fernsehsendung war 1958 in einer Folge von *Fair Game*. Einer seiner erfolgreichsten Auftritte war in *Mine Own Executioner* im Jahr 1959.

Ralph Michael, der auch eine Hauptrolle spielt, hat in vielen BBC-Fernsehproduktionen mitgewirkt, von *Mourning Becomes Electra* im Jahr 1947 bis *Julius Caesar* in diesem Jahr.

Nachfolger von Paul Temple

(*Yorkshire Post,* Autor: Peter Jackson)

Francis Durbridge wird immer mit den Paul-Temple-Serien in Verbindung gebracht werden, die seinen Ruf im Hörfunk begründeten. Aber lange schon arbeitet er auch für das Fernsehen und hat dort ein neues Publikum erobert, von dem die meisten unverhohlen Durbridge-süchtig sind.

Seine Arbeit ist von einer Glätte und Geschmeidigkeit, die nicht zu beanstanden ist, und dennoch verschmäht er die billigen Tricks seiner Zunft, die versuchen, die Identität der Verbrecher durch falsche Spuren zu verschleiern. Seine Figuren sind plausibel und seine Situationen glaubhaft. Wenn es eine Tendenz dazu gibt, dass seine Schurken am perfidesten und seine Helden am makellosesten sind, ist das verzeihlich.

Die letzte Durbridge-Fernsehserie, die wir gesehen haben (es gab insgesamt acht davon), war *The Scarf*, die Anfang letzten Jahres ausgestrahlt wurde. Diese Serie stand Modell für andere Autoren solcher Fernsehproduktionen und wurde mit unterschiedlichem Erfolg kopiert.

Durbridges größter Anspruch auf Ruhm ist vielleicht, dass er das Muster der Krimiserien nicht nur für die BBC, sondern auch für ITV etabliert hat.

Sein neuestes Werk für das BBC-Fernsehen ist eine Reihe von drei Serien, die sich über einen Zeitraum von achtzehn Wochen erstrecken sollen. Sie handeln alle von einer Figur, Tim Frazer, gespielt von Jack Hedley. Die erste Folge von

The World of Tim Frazer wird am 15. November ausgestrahlt.

Autor zieht Bilanz über Tim Frazer
(Western Evening Herald)

Volle Punktzahl für Francis Durbridge, der über seine neue BBC-Fernsehfigur Tim Frazer kategorisch sagt: »Er ist kein Privatdetektiv.«

Diese Aussage des gefeierten Autors von weiß Gott wie vielen Paul-Temple-Serien ist sehr vielversprechend, denn ich kann mir vorstellen, das mittlerweile alle möglichen Variationen von Detektiven aller Art auf dem Bildschirm zu sehen waren.

Es ist ein vernünftiger Ansatz, dass ein gewöhnlicher, angenehmer, sympathischer Kerl – denn ich denke, dass wir Frazer als solchen empfinden werden – genauso gut in Abenteuer verwickelt werden kann. Abenteuer, die stark genug sind, um die Grundlage für drei separate Geschichten in einer 18-wöchigen Serie zu bilden.

Durbridge macht aus seiner neuen Figur einen Ingenieur, der eine eigene kleine Werkzeugmaschinenfabrik gegründet hat, die pleiteging. Sein Partner ist verschwunden und schuldet unserem Helden Geld. Bei der Suche danach stößt er auf seltsame Ereignisse.

Tim Frazer wird von Jack Hedley gespielt.

Tim Frazer
(Yorkshire Evening Press)

Jede neue Serie von Francis Durbridge – dem aus Yorkshire stammenden Schöpfer von Paul Temple und Steve – ist zu begrüßen, und heute Abend (BBC, 20 Uhr) wird mit *The World of Tim Frazer* eine neue Figur eingeführt.

Seitdem er mit dem Schreiben von Thrillern begonnen hat, ist er nun erstmals auch als ausführender Produzent involviert und hat daher nicht so viel Zeit, wie er zum Schreiben bräuchte.

So standen ihm bei dieser Serie zwei Drehbuchautoren zur Seite, die bekannten Fernsehdramatiker Clive Exton und Barry Thomas, sowie der Romanautor Charles Hatton.

Wie wird die Serie? Erleichtern viele Hände die Arbeit? Oder verderben zu viele Köche den Brei? Ich denke, dass Durbridge mit seiner großen Erfahrung einen neuen Hit geschaffen haben wird.

Tim Frazer, gespielt von Jack Hedley, ist ein ehemaliger Ingenieur, dessen Unternehmen in Konkurs gegangen ist und ihn arbeitslos gemacht hat. Er ist ein sorgloser Typ – er nervt, und doch hat er eine unwiderstehliche Ausstrahlung. Und als er in dem ach so friedlichen Fischerdorf Henton ankommt, geht das Abenteuer erst richtig los.

Tim im Einsatz
(*Daily Mirror*)

Francis Durbridge, der Schöpfer von Paul Temple im Radio, stellt in seiner Serie *The World of Tim Frazer* (BBC, 20 Uhr) eine neue Figur vor.

Tim (Jack Hedley) wird vom Autor als Abgänger einer kleinen englischen Privatschule beschrieben, der ein vielgereister Junggeselle von fünfunddreißig Jahren mit viel Charme ist. Er »wird kein harter, gewalttätiger Kerl mit einem mittelatlantischen Akzent sein«, sagt Durbridge.

Er fügt hinzu: »Wenn es zu Gewalt kommt, ist das die unvermeidliche Entwicklung der Geschichte selbst.«

Die Serie ist ein Experiment, um herauszufinden, ob Junggeselle Tim im Fernsehen den Erfolg haben kann, den Temple im Radio hatte.

In der heutigen Folge begibt sich Tim in ein nördliches Fischerdorf, um einen vermissten Geschäftspartner zu suchen. Er begegnet dabei einem sterbenden Russen, der nur noch den Namen eines Mädchens murmeln kann – »Anya.«

Jetzt versucht die BBC es mit Tim Frazer
(*Southern Evening Echo*)

Francis Durbridge gehört zu den seltenen Fernsehautoren, die sich fast ausschließlich auf ihren Namen und ihren Ruf verlassen können, um eine beträchtliche Fangemeinde im Fernsehen anzuziehen.

Und er kommt heute Abend wieder auf den BBC-Bildschirm, zusätzlich gestärkt durch die Tatsache, dass seine letzte Serie *The Scarf* noch immer angenehm in der Erinnerung vieler Zuschauer nachhallt.

Aber abgesehen von dieser hoffnungsvollen Erwartung ist die neue Durbridge-Serie *The World of Tim Frazer* auch etwas, bei der man sehen muss, wie sie sich entwickelt.

Durbridge sagt über seinen Helden Tim: »Er ist kein harter, schießwütiger, mittelatlantischer Kerl ohne festen Wohnsitz. Er ist ein ganz normaler Ingenieur, so wie der Typ von nebenan«, so der Autor.

Erster Schauplatz ist das friedliche Fischerdorf Henton, wo Tim einen alten Geschäftspartner treffen will. Und wir können sicher sein, dass das Landleben in Schwung kommt, wenn Jack Hedley, der Tim spielt, die Szene betritt.

Heute Abend
(*Manchester Evening Chronicle*, Autor: Malcolm Moore)
In der neuen Francis-Durbridge-Krimiserie *The World of Tim Frazer* scheint alles auf achtzehn lohnende Dienstagabende im BBC-Fernsehen hinzudeuten. Durbridge ist für Fernsehen und Radio das, was Agatha Christie für den Roman ist – ein Meister der unerwarteten Wendung. Er hat die Paul-Temple-Geschichten für das Radio und zuletzt *The Scarf* für das Fernsehen verfasst. Die neue Serie ist ungewöhnlich, da sie in drei separate sechsteilige Geschichten mit Jack Hedley in der Hauptrolle aufgeteilt ist.

Dieser Krimi hat Jack schlimme Zeiten beschert
(*Evening News*, Autor: James Green)
The World of Tim Frazer, die bisher ehrgeizigste Krimiserie von BBC-TV, beginnt heute Abend (20 Uhr) und ist die nächsten 18 Dienstage zu sehen.

Für den Schauspieler Jack Hedley ist es der große Durchbruch, dass er die Rolle des Frazer übernehmen soll – eines Ingenieurs, der plötzlich mit dem Geheimdienst und MI5 zu tun hat.

Da *The World of Tim Frazer* zur besten Sendezeit gezeigt wird und die Drehbücher von Francis Durbridge und Clive Exton verfasst wurden, geht die BBC zu Recht davon aus, dass Mr. Hedley ein Glückspilz ist. Er hat sich beim Sender dafür mit einer freiwilligen Diät revanchiert. Das bedeutet, dass Tim Frazer heute fast zehn Kilo leichter ist als vor fünf Wochen.

Die Diät? Kein Zucker, kein Alkohol, kein Obst und kein Salz. Aber Steak, Huhn, Fisch und frisches Gemüse waren erlaubt.

Hedley: »Das Schlimmste ist die Monotonie, immer die gleichen Gerichte zu essen und Freunden zu erklären, warum ich nicht trinke.«

Jetzt, wo er deutlich unter fünfundsiebzig Kilo wiegt, ist er der Meinung, dass sich die Mühe gelohnt hat.

Die Durbridge-Geschichte – oder vielmehr die Geschichten, denn es gibt drei Serien mit jeweils sechs Episoden – ist der übliche, mit Hinweisen gespickte Kampf des Verstandes mit den Zuschauern.

Durbridge mit alten Tricks
(*Liverpool Daily Post*)

Francis Durbridge, so könnte man wohl sagen, ist für die Fernsehserie das, was Edgar Wallace für den Kriminalroman war. Wallace hatte, wie auch Durbridge, die Gabe, Figuren mit großem Geschick zu erschaffen.

Zuweilen wirkt diese Art des Schreibens fast wie eine Fließbandtechnik, die ein glänzendes, akzeptables, aber nicht besonders hochwertiges Endprodukt hervorbringt.

Gestern Abend lief im BBC-Fernsehen eine neue Durbridge-Serie an, *The World of Tim Frazer*. Episode eins, die tückische Falle für den unvorsichtigen Kritiker, schien dem Standard durchaus gerecht zu werden. Alle alten Tricks waren dabei: rasante Action, ausländische Akzente, ein blonder Charmeur, ein Kerl vom MI5 und ein Dutzend bedeutungsvoller Blicke.

Meine Frau ist eine große Durbridge-Fanatikerin. Sie sagt,

sie mag diese Serien, weil sie immer genau weiß, was als nächstes passieren wird.

Tim Frazer – Folge 1
(Southern Evening Echo)

Die BBC-Sendung *The World of Tim Frazer* hatte gestern Abend einen knackigen, unterhaltsamen Start.

Die Schauplätze sind hervorragend, die Dialoge von Durbridge sind auf die beste dramatische Art und Weise natürlich, und Jack Hedleys Tim, ein traurig dreinblickender, nüchterner Kerl, ist auf angemessene Weise einnehmend.

Besonders beeindruckt war ich von der Art und Weise, wie die Regie und die Schauspieler mit den verschiedenen Höhepunkten der Szenen umgegangen sind.

Kein Musikfeuerwerk, keine Entsetzensbekundungen, keine keuchenden Ausrufe. Sondern eine nachdenkliche Einschätzung der Situation durch Tim und eine Reaktion darauf in der Art und Weise, von der wir gerne hätten, dass wir sie auch hätten.

Die Spannung steigt
(Ohne Quelle)

Eine neue Serie von Francis Durbridge ist für den anspruchsvollen Zuschauer ein ebenso aufregendes Ereignis wie ein neuer Modestil aus Paris für die anspruchsvolle Frau. Eleganz, guter Geschmack und handwerkliches Können sind immer vorhanden.

The World of Tim Frazer, geschrieben von Mr. Durbridge, diesmal in Zusammenarbeit mit Clive Exton, begann mit großartiger Geheimniskrämerei und gutem Schliff sowie mit genügend Rätselraten und vielversprechender Spannung, um das Publikum bei der Stange zu halten. Jack Hedley in der Rolle des Mr. Frazer gibt einen höchst sympathischen Helden ab. Seine Bemühungen, den schwer fassbaren Harry Denston zu finden, werden zweifellos belohnt werden. Das gilt auch für die Zuschauer, die seine Bemühungen mitverfolgen. Das einzige Vergehen des gestrigen Abends wurde von Sicherheitsmann Ross (Ralph Michael) begangen, der es verabsäumte, eine brennende Zigarette abzutöten.

Gestern Abend gesehen
(*Oldham Evening Chronicle and Standard*)

Als die BBC ihre neue Tim-Frazer-Fernsehserie startete, versprachen die Vorankündigungen, dass es sich nicht um eine weitere Privatdetektiv-Serie handeln würde. Es würde keine Schlägereien und keine Schießereien geben. Bemerkenswerterweise wurde dieses Versprechen gestern Abend in der ersten Folge eingelöst, die zeigte, dass Francis Durbridge, der Schöpfer von Paul Temple, immer noch ein Händchen dafür hat, Spannung in Serien zu erzeugen. Und Frazer ist auch kein reinrassiger amerikanischer Detektiv, er ist auch als Brite zu erkennen. Das allein ist schon etwas wert im Fernsehen dieser Tage

Tim Frazer – Episode 1
(*Daily Mirror,* Autor: Richard Sear)

Mit viel Spannung kam Autor Francis Durbridge gestern Abend mit seiner neuen Serie *The World of Tim Frazer* in die BBC zurück. Im Zentrum eine neue Figur, gespielt von Jack Hedley, der angeblich ein Abgänger einer englischen Privatschule sein soll.

Mr. Hedley spielte Tim Frazer, als ob er ein Produkt einer großen englischen Privatschule wäre – sagen wir, Eton. Er ließ sich mit einem sterbenden russischen Seemann, dem Geheimdienst und einem geheimnisvollen Kind ein, ohne viel mehr als ein unverbindliches Grunzen von sich zu geben.

Wie alle TV-Junggesellen hatte er eine leicht verweichlichte Freundin, die er wie eine antike Vase behandelte. Ich glaube, ich werde Mr. Hedley mögen – obwohl der Name leicht nach Seifenpulver klingt – er ist so weit entfernt von dem üblichen Typus, der mit einem Arm die Frau umarmt und mit dem anderen den Gauner stellt.

Vielleicht wird er zu einem neuen Paul Temple, was sich die BBC/Durbridge erhoffen. Und warum nicht?

Sicherlich wird Tim Frazer schon sehr beliebt sein, bevor

die Serie abgeschlossen ist, und uns ein wenig Spannung bescheren.

Ich fand es schade, dass der Beamte in dieser Live-Sendung seine Zigarette fallen ließ und seinen Text verpatzte – das hat die angespannte Atmosphäre etwas zerstört.

Meister des Krimis

(*Eastern Evening News,* Autor: Roy Wilson)

Eine neue Francis-Durbridge-Serie im BBC-Fernsehen ist immer ein besonderes Ereignis, denn er ist ein Autor, der uns noch nie enttäuscht hat. Sein neuestes Werk *The World of Tim Frazer* ist etwas ganz Besonderes, denn es handelt sich um drei Serien in einer, drei verschiedene Abenteuer in achtzehn Episoden – genug Durbridge-Geheimnisse und Spannung bis nächsten März.

Mr. Durbridge hat an diesen drei Serien mit anderen Autoren gearbeitet: Clive Exton, Barry Thomas und Charles Hatton. In der ersten Folge von gestern Abend gab es keine Anzeichen für eine Trennlinie zwischen Durbridge und Exton – einem jungen Fernsehautor, der mit seinen *Armchair-Theatre*-Drehbüchern einen starken Eindruck hinterlassen hat. Ich habe keinen Zweifel daran, dass es eine fruchtbare Zusammenarbeit sein wird.

Die erste Folge hatte schon den typischen Durbridge-Stempel, vor allem in der Schlussszene, als Tim Frazer herausfindet, dass die Anya, deren Name über die Lippen eines sterbenden russischen Seemanns kam, (anscheinend) ein kleines Mädchen ist, das in einem Landhaus lebt.

Tim Frazer, gespielt von Jack Hedley – eine exzellente Besetzung – ist der ruhige, männliche, verbissene Heldentyp, der Frauen anspricht und dabei durch und durch männlich bleibt. Ich glaube, wir werden ihn sehr sympathisch finden. Im Auftrag einer geheimen Regierungsbehörde, die über »unbegrenzte Mittel« verfügt (sie muss von großer Bedeutung sein), ist er auf der Spur eines Mannes, der ihm Geld schuldet und irgendwie etwas mit den Russen zu tun haben muss. Ein faszinierender Anfang. Es würde mich überraschen, wenn es nicht gut ausgeht.

Tim Frazer – ein Vergnügen
(*Manchester Evening Chronicle*)

Eine Francis-Durbridge-Serie zu sehen ist ein Vergnügen, vergleichbar mit dem Lesen eines guten Buches oder einem Spaziergang im Frühling. So erfrischend.

Schon in den ersten Minuten wird deutlich, dass seine Zusammenarbeit mit Clive Exton am Drehbuch von *The World of Tim Frazer* die Geschichte nicht um eine fachmännisch ausgearbeitete Handlung gebracht hat. Exton hat auch ein Gespür für die Entwicklung von Charakteren, was hilfreich ist.

Durbridge zeichnet sich dadurch aus, dass die Handlung mit der Geschichte voranschreitet, unangenehm real erscheint und sich am Ende jeder Folge zu einer unerwarteten Cliffhanger-Situation entwickelt.

Neue Serie
(*Oxford Mail,* Autor: John Willoughby)

Neben Fernsehspielen gibt es nur wenige Sendungen, die so beliebt sind wie Serien – was zweifellos erklärt, warum derzeit acht davonlaufen.

[…] Es sind lauter Krimiserien, zu denen sich in dieser Woche ein hervorragender BBC-Neuling gesellt hat – Francis Durbridges *The World of Tim Frazer*.

Nach der ersten Folge zu urteilen – die Serie umfasst 18 Episoden – hat Durbridge, der Schöpfer von Paul Temple, nichts von seiner Kunst des Spannungsaufbaus verlernt.

Dieses Mal erhält er jedoch Hilfe. Als ausführender Produzent der Serie war Durbridge in seiner Schreibzeit eingeschränkt und bekam einen Mitarbeiter zur Seite gestellt – keinen Geringeren als Clive Exton, der in den letzten ein oder zwei Jahren mit einer Reihe von »menschlichen« Theaterstücken auf ITV immer größere Erfolge erzielt hat.

Die Partnerschaft scheint ideal, und Durbridge beweist auch als Produzent Talent, denn neben der üblichen BBC-Professionalität ist *The World of Tim Frazer* ein erstklassiges Beispiel für den Filmschnitt.

Einer der größten Schwachpunkte amerikanischer Thriller

ist die Zeitverschwendung. Wenn der Held den Hörer abnimmt und sagt: »Ich komme gleich rüber«, verbringen wir die nächsten fünf Minuten damit, ihm dabei zuzusehen, wie er seine Limousine aus der Garage fährt, sich eine Zigarette anzündet und wir erleben praktisch jedes Detail der Fahrt mit. Die Handlung wird dabei nicht vorangetrieben.

Durbridge lässt diesen Unsinn in seinen Geschichten nicht zu. Jede Dialogzeile und jede Szene trägt etwas zur Handlung bei. Die erste Episode hatte genug Inhalt, um zwei Episoden der meisten anderen Serien zu füllen.

Tim Frazer, ein junger Geschäftsmann, der vom MI5 rekrutiert wird, um einen vermissten Kollegen aufzuspüren (die Russen sind irgendwie involviert), wird mit dem Charme eines Dirk Bogarde von Jack Hedley gespielt, der als Schauspieler fast ebenso schnell aufgestiegen ist wie Clive Exton als Dramatiker.

Verpassen Sie heute Abend diese Folge nicht

(*Birmingham Evening News*, Autor: Ivor Jay)

Unterstreichen Sie sich diesen Sendetermin heute Abend und verpassen Sie nicht die zweite Episode von *The World of Tim Frazer!*

Die erste Folge bündelte Spannung und Fragen mit der Gewandtheit eines elektrisierten Steuereintreibers, der völlig durchdreht, um dem Staat das Geld von einem windigen Typen abzuknöpfen, der gerade das Land verlassen will.

Die Dialoge waren wunderbar ökonomisch.

Blicke sagten mehr als Worte. Die Regie war flott und warf die Zuschauer direkt mitten hinein in ein Mysterium, das eindeutig rätselhaft genug ist, um eine gute Spionagegeschichte zu versprechen.

Die schauspielerischen Leistungen waren durchweg erstklassig. Jack Hedley wird ganz offensichtlich problemlos in der Rolle des rauhbeinigen Tim aufgehen.

Wenn dieses Niveau gehalten wird, erwartet uns köstliche und nervenaufreibende Eskapismus-Unterhaltung. Francis Durbridge schreibt erneut – diesmal in Zusammenarbeit mit Clive Exton. Dafür: Vielen Dank.

Dieser Ermittler ist kein Charmeur
(*Western Mail*, Autor: James Price)

In der zweiten Folge der Krimiserie *The World of Tim Frazer* begann Frazer als Figur Gestalt anzunehmen. Ohne die coole Professionalität eines Maigret und seiner Artgenossen ist er eher genervt davon, überhaupt Detektiv spielen zu müssen – und langsam beginne ich, sein mürrisches Wesen und seine Launenhaftigkeit zu mögen. Besonders gefällt mir, wie Francis Durbridge und Clive Exton es schaffen, aus dem Smalltalk der Figuren so viele Rätsel zu destillieren.

Alle Hinweise werden beiläufig im Gespräch gestreut – sei es in der Kneipe am Meer letzte Woche, beim Gespräch mit dem Modellbauer Mr. Edwards diese Woche oder beim typischen Feilschen um den Preis von Frazers Auto. Smalltalk ist hier keine Schwäche. Auch die Nebenfiguren, denen Frazer bei der Suche nach seinem verschwundenen Freund Harry begegnet, sind alle sorgfältig gezeichnet.

Frazer selbst hat kaum eine Verschnaufpause: Wir hetzen mit ihm von einem Cottage zu einem West-End-Club und weiter in eine verfallene Werkstatt am Stadtrand. Währenddessen türmen sich die Hinweise in Frazers eher gewöhnlicher Welt – bis zur finalen Szene, in der plötzlich Gewalt explodiert: Ein Mann stürzt ihm mit einem Dolch im Rücken in die Arme. Das wird mich bis nächste Woche in Atem halten.

Immer geheimnisvoller
(*Glasgow Evening Times*)

Tim Frazer wird immer geheimnisvoller. Ich war kurz davor, die zweite Folge der Francis-Durbridge-Serie als interessant, aber etwas routiniert abzutun – da explodierte plötzlich die Handlung: Ein Geheimdienstmann röchelt noch eine wichtige (natürlich vage und geheimnisvolle) Botschaft, bevor er mit einem Messer im Rücken stirbt. Das war's für diese Woche – also bitte schnell, komm, nächster Dienstag!

Nervenkitzel
(*Bolton Evening News*)

Die zweite Episode von *The World of Tim Frazer* hält, was

die erste versprach, und gibt einem das angenehme Gefühl, in ein Rätsel verwickelt zu sein, das zum Glück jemand anderes lösen muss. Man genießt also den Nervenkitzel – ohne sich selbst anstrengen zu müssen. Eigentlich eine treffende Beschreibung für die meisten Fernsehabende.

Spannung und Authentizität
(*Western Evening Herald*)

The World of Tim Frazer kommt in Fahrt, und am Dienstag war es so weit: Das erste blutverschmierte Messer ragte aus dem Rücken eines Toten. Ich rechne ab jetzt mit mindestens einer Leiche pro Folge.

Ich mag Jack Hedleys Timing in der Hauptrolle. Er bringt mehr Pausen und Sprechstopps ins Spiel als jeder andere Whodunit-Darsteller, den ich bisher gesehen habe. Das dürfte Regisseur Alan Bromly bisweilen zur Verzweiflung treiben, aber wenn das Publikum dranbleibt, sorgt es für eine gewisse Authentizität.

Die BBC zieht wieder mal der Konkurrenz davon
(*Daily Mail,* Autor: Denis Thomas)

Die neue Francis-Durbridge-Serie *The World of Tim Frazer* entwickelt sich prächtig. Zwar mussten wir bis zur zweiten Folge auf eine Leiche warten, aber jetzt nimmt das Tempo ordentlich zu. Durbridge hat ein Talent für bedeutungsschwangere Nebensächlichkeiten – die Geschichte mit dem Modellschiff, der *North Star*, ist ein gutes Beispiel. Sie scheint ihren Zweck zu erfüllen.

Melodramatisch? Sicher – aber wenn es die Spannung steigert, ist es durchaus legitim.

Und wieder einmal fällt auf, mit wie viel Sorgfalt und handwerklichem Können die BBC ihre Serien produziert.

Diese Art von Fernsehspiel ist, wenn überhaupt, noch stilbedürftiger als eine reine Fernsehtheaterproduktion, die man in eine einzige Sendung verpacken kann. Die BBC ist sich dessen bewusst und lässt keine Ecken und Kanten aus.

Sanfter Nervenkitzel
(Daily Mirror, Autor: Richard Sear)

The World of Tim Frazer ging gestern Abend in der BBC in die vierte Folge und es gab keinen einzigen langweiligen Moment.

Frazer konnte keinen Fuß vorwärts setzen, ohne eine mysteriöse Nachricht zu erhalten, und kein Ohr spitzen, ohne dass ein Telefon klingelte.

Die Spannung türmte sich auf wie Hochwasser – und doch gab es keine Waffen oder direkte Gewalt.

Der Ansatz des Autors Francis Durbridge lässt die Philip-Marlowe-Krimis mit ihren Prügeleien amateurhaft erscheinen.

Jack Hedley lieferte eine weitere hervorragende Leistung als aufmerksamer Frazer, der immer auf Probleme gefasst ist.

Dienstagabend ist Durbridge-Zeit
(Nottingham Evening News)

Die Welt von Tim Frazer dreht sich munter weiter und lässt uns jede Woche ein wenig verwirrter zurück angesichts der Fülle an verdächtigen Figuren. »Wir sehen uns am Montag, nicht am Dienstag«, ist zweifellos eine gängige Antwort auf Einladungen in diesen Tagen.

Spannende Verwirrung
(Glasgow Sunday Post)

Nach vier Episoden bin ich der Lösung der Rätsel, die die Welt von Tim Frazer heimsuchen, keinen Schritt nähergekommen. Ich beginne ernsthaft daran zu zweifeln, dass Francis Durbridge selbst weiß, wie es enden wird! Trotzdem ist es einer der besten Serienkrimis, die wir je hatten.

Neue Leiche bei Tim Frazer
(Glasgow Evening Times)

Eine weitere Leiche in der Tim-Frazer-Serie. Die Dinge spitzen sich zu, und Autor Francis Durbridge wird in der letzten Folge eine Menge zu erklären haben. Aber der Geschichte konnte man bemerkenswert einfach folgen, wenn man bedenkt, wie viele neue Aspekte jede Woche eingeführt wurden.

Nicht das Ende

(Eastern Evening News, Autor: Roy Wilson)

Folge 6 beendete nicht das erste der drei Abenteuer in der 18-wöchigen Serie *The World of Tim Frazer*. In der nächsten Woche wird die erste Geschichte abgeschlossen und die zweite beginnen. Das alles ist ein raffinierter Plan, um den Zuschauer weiter an der Stange zu halten.

Dieser Harry-Denston-Krimi war so gut, dass ich ein solches Mittel nicht für nötig gehalten hätte. Andererseits wird dadurch die Kontinuität besser gewahrt, denn nächste Woche übernimmt Barry Thomas den Part von Clive Exton als Francis Durbridges Mitarbeiter. Ich bin bereit, ihnen allen zu verzeihen, dass sie uns noch ein wenig länger in Atem halten.

Tim Frazer: Auflösung in Folge 7

(Manchester Evening Chronicle)

Entgegen den Erwartungen jener, die sich vorstellten, Jack Hedley würde Weihnachten damit verbringen, Harry Denston in *The World of Tim Frazer* hinterherzujagen, plante er seine Ferienpause deutlich gemütlicher.

Mit nur einem Tag – dem Weihnachtstag – Abstand zu seiner aktuellen Rolle als Held Tim Frazer in der erfolgreichen BBC-Krimiserie, machte er sich auf den Weg zum Zuhause des Filmstars Kenneth More.

»Ich habe drei Weihnachtsfeiertage mit den Kenny Mores verbracht«, sagte Junggeselle Jack. »Nur die kleine Familiengruppe. Keine Rowdys. Wir aßen alle zu viel und wurden dann schläfrig.«

Am zweiten Weihnachtsfeiertag wird er jedoch in den Riverside Studios an der nächsten Episode arbeiten und sich auf die siebte Folge der Serie am Dienstag vorbereiten.

In dieser Folge erfahren die Zuschauer die Wahrheit über den geheimnisvollen Harry Denston, den Tim seit sechs Wochen im Auftrag von MI5 verfolgt.

»Alles wird in den ersten zehn Minuten enthüllt. Dann geht es mit einer neuen Geschichte und einer anderen Besetzung weiter. Sehr ungewöhnlich«, erklärte Jack Hedley.

Wie ich es sah
(Daily Sketch, Autor: Neville Randall)

Es ist alles vorbei. Weihnachten – und Tim Frazers Jagd auf Harry Denston. Aber Frazer geht ins neue Jahr mit einem neuen Abenteuer UND seinem alten Publikum. Denston wurde gefunden, die Bösewichte gefasst und die losen Enden verknüpft, und das alles in nur zehn Minuten. Und bevor man sagen konnte: »Mal sehen, was auf dem anderen Kanal läuft«, war Frazer für weitere sechs Folgen nach Amsterdam geflogen.

Gehen Sie schon fremd? Oder folgen Sie ihm noch?

| **The World of Tim Frazer I** | Großbritannien 1960 |

Ausstrahlung (BBC): 15.11.1960 – 27.12.1960
Folgen: 7 à ca. 25 Minuten, s/w
Buch: FRANCIS DURBRIDGE
Regie: ALAN BROMLY

Tim Frazer ....JACK HEDLEY
Charles Ross .... RALPH MICHAEL
Helen Baker .... HEATHER CHASEN
Donald Edwards ....REDMOND PHILIPPS
Ruth Edwards .... BARBARA COUPER
Dr. Killick.. GERALD CROSS
Edgar Tupper ....BRIAN WILDE
Arthur Crombie...DONALD MORLEY
Norman Gibson.. FRED FERRIS
Madge Gibson..KARAL GARDNER
PC Muir ....FRANK PETTITT
Nikiyan .... STEVE PLYTAS
Hobson.. ALAN ROLFE
Anya ....JANINA FAYE
Mrs Glover.. ANN WAY
Caxton...MAURICE DURANT
Ma Dodsworth ....VI STEVENS
Lester .... PETER HAMMOND
Armeeangehöriger ....NEIL HUNTER
Walters..CHRISTOPHER RHODES

Will .... Jack Rodney
Filmvorführer .... Donald Pelmear
Harry Denston .... John Dearth
Ladenbesitzer .... Arthur R. Webb
Polizeisergeant .... Frank Sieman
Polizeiconstable .... Anthony Wingate
? .... Fred Ferris

Idee .... Francis Durbridge
Drehbuch .... Francis Durbridge
.... Clive Exton
Titelmusik .... »The Willow Waltz«
von .... Cyril Watters
Kamera .... A. A. Englander
Schnitt .... Ian Gallaway
Szenenbild .... Roy Oxley
Ausführender Produzent .... Francis Durbridge
Produktion und Regie .... Alan Bromly
Eine Produktion der .... BBC

Ausstrahlung:

Episode 1: Dienstag, 15.11.1960	Episode 5: Dienstag, 13.12.1960
Episode 2: Dienstag, 22.11.1960	Episode 6: Dienstag, 20.12.1960
Episode 3: Dienstag, 29.11.1960	Episode 7: Dienstag, 27.12.1960
Episode 4: Dienstag, 06.12.1960	

Episode 1 (Dienstag, 15.11.1960, 20.00 Uhr): *Der Ingenieur Tim Frazer befindet sich in dem kleinen Fischerdorf Henton in Yorkshire, wo er seinen Freund und Ex-Kompagnon Harry Denston treffen will. Dieser schuldet ihm eine Menge Geld. Harry erscheint jedoch nicht. In dem Gasthaus Three Bells, wo Frazer abgestiegen ist, stirbt unterdessen ein russischer Matrose namens Anstrov, der bei einem Schiffsunglück über Bord gegangen war und sich davon nicht mehr erholt hatte. Im Todeskampf nennt er stets den Namen »Anya«. Seltsam erscheint, dass man unter seinen Sachen den Parkschein einer Londoner Garage findet. Frazer nimmt den Schein an sich, doch dann verschwindet seine Brieftasche spurlos. Zurück in London erhält er den Anruf eines Mister Ross. Es stellt sich heraus, dass dieser für eine geheime Abteilung der Regierung arbeitet, die*

Harry Denston sucht.

<u>Cliffhanger</u>: Tim Frazer läutet am Hause der Familie Edwards und fragt das Mädchen im Hof, wie es heißt. Es antwortet: »Anya«.

<u>Es spielen in der Reihenfolge ihres Erscheinens</u>: Fred Ferris (Norman Gibson), Jack Hedley (Tim Frazer), Karal Gardner (Madge Gibson), Donald Morley (Crombie), Gerald Cross (Dr. Killick), Frank Pettitt (P. C. Muir), Steve Plytas (Kapitän Nikiyan), Ann Way (Mrs. Glover), Heather Chasen (Helen Baker), Ralph Michael (Charles Ross), Alan Rolfe (Hobson), Janina Faye (Anya)

Episode 2 (Dienstag, 22.11.1960, 20.00 Uhr): *Talltree Cottage: Hier wohnen Donald und Ruth Edwards, die sich um die kleine Anya kümmern. In Harrys Wagen fand sich seltsamerweise die Brille von Ruth Edwards. Frazer hofft, Hinweise auf Harry Denston zu erhalten, doch das Ehepaar kennt ihn nicht. Edwards ist ein etwas verträumter Mann, der sich für nichts außer seine Schiffsmodelle zu interessieren scheint. Zurück in London erhält Frazer den Anruf eines Tankstellenbetreibers namens Edgar Tupper: Dieser möchte Harry Denstons Wagen kaufen.*

<u>Cliffhanger</u>: Frazer kommt zurück in seine Wohnung, Crombie hat ein Messer im Rücken. Als Frazer zum Kamin blickt, steht dort das Schiffsmodel der *North Star*.

<u>Es spielen in der Reihenfolge ihres Erscheinens</u>: Jack Hedley (Tim Frazer), Janina Faye (Anya), Barbara Couper (Ruth Edwards), Redmond Phillips (Donald Edwards), Heather Chasen (Helen Baker), Donald Morley (Crombie), Brian Wilde (Tupper)

Episode 3 (Dienstag, 29.11.1960, 20.00 Uhr, 26'37''): *Nachdem ihm Arthur Crombie mit einem Messer im Rücken in die Arme gefallen ist und er auf dem Kaminsims das Modell der North Star entdeckt hat, verlässt Frazer fluchtartig die Wohnung. Er verständigt Charles Ross, mit dem er in die Wohnung nach einiger Zeit zurückkehrt. Die Leiche ist nun genauso wie das Schiffsmodell verschwunden. Frazer trifft sich mit Mr. Edwards, der ein Modell der North Star schon einmal gebaut hatte und erwirbt von ihm eine Nachbildung des Schiffs. Als er nach Hause kommt, entdeckt er in dem Verpackungskarton eine mysteriöse Nachricht: »Anstrov ist nicht tot«.*

<u>Cliffhanger</u>: Tim Frazer sitzt im *Three Bells*, als das Telefon klingelt. Der Wirt Gibson nimmt den Hörer ab und sagt, es sei für Frazer: »It's Mister Harry Denston!«

<u>Es spielen in der Reihenfolge ihres Erscheinens</u>: Jack Hedley (Tim

Frazer), Donald Morley (Crombie), Ralph Michael (Charles Ross), Alan Rolfe (Hobson), Maurice Durant (Caxton), Brian Wilde (Tupper), Neil Hunter (Armeemitarbeiter), Donald Pelmear (Filmvorführer), Steve Plytas (Kapitän Nikiyan), Heather Chasen (Helen Baker), Redmond Phillips (Donald Edwards), Barbara Couper (Ruth Edwards), Gerald Cross (Dr. Killick), Fred Ferris (Norman Gibson)

Anmerkung: Dies ist die einzige Episode, die überlebt und von der die BBC noch eine Kopie hat.

Episode 4 (Dienstag, 06.12.1960, 20.00 Uhr): *Am Telefon in Henton meldet sich Harry Denston. Er verspricht Tim Frazer, am folgenden Sonntagvormittag bei ihm zu erscheinen. Doch Denston kommt nicht. Stattdessen erscheint seine Verlobte Helen Baker und übergibt ihm einen Scheck über 5.000 Pfund. Damit soll Harrys Schuld beglichen werden. Helen erzählt, dass sie Denston in einem Café getroffen habe. Frazer beschließt, dieses etwas heruntergekommene Lokal der Ma Dodsworth aufzusuchen. Kurz darauf erscheint dort ein Mann namens Lester, der Tim Frazer gegenüber eine unmissverständliche Drohung ausspricht.*

Cliffhanger: Frazer kommt zu einem Autounfall. Nachdem er ein Stofftier im Wagen entdeckt, vermutet er, das Opfer zu kennen. Er liegt richtig: Die Verunglückte ist Ruth Edwards.

Es spielen in der Reihenfolge ihres Erscheinens: Jack Hedley (Tim Frazer), Gerald Cross (Dr. Killick), Fred Ferris (Norman Gibson), John Dearth (Harry Denston), Heather Chasen (Helen Baker), Ann Way (Mrs. Glover), Vi Stevens (Ma Dodsworth), Brian Wilde (Tupper), Peter Hammond (Lester), Ralph Michael (Charles Ross), Barbara Coupe (Ruth Edwards), Arthur R. Webb (Ladenbesitzer), Frank Sieman (Sergeant), Anthony Wingate (Constable)

Episode 5 (Dienstag, 13.12.1960, 20.00 Uhr): *Ruth Edwards ist mit dem Wagen schwer verunglückt. Im Krankenwagen kann sie Frazer mitteilen, dass der Mann, der in Henton starb, nicht Anstrov war. Außerdem gibt sie ihm den Hinweis, dass Helen Baker weiß, wo sich Harry Denston aufhält. Wenig später trifft Frazer den Tankstellenbesitzer Edgar Tupper und lockt ihn mit einer Finte am Abend in seine Wohnung. Dort bietet er ihm für die Telefonnummer, die dieser gewählt hat, um Lester zu verständigen, zweihundert Pfund. Tupper gibt sie ihm, bezahlt dies aber am nächsten Tag mit dem eigenen Leben.*

Cliffhanger: Auf die Frage Tim Frazers an Helen Baker, wo sich Harry Denston befindet, antwortet diese: »He is in Henton! […] He has been there the whole time.«

: Jack Hedley (Tim Frazer), Barbara Couper (Ruth Edwards), Dennis Edwards (Dr. Harris), Frank Simman (Sergeant), Gerald Cross (Dr. Killick), Alan Rolfe (Robson), Ralph Michael (Charles Ross), Redmond Phillips (Donald Edwards), Vi Stevens (Ma Dodsworth), Brian Wilde (Tupper), Heather Chasen (Helen Baker), Peter Hammond (Lester)

Episode 6 (Dienstag, 20.12.1960, 20.00 Uhr): *Tim Frazer begibt sich nach Henton, wo sich Harry Denston versteckt halten soll. Abends erhält er einen Anruf in den Three Bells. Denston ist am Apparat und bestellt ihn zum Pier. Frazer geht darauf ein. Es ist eine unheimliche, dunkle Nacht. Plötzlich wird er von hinten von Lester attackiert, der ihn mit einem Messer bedroht. Es kommt zu einem gefährlichen Kampf.*

Cliffhanger: Frazer ist an Bord eines Schiffes, das einem Mann namens Walters gehört. Dieser ist ein heruntergekommener Alkoholiker, der Bilder malt. Als Walters kurz unter Deck geht, entdeckt Frazer auf einem Rettungsring den Schiffsnamen: »Anya«.

Es spielen in der Reihenfolge ihres Erscheinens: Jack Hedley (Tim Frazer), Heather Chasen (Helen Baker), Ralph Michael (Charles Ross), Fred Ferris (Norman Gibson), Jack Rodney (Will), Karal Gardner (Madge Gibson), Redmond Phillips (Donald Edwards), Gerald Cross (Dr. Killick), John Dearth (Harry Denston), Christopher Rhodes (Walters), Peter Hammond (Lester)

Episode 7 (Dienstag, 27.12.1960, 19.55 Uhr): *An Bord des Schiffs Anya hält der heruntergekommene Maler Walters Harry Denston versteckt. Neben Walters befindet sich ebenso jener Mann an Bord, der im Hintergrund die Fäden zog. Zurück in London, kommt es für Frazer in seiner Wohnung außerdem zu einer überraschenden Begegnung.*

Nachdem etwa in der Mitte der Episode der Fall aufgeklärt wird, erhält Frazer sofort den nächsten Auftrag. Es erfolgt die Überleitung zum Fall Salinger, den Frazer klären soll.

Cliffhanger (gehört schon zur zweiten Geschichte *The Salinger Affair*): Frazer findet den ermordeten Cordwell und neben ihm ein Metronom.

Es spielen in der Reihenfolge ihres Erscheinens: Jack Hedley (Tim Frazer), Christopher Rhodes (Walters), Gerald Cross (Dr. Killick), John Dearth (Harry Denston), Maurice Durant (Caxton), Redmond Phillips (Donald Edwards), Ralph Michael (Charles Ross) – sowie (schon zur zweiten Geschichte *The Salinger Affair* gehörend): Francis Matthews (Lewis Richards), Patricia Haines (Barbara Day), Donald Stewart (Martin Cordwell), Gertan Klauber (Kellner), Alan Rolfe (Hobson), Hamish Roughead (Leo Salinger)

Bundesrepublik Deutschland:
Tim Frazer (1962, Ausstrahlung: 1963)

Aus der Korrespondenz von Francis Durbridge mit dessen Agenten Harvey Unna geht hervor, dass dieser bereits am 4. Januar 1961 von Durbridge zwei Manuskripte von *Tim Frazer I* forderte, um je eines nach Deutschland und eines nach Italien schicken zu können. Großes Interesse an allen drei Abenteuern von *The World of Tim Frazer* hatte unmittelbar nach der Ausstrahlung in England der Norddeutsche Rundfunk, doch der WDR in Köln kam den Hamburgern zuvor, auch wenn die endgültige Lizenzierung – wie gleich zu lesen sein wird – lange dauerte.

Dem privaten Briefwechsel Francis Durbridges ist entnehmbar, dass man im März 1961 dem WDR verschiedene Presseausschnitte mit Kritiken zu *Tim Frazer I* schickte. Am 13. Juni 1961 schrieb Harvey Unna an Francis Durbridge über einen Brief der deutschen Übersetzerin Marianne de Barde:

Lieber Francis,

heute erhielt ich eine Nachricht von Marianne de Barde, die *Tim Frazer* betraf. Sie schreibt, dass sie die Serie mehr oder weniger an die Kölner [= den WDR] vergeben hat. Sie denkt, dass – wie die Erfahrung zeigt – der psychologisch richtige Augenblick, in dem der WDR das Drehbuch lesen sollte, zwischen den Dreharbeiten und der Ausstrahlung von *Das Halstuch* liegt. Sie erwähnt außerdem, dass Köln bereits an *Das Halstuch* arbeitet und es gegen Ende Juli fertig haben wird.

Mit freundlichen Grüßen,
Harvey Unna

Die Art und Weise der Formulierung sorgte bei Francis Durbridge für ein Missverständnis und er antwortete am 15. Juni 1961:

Lieber Harvey,

vielen Dank für deinen Brief vom 13. Juni. Ich bin überrascht zu hören, dass Marianne De Barde sagt, sie habe die erste *Tim-Frazer*-Serie »mehr oder weniger« an Köln vergeben. Wie du weißt, besitze und kontrolliere ich das Urheberrecht an all meinen Stücken – einschließlich der *Tim-Frazer*-Reihe – und ich bin daher die einzige Person, die befugt ist, eine Art Option zu gewähren. Ich sagte dir bereits vor einigen Wochen am Telefon, dass ich niemandem in Deutschland eine Option auf die *Tim-Frazer*-Serie erteilt habe.

Bitte versteh mich nicht falsch: Ich habe natürlich überhaupt nichts dagegen, dass Frau De Barde die Übersetzung der Serie übernimmt, wenn das Drehbuch fertig ist – vorausgesetzt natürlich, dass die betreffenden Fernsehleute wünschen, dass sie es tut. Aber selbstverständlich kann ich es ihr oder irgendjemand anderem nicht erlauben, eine Option auf mein Material zu vergeben.

So wie ich es sehe, ist die Fernsehsituation in Deutschland genau dieselbe wie in meinen anderen Märkten: Angebote sollten mir zuerst über meinen Agenten zur Prüfung vorgelegt werden.

Ich nehme an, du möchtest diese Angelegenheit besprechen, also werde ich dich am Montag anrufen, damit wir ein Treffen vereinbaren können. Es tut mir leid, dass ich diese Woche keinen Kontakt aufgenommen habe, aber seit meiner Rückkehr aus den Staaten war bei mir alles ziemlich hektisch.

Mit freundlichen Grüßen,
dein Francis

Auf diesen Brief antwortete Harvey Unna am 16. Juni 1961 wie folgt:

Lieber Francis,

vielen Dank für deinen Brief, der heute Morgen eingetroffen ist.

Ich beeile mich, dir zu versichern, dass du dir keinerlei Sorgen machen musst. Ich kenne dich gut genug, um genau zu verstehen, wie du mit Verpflichtungen und Verträgen umgehst, und es kann selbstverständlich keine Rede davon sein, dass Frau de Barde oder ich irgendetwas ohne dein vorheriges Einverständnis entscheiden oder zusagen. Auch Frau de Barde hatte dies nicht im Sinn, als sie von einem »Vergeben der Rechte« sprach.

Das Ganze bedeutet nicht mehr, als dass sie den Leuten in Köln zugesichert hat, dass sie als Erste Einsicht erhalten und die Gelegenheit bekommen werden, ein Angebot für deine nächste Serie *Tim Frazer* abzugeben. Köln ist unser – und dein – bester Kunde in Deutschland; sie sind derzeit der größte Sender und haben in der Vergangenheit großartige Arbeit geleistet. Es versteht sich daher von selbst, dass sie als Erste die Möglichkeit erhalten sollen, ein Angebot für *Tim* zu machen.

Ich hoffe, das klärt die Situation. Ich würde es sehr bedauern, wenn du denken würdest, wir wollten über deinen Kopf hinweg handeln!

Lass uns bald treffen – es ist eine Ewigkeit her, seit ich dich zuletzt gesehen habe.

Mit lieben Grüßen,
dein Harvey

Dies schien die Lage zu beruhigen und Francis Durbridge überarbeitete sein englisches Drehbuch für den deutschen Markt. Um die letzte Folge etwas zu kürzen, entfielen einige Sequenzen im *Three Bells* in der sechsten Episode, die in der in diesem Buch befindlichen Romanfassung vorhanden sind (die Sequenz mit dem Seemann Will Truman und die Abreise von Donald Edwards aus dem *Three Bells*, auf Seite 250ff. sind diese Szenen komplett abgedruckt). Im Originalbuch waren die beiden Russen Anstrov und Nikiyan Abgesandte von ostdeutschen Agenten. Wie in jenen Jahren üblich wurde allerdings jeglicher Bezug zur deutschen Teilung aus der endgültigen BRD-Fassung entfernt, wobei dies wahrscheinlich durch die Redaktion beim WDR geschah. Anstrov und Nikiyan arbeiteten nun nur mehr für die Sowjetunion.

Am 24. Juli 1961 bestätigte Harvey Unna Francis Durbridge gegenüber, dass er das Manuskript für den WDR erhalten habe und dieses so schnell wie möglich weitersenden wollte.

Francis Durbridge zögerte noch einige Zeit, ehe er die Rechte an *Tim Frazer I* an den WDR vergab. Das hatte damit zu tun, dass er nicht wollte, dass sein Name mehr als einmal pro Jahr auf den deutschen Bildschirmen erschien, um den Ereignischarakter zu erhalten, und andererseits, dass keine Folge länger als eine halbe Stunde dauern sollte.

Schließlich schrieb Marianne de Barde, die Durbridge im November auch in London persönlich getroffen hatte, am 28. Dezember 1961 einen Brief mit einem definitiven Angebot des WDR an Durbridges Agenten Harvey Unna:

Lieber Harvey,

ich freue mich außerordentlich, Ihnen als schönen Jahresabschluss mitteilen zu können, dass Köln soeben angerufen und den Vertrag endlich offiziell bestätigt hat. Nun gilt es noch, den Vertrag mit der Lizenzierungsabteilung abzuschließen – ich habe auf 39.000 bis 40.000 DM bestanden und ich weiß schon, dass es beim Chef der Lizenzierungsabteilung mit der Forderung der Fernsehspielabteilung nach 39.000 DM auf dem Tisch landen wird. Vielleicht kann ich am Ende 40.000 DM erreichen, aber auf jeden Fall sind 39.000 der derzeitige Stand der Diskussion. Alles in allem war es ein hartes

Stück Arbeit, aber ich bin froh, dass ich Ihnen davon heute offiziell berichten kann. Über die kniffligen Details werde ich Ihnen irgendwann bei Ihrem nächsten Besuch hier erzählen, aber jetzt zählt nur, dass das Geschäft gemacht ist.

Ob der WDR die nächsten beiden *Tim Frazers* nehmen wird, ist natürlich noch nicht sicher. Zum einen hat man sie ja noch nicht einmal gelesen. Aber zwischen den Zeilen und auch in privaten Gesprächen mit den Verantwortlichen, mit denen ich mich bereits darüber unterhalten habe, ist man sich völlig darüber im Klaren, dass man sich mit der Abnahme dieses ersten *Tim Frazers* zumindest bis zu einem gewissen Grad auch für die beiden folgenden verpflichtet hat.

Allerdings, und das habe ich Durbridge bereits gesagt, wollen sie einige leichte Änderungen in Teil 6 von *Tim Frazer*, sodass Die Geschichte nicht zu direkt auf die nächsten sechs Folgen überleitet. Das scheint mir nur fair.

Ich wurde heute offiziell gebeten, es in die Hand zu nehmen, für den Westdeutschen Rundfunk Köln Herrn Durbridge für einen kurzen Aufenthalt während der Ausstrahlung von *Das Halstuch* im Januar einzuladen. [...]

Mit freundlichen Grüßen – wie immer,
Marianne

Diese Einladung erging am 2. Januar 1962 auch seitens des WDR direkt an Francis Durbridge:

Sehr geehrter Herr Durbridge,

Frau [Marianne] de Barde oder Herr [Harvey] Unna werden Ihnen sicherlich schon mitgeteilt haben, dass wir froh wären, wenn wir im nächsten Jahr nun auch den ersten Teil der Sendereihe *The World of Tim Frazer* bei uns inszenieren könnten. Wie Sie wissen, hat der

Westdeutsche Rundfunk nicht erst seit den Zeiten des Fernsehens Ihre Serien mit großem Erfolg dem deutschen Publikum dargeboten. Bei uns sind allein zehn Sendungen der Reihe *Paul Temple* gesendet worden. *The Scarf* [= *Das Halstuch*], dessen Sendungen bei uns vom 3. bis zum 17. Januar gebracht werden, ist – soweit wir das beurteilen können – eine hervorragende Produktion geworden. Wir rechnen mit einem ganz außerordentlichen Publikumserfolg.

[..., es folgt eine Einladung während der *Das Halstuch*-Ausstrahlung nach Köln]

Wir möchten diesen Brief nicht schließen, ohne Ihnen noch einmal zu versichern, wie froh wir sind, Ihre Fernsehspiele und Hörspiele bei uns in Deutschland senden zu können. Die Tatsache, dass die Schweiz und die Niederlande unsere Sendungen von Zeit zu Zeit übernehmen, ist vielleicht auch eine gewisse internationale Bestätigung, dass Ihre Manuskripte bei uns nicht in schlechten Händen sind. Wir würden uns freuen, wenn wir Ihnen das bald selbst sagen dürfen.

Mit freundlichem Gruß,
Ihr Hartwig Schmidt
Westdeutscher Rundfunk
Fernseh-Dramaturgie

Am gleichen Tag (dem 2. Januar) schrieb Francis Durbridge an seine Übersetzerin, von der er – wie vom WDR richtig vermutet – schon wegen *Tim Frazer* gehört hatte:

Sehr geehrte Frau De Barde,

vielen Dank für Ihren Anruf mit der erfreulichen Nachricht über Köln [damit ist der WDR gemeint] und die erste *Tim-Frazer*-Serie. Ich freue mich sehr darüber und bin froh, dass Ihre harte Arbeit und die Verhandlungen schließlich erfolgreich waren.

Es ist wirklich sehr freundlich von den Verantwortlichen des Kölner Fernsehens, meine Frau und mich zur Ausstrahlung von *The Scarf / Das Halstuch* nach Köln einzuladen, und ich wünschte, ich wäre in der Lage, diese freundliche Einladung anzunehmen. Leider arbeite ich derzeit unter Druck an meiner nächsten Fernsehserie, und dieser Monat ist für mich zeitlich von entscheidender Bedeutung. Ich befinde mich mitten in der Ausarbeitung der Geschichte und weiß aus Erfahrung nur zu gut, dass es mehrere Wochen dauern würde, wieder in den Arbeitsrhythmus zu finden, wenn ich jetzt das Schreiben unterbreche.

Bitte richten Sie Köln [= dem WDR] meinen Dank für die freundliche Einladung aus und würden Sie ihnen vielleicht sagen, dass ich sehr gerne zu den Dreharbeiten der ersten *Tim-Frazer*-Serie nach Deutschland kommen würde? Könnten Sie sie eventuell dazu bewegen, die derzeitige Einladung auf diesen späteren Zeitpunkt zu verschieben?

Ich habe meine bisherigen Besuche in Deutschland stets sehr genossen, und es ist für mich enttäuschend, dass ich momentan und so kurzfristig nicht wegkommen kann. Ich hoffe jedoch sehr, Sie zu einem späteren Zeitpunkt in Köln zu sehen.

Mit freundlichen Grüßen,
Francis Durbridge

Marianne de Barde antwortete am 8. Januar 1962 unter anderem:

Es wäre außerordentlich schön, wenn Sie Ihre Reise für Juni einplanen könnten – ich denke, dass die Dreharbeiten für *Tim Frazer* dann im Gange sein werden.

Am 9. Januar 1962 schrieb der Hauptabteilungsleiter Fernsehspiel, Hartwig Schmidt, an Francis Durbridge:

Sehr geehrter Herr Durbridge,

von Frau de Barde und Herrn Unna hörte ich, dass es Ihnen wegen dringender Arbeiten leider nicht möglich ist, augenblicklich zu uns nach Köln zu kommen. Wir sind darüber natürlich sehr betrübt. Selbstverständlich aber würden wir uns sehr freuen, wenn Sie nach Beendigung Ihrer jetzigen Arbeiten zu uns kommen könnten. Unsere Einladung bleibt für jeden Ihnen günstig scheinenden Zeitpunkt bestehen. Wir werden uns immer freuen, Sie und Ihre Gattin hier als unseren Gast zu sehen. Noch steht der Produktionstermin für *The World of Tim Frazer* nicht fest. Wenn wir ihn genau wissen, werden wir es Ihnen selbstverständlich mitteilen; denn auch wir fänden es natürlich sehr günstig, wenn Sie gerade während der Produktionszeit bei uns sein könnten.

Mit sehr herzlichem Dank für Ihre Bereitwilligkeit, bei Gelegenheit zu uns zu kommen, bin ich mit freundlichen Grüßen

Ihr Hartwig Schmidt

Am 10. Januar 1962 antwortete Francis Durbridge dem WDR direkt, anscheinend hatte er den vorher abgedruckten Brief jedoch noch nicht erhalten.

Sehr geehrter Herr Schmidt,

vielen herzlichen Dank für Ihr Schreiben vom 2. Januar und Ihre überaus freundliche Einladung nach Köln. Ich habe mich immer sehr über die positive Aufnahme meiner Stücke in Deutschland gefreut und hätte Ihre Einladung wirklich gerne angenommen. Leider arbeite ich, wie ich Frau de Barde bereits erklärte, momentan intensiv an einer neuen Fernsehserie und da ich auch in die Produktion dieses Projekts eingebunden bin, muss ich mich noch mindestens zwei oder drei Wochen voll darauf konzentrieren.

Ich hoffe jedoch sehr, dass ich Sie zu einem späteren Zeitpunkt persönlich kennenlernen darf.

In der Zwischenzeit, lieber Herr Schmidt, nochmals vielen Dank für Ihre Einladung und die freundlichen Worte in Ihrem Brief über meine Stücke.

Mit besten Wünschen und freundlichen Grüßen,
Francis Durbridge

Nach dem überwältigenden Erfolg, den *Das Halstuch* in Deutschland hatte, schrieb der WDR am 6. Februar 1962 – kurz nach der Ausstrahlung – an den Autor:

Sehr verehrter, lieber Herr Durbridge,

ich danke Ihnen für Ihren Brief vom 20. Januar. Es freut mich, dass Sie in der Zwischenzeit gehört haben, welch ein überwältigender Erfolg *The Scarf* bei uns war. Ihren Dank und Ihre Grüße habe ich an die Mitarbeiter unserer Produktion weitergeleitet.

Ich möchte Ihnen noch einmal versichern, wie sehr wir uns freuen würden, Sie im Sommer zu der Produktion *The World of Tim Frazer* bei uns begrüßen zu können. Das Produktionsdatum werden wir Ihnen rechtzeitig mitteilen.

Für heute bin ich mit sehr herzlichen Grüßen,
Ihr Hartwig Schmidt
Fernseh-Dramaturgie

Die Vorbereitungen für *Tim Frazer I* liefen nun auf Hochtouren, seitens des WDR übernahm Wilhelm Semmelroth die Produktionsverantwortung, der 1949 in seiner Funktion als Hörspielchef erstmals einen Krimi mit Paul Temple auf Deutsch produzierte.

Als bewährten Regisseur holte man Hans Quest (1915–1997), der mit *Das Halstuch* (gedreht 1961) und zuvor schon mit *Es ist soweit* (1960) zwei legendäre Straßenfeger geschaffen hatte. Francis Durbridge war mit seiner Arbeit sehr zufrieden, wie er in einem späteren Brief an den WDR auch ausdrücklich betonte (»Quest versteht meine Arbeit«).

Für die Hauptrolle des Tim Frazer hatte man sich zunächst nach einem jüngeren Darsteller umgesehen, der auch Jack Hedley, der die Rolle im Original gespielt hatte, ähnlich war. Die Wahl der Produktion fiel auf den beliebten Darsteller Hansjörg Felmy (1931–2007), der in Deutschland durch zahllose Kinofilme einem breiten Publikum bekannt war. Dieser lehnte die Rolle jedoch ab. Als er sich 1967 erstmals mit dem Dreiteiler *Flucht ohne Ausweg* dem Fernsehen zuwandte, erklärte er dies so: »Als ich bei *Tim Frazer* abwinkte, haben mich alle für verrückt gehalten! Mensch, haben die Kollegen gesagt, einen Durbridge, einen solchen Straßenfeger, kann man doch nicht ausschlagen. Aber die Rolle war einfach unattraktiv. Der Frazer steht doch bloß rum. Da kann man spielen, was man will, es ändert nichts.«

Felmy wäre der von Durbridge erdachten Figur viel ähnlicher gewesen, als Max Eckard (1914–1998), ein renommierter Bühnendarsteller, der damals schon Ende 40 war und damit einen völlig anderen Typ verkörperte. Eckard, äußerte sich in der *Bild und Funk* (38/1963) zu seinem Part so: »Die Rolle macht wirklich viel Arbeit, aber ich habe sie trotzdem gerne übernommen, weil ich sie so gut fand – im Gegensatz zu anderen Kollegen, für die dieser Tim Frazer zu wenig aktiv war. Das hat für den ersten Teil zweifellos seine Richtigkeit, in dem Tim Frazer ja ungewollt in eine Affäre hineinschlitterte.«

Rund um Regisseur Hans Quest versammelten sich eine Vielzahl bekannter und beliebter Darstellerinnen und Darsteller: Marianne Koch, Ernst Fritz Fürbringer, Ursula Herking, Paul Klinger – um nur einige zu nennen. Regisseur Hans Quest, der in den beiden Vorgängerinszenierungen in zwei kurzen wortlosen Cameo-Auftritten zu sehen gewesen war, übernahm nun die entscheidende Rolle des Harry Denston, der im Zentrum des kriminalistischen Interesses steht. Zwei weitere Rollen wurden mit zwei Darstellern besetzt, die unmittelbar darauf als beliebte Fernsehermittler in Vorabendserien große

Beliebtheit erlangten: Konrad Georg als Charles Ross (ab 1963 *Kommissar Freytag* in der gleichnamigen Vorabendserie in 39 Episoden (und einer nicht offiziellen)) und Josef Dahmen als Edgar Tupper (ab 1963 als Kriminalbeamter Koldehoff in 39 Episoden von *Hafenpolizei* und in 34 Episoden – nun mehr als Kommissar Koldehoff – von *Polizeifunk ruft*).

In einem Zeitungsinterview 1963 beschrieb Konrad Georg seine Erfahrungen mit dem Durbridge-Mehrteiler so: »Mit der Durbridge-Popularität ist es so eine Sache. In Köln baten mich zwei junge Männer auf der Straße um ein Autogramm und gratulierten mir zu meiner großartigen Leistung im *Halstuch*. Nun, die Autogramme konnten sie haben, in puncto *Halstuch* musste ich sie freilich enttäuschen – ich hatte im *Halstuch* gar nicht mitgespielt. »Stimmt nicht«, sagte da einer zum anderen, »er gehört doch zum Durbridge!« Über das Verhältnis zwischen Fernsehdarsteller und dem Publikum sagte der Schauspieler: »Geht ein Bühnenschauspieler über die Straße, flüstern sich die Leute ehrerbietig zu: »Das ist er!« Begegnet ihnen ein Filmschauspieler, lüften sie vielleicht sogar den Hut. Kennen sie den Schauspieler aber aus dem Fernsehen, hauen sie ihm kollegial auf die Schulter und quatschen ihn an – er war ja bei ihnen in der Wohnung! Die Wirkung des Fernsehens ist ungeheuer. In den zehn Jahren, in denen ich sozusagen zu Millionen aus der Bildröhre in die gute Stube komme, wurde ich von Tausenden angesprochen. Das seltsamste Erlebnis, das ich dabeihatte? Nun, bei einem Schaufensterbummel, als ich genießerisch die Auslagen eines Delikatessengeschäfts betrachtete, spürte ich plötzlich zwei kräftige Hände auf meinem Rücken. Mit einem Ruck wurde ich umgedreht und sah mich fünf, sechs Leuten gegenüber. Wie im Zoo zeigte einer auf mich und empfahl seinen Bekannten: »Schaut ihn euch nur genau an, so seht ihr ihn nicht alle Tage, den Ross!« Eine Zuschauerin fragte Konrad Georg nach der letzten Folge, warum er dem armen Tim Frazer keinen Auftrag mehr gab, und von was er nun leben sollte.

Die Dreharbeiten zogen sich über rund vier Monate, von Mitte Juni bis Mitte Oktober – einschließlich Nachbearbeitung.

Gedreht wurde *Tim Frazer* im Ampex-Verfahren, das heißt, dass im Studio – einer umfunktionierten Tennishalle bei Köln – mehrere elektronische Kameras zur Verfügung standen, wobei die Hauptkamera von Karlheinz Werner geführt wurde. Die gesamte Handlung wurde auf MAZ aufgezeichnet, die nicht geschnitten werden konnte. Deshalb waren dreißigminütige Takes notwendig. Dies bedeutete: Der gesamte Ablauf der Handlung musste vorher minutiös geprobt werden, ebenso wie die Kameraschwenks, da man bei einem Fehler die gesamte Aufnahme von dreißig Minuten wiederholen musste. Dies war eine Herausforderung für Filmschauspieler, die nicht vom Theater kamen. Das Verfahren selbst war zuvor schon in England erprobt worden. Man übernahm auch die Proben des Handlungsablaufes ohne Kamera abseits des fertigen Sets. Die »neue« Aufnahmetechnik brachte mit sich, dass die Handlung chronologisch gedreht werden musste, die auf Film gebannten, bereits zuvor gedrehten Außenaufnahmen, die von einem anderen Kamerateam gemacht wurden, wurden per Insert eingespielt, so dass man mit einem Mal eine Folge abdrehte. Regisseur Hans Quest besprach zuvor genau, wer wann im Bild war. Die von Karlheinz Werner geführte Hauptkamera filmte etwa drei Viertel des Geschehens. Nur wenn ein Objektiv gewechselt werden musste (Zoom gab es damals noch nicht!) wurde auf eine andere Kamera geblendet. Das Wechseln der Objektive (jede Kamera hatte fünf zum Weiterdrehen) musste sehr behutsam erfolgen, da dies auch Lärm verursachte.

Für eine Folge waren zwei Wochen Arbeit anberaumt, nach langen Proben wurde am Ende dieser vierzehn Tage eine Folge aufgezeichnet, ehe man dann im gleichen Tempo zwei weitere Wochen an der nächsten Episode arbeitete.

Nachdem es bei *Das Halstuch* zu einem Eklat und einem riesigen Skandal gekommen war, weil der Schauspieler und Kabarettist Wolfgang Neuss vorab per Inserat den Täter verraten hatte, damit mehr Leute seinen Kinofilm ansahen (vgl. dazu Band 29 *Das Halstuch*), gab es nun verschärfte Geheimhaltung am Set. Damit ein solcher Verrat nicht noch mal passieren konnte, mussten alle Beteiligten vor Beginn der Dreharbeiten unterschreiben, dass bis zur Ausstrahlung über ihre Lippen kein Sterbenswort über den Täter kommen würde. Eine Strafe von mindestens 1.000 D-Mark wurde angedroht. Wer nichts mit der Schlüsselszene zu tun hatte, bekam die letzten Skriptseiten ohnehin nicht, denn das Drehbuch wurde nur alle zwei Wochen für die jeweilige Episode ausgehändigt (auch wenn sich Beteiligte anders erinnern).

Wie versprochen, reiste Francis Durbridge mit seiner Frau Norah zu den Dreharbeiten nach Köln an. Er war am Beginn der fünften Woche im Studio, als Hans Quest gerade den Start von Teil 3 probte. Gemeinsam mit Marianne Koch posierte Durbridge hinter dem Tresen der Studiodekoration des Gasthofs *The Three Bells* für die Presse. Gleichzeitig wurde auch von einem Filmteam des WDR ein kurzer Beitrag produziert, bei dem man die Dreharbeiten aufnahm und in dem auch Francis Durbridge am Set zu sehen war. Am 8. September 1962 wurde dieser 92 Sekunden dauernde Beitrag im Rahmen der Sendung *Hier und heute* gezeigt. Darin waren die Studiodekorationen zu sehen und Regisseur Hans Quest, der seinem Hauptdarsteller »Mäckie« Eckard (wie er ihn nannte), erklärte, wie es nach der Szene bei Cliffhanger 2, dem Entdecken des Schiffs auf dem Kaminsims, weiterging. In der Dekoration waren auch Marianne Koch, Konrad Georg und Karl Heinz Bender zu sehen, außerdem Kameramann Karl Heinz Werner, der von Quest seine Anweisungen erhielt. Schließlich erschien Francis Durbridge, der neben dem Kamin mit dem Modell der *North Star* stand. Bei dieser Gelegenheit zeichnete man auch einen kurzen Beitrag auf, in dem Francis Durbridge in *Tim Frazer* einführte. Diese Sendung wurde am 13. Januar 1963 am Vorabend der Ausstrahlung des ersten Teils gezeigt. Diese Einführung ist in den Archiven des WDR allerdings – im Gegensatz zum Drehbericht – nicht mehr zu finden.

Über die Dreharbeiten schrieb Francis Durbridge in einem späteren Brief an seinen Agenten: »Ich war höchst beeindruckt davon, wie meine Stücke umgesetzt werden.«

Von dem Durbridge-Fieber, dass die Sendung auslösen würde, wollten auch andere profitieren. Wie im Vorwort zu diesem Buch erwähnt, bemühte sich der Signum-Verlag in

Gütersloh um die Buchrechte am Roman und die *Bild und Funk* erwarb zeitgleich die Rechte an dem Fortsetzungsroman *Sie wussten zu viel* (vgl. Band 7), der ab Ausgabe 4/1963 im Januar erschien.

Nach Abschluss der Dreharbeiten schrieb Regisseur Hans Quest am 23. Oktober 1962 an »seinen Autor« Francis Durbridge:

Sehr geehrter Mr. Durbridge!

Haben Sie herzlichen Dank für Ihren so reizenden Brief, mit dem Sie mir eine große Freude gemacht haben.

Die Gelegenheit, Ihnen gleich zu antworten, ergab sich nicht, bis vor 14 Tagen war ich ausschließlich mit *Tim Frazer* beschäftigt und dann musste ich mich erst einmal von dieser schweren Arbeit ausruhen. Die große Anspannung liegt ja immer in der pausenlosen Tätigkeit seit Monaten – nun, sie ist getan, ich habe ein gutes Gefühl für *Tim Frazer*. Ob er allerdings die Germans so »verrückt« machen wird wie das *Halstuch*? Keiner von uns allen weiß es vorher.

Tim Frazer finde ich glänzend von Ihnen geschrieben, es war eine richtige große Freude, ihn zu inszenieren, den Kollegen, die ihn gespielt haben, ging es nicht anders! Marianne Koch und Herr Eckard erwidern Ihre Grüße auf das Herzlichste.

Wenn alles so läuft, wie es geplant ist, werde ich mit den Vorarbeiten zum nächsten *Tim* im März beginnen. Drücken Sie uns dafür die Daumen und bitte auch ab Mitte Januar, wenn der erste *Frazer* anläuft.

Ich habe mich so sehr gefreut, Sie kennenzulernen! Mit herzlichsten Grüßen und guten Wünschen für Sie und Ihre Frau bin ich

Ihr sehr ergebener
Hans Quest

In diesem Brief wird bereits die Nachfolgeserie, *Tim Frazer – Der Fall Salinger* angekündigt, dessen Rechte im November 1962 bei Durbridge für 40.000 DM erworben wurde. Ein guter Preis, der auch für den dritten Teil in Aussicht gestellt wurde. Durbridges Agent riet in einem Brief an den Autor, das Angebot zu akzeptieren. Hintergrund war, dass mit 1. April 1963 das ZDF auf Sendung ging und die ARD dann befürchtete, nicht mehr über so viel Geld zu verfügen und auch keine so hohen Honorare mehr bezahlen zu können.

Ausgestrahlt wurde der Sechsteiler immer montags, mittwochs und freitags zwischen dem 14. Januar 1963 und dem 25. Januar 1963. Die Presse spielte die Erwartungen wie immer als Fernsehereignis des Jahres hoch und viele Tage lang war *Tim Frazer* Gespräch auf der Straße, bei der Arbeit und in der Familie. Wie bei *Das Halstuch* wurden Veranstaltungen abgesagt und die Straßen blieben verwaist.

Die Einschaltquoten von *Tim Frazer* waren sensationell: Folge 1 verfolgten 80% des Publikums, die letzte Episode fuhr die nie wieder gemessene Sehbeteiligung von 93% ein – ein absoluter Rekord. Wegen Ausstrahlung der letzten Folge musste sogar ein Boxkampf verschoben werden, da man befürchtete, dass sich niemand für das sportliche Ereignis interessieren würde. Nach Ende der Reihe wurden plötzlich verdächtig viele Babys Tim getauft – und im österreichischen Graz starb laut reißerischen Pressemeldungen ein Zuseher sogar vor lauter Aufregung nach der Entlarvung des Täters an einem Herzanfall.

Noch im Erstausstrahlungsjahr wurde die Serie im April als Sechsteiler im Vormittagsprogramm von ARD/ZDF wiederholt, danach wurden die sechs halbstündigen Episoden auf drei rund einstündige zusammengekürzt, ehe der Mehrteiler in der Originalfassung erst 2008 auf DVD erschien.

Tim Frazer wurde in den deutschsprachigen Ländern ein Bombenerfolg, die Titelmusik von Hans Jönsson erschien auf Langspielplatte und der WDR konnte sich über folgende Sehbeteiligung freuen (die Zahlen dahinter sind der Urteilsindex, der von -10 (sehr schlecht) bis +10 (sehr gut) ging):

240

Teil 1   80%   Urteilsindex +4
Teil 2   83%   Urteilsindex +5
Teil 3   89%   Urteilsindex +6
Teil 4   85%   Urteilsindex +3
Teil 5   86%   Urteilsindex +5
Teil 6   93%   Urteilsindex +5

Hinter den Kulissen wurde schon fleißig an der Fortsetzung gearbeitet, aber das ist eine andere Geschichte, die in Band 44 dieser Edition *Tim Frazer II – Die Salinger-Affäre* nachzulesen sein wird.

Sehen wir uns nun abschließend exemplarisch an, wie die Presse über *Tim Frazer* berichtete. Die Artikel sind chronologisch geordnet.

Wer »singt«, muss blechen
(TV-Zeitschrift *Gong*, 1962)

Die Welt des »Tim Frazer« ist voll von Spionage. Und gleiches fürchtet man offenbar auch beim Westdeutschen Rundfunk Köln, dem größten Sender der Bundesrepublik. Mitten durch die Reihen der rund 2.000 Mitarbeiter hat sich nämlich seit einigen Wochen ein unsichtbarer und dennoch undurchdringlicher Vorhang geschoben. Er trennt die riesige Gemeinschaft in zwei Lager. Wird in dem einen wie bisher offen Karten gespielt, werden dort Produktionen vorbereitet, von denen die Öffentlichkeit vor der Sendung keine Einzelheiten erfährt. Ein Drittel der Kölner Fernsehmacher fühlt sich in die Ära der Ritter zurückversetzt. Das Visier ist verschlossen und kein Laut kommt durch den Panzer. Die Welt des »Tim Frazer« ist eine Welt mit besonderen Reizen: Sie vereinigt populäre Schauspieler mit dem letzten Bühnenarbeiter zu einer Gemeinschaft des Schweigens. Aber warum das alles? Nun, weil Francis Durbridge, der Tausendsasa in Sachen Mord, auf internationalen Bildschirmen wieder einmal am Werk ist. Unlängst erst hatte er mit seiner *Halstuch*-Serie das deutsche Fußvolk der Television in eine kaum vorstellbare Psychose versetzt. Doch war das Geheimnis um den *Halstuch*-Mörder, das man so sorgfältig bewahren wollte, in letzter

Minute durch einen »Paukenschlag« des unbeeindruckten Kabarettisten Wolfgang Neuss verraten worden. Um eine solche Panne bei der neuesten Durbridge-Serie *Tim Frazer* zu verhindern, kursierten lange vor Beginn der Dreharbeiten in den Räumen des Funkpalastes im Schatten des ehrwürdigen Kölner Domes sogenannte Verpflichtungserklärungen. Jeder, der direkt oder indirekt mit *Tim Frazer* in Berührung kommen würde, hatte zu bescheinigen, dass er bis zur Sendung des letzten Teils der sechs Folgen umfassenden Serie im Januar des kommenden Jahres fortan als »Rumpelstilzchen« leben wird. Und alle unterschrieben. Kein Sterbenswörtchen dringt über ihre Lippen, denn eine Strafandrohung in Mindesthöhe von 1.000 DM presst diese zusammen. Wer trotzdem wagt, einen der Geheimnisträger nach *Tim Frazer* anzusprechen, erhält nur Blicke des Misstrauens. Mit wissendem Gewissen verweigern die »Eidgenossen von Köln« die Antwort. Nur wenig mehr war auch zu erfahren, als der Meister kriminalistischer Hochspannung, Francis Durbridge, aus London zu den Dreharbeiten von *Tim Frazer* nach Köln kam, wo wir ihn besuchten.

Der Mann, dessen Detektivstücke Millionen Menschen in atemlose Spannung versetzen und dessen Fernseh- und Hörspielserien geradezu phänomenale Publikumswirkung zeigen, raucht keine Shagpfeife, wie man sich vielleicht vorstellen könnte. In seiner Westentasche steckt auch kein Revolver, sondern ein Füllfederhalter, und sein Blick ist durchaus nicht stechend, sondern strahlt menschliche Wärme aus. Francis Durbridge ist ein Engländer, wie er im Lehrbuch steht. Mit seiner Familie bewohnt er nahe bei London ein Landhaus. Er ist mit einer Musikerin verheiratet und hat zwei Söhne, den zwanzigjährigen Stephen und den elfjährigen Nicholas [Anmerkung: Die Altersangaben stimmen nicht und müssten um drei Jahre nach oben korrigiert werden]. Selbst ihnen gegenüber schweigt er sich meist über die Handlung seiner Stücke aus. Seine privaten Hobbys sind schwer auszumachen. Er liest keine Krimis anderer Autoren, bevorzugt amerikanische Dramen, treibt Gartenarbeit und sitzt gerne vor dem Bildschirm. Seinen persönlichen Lebensstil hält er für ziemlich undramatisch. So hat er beispielsweise einen sehr schnellen Wagen, aber fährt ihn immer nur langsam. Zwar plant er zahlreiche Morde auf dem Papier, kann jedoch kein Blut sehen.

Durbridge: »Beelzebub der Röhre« | Auf die Frage, wie viele »literarische Morde« er schon auf dem Gewissen beziehungsweise auf Papier gebracht habe, antwortet Francis Durbridge mit einem Lächeln. Er weiß keine Antwort. Die Zahl seiner Stücke ist viel zu groß, als dass er seine »Opfer« zählen könnte. Aber was viel wesentlicher ist: Es geht Durbridge nicht darum, nur »Morde« zu produzieren, sondern diese im Verlauf eines Stückes zu verknüpfen. Der hin und wieder auch willkürlich-zufällig operierende Konstrukteur scharfsinniger »Planspiele« kommt mit seiner auf Überraschungseffekte berechneten Tatsachenverknüpfung dem Geschmack breiter Kreise entgegen, die sich durch Spannung entspannen wollen, den Teufel durch den Teufel austreiben wollen, weshalb man Durbridge auch treffend den »Beelzebub der Röhre« nannte. Auf die Lust, mitzurätseln, das Kriminalstück als Denkspiel zu genießen, spekulierte seit jeher die gehobene Detektivgeschichte. Doch Durbridge dürfte in dieser Hinsicht die meisten anderen Kriminalautoren überbieten. Er verwendet eine geradezu verschwenderische Mühe darauf, sein Publikum irrezuführen. Die altbewährte Methode, einer Reihe von Randfiguren tatverdächtige Züge »anzustricken« und immer wieder Haken schlagend auf falsche Fährten zu locken, beherrscht er mit unvergleichlichem Raffinement, ist dabei jedoch bemüht, die fixen Spielregeln nicht zu verletzen, die das Gesetz der Logik diktiert. Manchmal allerdings lässt er auch eine Motivmasche fallen, um die Spannung durch eine unvermutete Wendung weiter anzuziehen. Solche Lücken in der Beweiskette werden ihm dann zuweilen angekreidet. Doch niemand kann Durbridge vorwerfen, mit der »linken Hand« zu schreiben. Er korrigiert und feilt unermüdlich, ehe er die Story seiner Sekretärin diktiert. Er wartet nicht auf »Inspirationen«, wenngleich ihn die Grundidee »wie ein Blitz aus heiterem Himmel« überfällt, sondern hält sich beim Schreiben an regelrechte Bürozeiten. Bis zu vierzehn Stunden sitzt er an seinem Schreibtisch, ehe das zunächst recht brüchige Gerüst der Story fest verankert und verstrebt ist.

Spannender als »Halstuch«-Serie | Von den schriftstelle-rischen Kunstkniffen, die den »Konstruktionen« dieser Krimis zugrunde liegen, merkt das Publikum meist nichts. Dafür ist die Handlung der Stücke zu aufregend, die Spannung zu groß und Durbridge zu sehr Meister. Das wurde in Deutschland erstmals durch die Fernsehserie *Das Halstuch* bewiesen, die einen nie erwarteten Erfolg erbrachte. Gewisse Vorkommnis-se nach dieser Fernsehserie, die an den Halstuchmörder erin-nerten, wobei ein direkter Zusammenhang bis heute allerdings nicht nachgewiesen werden konnte, ließen sogar sehr scharfe Kritik laut werden. Man wollte künftig solche Sendungen verhindert wissen, um labilen Menschen, die von einer derar-tigen Spannungspsychose befallen werden, nicht zur Nach-ahmung von Verbrechen zu verleiten. Und als nunmehr laut wurde, dass in Köln ein neuer Durbridge-Krimi vorbereitet wird, teilten sich sofort wieder die Meinungen. Doch hinsicht-lich *Tim Frazer* sind alle Besorgnisse überflüssig. Denn wie *Tim-Frazer*-Regisseur Hans Quest erklärte, wurde jede nur mögliche Vorsorge getroffen, dass das Stück keine Anregung zu Verbrechen gibt. Außerdem ist *Tim Frazer* von ganz ande-rer Struktur als beispielsweise *Das Halstuch*. War letzteres ein ausgesprochener Kriminalfall, so handelt es sich bei der neuen Serie um ein raffiniert gestaltetes Spionagethema, bei dem es allerdings auch drei Tote gibt. Und Tim Frazer, der Held des Stücks, ist diesmal kein Detektiv oder Übermensch, sondern ein Mensch wie Millionen andere, der durch reinen Zufall, nämlich durch das Verschwinden eines Geschäfts-freundes, in den Kampf zwischen Gesetz und Verbrechen hineingerät. Er kämpft gegen Diamantenschmuggler, Spione und Mörder, doch fällt ihm das, im Gegensatz zu vielen heroi-schen Detektivtypen, nicht leicht. Er ist sich der Gefahr, in der er schwebt, durchaus bewusst. Er hat auch Angst, und das macht ihn besonders menschlich und sympathisch. Vielmehr ist über *Tim Frazer* nicht bekannt, mehr sollte auch nicht ver-raten werden. Denn man würde die Erwartung von Millionen Fernsehern abschwächen und ihnen die Freude an diesem Krimi nehmen, der eine Fülle von fantastischen Verwicklungen und Überraschungen birgt. Francis Durbridge selbst meint von diesem »Thriller«, der der größte Krimierfolg der BBC war, er übertreffe in Spannung und Handlung bei weitem die *Halstuch*-Serie. Demnach dürfte den Freunden guter Kriminalunterhaltung einiges bevorstehen, wenn das deutsche Fernsehen, wie jetzt geplant, im Januar kommenden Jahres die sechs vorgesehenen Folgen sendet.

Tim Frazer

(TV-Zeitschrift *Bild und Funk*, Nr. 38, September 1962)

Unzählige von Fernsehzuschauern sahen *Die Welt von Tim Frazer* schon auf dem Bildschirm. Allerdings nicht bei uns, sondern in England. Es war der größte Erfolg, den die britische Fernsehgesellschaft BBC bei der Sendung von Krimistücken je zu verzeichnen hatte. Jeder, der in England Freunde hat, könnte daher das Geheimnis des Tim Frazer entschleiern. Aber da es sich um ein Spiel handelt, sollte auch niemand Spielverderber sein und den Anderen Freude, Spannung und Rätselraten nehmen. Bis auf die Darsteller blieb das Stück unverändert. Aus urheberrechtlichen Gründen aber musste es in Deutschland neu gedreht und besetzt werden. In der neuen Fassung haben Max Eckard (Tim Frazer) und Marianne Koch (Helen Baker) die Rollen der englischen Darsteller Jack Hedley und Helen Lindsay übernommen. Ansonsten blieb der typisch englische Charakter der Krimiserie bis in die kleinsten Einzelheiten gewahrt.

Tim Frazer auf kleiner Flamme

(*Hamburger Abendblatt*, 17. Januar 1963)

Francis Durbridges Kriminalstory *Tim Frazer* ließ auch im zweiten Teil den Zuschauer sozusagen in der Küche. Im ersten war Wasser in den Kessel gefüllt worden, im zweiten wurde es auf kleiner Flamme angeheizt. Rein kriminalistisch ist bis jetzt ein Puzzle-Spiel zusammengekommen, das noch nicht zu entwirren ist.

Zwei entscheidende Fragen, nämlich warum Harry Denston eigentlich gesucht wird und warum Arthur Crombie hinterrücks erstochen wurde, könnte nicht einmal Sherlock Holmes beantworten. Durbridge versteht es, allen mitwirkenden Personen gewisse Merkwürdigkeiten anzuhängen, sie alle miteinander »verdächtig« erscheinen zu lassen: Ruth Edwards Erstaunen über ihre gefundene Brille war verdächtig, ihr Mann benahm sich recht merkwürdig, und Garagenbesitzer Tupper wollte »um jeden Preis« Denstons Wagen kaufen. Wer gab das Inserat auf? Welche Rolle spielt das Modell der *North Star*?

Durbridge
(TV-Zeitschrift *Gong*, Januar 1963)

Mit unterkühlter Spannung lief die zweite Folge des *Tim Frazer* ab, routiniertes Spiel, das abrupt mit einem Mord endet. Hervorzuheben ist das Gelingen der Regie und des Bühnenbildners, ein so typisch englisches Milieu zu treffen, wo doch die Aufnahmen bekanntlich nur in Köln und Hamburg [sic!] gedreht wurden.

Mittelmaß bei Durbridge
(TV-Zeitschrift *Gong*, Januar 1963)

Worin unterschied sich *Tim Frazer* in seiner fünften Folge noch von einem üblichen Kinokrimi? Der Mord an der Tankstelle konnte in jedem drittklassigen Reißer vorkommen. Der Trick, sich als Beamter von Scotland Yard auszugeben, war mehr als unwahrscheinlich. Natürlich, es war sehr spannend – zugegeben –, aber was soll das Ganze? Millionen band man da vor den Bildschirmen, die alles andere darüber vergessen, und dann serviert man uns eine Geschichte, die man im Kino an der Ecke genauso gut bzw. genauso dürftig sehen könnte. Man hätte doch etwas mehr erwartet als nur falsche Spannung einer arg konstruierten Geschichte.

Publikumspost
(TV-Zeitschrift *Hörzu*, 6/1963)

– *Tim Frazer*: Die langweiligste Krimiserie, die das Fernsehen je gebracht hat. Max Eckhardt fehlten nur noch karierte

Filzpantoffel. (R. K., Hannover-Herrenhausen)
– Obwohl es in der dritten, vierten und fünften Folge jeweils
einen Toten oder Beinahe-Toten gab, war die Story selber
ganz uninteressant. (B. S., Bamberg)
– Es waren einfach zu viele Verdächtige in einem Stück. Kei-
ner der Mitwirkenden war sympathisch. Uns war es ganz
schnuppe, ob Harry Denston ein Geheimnis hatte oder nicht.
(M. B., Hanau/Main)
– Russische Kapitäne laufen nie und nimmer so frei herum
wie Kapitän Nikiyan. Dass Geheimagent Crombie mit Tim
Frazer wichtige Gespräche in Anwesenheit eines dritten führ-
te, war so leichtsinnig, dass uns sein Tod nicht wunderte. (P.
S., Kiel)
– An Marianne Koch war nur eines bemerkenswert. Der tolle
Leopardenmantel, den sie in der dritten Folge trug. (A., Ulm)
– Bei *Tim Frazer* konnte man nur gähnen. Armer Max
Eckard, mit diesem Stück hat er sich was angetan. Das grenzt
ja schon an Harakiri. (T. S., Berlin)

Tim Frazer
(*Westfälische Nachrichten*, 30. Januar 1963)
Die anfänglich etwas lahme Story wurde in den letzten Folgen
ein wenig lebendiger, obwohl die Handlung im Ganzen nicht
die Spannung zeigte, wie man sie bei Durbridge gewohnt ist.
Eine sechsteilige Folge war durchaus unnötig. Die Hälfte
hätte genügt, um ein Gleiches an Spannung und Inhalt zu
bieten.

Durbridge und kein Ende!
(*Funkbild*, 6/1963)
Was Edgar Wallace für Westdeutschlands unterernährte Kino-
leinwand ist, droht sein jüngerer Landsmann für die bundes-
republikanischen Mattscheiben zu werden. Dessen holzge-
schnitzter Amateurdetektiv hat reüssiert. Zum Profi befördert,
rüstet Tim Frazer zu neuen Taten. Im Mai, so verheißt der
Westdeutsche Rundfunk seinen Krimikonsumenten, wird die
nächste Serie *Tim Frazer und der Fall Salinger* ins Atelier

gehen. Wie viele Fälle zu lösen Durbridge seinem Helden zugedacht hat, ist noch ein Geheimnis. So die Fernsehgewaltigen wollen, kann Frazer noch einige Generationen von Röhrenguckern durchs Leben begleiten. Bleibt ihnen zu wünschen, dass der Detektiv ihnen nicht immer so viele Erklärungen schuldig bleibt, wie bei seinem Debüt. Da hatte Durbridge die Fäden doch zu arg verschlungen, als dass die letzte Folge sie sozusagen *en passant* zwischen weiteren bewegten Aktionen hätte entwirren können. Der *Halstuch*-Kredit wurde bei weitem nicht eingelöst. Nicht in jeder Folge knisterte der Bildschirm wie dort vor Spannung. Mit manchem Versammlungsleiter vor halbleerem Saal seufzte auch wohl der Kritiker. Macht's kurz und schmerzlos. Aber solch einen Gedanken laut zu äußern, hieße ja dann doch an dem Geheimnis des Durbridge-Erfolges zu rühren.

Dirk Brüderle interviewt Lotti Krekel

Dirk Brüderle wollte Anfang der 2000er-Jahre ein Buch über die Durbridge-Filme schreiben und interviewte damals viele Beteiligte an den Produktionen. Das Projekt blieb leider unvollendet. Dankenswerterweise ermöglichte er es jedoch, sein Interview mit Lotti Krekel (1941–2023), die in der deutschen Produktion die Rolle der Madge Gibson (die Tochter des Wirts) spielte, hier abzudrucken. Das Gespräch wurde am 11. März 2002 geführt.

– Wie kam es zu Ihrer Besetzung in »Tim Frazer«?

Ich glaube, das ging über den WDR. Außerdem kannte ich Hans Quest bereits von anderen Produktionen. Ich denke, es war eine Kombination aus beidem. Mit Quest hatte ich schon einige Sachen gedreht.

– Welche Erinnerungen haben Sie an Hans Quest als Regisseur?

Er war entzückend. Er war noch von der alten Garde, so wie auch Peter Beauvais. Das waren tolle Leute, von denen man wirklich etwas lernen konnte. Man bekam damals noch Regieanweisungen, dafür hat heute niemand mehr Zeit. Es wurde noch auf Qualität und nicht auf Quantität hin produziert. Es gab ja auch nur ein Programm, oder dann zwei. Hans Quest war sehr ruhig und keiner, der am Set herumschrie, obwohl es das damals bei anderen auch schon gab. Ein sehr netter Mensch.

– *Hatten Sie denn auch mehr Zeit für die Proben?*

Ja, wir hatten sehr viel Zeit dafür. So eine Qualität wie damals kann man heute gar nicht mehr herstellen, das geht gar nicht mehr.

– *Welche Erinnerungen haben Sie?*

An Marianne Koch kann ich mich noch genau erinnern, auch wenn wir keine Szene miteinander hatten. Ich glaube, ich hatte auch gar keine so große Rolle. Ich spielte da wohl ein Mädchen, eine Serviererin.

– *Ja, das stimmt, Sie sind am Anfang und am Ende zu sehen in einer Gastwirtschaft als Tochter des Wirts.*

Genau, Walter Jokisch spielte meinen Vater.

– *Wie waren die Dreharbeiten und die Kollegen?*

Ich war damals blutjung, ich war 22. Am Set waren alle sehr nett zu mir und ich glaube, sie mochten mich gut leiden, denn alle waren bereit, mir zu helfen. Ich war immerhin noch eine Anfängerin. Da war ja auch Paul Klinger mit dabei, ein großer Leinwandstar. Ich erinnere mich noch, dass ich mich freute, mit ihm drehen zu können. Es war eine wunderschöne Arbeit, weil alle nett zu mir waren und mir alle geholfen haben. Ich war sehr gerne dabei. Hans Quest war auch sehr lieb zu mir. Nach Drehschluss war man auch oft noch mit den Kollegen zusammen. Man hat sich abends auf ein Kölsch getroffen, ging nach Köln. Die meisten wohnten im Hotel und gingen dann abends etwas essen. Ich wohnte damals in Köln und wohnte zu Hause.

– *Stimmt es, dass Sie nichts über das Ende verraten durften?*

Ich weiß noch, dass wir uns bei Androhung einer Konventionalstrafe verpflichten mussten, den Mörder nicht zu nennen. Daran kann ich mich genau erinnern. Ich verstand dies, denn wenn so etwas vorgekommen wäre, dann wäre auch die Spannung weg gewesen. Wir haben es alle verstanden und auch begrüßt, dass wir diese Verpflichtung unterschreiben mussten. Wir hatten aber auch alle das komplette Drehbuch.

– *Wo fanden die Innenaufnahmen statt?*

Wir haben im alten WDR-Studio in Köln-Hürth gedreht.
– *Erinnern Sie sich an die Reaktionen des Publikums?*
Das Publikum hat sehr positiv reagiert. Ich kann mich erinnern, dass ich darauf angesprochen wurde. Es war auch eine
neue Erfahrung für mich, dass mich die Leute anstarrten, weil
sie mich am Abend zuvor im Fernsehen gesehen hatten. Viele
wollten auch wissen, wer der Täter war.
– *Haben Sie den Sechsteiler damals im Fernsehen gesehen?*
Damals konnte man noch nichts aufzeichnen: Entweder man
sah es sich an, oder man hat es verpasst. Ich kann mich noch
erinnern, dass ich es gesehen habe.

Sehen wir und abschließend noch einige Drehbuchseiten an.
Diese vergegenwärtigen, wie viele Parallelen es zwischen
Roman und Manuskript gibt.

Als Beispiel soll uns eine längere Szene dienen, die im
deutschen Mehrteiler von 1963 eliminiert wurde, wahrscheinlich, weil die letzte Folge, die aus der britischen Episode 6 +
10 Minuten von Episode 7 bestand, viel zu lange geworden
wäre.

Die Handlung setzt ein, nachdem Helen Baker Charles
Ross und Tim Frazer in Tims Wohnung alles erzählt und
Frazer beschlossen hat, den Auftrag zu Ende zu führen.

AUSSCHNITTE AUS DEM ORIGINALDREHBUCH ZU EPISODE 7

Die Dorfstraße, Henton. Früher Abend.
Frazers Auto, der Jaguar, fährt vor dem »Three Bells« vor.
FRAZER steigt aus dem Auto aus, geht zum Kofferraum und
holt einen Koffer heraus.

Im Inneren des *The Three Bells*. Abend.
NORMAN GIBSON und MADGE sind damit beschäftigt, Gäste zu
bedienen. An der Bar sitzen unter anderem CONSTABLE MUIR
(in Uniform, aber außer Dienst), und mehrere Fischer. Einer
von ihnen, ein kleiner drahtiger Mann namens WILL TRUMAN,
ist gerade dabei, eine Geschichte zu erzählen.
WILL: … und dann gab's 'nen furchtbaren Streit, also

sagt der Skipper zu mir: »Das sollten wir uns ansehen, Will«, also sagte ich: »In Ordnung«, und wir ziehen an diesem Kabinenkreuzer vorbei und ich klettere an Bord.

Die Tür öffnet sich und FRAZER *betritt die Bar, seinen Koffer in der Hand. Er geht auf die Bar zu, umgeht jedoch die Gruppe um* WILL TRUMAN. *Während der folgenden Szene hören wir die Geschichte von* WILL TRUMAN *im Hintergrund, unterbrochen von Lachsalven seiner Zuhörer.*

MADGE: Hallo, Mr. Frazer! Wir haben Ihr Telegramm erhalten! Eine schöne Überraschung, Sie so schnell wiederzusehen.

FRAZER: (*Sieht sich in der Bar um*) Es ist schön, wieder hier zu sein.

NORMAN: Ich werde den jungen Billy bitten, Ihren Koffer nach oben zu bringen. Sie sind in Ihrem alten Zimmer, wenn das in Ordnung ist?

FRAZER: Das ist in Ordnung.

NORMAN geht zur Küchentür und ruft hindurch.

NORMAN: Billy! Komm und bring Mr. Frazers Tasche auf Nummer 8, ja?

NORMAN kommt zurück an die Bar. Ein Gast ruft ihn vom anderen Ende, und er geht los, um ihn zu bedienen.

BILLY, ein Junge von etwa sechzehn Jahren, kommt aus der Küche, sieht Frazers Koffer und hebt ihn hoch.

BILLY: (*Zu* MADGE) Ist er das?

MADGE: Das ist er, Billy. Nummer 8.

BILLY geht mit dem Koffer die Treppe hinauf.

MADGE: Billy ist mein jüngerer Cousin. Wir passen für ein oder zwei Wochen auf ihn auf.

FRAZER: Ich würde gerne einen Drink nehmen, jetzt wo ich endlich hier bin. Kann ich Sie dazu verleiten, etwas mit mir zu trinken?

MADGE: (*Schenkt sich einen Drink ein*) Sie kennen mich doch!

Während MADGE *beschäftigt ist, richtet* FRAZER *seine Aufmerksamkeit auf die Gruppe an der Bar.* WILL TRUMAN *fesselt immer noch sein Publikum.*

WILL: … und er drückt sein großes haariges Gesicht in meins und sagt: »Wenn du nicht von meinem Boot verschwindest, dann häng' ich dich verdammt nochmal auf!«

Alle brüllen vor Lachen darüber. FRAZER lächelt.

WILL: Wartet! Das war noch nicht alles! Er hat mich ganz fest im Griff und atmet mich an – sein Atem riecht wie eine ganze Brauerei, man hätte ihn auch mit einem Streichholz anzünden können! Plötzlich geht der Skipper auf ihn zu, klopft ihm auf die Schulter und sagt: »So kannst du nicht mit einem meiner Männer umgehen.« Da dreht sich der alte Rembrandt ganz langsam zu ihm um, packt den Skipper und sagt: »Auf einen mehr oder weniger von deinen Männern kommt's doch nicht an. Noch'n Pieps von dir und ich werf' euch beide in den Schweinepott!«

Die anderen brüllen wieder vor Lachen.

WILL: Der wäre dazu im Stande gewesen!

EIN FISCHER: Stimmt! Dazu wär' er im Stande gewesen! Auf diesem Boot geht's immer zu. Ich tu' immer so, als ob ich nichts hören würde.

WILL: Das ist das Beste, was du tun kannst! Das werd' ich in Zukunft auch tun! Diese Künstler – sie sind alle übergeschnappt!

MUIR: Er verkauft viele seiner Bilder nach London, wohlgemerkt.

WILL: Hier würd' er sie ja nicht verkaufen! Hier haben die Leute mehr Verstand!

FRAZER hat inzwischen seinen Drink bekommen und lehnt sich bequem an die Bar. CONSTABLE MUIR dreht sich um und sieht ihn.

MUIR: Wie geht es Ihnen, Mr. Frazer?

FRAZER: Mir geht's gut, danke. Wie geht's Ihnen?

MUIR: Darf nicht meckern, wissen Sie. Kann nicht klagen.

FRAZER: Hier ist ja einiges los!

MUIR:	Ach, Sie meinen den alten Will? Nein – nichts Besonderes – mit diesem Künstlerkerl gibt's ständig etwas. (*Lacht*) Er ist völlig verrückt!
FRAZER:	Wie heißt er denn, dieser Künstler?
MUIR:	Nun, sein richtiger Name ist Walters, aber hier nennen ihn alle Rembrandt – weil er ein Maler ist, verstehen Sie?
FRAZER:	Ja, ich verstehe.

FRAZER dreht sich um, um sein Glas abzustellen, und blickt dabei zur Treppe. Sein Gesichtsausdruck ändert sich. DONALD EDWARDS kommt die Treppe herunter und trägt einen Koffer.

FRAZER:	(*Zu MUIR*) Entschuldigen Sie mich einen Moment.

FRAZER geht zum unteren Ende der Treppe. EDWARDS schaut auf und sieht FRAZER. Er ist offensichtlich sehr überrascht.

EDWARDS:	Was denn, Mr. Frazer? Was in aller Welt machen Sie in diesem Teil der Welt?
FRAZER:	Ich komme oft hierher, vor allem, wenn ich ein wenig Ruhe und Frieden brauche. (*Lächelt*) Obwohl ich sie leider nicht immer finde.
EDWARDS:	Das ist wirklich ein Zufall! Wann sind Sie denn angekommen?
FRAZER:	Vor etwa fünf Minuten.
EDWARDS:	Oh je, und ich will gerade abreisen! Wie schade!

BILLY kommt die Treppe herunter und nimmt EDWARDS den Koffer ab.

BILLY:	Ich sehe nach, ob das Taxi schon da ist, Mr. Edwards.
EDWARDS:	Danke sehr. Danke vielmals.

BILLY geht durch den Haupteingang auf die Straße hinaus.

FRAZER:	Sind Sie schon lange hier?
EDWARDS:	Nein, nein, ich bin erst gestern Abend angekommen. Ich erhielt eine telefonische Nachricht von einem meiner Kunden, der hier wohnt. Er hat sich eine Yacht gekauft und möchte, dass ich ein Modell davon anfertige.

| | Ich habe ihm gesagt, dass ich das anhand von Fotos machen kann, aber er hat darauf bestanden, dass ich hierherkomme. So dumm, wirklich! Reine Zeitverschwendung! (*Schüttelt den Kopf*) Die Fotos brauche ich trotzdem. |

FRAZER: Waren Sie denn schon einmal hier?

EDWARDS: Einmal, vor sehr langer Zeit. Es ist eine nette Gegend, aber ein bisschen zu – äh – rau für meinen Geschmack.

FRAZER: Ich weiß, was Sie meinen. (*Freundlich*) Wie geht es Mrs. Edwards?

EDWARDS: Oh, es geht ihr schon viel besser, Gott sei Dank. Das Krankenhaus scheint in der Tat recht zufrieden mit ihr zu sein.

FRAZER: Schön. Richten Sie ihr meine besten Wünsche aus, wenn Sie sie sehen.

EDWARDS: Das werde ich gerne tun. (*Schaut auf die Uhr an der Wand*) Meine Güte, ich muss mich beeilen – sonst verpasse ich noch meinen Zug! Wie schade, dass Sie nicht schon gestern gekommen sind, Mr. Frazer, wir hätten zusammen essen können.

BILLY kommt von der Straße zurück.

BILLY: (*Zu EDWARDS*) Das Taxi ist da!

EDWARDS: (*Nickt*) Ja, in Ordnung. Billy. Nun – äh – auf Wiedersehen, Mr. Frazer.

FRAZER und EDWARDS geben sich die Hand.

FRAZER: Auf Wiedersehen! Vergessen Sie nicht, Ihre Frau von mir zu grüßen.

EDWARDS: Ich werde es nicht vergessen.

EDWARDS geht auf die Straße hinaus, gefolgt von BILLY. FRAZER bleibt einen Moment lang stehen und schaut zur Tür. Dann kehrt er an die Bar zurück und greift nach seinem Drink.

Im Inneren des *The Three Bells*. Abend.
NORMAN steht hinter der Theke und schenkt einem Gast, der an der Theke steht, ein Bier ein. MADGE geht herum und

*räumt die Gläser ab. F*RAZER *kommt die Treppe herunter und geht zu seiner üblichen Ecke hinüber.*

MADGE: Möchten Sie einen Drink vor dem Abendessen, Mr. Frazer?

FRAZER: Nein, danke. Ich würde aber gerne mit Ihrem Vater und Ihnen sprechen, wenn Sie einen Moment Zeit haben?

MADGE: (*Überrascht*) Ja, natürlich. (*Sie ruft*) Vater!

NORMAN: (*Bedient einen Kunden; schaut auf*) Hä?

MADGE: Kannst du mal kurz rüberkommen?

*N*ORMAN *nimmt das Geld des Kunden und legt es in die Kasse. Nachdem er dies getan hat, geht er zu M*ADGE *und F*RAZER *hinüber. Er setzt sich auf die andere Seite des Tisches.*

NORMAN: Sie wollten mich sprechen, Mr. Frazer?

FRAZER: Ja. Erinnern Sie sich, als ich das erste Mal hier war, sollte ich einen Freund von mir namens Harry Denston treffen?

NORMAN: Natürlich. Er ist nie aufgetaucht.

MADGE: Aber er hat Sie angerufen, als Sie das letzte Mal hier waren. Ich dachte, Sie wollten ihn in London treffen?

FRAZER: Ja, das wollte ich. Aber in London ist er auch nicht aufgetaucht. (*Zu N*ORMAN) Wie auch immer, ich habe ein Foto von Harry Denston und ich möchte, dass Sie und Madge einen Blick darauf werfen.

*F*RAZER *holt mehrere Fotos aus seiner Tasche und breitet sie auf dem Tisch aus. M*ADGE *und N*ORMAN *sehen sich die Fotos an.*

MADGE: (*Plötzlich*) Aber das ist doch Mr. Hemingway!

NORMAN: Das stimmt – Mr. Hemingway!

Tim Frazer

BR Deutschland 1962

Ausstrahlung (ARD/WDR): 14.01.1963 – 25.01.1963
Folgen: 6 à ca. 32 bis 42 Minuten, s/w
Buch: FRANCIS DURBRIDGE
Regie: HANS QUEST

Tim Frazer	MAX ECKARD
Helen Baker	MARIANNE KOCH
Charles Ross	KONRAD GEORG
Donald Edwards	ERNST FRITZ FÜRBRINGER
Ruth Edwards	URSULA HERKING
Dr. Killick	PAUL KLINGER
Edgar Tupper	JOSEF DAHMEN
Arthur Crombie	KURT WAITZMANN
Norman Gibson	WALTER JOKISCH
Madge Gibson	CHARLOTTE »LOTTI« KREKEL
Ma Dodsworth	ETHEL RESCHKE
Lester	KLAUS KINDLER
Walters	WALTER SUESSENGUTH
Harry Denston	HANS QUEST
Mrs. Glover	MIRA HINTERKAUSEN
Mr. Wendworth	WILLY PLATT
Kapitän Nikiyan	FRIEDRICH JOLOFF
Anya	SUSI FELDT
John Caxton	KARL HEINZ BENDER
Wachtmeister Muir	HARALD MEISTER
Hobson	KARL POSTEL
Dr. Harris	HEINZ JUKSCH
Ladenbesitzer Bonnington	FRANZ SCHNEIDER
Bonningtons Kundin	EDITH WORRINGEN

Drehbuch	FRANCIS DURBRIDGE
Deutsche Übersetzung	MARIANNE DE BARDE
Kamera (Studio)	KARL HEINZ WERNER
Kameramänner	PAUL ELLMERER, HORST BRILL, OTTO HEINRICH, KARLHEINZ HINTZMANN
Filmkamera	BRUNO STEPHAN
Filmkameraassistenz	HANS-JOACHIM DEGLER

Bildschnitt.. MONIKA PANCKE

Filmschnitt .... LISGRET KLINK

Ton........................MANFRED OELSCHLEGEL, PETER BARTELSMANN

Bildtechnik..ERWIN KARLEIN

Regieassistenz.......................PETER STEINBACH, WERNER REINISCH

Kostüme..DELA DUHM

Szenenbild .... ALFONS WINDAU

Musik..HANS JÖNSSON

Aufnahmeleitung .... WOLFGANG KÖTZ

Produktionsleitung...HERBERT JUNGHANNS

Produktion .... WILHELM SEMMELROTH

Regie.. HANS QUEST

Eine Produktion des..WDR

Ausstrahlung:

Teil 1:	Montag, 14.01.1963	Teil 4:	Montag, 21.01.1963
Teil 2:	Mittwoch, 16.01.1963	Teil 5:	Mittwoch, 23.01.1963
Teil 3:	Freitag, 18.01.1963	Teil 6:	Freitag, 25.01.1963

Teil 1 (Montag, 14.01.1963, 21.05 Uhr, 38''01'): *In dem kleinen Gasthof The Three Bells des Fischerdorfs Henton an der englischen Ostküste wartet der Londoner Ingenieur Tim Frazer auf seinen Freund Harry Denston. Beide hatten zusammen eine Firma, aber da Denston als allzu leichtsinniger Playboy sich mehr um sein Privatleben als ums Geschäft kümmerte, ging das Unternehmen in Konkurs und Denston steht bei seinem Freund Frazer hoch in der Kreide. Für Tim Frazer ist es besonders ärgerlich, dass sein ehemaliger Freund ohne Angabe einer Adresse von der Bildfläche verschwunden ist. Denston hat Frazer jedoch eine Nachricht geschickt, dass er ihn in dem Dörfchen Henton treffen könne. Aber Tim wartet vergebens. Im The Three Bells überschlagen sich allerdings die Ereignisse, als ein sowjetischer Frachter bei starkem Unwetter verunglückt. Einer der geretteten Matrosen liegt in einem Zimmer im Gasthof. Er heißt Anstrow, liegt aber im Sterben. Im Todeskampf ruft er immer wieder den Namen »Anya«. Dr. Killick, ein tüchtiger und sympathischer Arzt, konnte dem Schwerverletzten nicht mehr helfen. In der Hinterlassenschaft des Toten entdeckt Frazer zu seinem Erstaunen eine Spur, die zu Denston führt: den Schein einer Londoner Garage. Kapitän Nikiyan versichert jedoch, dass Anstrow nie in London gewesen sei. Zurück in seiner Heimatstadt muss Frazer feststellen, dass er offensichtlich nicht der Einzige ist, der Harry Denston sucht. Auch ein Mr. Charles Ross und sein Kollege Mr. Arthur Crombie, die sich als Beamte einer sehr geheimnisvollen Dienststelle ausgeben, suchen Tims ehemaligen Teilhaber. Ross bittet Frazer, Denston zu suchen. Die erste Spur führt in die Marble-Arch-Garage. Dort entdeckt Tim Harrys Wagen. Im Handschuhfach findet er ein Brillenetui, das einer gewissen Mrs. Edwards gehört.*

Cliffhanger: Im Hof des Talltree Cottages, in dem die Edwards' wohnen, spielt ein Mädchen mit dem Ball. Auf die Frage Tim Frazers, wie es denn heiße, antwortet es »Anya«.

Es spielen: Max Eckard (Tim Frazer), Marianne Koch (Helen Baker), Paul Klinger (Dr. Killick), Konrad Georg (Charles Ross), Kurt Waitzmann (Arthur Crombie), Friedrich Joloff (Kapitän Nikiyan), Mira Hinterkausen (Mrs. Glover), Harald Meister (Wachtmeister Muir), Walter Jokisch (Norman Gibson), Charlotte Krekel (Madge Gibson), Kurt Postel (Hobson), Susi Feldt (Anya)

Teil 2 (Mittwoch, 16.01.1963, 20.20 Uhr, 33'27''): *Tim Frazer ist zu Besuch bei Donald und Ruth Edwards. Wie Ruths Brille in Harry Denstons Wagen gekommen ist, kann sich die Frau aber selbst nicht erklären. Den verschwundenen Denston kennt das Ehepaar nicht.*

Donald Edwards ist ein älterer, etwas verträumt wirkender Mann und ein begeisterter Bastler von Schiffsmodellen. Eines seiner Paradestücke ist die North Star. Frazer erfährt, dass Anya nicht das leibliche Kind der Edwards ist, sondern die Tochter eines Schwagers. Zurück in seiner Wohnung, erhält Tim Frazer den Anruf eines Autohändlers namens Edgar Tupper, der sich auf ein Inserat in der Zeitung meldet. Darin wird Harry Denstons Wagen zum Verkauf angeboten. Frazer ist verwundert darüber, zumal er den Wagen nicht inseriert hat. Er beschließt, sich Edgar Tupper anzusehen. Das Interesse des Händlers an dem Auto ist auffällig groß und er bietet Frazer eine unglaubliche Summe dafür, verrät ihm jedoch nicht, wer sein Käufer ist.

Cliffhanger: Als Frazer seine Wohnung betritt, ist Arthur Crombie bereits da. Er hat ein Messer im Rücken. Als Frazer zum Kamin blickt, um Hilfe zu holen, steht dort das Schiffsmodel der *North Star*.

Es spielen: Max Eckard (Tim Frazer), Marianne Koch (Helen Baker), E. F. Fürbringer (Donald Edwards), Ursula Herking (Ruth Edwards), Kurt Waitzmann (Arthur Crombie), Josef Dahmen (Edgar Tupper), Willy Platt (Mr. Wendworth), Susi Feldt (Anya)

Teil 3 (Freitag, 18.01.1963, 21.00 Uhr, 32'46''): *Nachdem Tim Frazer Arthur Crombie mit einem Messer im Rücken in seiner Diele aufgefunden und auf dem Kaminsims ein Schiffsmodell entdeckt hat, verlässt er die Wohnung und fährt in das Büro von Charles Ross. Mit ihm gemeinsam kehrt er zurück und muss feststellen, dass sowohl die Leiche als auch das Modell der North Star verschwunden sind. Helen Baker, Harrys Verlobte, bringt Frazer wenige Zeit später einen Koffer Harrys. Darin befindet sich ein alter Stich: Das Bild zeigt ausgerechnet die North Star, jenes Schiff, das Donald Edwards nachgebaut hatte und über dessen Aussehen er sich nicht sicher war. Tim beschließt, Edwards den Stich zu bringen und kann ihn überreden, ihm für zehn Pfund das Modell der North Star zu verkaufen. Als er nach Hause kommt, findet er bei dem Modell einen Zettel, auf dem »Anstrow ist nicht tot« steht. Dies veranlasst Frazer, erneut nach Henton zu fahren, um dort weitere Nachforschungen anstellen zu können. Zuvor zeigt ihm Charles Ross jedoch einen Film, der aufgenommen wurde, nachdem Frazer Edgar Tupper Harrys Wagen verkauft hatte. Darauf ist Kapitän Nikiyan zu sehen, der sich als Käufer des Autos entpuppt.*

Cliffhanger: Im Gasthof *The Three Bells* sitzt Frazer mit Dr. Killick am Tisch, als das Telefon klingelt. Es ist für Tim. Wirt Gibson sagt:

»Ein Mister Harry Denston!«

Es spielen: Max Eckard (Tim Frazer), Marianne Koch (Helen Baker), Paul Klinger (Dr. Killick), Konrad Georg (Charles Ross), E. F. Fürbringer (Donald Edwards), Ursula Herking (Ruth Edwards), Kurt Waitzmann (Arthur Crombie), Josef Dahmen (Edgar Tupper), Friedrich Joloff (Kapitän Nikiyan), Walter Jokisch (Norman Gibson), Kurt Postel (Hobson), Karl Heinz Bender (John Caxton)

Teil 4 (Montag, 21.01.1963, 21.45 Uhr, 40'04''): *In Henton ruft Harry Denston Tim Frazer an und vereinbart einen Treffpunkt. Er verspricht, sich am Sonntagvormittag in Tims Londoner Wohnung einzufinden. Doch Harry erscheint nicht. Stattdessen erscheint Helen Baker, die Frazer einen Scheck über 5000 Pfund aushändigt. Sie behauptet, Harry im Café der Ma Dodsworth getroffen zu haben. Angeblich wünsche der Verschwundene keinen weiteren Kontakt mit Tim. Eine neue Spur führt Frazer in ein Geschäft in Camden Town. Bei Bonnington werden Schiffsmodelle verkauft. Als Frazer nach der North Star fragt, übergibt ihm der verdutzte Verkäufer ein Kuvert mit Fotografien. Diese zeigen die North Star auf Frazers Kamin. Frazer beschäftigt die Nachricht »Anstrow ist nicht tot« weiterhin und er vermutet richtig, dass sie ihm von Ruth Edwards zugespielt wurde. Er verabredet sich mit der Dame für den nächsten Tag, wenn ihr Ehemann nicht zu Hause ist.*
Cliffhanger: Auf der Fahrt zu Ruth Edwards kommt Tim Frazer bei einem Autounfall vorbei. Nachdem er einen Stoffhund entdeckt, vermutet er richtig, dass es sich bei dem Opfer um Ruth handelt.
Es spielen: Max Eckard (Tim Frazer), Marianne Koch (Helen Baker), Paul Klinger (Dr. Killick), Konrad Georg (Charles Ross), E. F. Fürbringer (Donald Edwards), Ursula Herking (Ruth Edwards), Josef Dahmen (Edgar Tupper), Ethel Reschke (Ma Dodsworth), Klaus Kindler (Lester), Walter Jokisch (Norman Gibson), Mira Hinterkausen (Mrs. Glover), Franz Schneider (Ladenbesitzer), Edith Worringen (Kundin)

Teil 5 (Mittwoch, 23.01.1963, 21.00 Uhr, 36'54''): *Ruth Edwards hatte einen schweren Autounfall. Tim Frazer, der am Unfallort ist, weil er gerade auf dem Weg zu ihr war, begleitet die schwer verletzte Frau im Krankenwagen in die Klinik. Frazer kann sie noch nach dem Aufenthaltsort Harry Denstons fragen, worauf sie antwortet, dass Helen Baker dies wisse. Tim verfolgt außerdem eine weitere Spur. Er sucht Ma Dodsworths Café auf und gibt sich als Scotland-Yard-Inspektor Philips aus. Die perplexe Ma macht daraufhin den*

260

Mund auf und erklärt: Sie habe von Edgar Tupper den Auftrag erhalten, Tim gegenüber zu bestätigen, dass sich Harry Denston und Helen Baker in der Fernfahrerkneipe getroffen hätten. Daraufhin stellt Frazer den Autohändler Tupper zur Rede. Nachdem dieser ihm für viel Geld die Telefonnummer verraten hat, die er immer anrief, stockt Tim der Atem: Es handelt sich dabei um Helen Bakers Anschluss. Frazer will jetzt mit aller Kraft aus Helen die Wahrheit herausbringen.

Cliffhanger: Auf die eindringliche Frage Tim Frazers, wo sich Harry Denston aufhalte, sagt Helen: »Er ist in Henton, er war schon die ganze Zeit dort!«

Darsteller: Max Eckard (Tim Frazer), Marianne Koch (Helen Baker), Paul Klinger (Dr. Killick), E. F. Fürbringer (Donald Edwards), Konrad Georg (Charles Ross), Ursula Herking (Ruth Edwards), Josef Dahmen (Edgar Tupper), Ethel Reschke (Ma Dodsworth), Klaus Kindler (Lester), Heinz Jucksch (Dr. Harris), Kurt Postel (Hobson)

Teil 6 (Freitag, 25.01.1963, 20.20 Uhr, 41'44'): *Helen Baker rückt Tim Frazer und Charles Ross gegenüber endlich mit der Wahrheit heraus: Harry befindet sich in Henton und wurde entführt, weil er die Formel für eine teure Metalllegierung von einem Wissenschaftler namens John Sinclair-White ergattert hatte. In Henton versuchte er zwei Banden gegeneinander auszuspielen. Nun reist Tim erneut nach Henton, um seinen Freund dort zu suchen. Noch ehe er damit beginnen kann, meldet sich Denston telefonisch im The Three Bells. Frazer solle dringend zur »Alten Glocke« an der Mole kommen. Frazer geht nachts hin und tappt in eine Falle. Der Gangster Lester taucht nämlich dort mit einem Klappmesser auf. Frazer kann ihn überwältigen. Schließlich führt die Spur auf das Hausboot eines zwielichtigen Malers, den alle »Rembrandt« nennen.*

Es spielen: Max Eckard (Tim Frazer), Marianne Koch (Helen Baker), Paul Klinger (Dr. Killick), E. F. Fürbringer (Donald Edwards), Konrad Georg (Charles Ross), Walter Suessenguth (Walters), Klaus Kindler (Lester), Walter Jokisch (Norman Gibson), Charlotte Krekel (Madge Gibson), Hans Quest (Harry Denston), Karl Heinz Bender (John Caxton)

Italien: *Traffico d'armi nel golfo* (1977)

Aus der Korrespondenz mit der italienischen RAI und italienischen Agenten geht hervor, dass Rossano Brazzi, einer der bekanntesten Darsteller jener Jahre, sich mehrfach darum bemühte, die Rolle des Tim Frazer in den 1960ern in einem Kinofilm übernehmen zu können. Alle Verhandlungen verliefen allerdings ins Leere. *The World of Tim Frazer* wurde sogar mehrfach von der RAI abgelehnt, weil man dort keine Spionagestorys mochte. Allerdings schaffte es Tim Frazer in Italien doch noch – mit siebzehn Jahren Verspätung – auf die Bildschirme – und zwar als insgesamt zehnte Durbridge-Verfilmung in diesem Land.

In Italien war Durbridge wie überall in Europa ein Garant für Einschaltquoten. So ergaben sich für die Adaptionen seiner Drehbücher etwa folgende Einschaltquoten (die Angaben der Millionen Zuschauer sind relativ, da es noch nicht so viele Fernsehgeräte gab):

1963	*La sciarpa* (≙ *Das Halstuch*)	80%	5,7 Mio.
1963	*Paura per Janet* (*Es ist soweit*)	82%	4 Mio.
1966	*Melissa*	82%	9,9 Mio.
1969	*Giocando a golf una mattina* (*Die Kette*)		
		80%	15,1 Mio.
1970	*Un certo Harry Brent* (*Ein Mann namens H. Brent*)		
		83%	18,8 Mio.
1971	*Come un uragano* (*Wie ein Blitz*)	82%	21,9 Mio.

Bei der RAI wurden in den 1970ern viele altbewährte Personen durch neue, unverbrauchte Gesichter in Führungspositionen ausgetauscht, so dass Durbridge immer wieder abgelehnt wurde. 1973 wurde *The Other Man* (*Der Andere*) als *Lungo il fiume e sull'acqua* verfilmt, 1976 sein Theaterstück *Suddenly at Home* als Zweiteiler unter dem Titel *A casa una sera ...* und 1976 *The Doll* (*Die Puppe*) als *Dimenticare Lisa*.

Die schwarz-weiß-Produktion *Traffico d'armi nel golfo* (wörtlich: ›Waffenhandel im Golf‹, wobei mit ›Golf‹ der Golf von Neapel gemeint ist), wie das erste Abenteuer von *The World of Tim Frazer* in Italien hieß, bestand aus drei Teilen und wurde zwischen dem 12. November und dem 26. November 1977 ausgestrahlt. Giancarlo Zanetti spielte darin Tim Frazer, die Regie übernahm Leonardo Cortese.

Bereits der Titel verrät, dass der Mehrteiler eine recht freie Adaption des Originals war. Die Handlung spielte nun in Neapel, es ging nicht mehr um Spionage, sondern um Waffenhandel und Tim Frazer war kein Ingenieur mehr, sondern Archäologe und Universitätsprofessor.

Die italienischen Versionen waren zwar von der ersten *Paura per Janet* (1963) an recht frei bzw. füllten die 30 Minuten Handlung pro Episode um weitere 30 mit zusätzlichen Dialogen und Handlungssträngen auf, die italienische Tim-Frazer-Version nahm sich allerdings doch viele Freiheiten. Episode 1 ist noch recht nahe an der Vorlage, dann entwickelt sich die Handlung aber weit von Durbridge weg, sodass die letzte Folge komplett andere Handlungsstränge verfolgt. Die Inhaltsangabe liest sich nun so: *In Castellammare soll der britische Universitätsprofessor und Archäologe Tim Frazer in der Pension »Le ginestre« seinen Freund Harry Denston wiedertreffen, der ihm eine beachtliche Summe Geld schuldet. Doch Harry erscheint nicht. Stattdessen stirbt in der Pension ein afrikanischer Matrose, der Frazer vor seinem Tod noch ein unverständliches Wort zuflüstern kann. Danach überschlagen sich die Ereignisse. Unter anderem lernt Frazer einen Mister Ross von Scotland Yard kennen, der ihm erklärt, Harry sei in großer Gefahr, da er in einem groß angelegten Waffenhandel zwischen England und einem afrikanischen Staat mitmische. Frazer soll Harry finden und stolpert dabei immer wieder über ein mysteriöses Schiffsmodell, das der Schlüssel zu allem sein muss ...*

Siebzehn Millionen Italiener verfolgten diesen Dreiteiler im November 1977 vor den Bildschirmen und die RAI dachte wohl auch an eine Fortsetzung, denn in der letzten Sequenz sitzen Charles Ross (nunmehr bei Scotland Yard) und Tim Frazer im Golf von Neapel und Ross bietet dem Archäologieprofessor einen weiteren Job an: Es geht um verschwundene NATO-Papiere in Istanbul. Trotz aller Änderungen ist der italienische Tim Frazer recht spannende und gelungene TV-Kost, die dem Geist von Francis Durbridge verpflichtet bleibt.

Sehen wir uns die (in Details oft entscheidenden) Änderungen in der italienischen Version nun genauer an.

Der tote Matrose ist ein Südafrikaner und kein Russe; Frazer ist nicht Ingenieur, sondern Universitätsprofessor, der sich um Ausgrabungen in Pompeji kümmert; als solcher hat er eine aus Afrika stammende Assistentin; diese Assistentin ist gleichzeitig Haushaltshilfe bei den Edwards, was Frazer jedoch nicht weiß; die Szene mit Anya und der Name dieser Person fehlen daher völlig; man erfährt in Rückblenden, dass Frazer zunächst mit Helen glücklich war, dass sie danach Harry Denston vorgestellt wurde und dass dieser dann Tim seine Freundin ausgespannt hat; Tim Frazer hat eine Katze namens Tim; Tim Frazer hat einen Nachbar, der zusätzlich als Verdächtiger eingebaut wird und sich um Kater Tim kümmert, wenn Frazer nicht da ist; Mr. Ross erpresst mit einem Schuldschein Tim Frazer zu den Ermittlungen; Mr. Ross teilt Frazer sofort mit, worum es geht: um illegalen Waffenhandel, der sich im Golf von Neapel abspielt und in den Harry Denston verwickelt ist – es geht um eine Million Dollar; in einigen Szenen ermittelt Frazer mit Helen zusammen (so holen sie etwa gemeinsam Harrys Auto aus der Garage und durchsuchen es, bis sie das Brillenetui Mrs. Edwards' finden); in einer Szene ermittelt Helen alleine: Sie fährt auf das Schiff des toten Matrosen und spricht dort mit dem Kapitän; die seltsame Botschaft »HHH« in Harrys Wagen kommt im Original nicht vor; der Autohändler kommt in Teil 2 nur mehr ganz marginal in einer einzigen Einstellung vor: Er ist gefesselt auf dem Autofriedhof zu sehen. Über sein weiteres Schicksal wird nicht berichtet (im Original wird er erschossen); Die Szene mit dem Autofriedhof, in der Frazer niedergeschlagen wird und nach der er in der Pension *Le ginestre* aufwacht, ist frei erfunden; ebenso wurde die Geschichte mit dem Auffinden des Bildes des Schiffs verändert: befindet sich dieses im Original in einem Koffer Harry Denstons, so hängt es nun in der Pension *Le ginestre* an einer Wand; im Original schaffen Ross und Frazer die Leiche des Mitarbeiters Ross' nicht aus der Wohnung; im Original gibt es keine Szene, in der Tim und Helen Harrys geheimes Haus durchsuchen; im Original gibt es keine Annäherungen zwischen Tim und Helen – in Teil 2 der italienischen Fassung küssen sich die beiden und landen im Bett; im Original steht auf dem Zettel, der dem Schiffsmodell beigelegt ist »Anstrow ist nicht tot«; die Rolle des toten Matrosen spielt in der italienischen Version keine so große Rolle, stattdessen steht auf der Nachricht nur: »Noch 24 Stunden zu leben«; die Assistentin Tim Frazers, die es im Original nicht gibt, belauscht das Telefongespräch zwischen Ruth Edwards und Tim Frazer nach Auffinden des Zettels; es ist nicht Ruth Edwards, die mit dem Auto am Ende verunglückt, sondern die Assistentin Debra Markos, die zwischen den ausgegrabenen Monumenten in Pompeji angeschossen wird. – Teil 3 hat mit der ursprünglichen Tim-Frazer-Geschichte so gut wie gar nichts mehr zu tun.

Francis Durbridge wusste nichts von all diesen Änderungen. Der große Perfektionist hätte ihnen auch nie zugestimmt und hätte vermutlich seine Werke nie lizenziert, wenn er gewusst hätte, wie frei die Italiener mit seinen Stoffen umgingen.

Nach dem Erfolg von *Traffico d'armi nel golfo* bestand kurz die Hoffnung, dass auch *Tim Frazer and the Salinger Affair* verfilmt werden würde, wie aus der Korrespondenz von Francis Durbridge mit der RAI und seiner italienischen Übersetzerin hervorgeht, allerdings hörte man von dem Projekt nie wieder etwas, wohl auch, weil dort in der Führungsetage ein Kommen und Gehen herrschte.

Sehen wir uns an, was die Presse über den italienischen Tim Frazer schrieb (die Artikel stammen aus dem Privatarchiv von Francis Durbridge und sind leider teils ohne Quellenangabe):

Ein TV-Thriller in drei Teilen vom englischen Autor Francis Durbridge
(*Radiocorriere* 45/1977, Seite 122)
Wie in allen klassischen Thrillern gibt es dramatische Wendungen und viel Spannung, doch diese Serie ist geprägt von einer ganz anderen Atmosphäre als in anderen Krimis. »Das Besondere an diesem Werk«, sagen Giancarlo Zanetti, der Tim Frazer spielt, und José Quaglio (Mr. Ross), »ist das hohe Unterhaltungsniveau und der ausgeprägte Sinn für ironischen

Humor.«

Die Geschichte lebt von der Ironie, dass sich Tim Frazer – ein Archäologe und ausgewiesener Experte – immer wieder gezwungen sieht, als Ermittler zu agieren, weil der eigentliche Inspektor Ross lieber im Hintergrund agiert.

Man könnte sagen, dass es in dieser Geschichte keinen klassischen Helden gibt – im Gegenteil: Tim Frazer verkörpert den »gewöhnlichen Mann«, in gewisser Weise sogar einen Antihelden, der nicht weiß, wo er überhaupt anfangen soll. Aus diesem inneren Zustand heraus entwickeln sich die amüsanten und geistreich-humorvollen Szenen.

Renato De Carmine (Mr. Edwards) kommentierte: »Die Geschichte zeigt ganz normale Menschen, die in Ereignisse hineingezogen werden, die größer sind als sie selbst. Die Handlung spielt zwar in der Bucht von Neapel, könnte aber überall auf der Welt geschehen.«

Die Dreharbeiten fanden an Originalschauplätzen in Neapel, Seiano, Castellammare di Stabia, Baia und Pompeji statt (wo Tim Frazer für eine britische Universität archäologische Forschungen durchführt).

Maurizio Adriani schreibt: »Insgesamt verlief die Produktion ziemlich reibungslos, aber nicht ohne kleinere Schwierigkeiten. Ein Beispiel? Bei den nächtlichen Dreharbeiten in der Via Petrarca im oberen Teil Neapels (eine Szene, in der eine Leiche in den Kofferraum eines Autos gelegt wird), mussten wir die umliegenden Straßen sperren. Das führte zu einem Verkehrschaos – und zum Unmut der Anwohner.«

Eine weitere Herausforderung ergab sich im Hafen von Baia, bei einer Szene zwischen Tim Frazer und einem Killer. Laut Drehbuch sollte der Killer von Frazer ins Meer geworfen werden. Doch kurz vor Drehbeginn stellte sich heraus, dass wegen starker Strömungen Badeverbot herrschte. Wie konnte man das Problem lösen? Der »Killer« trug einen Taucheranzug – der allerdings wie ein gewöhnlicher Anzug aussah.«

Francis Durbridge – 40 Krimis
(Radiocorriere 45/1977, Seite 125)

Francis Durbridge ist seit 25 Jahren das Ass unter den Radio-

und Fernsehkrimiautoren. Nach Angaben der BBC hat er mehr als 40 Krimis geschrieben, und seine Einschaltquote liegt bei 20 Millionen Fernsehzuschauern pro Sendung. Wie viele Fernsehautoren begann er beim Radio und hat zahlreiche Radiokrimis mit einem unkonventionellen Detektiv geschrieben. Francis Durbridges originelle, authentische Konstruktion der Geschichten war die Grundlage für seinen anfänglichen Erfolg.

Seine Krimis sind beim Publikum beliebt, weil seine Erzählmechanismen reich an Spannung und Fantasie sind. Zu den Werken von Francis Durbridge, die im italienischen Fernsehen ausgestrahlt wurden, gehören unter anderem: *La sciarpa, Paura per Janet, Melissa, Giocando a golf una mattina, Un certo Harry Brent, Come un uragano* und *Dimenticare Lisa.*

Man nennt sie die blauen Männer
(Zeitschrift unbekannt)

[Anmerkung: Dieser Artikel zielt darauf ab, dass das Tatmotiv in der italienischen Version Waffenhandel ist, der im Originalskript nicht vorkam. Durbridge selbst wusste nichts von dieser Änderung und muss davon überrascht gewesen sein.]

Man nennt sie die »blauen Männer« in Santa Lucia. Ihre Pullover und Motorboote sind dunkelblau – wie die Farbe des Meeres um Neapel bei Nacht.

Als einer von ihnen das letzte Mal nicht zurückkehrte, wurde die Beerdigung auf See »gefeiert«: ein langer Konvoi dunkelblauer Boote und Motorboote, ein Dutzend kranzförmiger Gestecke aus roten Nelken, schwarz gekleidete Frauen.

Schmuggel ist in Neapel ein Weg, das wirtschaftliche Ungleichgewicht zu überleben. Die Zollbeamten wissen genau Bescheid, drücken aber bei den kleinen Fischen aus Santa Lucia ein Auge zu – um die dicken Fische zu fassen, die das große Geschäft leiten, von Marseille bis zur nordafrikanischen Küste und nach Griechenland.

Die blauen Männer, die mit ausgeschalteten Lichtern in die Bucht von Neapel schleichen, sind nur die Spitzen der Tentakel einer viel größeren Organisation. Fast immer – oft ohne es selbst zu wissen – transportieren sie Kartons mit Maschinengewehren, Pistolen, Gewehren: Waffen, die durch Neapel wandern und von dort aus Märkte erreichen, die politische oder gewöhnliche Kriminelle in Süditalien oder anderen Mittelmeerländern bedienen.

Der Waffenhandel nutzt den Seeschmuggel aus, nutzt offene Seewege in unseren Hoheitsgewässern, die eine schnelle Entladung ermöglichen. Und Neapel – mit seiner Bucht und seinem organisierten Schwarzmarkt, der immer schon aktiv war – wird zum Verteilzentrum, so wie es schon bei den Drogen der Fall war.

Francis Durbridge lässt in seinen fiktiven Kulissen, wo einst Zitronenbäume blühten, heute Maschinengewehre sprießen. Vielleicht ist seine Idee vom Schauplatz rein fiktiv und zielt darauf ab, die Bucht von Neapel und Pompeji als faszinierende Kulisse darzustellen, in der Vergangenheit und Gegenwart in einer einzigartigen Folge von Gegensätzen koexistieren.

Fiktion oder nicht – heute existiert eine andere Realität in der komplexen neapolitanischen Sozialgeografie: die der Maschinenpistolen und P38.

Mit Marseillern und Sizilianern, die das Geschehen aus der Ferne leiten und diese »blauen Männer« einsetzen – die vor einigen Jahren noch mit »zwölf an der Hand« beerdigt wurden, also mit zwölf schwarzen Leichenwagen, die einen monumentalen Leichentransport zogen – und die heute Kränze aus roten Nelken tragen, die auf den Wellen der Bucht treiben, die schon alles gesehen hat: Drogen, Tabak und Waffen.

Zahlreiche Szenen der TV-Thrillerserie von Francis Durbridge *Traffico d'armi nel golfo* wurden unter den Ausgrabungen von Pompeji gedreht.

Traffico d'armi nel golfo

Italien 1977

Ausstrahlung (RAI UNO): 12.11.1977 – 26.11.1977
Folgen: 3 zwischen 51 und 62 Minuten, s/w
Buch: FRANCIS DURBRIDGE
Regie: LEONARDO CAPRESE

Tim Frazer .... GIANCARLO ZANETTI
Helen Barker .... LORENZA GUERRIERI
Mister Ross .... JOSÉ QUAGLIO
Eric Edwards .... RENATO DE CARMINE
Ruth Edwards .... LICIA LOMBARDI
Debra Markos .... NORMA JORDAN
Doktor Bossi .... RENATO MONTALBANO
Leo .... ROMANO MALASPINA
Antonio Traetta .... FRANCO ANGRISANI
Der Nachbar .... FILIPPO ALESSANDRO
Margherita Mengozzi .... GHITA SESTITO
Pietro Mengozzi .... TONINO CUOMO
Inspektor Ancona .... MARCELLO MANDÒ
Jan Vorster .... LIVIO GUIDORIZZI
Marschall .... FRANCESCO P. D'AMATO
Schiffskommandant .... MARIO GARGANO
Mann/Ausgrabung .... ENRICO DI DOMENICO
Garagenangestellter .... MARZIO ONORATO
Erster Mann .... PIERLUIGI MONTI
Zweiter Mann .... ALBERTO AMATO
Erste Frau .... MARINA DURANTE
Zweite Frau .... ELISA ASCOLI VALENTINO
Dritte Frau .... VANNA NARDI
Ein Arbeiter .... VIRGILIO VILLANI
Eine Stimme .... BRUNO MARINELLI
Portier/Pension .... ANTONIO TRAPANESE
Die Frau in der Bar .... ELVIRA CORTESE
Krankenschwester .... ANNALISA RAVIELE
Untersuchungsrichter .... GIULIO ADINOLFI
Eine alte Frau .... NINA DE PADOVA
Ein Junge .... TAMY GALLO
Ein Krankenpfleger .... DOMENICO GOLFI

1. Polizeibeamter..Antonio Palumbo
2. Polizeibeamter..Stefano Tosi

Buch...Francis Durbridge
Übersetzung ins Italienische ....Franca Cancogni
Fernsehbearbeitung.............Franca Cancogni, Aurelio Chiesa
Kamera (Studio)... Florido Varzi
Kamera (Außen)...Adriano Maestrelli
Szenenbild..Antonio Capuano
Musik »Helen« von... Dino Siani
Lichtgestaltung... Vincenzo Seratrice
Regieassistenz.....................................Marcella Maschietto
Studioassistenz..Enzo Errico
Ausstattung .... Umberto Sasso
Musikassistenz.....................................Renzo Rizzone
Chef Technikteam...Tullio Soviero
Bildtechnik.. Raffaele d'Orto
Tontechnik ....Bernardo Piccone
Studiokamera 1 ....Giandomenico de' Medici
Studiokamera 2 .... Pasquale Palma
Bildmischung...Rolando Santorelli
MAZ-Schnitt...........................Ciro Bonante, Giovanni Naldi
Mischung .... Giuseppe Vellecco
Chef des Elektrikteams .... Mario Traditi
Szenenbildassistenz..Enrico di Lauro
Kostümassistenz.......................................Francesca Saitto
Ausstattungsassistenz ....Guido Autore
Kameraführung ....Felice Martino
Filmschnitt ....Emilio Lopez
Aufnahmeleitung..Antonio Toscano
Mischung Film... Alberto Cacace
Produktionsleitung ....Silvano Fuà
Herstellungsleitung .... Giuseppe Borrelli
Regie..Leonardo Caprese
Eine Produktion der ....RAI

Ausstrahlung:
Teil 1: Samstag, 12.11.1977   Teil 3: Samstag, 26.11.1977
Teil 2: Samstag, 19.11.1977

Teil 1 (Samstag, 12.11.1977, 20.40 Uhr, 51'23''): *Der für die Oxforder Universität in Pompeji arbeitende Archäologe Tim Frazer kommt in ein Hotel im Golf von Neapel – das Le ginestre in Castellammare –, vor dem man gerade einen toten Matrosen gefunden hat. Hier soll er seinen Freund Harry Denston, der ihm seine Freundin Helen Barker ausgespannt hat, treffen, und Geld zurückerhalten. Doch Harry kommt nicht. Stattdessen stirbt der aus Südafrika stammende Matrose Jan Vorster. Kurz davor kann er Tim Frazer noch ein paar unverständliche Worte zumurmeln. Auf dem Rückweg nach Pompeji stellt Frazer fest, dass man ihm seine Brieftasche gestohlen hat. Diese erhält er von einem obskuren Mr. Ross zurück, der ihn dazu erpresst, nach seinem Freund Harry Denston zu suchen. Unterstützt wird er dabei von Helen Barker, seiner Exfreundin und der nunmehrigen Geliebten Harrys. Eine erste Spur führt zu einer Dame am Krückstock: Miss Edwards. Diese wohnt in Sorrent und ist mit Eric verheiratet, der ein Faible für Schiffsmodelle hat. Er interessiert sich besonders für das Schiff Croce del sud (Kreuz des Südens). Im Laufe der Ermittlungen stellt sich heraus, dass Harry in obskure, lebensgefährliche Waffengeschäfte verwickelt ist ...*

Cliffhanger: Frazer findet Ancona ermordet in seiner Wohnung und entdeckt auf dem Kamin das Modell der Croce del sud.

Es spielen in der Reihenfolge ihres Erscheinens: Livio Guidorizzi (Jan Vorster), Pierluigi Monti (Erster Mann), Alberto Amato (Zweiter Mann), Marina Durante (Erste Frau), Elisa Ascoli Valentino (Zweite Frau), Giancarlo Zanetti (Tim Frazer), Ghita Sestito (Margherita Mengozzi), Vanna Nardi (Dritte Frau), Marcello Mandò (Inspektor Ancona), Renato Montalbano (Doktor Bossi), Francesco Paolo D'Amato (Marschall), Mario Gargano (Schiffskommandant), Tonino Cuomo (Pietro Mengozzi), Norma Jordan (Debra Markos), Enrico di Domenico (Ein Bediensteter der Ausgrabungen), Lorenza Guerrieri (Helen Barker), Filippo Alessandro (Der Nachbar), José Quaglio (Mr. Ross), Marzio Onorato (Ein Garagenangestellter), Licia Lombardi (Ruth Edwards), Renato de Carmine (Eric Edwards), Romano Malaspina (Leo), Franco Angrisano (Antonio Traetta)

Teil 2 (Samstag, 19.11.1977, 20.40 Uhr, 61'49''): *Tim Frazer schafft gemeinsam mit Scotland-Yard-Inspektor Ross, der in Neapel*

271

ist, um einen groß angelegten Waffenhandel zwischen England und einem afrikanischen Staat zu untersuchen, die Leiche von Inspektor Ancona aus der Wohnung Tims. Als der Archäologieprofessor zurückkommt, ist das Schiffsmodell der Croce del Sud verschwunden. Auf einem Autofriedhof versucht Frazer den Wagen Harry Denstons zu verkaufen, wird aber wie der zwielichtige Autohändler Antonio Traetta niedergeschlagen. Er erwacht in der Pension Le genistre in Castellammare, wohin ihn Harry Denston vor einiger Zeit bereits bestellt hatte und wo der südafrikanische Matrose gestorben ist. Doktor Bossi kümmert sich um ihn. In seinem Krankenzimmer entdeckt Tim ein Gemälde der Croce del Sud an der Wand, das er mitnimmt. Mehrere Personen, nicht nur Mr. Edwards, interessieren sich dafür: Der behandelnde Arzt Dr. Bossi, Frazers Assistentin Debra Markos und Tims Nachbar, der sich um Frazers Katze kümmert. Währenddessen entdeckt Helen in Harrys Wagen eine seltsame Botschaft: Der Buchstabe »H« ist in dreifacher Ausführung an die Windschutzscheibe gemalt. Was soll das bedeuten? Frazer erwirbt ein Modell der Croce del Sud von Mr. Edwards. Als er es zu Hause auspackt, entdeckt er eine Warnung darin: »Noch 24 Stunden zu leben.« Unterdessen trifft Helen Barker bei ihm ein und sagt, sie habe Harry gefunden und er habe ihr das Geld zurückgegeben. Tim brauche also nicht weiter nach ihm zu suchen. Frazer sucht die düstere Hafenspelunke auf, in der Helen Harry getroffen haben will. Dort trifft er auf einen Ganoven, der ihm nahe legt, die Untersuchungen sofort einzustellen ...

<u>Cliffhanger</u>: Die schwer verletzte Debra Markos ist im Notarztwagen gemeinsam mit Tim Frazer und gesteht ihm, dass sie nicht die ist, die sie vorgab zu sein.

<u>Es spielen in der Reihenfolge ihres Erscheinens</u>: Livio Guidorizzi (Jan Vorster), Giancarlo Zanetti (Tim Frazer), Marcello Mandò (Inspektor Ancona), José Quaglio (Mr. Ross), Filippo Alessandro (Der Nachbar), Antonio Palumbo (Ein Polizeibeamter), Franco Angrisano (Antonio Traetta), Romano Malaspina (Leo), Lorenza Guerrieri (Helen Barker), Virgilio Villani (Ein Arbeiter), Renato Montalbano (Doktor Bossi), Bruno Marinelli (Eine Stimme), Norma Jordan (Debra Markos), Ghita Sestito (Margherita Mengozzi), Francesco Paolo D'Amato (Marschall), Renato de Carmine (Eric Edwards), Licia Lombardi (Ruth Edwards), Antonio Trapanese (Portier in der Pension), Elvira Cortese (Die Frau in der Bar)

Teil 3 (Samstag, 26.11.1977, 20.40 Uhr, 62'22''): *Tim Frazer begleitet seine Assistentin Debra Markos ins Krankenhaus, wo sie das Bewusstsein verliert. Weil er nicht weiterweiß, beschließt er Mr. Ross aufzusuchen. Er findet dessen Büroräume jedoch nur mehr verlassen vor, die anwesende Putzfrau bestreitet gar, dass diese jemals an einen Mr. Ross vermietet gewesen wären. Zu Hause angekommen, muss er erfahren, dass Helen Barker verschwunden ist. Unterdessen schleicht sich Dr. Bossi in das Krankenzimmer von Debra Markos und unterhält sich mit ihr über die illegalen Waffengeschäfte, an denen sie beide beteiligt sind. Gerade als Debra den Namen des Mörders verraten will, wird sie ohnmächtig. Helen Barker wurde unterdessen entführt und auf ein Schiff gebracht, wo sie Harry Denston trifft. Auch Frazer kommt auf die Spur des Schiffes, nachdem er im Hafen von Neapel bei helllichtem Tag von einem Unbekannten attackiert wird. Als er den Schriftzug Surprise auf einem Schiff im Hafen liest, fällt ihm ein, dass dies das unverständliche Wort war, dass der sterbende Matrose ihm in der Pension Le ginestre zugeflüstert hatte. In der Zwischenzeit vermisst Mr. Edwards seine Frau Ruth, die – wie er von einem Ganoven erfährt – das Land mit einem Flugzeug für immer verlassen hat ...*

Es spielen in der Reihenfolge ihres Erscheinens: Livio Guidorizzi (Jan Vorster), Giancarlo Zanetti (Tim Frazer), Annalisa Raviele (Eine Krankenschwester), Francesco Paolo D'Amato (Marschall), Giulio Adinolfi (Untersuchungsrichter), Nina de Padova (Eine alte Frau), Antonio Trapanese (Portier einer Pension), Lorenza Guerrieri (Helen Barker), Tamy Gallo (Ein Junge), Domenico Golfi (Ein Krankenpfleger), Renato Montalbano (Doktor Bossi), Stefano Tosi (Ein Polizeibeamter), Norma Jordan (Debra Markos), Renato de Carmine (Eric Edwards), Filippo Alessandro (Der Nachbar), Romano Malaspina (Leo), Ghita Sestito (Margherita Mengozzi), Tonino Cuomo (Pietro Mengozzi), José Quaglio (Mr. Ross)

Tim Frazer als Romanheld

Alle drei Frazer-TV-Abenteuer wurden auch zu Papier gebracht. Da Francis Durbridge einer der meistbeschäftigten Radio- und Fernsehautoren war und sich selbst nie als Schriftsteller betrachtete, legte er die Verschriftlichung in Romanform meist in andere Hände. Seine Co-Autoren bastelten dabei aus den Originaldrehbüchern Kriminalromane. Durbridge

273

selbst überwachte alles, gab Vorgaben und ergänzte die Fassungen. Über die Jahre hinweg hatte er mehrere Co-Autoren, die diese Arbeit für ihn erledigten. Anfangs waren dies John Thewes und Charles Hatton, danach James McConnell (auch als Douglas Rutherford bekannt), später Tim Carew und Paul Townend sowie John Garforth. Douglas Rutherford verantwortete dann wieder die letzten acht Romane.

Das erste Frazer-Abenteuer *The World of Tim Frazer* erschien im Januar 1962 unter diesem Titel bei Hodder & Stoughton, London. Tim Carew verantwortete die Romanfassung, die die Geschichte in der Ich-Form und somit aus Frazers Perspektive erzählte. Das Buch war Durbridges 20. Roman und erschien 1963 in der Übersetzung von Ursula Bruns auf Deutsch unter dem Titel *Tim Frazer* bei Signum, Gütersloh (und später, 1968, bei Goldmann, München). Die niederländische Fassung trug den Titel *De wereld van Tim Frazer*, die französische *Où est passé Harry?* und die slowenische *Tim Fraser*. In Großbritannien war das Buch ein Bestseller, was Fotografien belegen, die ganze Auslagen zeigen, die mit vielen Exemplaren des Buchs geschmückt waren (ein Bild davon befindet sich im Anhang).

Das zweite Abenteuer erschien im März 1964 bei Hodder & Stoughton, London, unter dem Titel *Tim Frazer Again* und war Durbridges 23. Roman. Tim Carew war hier erneut als Co-Autor aktiv und erzählt die Geschichte erneut in der Ich-Form aus Frazers Perspektive. Die deutsche Übersetzung von Erwin Schuhmacher erschien 1965 unter dem Titel *Der Fall Salinger* bei Weiss, Berlin/München, im selben Jahr bei Heyne, München und 1968 unter dem Titel *Tim Frazer – Der Fall Salinger* bei Goldmann, München, sowie 1971 bei Lingen, Köln. In Frankreich erschien der Roman als *Le rendez-vous de sept heures trente* und in Portugal als *O caso Salinger*.

Das dritte Abenteuer erschien mit erheblichem zeitlichem Abstand, nämlich erst 1978 als *Tim Frazer Gets the Message*. Hodder & Stoughton, London, brachte das Werk im November 1978 auf den Markt. Diesmal war Douglas Rutherford der Co-Autor, was im Vergleich zu den ersten beiden Romanen einen Bruch mit sich brachte, denn nun wurde die Geschichte mit allwissendem Erzähler in der dritten Person erzählt. Es gab auch einige geringfügige Änderungen (wie das Ersetzen des Messers durch einen Brieföffner), allerdings basierte der Roman eindeutig auf dem Originalskript von 1961 und nicht auf der überarbeiteten Fassung, die Grundlage für *Das Messer* war. Durbridges 37. Roman wurde außer auf Deutsch auch in keine anderen Sprachen übersetzt. Er erschien 1979 bei Goldmann, München, in der Übersetzung von Walter Brumm.

Alle drei Romane erscheinen 2025 unter neuem Titel ungekürzt bei Williams & Whiting: *Tim Frazer I – Der Fall Denston*, *Tim Frazer II – Die Salinger-Affäre* und *Tim Frazer III – Das Melynfforest-Rätsel*.

Tim Frazer als Leinwandheld

Nach den gigantischen Erfolgen der beiden deutschen Tim-Frazer-Abenteuer im Fernsehen und aufgrund der durch die Edgar-Wallace-Verfilmungen ausgelösten Krimiwelle war es nicht verwunderlich, dass deutsche Filmproduzenten auf die Idee kamen, vom Bekanntheitsgrad und der Beliebtheit des Fernsehhelden Tim Frazer zu profitieren. Viele Produktionschefs versuchten damals auf ihre Art, ein Stück vom Kuchen abzubekommen, so schickte CCC-Filmchef Artur Brauner Dr. Mabuse und Bryan Edgar Wallace ins Rennen, der Münchner Wolf C. Hartwig drehte zahlreiche Exotikkrimis in Asien, die in ihrer Dramaturgie an die Wallace-Filme erinnerten, und der Constantin-Filmverleih startete neue Kinoserien basierend auf Louis Weinert-Wilton und frei nach den beliebten Jerry-Cotton-Heftromanen.

Es ist nicht verwunderlich, dass sich mehrere Filmproduzenten Anfang der 1960er-Jahre auch um einen Stoff von Francis Durbridge für die große Leinwand bemühten. Erfolgreich tat dies Rudolf Travnicek von der Münchner MCS-Film KG, der über Durbridges Übersetzerin Marianne de Barde mit dem Autor in Kontakt trat und über sie einen Optionsvertrag abschloss, der vorsah, ein von Francis Durbridge verfasstes Drehbuch namens *Step in the Dark* im Laufe des Jahres 1962 zu verfilmen. Dieses Projekt stand von Anfang an unter keinem guten Stern und hinter den Kulissen gab es allerhand

Unstimmigkeiten, sodass der fertige Kinofilm *Piccadilly null Uhr zwölf* von 1963 außer vier Namen überhaupt nichts mehr mit Durbridges Originaldrehbuch zu tun hatte. Die komplette Hintergrundgeschichte (und das Originaldrehbuch) zu diesem Projekt können Sie in Band 2 dieser Durbridge-Edition nachlesen. Titel: *Schritt ins Dunkel.*

Die erfolgreiche Ausstrahlung von *Tim Frazer – Der Fall Salinger* im Januar 1964 brachte einen weiteren Filmproduzenten auf die Idee, von Durbridges Popularität zu profitieren. Diesmal handelte es sich um den Berliner Filmproduzenten polnischer Abstammung Sam Waynberg (eigentlich Samuel Wajnberg) und dessen Planet-Film GmbH. Aus einem Brief vom 11. Februar 1964 an Durbridge geht hervor, dass Waynberg eine Tim-Frazer-Kinoserie plante. Francis Durbridge stimmte zu, für 10.000 Pfund ein 15.000 Wörter umfassendes Treatment mit einem neuen Frazer-Stoff zu verfassen, aus dem dann von Waynberg ein Drehbuch gemacht werden konnte. Außerdem würde er, Durbridge, diese Drehbuchfassung lesen und seine Kommentare dazu abgeben. Bei Zahlung der Summe hätte Waynberg die Weltrechte an der Geschichte erworben, mit einer Option auf drei weitere Frazer-Abenteuer von Durbridge. Dieser willigte gleichzeitig ein, diese Storys nicht für weitere Fernsehabenteuer zu verwenden. Außerdem stand in der Vereinbarung, dass es bei Vertragsabschluss für eine gewisse Laufzeit in Deutschland keine weiteren Frazer-Abenteuer im TV geben würde (mit Ausnahme bereits getätigter Abmachungen mit dem WDR, das betraf vermutlich das dritte Frazer-TV-Abenteuer) und dass Waynberg weltweit für ein Jahr das Exklusivrecht auf Tim-Frazer-Verfilmungen hätte.

Letztlich wurde aus dem Projekt jedoch nichts. Was genau geschah, geht aus den Durbridge-Unterlagen nicht hervor, allerdings schreibt Francis Durbridge am 21. März 1964 an seinen Agenten Curtis Brown, dass er den Eindruck habe, mit Tim Frazer ein heißes Eisen für den deutschen Markt in der Hand zu haben und dass er deshalb gerne dazu bereit wäre, mit einem interessierten Produzenten einen Deal einzugehen – vorausgesetzt dieser wende nicht solche »*Last-minute*-Tricks wie Waynberg an«. Anscheinend hatte dieser von Curtis Brown zwei Briefe erhalten und prüfte diese mit seinen Anwälten laut einer Korrespondenz vom April 1964.

Auch wenn das Projekt nicht umgesetzt wurde, so waren die Vorbereitungen dazu doch erheblich vorangeschritten, denn unter den Unterlagen von Francis Durbridge fand sich 2021 tatsächlich ein zwanzigseitiges Filmtreatment namens *Tim Frazer and the Melvin Affair*. Dabei handelt es sich höchstwahrscheinlich um jenes Szenarium, das in dem Brief an den Produzenten Sam Waynberg erwähnt wurde. Die Geschichte an sich war allerdings nicht neu, denn Francis Durbridge schrieb dafür sein sechsteiliges BBC-Hörspiel *Passport to Danger!* von August/September 1945 (Regie: Vernon Harris, mit Carl Bernard und Linden Travers) einfach um und machte aus den Protagonisten Tim Valentine (im Original noch ein Journalist) und Linda West (hier noch eine Schauspielerin und keine Tänzerin) Tim Frazer und Loraine Daly. Weitere Rollennamen und die Schauplätze wurden geändert und fertig war das Tim-Frazer-Filmtreatment. In Band 33 dieser Edition, *Ein Reisepass voller Gefahr*, ist das vollständige Hörspielmanuskript gemeinsam mit dem Treatment *Tim Frazer und die Melvin-Affäre* zu finden.

Anders als Sam Waynberg, der sich um Rechte an Tim-Frazer-Stoffen bemühte, ging man bei der österreichischen Melba-Film vor. Diese versuchte ebenfalls, auf den Zug des enormen Tim-Frazer-Fernseherfolgs aufzuspringen und drehte unter der Regie von Ernst Hofbauer im Frühling 1964 den am 12. Juni des gleichen Jahres in den Lichtspielhäuserin gestarteten Kinokrimi *Tim Frazer jagt den geheimnisvollen Mister X* mit Adrian Hoven in der Titelrolle. Francis Durbridge hatte der Melba-Filmgesellschaft in Wien jedoch definitiv keinerlei Rechte lizenziert. Als Durbridge von der Verwendung seiner Figur und seines Namens in der Werbung erfuhr, war er ziemlich verärgert darüber. Letztlich erteilte er der Melba-Film jedoch eine rückwirkende Lizenz und untersagte gleichzeitig, seinen Namen im Vorspann erscheinen zu lassen. Die Alternative wäre gewesen, rechtliche Schritte im Ausland einzuleiten, was viel Geld und Ärger gekostet hätte. Daher entschied sich der stets um Harmonie bemühte Autor, der jedem Streit aus dem Weg ging, für eine pragmatische Lösung. Das fertige Produkt schwamm zwar stilistisch gekonnt auf der Wallace-Filmwelle, hatte aber überhaupt nichts von Durbridges typischen Drehungen und Wendungen und war von der Dramaturgie her auch völlig anders angelegt.

1966 kam schließlich nochmals Bewegung in eine mögliche Tim-Frazer-Kinoserie, diesmal von Italien aus. Rossano Brazzi (1916–1994), der in der italienischen Fernsehfassung von *Melissa* die Titelrolle gespielt hatte, war ein großer Durbridge-Fan. Anfang 1966 kam es in Rom zu einem Treffen zwischen Durbridges Agentin Nina Froud und Brazzi, der sich dabei als großer Bewunderer des britischen Autors bekannte. Aus einem Briefwechsel zwischen Froud und Durbridge geht hervor, dass Brazzi großes Interesse daran hatte, Tim Frazer in mehreren Kinofilmen zu spielen, die sein Bruder mit der gemeinsamen Filmfirma produzieren sollte. Ganz uneitel bekräftigte er außerdem, dass diese Serie ein Selbstrenner werden würde, wenn er – der beliebte Schauspieler – die Titelrolle spielen würde. Brazzi war überzeugt, dass die Filme nur mit ihm als Tim Frazer nach Amerika verkauft werden könnten. Er versprach Froud, dass die Filme höchste Qualität haben würden, sodass man sie internatonal einsetzen könnte. Der italienische Rundfunk RAI, der alle bisherigen Durbridge-Krimis in Radio und Fernsehen produziert hatte, war erbost über Brazzis Versuch, Durbridge dem Sender abspenstig zu machen. Brazzi hatte später auch versucht, die Fernsehverfilmungen selbst zu produzieren und dann der RAI zu verkaufen. Durbridge lehnte dies ab und so kam es zu keiner Zusammenarbeit und auch die Frazer-Kinoserie fiel ins Wasser.

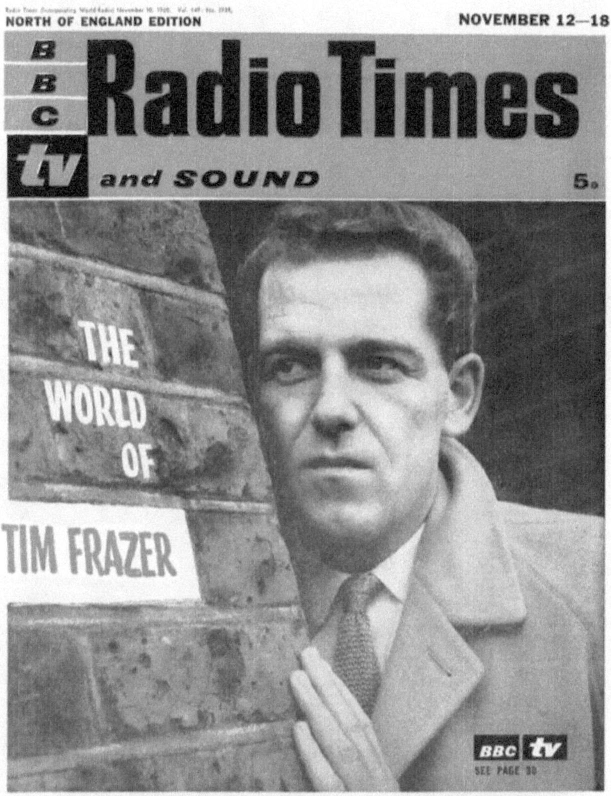

Oben: Die Titelseite der *Radio Times* zum Start der achtzehnteiligen Serie
The World of Tim Frazer mit Jack Hedley in der Titelrolle
Unten: Auslage in *Foyles Bookshop* bei der Veröffentlichung des Romans.

Sehr geehrter Mr. D u r b r i d g e !

Haben Sie herzlichen Dank für Ihren so reizenden Brief,
mit dem Sie mir eine grosse Freude gemacht haben.

Die Gelegenheit, Ihnen gleich zu antworten, ergab sich nicht,
bis vor 14 Tagen war ich ausschliesslich mit " Tim Frazer "
beschäftigt und dann musste ich mich erst einmal von dieser
schweren Arbeit ausruhen. Die grosse Anspannung liegt ja immer
in der pausenlosen Tätigkeit seit Monaten - nun, sie ist getan,
ich habe ein gutes Gefühl für " Tim Frazer ". Ob er allerdings
die Germans so "verrückt" machen wird wie das " Halstuch " ?
Keiner von uns allen weiss es vorher.

" Tim Frazer " finde ich glänzend von Ihnen geschrieben, es
war eine richtige grosse Freude, ihn zu inscenieren, den Kollegen,
die ihn gespielt haben, ging es nicht anders ! Marianne Koch
und Herr Eckard erwidern Ihre Grüsse auf das Herzlichste.

Wenn alles so läuft, wie es geplant ist, werde ich mit den
Vorarbeiten zum nächsten " Tim " im März beginnen. Drücken Sie
uns dafür die Daumen und bitte auch ab Mitte Januar, wenn der
erste " Frazer " anläuft.

Ich habe mich so sehr gefreut sie kennen zu lernen ! Mit
herzlichsten Grüssen und guten Wünschen für Sie und Ihre Frau
bin ich

                    Ihr sehr ergebener

                         Hans Quest.

Regisseur Hans Quest schreibt am 23. Oktober 1962 an Francis Durbridge

"THE WORLD OF TIM FRAZER"

by

Francis Durbridge

Die Titelseite des Originaldrehbuchs zu *The World of Tim Frazer*

280

Francis Durbridge in der Studiodekoration zu *Tim Frazer*
bei seinem Besuch der Dreharbeiten.
(Foto: Privatarchiv Francis Durbridge)

Die Durbridge-Edition
– Williams & Whiting –

Bei Williams & Whiting sind bisher dreiundvierzig Bände von Francis Durbridge erschienen. Sämtliche Bücher enthalten eine umfassende Einleitung und ein Nachwort mit vielen Hintergrundinformationen zu Francis Durbridge, den jeweiligen Geschichten und den Produktionsumständen der Verfilmungen bzw. Vertonungen.

Band 1   FRANCIS DURBRIDGE
Stichtag für Harry
Paul Temple und der vorausgesagte Mord
Kriminalroman

Vorwort, Nachwort und Übersetzung: Dr. Georg Pagitz

Ein junger Mann namens Peter Gibson sucht Superintendent Max Christian in Scotland Yard auf. Er berichtet, dass er in einem Café in Hampstead arbeitet und ungewollt bei der Arbeit zwei Frauen belauscht hat. Diese sagten, dass ein gewisser Harry Sherwood den Sechzehnten des kommenden Monats nicht überleben würde. Christian geht der Sache nach, muss aber feststellen, dass nichts von dem, was Gibson erzählt hatte, stimmt. Es gibt weder das Café noch einen Mann dieses Namens. Am Sechzehnten des darauffolgenden Monats wird jedoch in einem Wohnwagen eine Leiche gefunden. Der Täter hat sein Opfer erstochen. Als Superintendent Christian den Toten sieht, glaubt er seinen Augen nicht: Es handelt sich dabei um den angeblichen Peter Gibson, der in Wirklichkeit Harry Sherwood hieß ...

Durbridge schrieb diese Geschichte als Fortsetzungsroman im Jahr 1960. Sie blieb jedoch unveröffentlicht und erscheint nun erstmals posthum.

Der Autor versuchte die Story auch als Filmtreatment deutschen Produzenten anzubieten und schrieb sie später als Episode für eine *Paul-Temple*-TV-Folge um. Dieses Szenarium ist in dem Buch als *Paul Temple und der vorausgesagte Mord* enthalten, den Abschluss bildet eine Abhandlung über Durbridge und die Temple-TV-Serie.

Band 2   FRANCIS DURBRIDGE
Schritt ins Dunkel
Drehbuch für einen deutschen Spielfilm

Vorwort, Nachwort und Übersetzung: Dr. Georg Pagitz

In Soho geht ein gefährlicher Mörder um, der Barmädchen mit einem Messer tötet. Scotland Yard steht vor einem Rätsel. Zur gleichen Zeit befindet sich der wohlhabende Immobilienmakler Mike Hilton in einer existenziellen Krise: Nach dem Tod seiner Tochter und schwierigen Phasen in seiner Ehe verlässt ihn seine Ehefrau Ruth. Nach einer Reifenpanne nahe einem berüchtigten Pub in Soho lernt er die attraktive Selby Brooks kennen und verliebt sich in sie. Als er die junge Dame wenig später auf einem Hausboot besuchen will, findet er ihre Leiche. Mike Hilton gerät unter Mordverdacht. Zur Tatzeit half er einem kleinen Jungen dabei, dessen Papierdrachen aus einem Baum zu befreien. Doch dieses Alibi ist nichts wert, denn der Junge scheint spurlos verschwunden zu sein und gar nicht zu existieren. Gleichzeitig erfährt Mike von der Polizei, dass nichts von dem, was Selby ihm erzählt hatte, stimmte. Kann er sich aus seinem Teufelskreis befreien und den wahren Täter finden?

Die Hintergrundgeschichte zu diesem verschollenen Drehbuch ist ebenso spannend wie die Kriminalgeschichte selbst. Francis Durbridge verfasste das Skript 1961 und verkaufte es 1962 an einen deutschen Filmproduzenten. Letztlich wurde daraus der Spielfilm *Piccadilly null Uhr zwölf,* der bis auf vier Namen nichts mehr mit der Originalstory zu tun hatte. Im Vor- und Nachwort werden die Hintergründe analysiert und dank erst kürzlich aufgefundener Originalkorrespondenz von Francis Durbridge auch die Umstände und Gründe der Änderungen rekonstruiert.

Band **3**   FRANCIS DURBRIDGE

Paul Temple muss her!
Ein Kriminalstück

Vorwort, Nachwort und Übersetzung: Dr. Georg Pagitz

Scotland Yard steht vor einem Rätsel. Eine gefährliche Verbrecherbande verunsichert London durch Kindesentführungen, Lösegelderpressungen und andererseits durch spektakuläre Juwelenraube. Die Ganoven operieren unter dem Namen »Die Schlagzeilenmänner«. Dies ist gleichzeitig der Titel des Romans einer unbekannten Autorin, deren Identität niemand kennt. Nachdem Sir Graham und seine Ermittler nicht weiterkommen, fordern die Zeitungen nach Unterstützung und titeln: »Paul Temple muss her!« Der erfolgreiche Kriminalschriftsteller und Privatermittler schaltet sich daraufhin ein und weiß bald, dass der große Hintermann ein Superverbrecher namens Max Lorraine ist. Aber wer der Verdächtigen versteckt sich hinter diesem Namen? Wer ist der gefährliche Schlagzeilenmann Nummer 1?

Dieses im Jahr 1943 in Birmingham uraufgeführte Theaterstück wurde seither nie mehr gespielt. Der Autor zeigt darin sein ganzes Können und liefert Drehungen, Wendungen und Cliffhanger im Minutentakt. Vier Personen sterben auf der Bühne, ebenso viele Leichen gibt es aus Erzählungen. Die *Birmingham Post* schrieb damals zur Uraufführung: »Leichen fallen aus Aufzügen, Schreie hallen durch die Nacht, aus einem unverdächtig aussehenden Grammophon kommen Schüsse und Blausäure findet ihren Weg in harmlose Whiskyfläschchen. Eigentlich haben wir A oder B als Täter verdächtigt, aber dann war es plötzlich X.« Bei dem Stück handelt es sich um eine geschickte Mischung aus Paul Temples ersten beiden Hörspielabenteuern.

Band **4**   FRANCIS DURBRIDGE

Schöne Grüße von Mister Brix
Kriminalroman

Vorwort und Nachwort: Dr. Georg Pagitz

Geheimnisvolle und höchst mysteriöse Umstände haben den Ex-Inspektor Richard Grant und seine Frau Margret dazu veranlasst, vorübergehend wieder in den Dienst von Scotland Yard zu treten. In einem Fischerdorf namens Shorecombe war zuvor die Leiche einer gewissen Barbara Willis, Tochter eines feinen Londoner Hauses, aus dem Meer gezogen worden. Kurz darauf bekam ihr Verlobter Robert Brown eine Diamantenbrosche zugeschickt. Darauf stand: »Schöne Grüße von Mister Brix«. Wenig später finden die Grants in ihrer Garage eine weitere Leiche. Peggy Gillow, die in dem Fall undercover ermittelte, wurde erdrosselt. Auch ihr Vater bekam eine mysteriöse Karte von Mister Brix mit der gleichen sarkastischen Botschaft. Steckt hinter diesem Pseudonym jener gefährliche Ariman, dessen Fall Grant einst bearbeitete? Und wenn ja, wer von den zahllosen Verdächtigen ist dieser Verbrecher?

Durbridge schrieb diesen Kriminalroman 1962 für den deutschen Markt. Er basiert auf dem legendären Hörspiel *Paul Temple und die Affäre Gregory* und erzählt dieses sehr werkgetreu nach, allerdings wurden die Charaktere umbenannt. Wer schon immer wissen wollte, worum es in diesem Fall geht und ihn in voller Länge erleben wollte, kann dies nun endlich tun.

Band 5   FRANCIS DURBRIDGE
Die gelbe Windmühle
Kriminalroman
Vorwort und Nachwort: Dr. Georg Pagitz
Susan Kelford, die vierjährige Tochter des reichen Sir Cedric Kelford, dem Präsidenten der Londoner Central Bank, wird entführt. Das Mädchen war gerade in einem Londoner Park, als eine kleine gelbe Spielzeugwindmühle ihre Aufmerksamkeit erregte und sie in die Hand ihres Entführers lockte. Dieser zerrte das Kind in seinen Wagen und suchte daraufhin rasch mit seinem Komplizen das Weite. Man fordert 10.000 Pfund Lösegeld von dem Multimillionär Kelford. Inspektor Houston von Scotland Yard macht drei Tage später eine grausige Entdeckung: Sein Sohn Dennis, der in Sir Cedrics Bank arbeitet, sitzt erschossen vor dem Fernsehgerät. In den Bildschirm ist eine gelbe Windmühle eingeritzt ...

Die gelbe Windmühle erschien 1954 als Fortsetzungsroman in England. Im Jahr 1965 verfasste Francis Durbridge eine eigene Fassung für den deutschen Markt, die hier erstmals als Buch vorliegt.

Band 6   FRANCIS DURBRIDGE
Mitten ins Herz
Der Mann, der das Quiz gewann
Paul Temple und die flüchtige Miss Helvin
Kriminalromane
Vorwort und Nachwort: Dr. Georg Pagitz
Gary Mason, der berühmteste und beliebteste Schauspieler Englands, wird auf dem Gelände eines Londoner Filmstudios erschossen. Wer ist der Täter? Und hatte er tatsächlich Mason als Ziel auserkoren oder war dieser Mord ein Versehen und er galt eigentlich der überaus attraktiven schwedischen Nachwuchsschauspielerin Karin Lund? Diese legt ein seltsames Verhalten an den Tag, vor allem als sie zwei Tage später dem Journalisten Michael Collins begegnet, der Augenzeuge der Tat wurde und sich danach um die junge Frau gekümmert hatte. Diesmal ignoriert Karin den Reporter und ist in Begleitung eines mysteriösen Fremden. Als Journalist Collins in der darauffolgenden Nacht von einem weiteren Mord berichten soll, ist er schockiert, als er in der Leiche Karin Lund wieder erkennt. Sie wurde erstochen ...

Mitten ins Herz wurde 1955 als The Man Who Beat the Panel in Großbritannien als Fortsetzungsroman veröffentlicht. Durbridge überarbeitete diese Fassung für den deutschen Markt im Jahr 1962, erweiterte und verbesserte sie um viele Handlungsstränge und machte aus einem Nicht-whodunit einen Whodunit. Später entwickelte er daraus auch ein Skript für die *Paul-Temple*-Fernsehserie namens *The Elusive Miss Helvin*, das aber nie Verwendung fand. In dieser Ausgabe sind neben der deutschen Romanfassung auch erstmals die Übersetzungen der britischen Fortsetzungsgeschichte und des Szenariums enthalten. Titel: *Der Mann, der das Quiz gewann* und *Paul Temple und die vorsichtige Miss Helvin*, beide übersetzt von Dr. Georg Pagitz.

Band 7   FRANCIS DURBRIDGE
Sie wussten zu viel & Das Gesicht der Carol West
Kriminalromane
Vorwort und Nachwort: Dr. Georg Pagitz
Victor Merton, der Geschäftsführer der Absteige *High Dive* in Belhampton, zieht beim morgendlichen Schwimmsport die Leiche eines jungen Mädchens aus dem

Hotelpool. Julia Nagy, eine aus Ungarn stammende Angestellte und Mister Cooper, ein Privatgelehrter, werden Augenzeugen des Vorgangs. Ein Notizbuch der Toten führt zu einer gewissen Carol West. Außerdem findet sich darin die Telefonnummer von Scotland-Yard-Superintendent Christian Stiller, der die Tote allerdings nicht kannte. Stiller übernimmt die Ermittlungen. Immer wieder wird er in deren Verlauf von einem Anrufer mit sanfter Stimme gewarnt. Wenig später wird auf den Superintendent ein Überfall verübt, kurz darauf ein Anschlag in Scotland Yard. Alle Spuren führen erneut in die zwielichtige Absteige *High Dive* ...

Francis Durbridge hatte diesen Roman 1959 als Fortsetzungsroman für die Zeitschrift *News of the World* geschrieben. 1963 überarbeitete er diesen für den deutschen Markt unter dem Titel *Sie wussten zu viel*, führte viele neue Handlungsstränge und Figuren ein und baute die Geschichte erheblich aus. Diese Ausgabe enthält erstmals beide Fassungen, die deutsche erweiterte Version und die davon erheblich abweichende Originalfassung, die von Dr. Georg Pagitz erstmals unter dem Titel *Das Gesicht der Carol West* ins Deutsche übertragen wurde. In einem Vor- und Nachwort des Übersetzers wird auf die Hintergründe eingegangen sowie auf Durbridges meisterliche Fähigkeiten, alte Stoffe wiederzuverwerten.

Band **8**   FRANCIS DURBRIDGE

Paul Temple und der Fall Valentine
Skript für ein achtteiliges Hörspiel
Vorwort, Nachwort, Übersetzung: Dr. Georg Pagitz

London, 1946: Seit einigen Wochen wird das Westend von einer geheimnisvollen Selbstmordserie junger Frauen erschüttert. Scotland Yard ist ratlos und kann nur herausfinden, dass es wohl um Drogen und einen geheimnisvollen Hintermann namens »Valentine« geht. Für Sir Graham Forbes ist eines klar: Das ist ein Fall für Paul Temple! Der bekannte Detektiv und Schriftsteller ist zunächst jedoch gar nicht daran interessiert. Erst als eine junge Frau spurlos aus seinem Wagen verschwindet, lässt er sich doch überreden. Dann geht alles blitzschnell: Auf die Temples wird im eigenen Schlafzimmer ein Mordanschlag verübt, eine geheimnisvolle Botschaft führt Paul und Steve zu einem mysteriösen Kapitän in eine Kneipe am Fluss und schließlich findet sich eine deutliche Warnung von Valentine bei einer Leiche in einer Zahnarztpraxis. Es gibt zahllose Verdächtige und undurchsichtige Gestalten und der gefährliche Unbekannte schlägt immer wieder zu.

Dieses Buch beinhaltet das vom englischen Originalmanuskript übersetzte Temple-Abenteuer, das 2021/22 Grundlage für die neue Pidax-Hörspielproduktion Paul Temple und der Fall Valentine war. In einem Vor- und Nachwort des Übersetzers werden interessante Hintergrundinfos geliefert. Außerdem wird auf die unterschiedlichen Versionen, die im Laufe der Jahre von diesem Stoff entstanden sind, eingegangen.

Band **9**   FRANCIS DURBRIDGE

Zwei Fälle für Paul Temple: McRoy/Westfield
Zwei einteilige Hörspiele
Vorwort, Nachwort, Übersetzung: Dr. Georg Pagitz

Der Fall McRoy: Paul Temple und Steve sind in Italien und befinden sich gerade auf der Weiterreise in die Schweiz, als sie auf dem Mailänder Bahnhof zufällig den Ex-Ermittler Harry McRoy treffen. Gemeinsam tritt man die Weiterfahrt an. Im Zug erzählt Harry von einem rätselhaften Auftrag und bittet Paul, einen Koffer mit geheimnisvollem Inhalt an Sir Graham Forbes zu überbringen, wenn ihm etwas zustoßen sollte. Ehe man Basel erreicht, überschlagen sich die Ereignisse und es gibt Tote.

Der Fall Westfield: Vor Jahren wurde aus dem Hause des Herzogs von Westfield Schmuck im Wert einer Dreiviertelmillion Pfund gestohlen. Es gab keine Spuren und Scotland Yard legte den Fall damals auf Eis. Paul Temple interessiert sich für die Sache, zumal es bald auch eine neue Spur zu geben scheint, als man in einem Londoner Hotel eine Leiche findet. Bei den Sachen des Toten werden ein Fahrschein für eine Fähre und ein Rezept eines gewissen Dr. Schumann gefunden. Temple geht der Sache nach …

Dieses Buch enthält die beiden Originalmanuskripte zu den 2021/22 neu produzierten Temple-Hörspielen von Pidax und HNYWOOD. In einem umfangreichen Vorwort werden die Hintergründe beleuchtet, zudem enthält dieser Band vollständige Stab- und Besetzungslisten sämtlicher Adaptionen und einige exemplarische Beispiele, wie im Fall McRoy dramaturgische Anpassungen vorgenommen wurden.

Band 10   FRANCIS DURBRIDGE

Paul Temple und der Fall Dr. Belasco
Skript für ein achtteiliges Hörspiel

Vorwort, Nachwort, Übersetzung: Dr. Georg Pagitz

Als Paul und Steve nach einem Tanzabend anlässlich Steves Geburtstag nach Hause kommen, werden sie schon von Sir Graham erwartet. Dieser hat Philip Kaufman von der Kopenhagener Polizei mitgebracht. Sie erklären, dass der berüchtigte Dr. Belasco seine Aktivitäten vom Kontinent nach England verlegt hat. Niemand kennt das Gesicht dieses gefährlichen Mannes, der das Verbrechen organisiert und für Schutzgelderpressungen aber auch Mord verantwortlich ist. Sir Graham und Kaufman bitten Temple um Hilfe. Bald schon soll der Kanadier Ross Morgan in England ankommen. Er ist ein Handlanger Dr. Belascos. Temple soll ihn im Auge behalten, doch dann gibt es einen unerwarteten Zwischenfall: Bei der Zugfahrt nach London kommt es zu einem Unfall und Morgan stirbt. Der Kanadier kann Temple jedoch noch einen wichtigen Hinweis geben. Bei seinen Sachen findet Temple ein Feuerzeug. Dieses ähnelt jenem, das Steve an ihrem Geburtstag irrtümlich von einem Mr. Nelson eingesteckt hat ...

Francis Durbridge verfasste *Paul Temple and Steve*, so der Originaltitel dieses in der Chronologie gesehenen achten Falls, im Jahr 1947. Dieser band enthält ein informatives Vorwort, einen Artikel über die Paul-Temple-Comic-Serie und Francis Durbridges für die Radio Times geschriebene Einleitung zu dem Fall.

Band 11   FRANCIS DURBRIDGE

Paul Temple und die Marquis-Morde
Kriminalroman

Vorwort, Nachwort, Übersetzung: Dr. Georg Pagitz

In London sorgt ein skrupelloser Mörder, der sich »Der Marquis« nennt, für Angst und Schrecken. Ein halbes Dutzend Personen – lauter renommierte Damen und Herren – musste schon ins Gras beißen und kein Ende ist in Sicht. Scotland Yard in Form von Sir Graham Forbes ist ratlos. Doch diesmal ist es nicht der Chefkommissar, der Paul Temple um Hilfe bittet, sondern das Innenministerium. Ein anonymer Brief des Marquis an Temple sorgt schließlich dafür, dass sich der schreibende Detektiv in die Ermittlungen einschaltet. Er trifft eine Privatdetektivin, die dem großen Unbekannten auf der Spur ist. Doch auch sie wird wenig später tot aus der Themse gezogen. Alle Spuren führen zu einem Ägyptologen namens Sir Felix Reybourn. Ist er der Marquis? Und wenn nicht, wer von den zahlreichen Verdächtigen ist es dann? Temple und seine Frau Steve setzen sich zahllosen Gefahren aus, ehe Paul den gefährlichen Mörder endlich überführen kann ...

Dieser Krimi ist der letzte nicht übersetzte Paul-Temple-Roman und erscheint nun erstmals in deutscher Sprache – fast 80 Jahre nach seinem Entstehen! Ein packender, typischer Temple voller Cliffhanger, Drehungen und Wendungen, verdächtiger Figuren und natürlich mit der obligatorischen Cocktailparty. Das Buch enthält eine informative Einleitung und ein umfassendes Nachwort, in dem die multimediale Auswertung des Stoffs, der auf einem Durbridge-Hörspiel von 1942 beruht, beleuchtet wird. 1952 entstand auch eine Verfilmung mit John Bentley und Christopher Lee.

Band **12**   FRANCIS DURBRIDGE
Die Anhalterin
Kriminalroman
Vorwort, Nachwort, Übersetzung: Dr. Georg Pagitz
Der Spielwarenfabrikant David Walker nimmt in seinem eleganten Wagen eine hübsche junge Anhalterin namens Judy Clayton mit. Als das Benzin ausgeht, macht sich Walker zu Fuss auf den Weg zu einer Tankstelle. Als er zurückkommt, ist die junge Frau spurlos verschwunden. Einige Tage später taucht Kriminalinspektor Denson bei Walker auf und teilt ihm mit, dass Judy nur wenige Meter von der Stelle, an der David die Panne hatte, ermordet aufgefunden wurde. Zahlreiche Indizien deuten darauf hin, dass Walker die Frau schon länger kannte, obwohl dieser das bestreitet. Im Laufe der Ermittlungen gibt es weitere Tote und neben einem Lippenstift spielen auch ein Schlüsselbund und eine Sofortbildkamera eine wichtige Rolle ...
    Dieser Kriminalroman aus dem Jahr 1977 liegt erstmals in einer deutschen Übersetzung vor. Er basiert auf Francis Durbridges Originaldrehbuch zu dem 1971 gedrehten BBC-Dreiteiler *The Passenger*, der synchronisiert unter dem Titel *Die Spur mit dem Lippenstift* ausgestrahlt wurde. Im ausführlichen Vor- und Nachwort des Übersetzers wird auf die Entstehungsgeschichte eingegangen und auch erklärt, wieso 1971 in der BRD keine deutsche Verfilmung dieses Stoffs entstand. Auszüge aus Durbridge-Interviews, Hintergründe über die Miniserie und deren französische Adaption sowie ein 2015 geführtes, exklusives Interview mit dem Regisseur Michael Ferguson, der *The Passenger* inszenierte, runden diesen Band ab.

Band **13**   FRANCIS DURBRIDGE
Die Frau im Hintergrund
Kriminalroman
Vorwort, Nachwort, Übersetzung: Dr. Georg Pagitz
Torcombe, an der Küste von Cornwall. Der ehemals als Kriminalreporter in der Fleetstreet tätige Roy Burton hat sich hierher zurückgezogen, um an einem Buch zu arbeiten. Er lebt in einer einfachen Hütte an der Küste. Eines Tages nähert er sich bei einem Spaziergang einer verlassenen Zinnmine und wird niedergeschlagen. Als er wenig später erwacht, erzählt ihm eine gewisse Karen Silvers, dass er sich in der Mine befinde. Sie leitet dort ein geheimes wissenschaftliches Projekt der Regierung. Es geht um den Bau einer Atomrakete, die so stark ist, dass sie ganz London oder New York zerstören könnte. Die Wissenschaftlerin erklärt, dass die Arbeiter in der Mine allerdings nichts davon wissen oder nur so viel als nötig. In der Umgebung scheint sich der gefährliche Kriminelle Fabian Delouris zu befinden, der schon einen Mitarbeiter entführt hat. Gemeinsam mit gefährlichen deutschen Ex-Nazis will er die Rakete stehlen und damit die Weltherrschaft erlangen. Karen und ihr Vorgesetzter Leyland, bitten Roy daraufhin um seine Mithilfe bei der Bekämpfung der Organisation. Bald darauf werden auf Roy mehrere Mordversuche verübt und die Ehefrau und Tochter eines Pubbesitzers verschwinden spurlos.
    Die Frau im Hintergrund stellt unter mehreren Gesichtspunkten eine Besonder-

heit dar und liegt erstmals in deutscher Übersetzung vor. So ist es der einzige Kriminalroman von Francis Durbridge, der nicht nach dem Whodunit-Muster gestrickt und in dem der Täter von Anfang an bekannt ist. Eine spannende Abenteuergeschichte, in der die beiden Protagonisten gegen eine gefährliche, aus brutalen Nazis bestehende Organisation kämpfen, die die Weltherrschaft mit einer Atomrakete erzwingen will. Eine für den Autor untypische, aber spannende Geschichte mit interessanten und überraschenden Wendungen. Das Buch enthält ein Vorwort mit Hintergrundinformationen. Im Anhang werden sämtliche Bücher und Kurzgeschichten von Francis Durbridge aufgelistet und dessen Wirken als Romanautor beleuchtet. Inhaltsangaben und weitere Infos zu allen Romanen und Kurzgeschichten runden diese Ausgabe ab.

Band **14**   FRANCIS DURBRIDGE

Vorsicht vor Johnny Washington!
Kriminalroman

Vorwort, Nachwort, Übersetzung: Dr. Georg Pagitz

Johnny Washington ist ein junger amerikanischer Gentleman, der nach Kent gezogen ist, um das Leben zu genießen. Eigentlich will er nur dem süßen Nichtstun nachgehen und seine Zeit mit Fischen verbringen, doch eine Serie von Verbrechen ruft ihn auf den Plan. Eine Bande Krimineller verübt diese nämlich unter seinem Namen und lässt am Tatort Visitenkarten mit dem Aufdruck »Mit besten Grüßen von Johnny Washington« zurück. Das kann der Amerikaner nicht auf sich sitzen lassen. Die Zeitungsreporterin Verity Glyn ermutigt Johnny dazu, sich auf den Fall zu stürzen. Gemeinsam mit dem geheimnisvollen Horatio Quince, einem pensionierten Lehrer, jagt er den mysteriösen Hintermann, der die Morde und Verbrechen organisiert und der sich hinter dem Decknamen »Grauer Elch« versteckt.

Die Geschichte dieses Romans hat Francis Durbridge von seinem ersten Temple-Abenteuer entlehnt und sie überarbeitet. Neuer Protagonist ist Johnny Washington, der Held einer seiner Radioserien.

Band **15**   FRANCIS DURBRIDGE

Zwanzig Minuten von Rom
Drehbuch für einen Fernsehkriminalfilm

Vorwort, Nachwort, Übersetzung: Dr. Georg Pagitz

Zwanzig Minuten von Rom entfernt liegt der Ort Tolero. Welche Rolle spielt er in einem mysteriösen Fall, in den der Wissenschaftler Geoffrey Ryder verwickelt ist? Der Mann steht unter Mordverdacht und besteht darauf, Alan Quinton vom MI5 zu sprechen. Nur ihm will er seine ganze Geschichte erzählen. Den Mann, den er ermordet haben soll, Walter Smedley, lernte er in einem teuren Pariser Nachtclub kennen. Er half ihm dort aus der Bredouille, woraufhin Smedley ihm anbot, während seiner eigenen Abwesenheit in seiner Londoner Wohnung unterzukommen. Ryder nimmt dankend an. Das ist der Beginn einiger mysteriöser Ereignisse. Welche Rolle spielt das goldene Zigarettenetui, das Smedley unbedingt wiederhaben will? Und warum befanden sich auf einem Mikrofilm Fotos von einer Fahrkarte für den Schlafwagen nach Rom und eine Aufnahme einer Landkarte, auf der der Ort Tolero eingezeichnet ist und auf der oberhalb handschriftlich die Notiz »Zwanzig Minuten von Rom« gemacht wurde?

Dieses unverfilmte Drehbuch stammt aus dem Jahr 1954. Es handelt sich dabei um eine ganz typische Francis-Durbridge-Geschichte mit jeder Menge Verwirrungen. Der Autor beweist hier, dass er nicht nur serielles Erzählen beherrscht, sondern auch innerhalb eines 90-Minuten-Films sein Publikum ganz schön raffiniert verwirren kann. Als übliche Zutaten gibt es einige überraschende Wendungen und die üblichen mysteriösen Gegenstände, wie ein goldenes Zigarettenetui und einen Mikrofilm, auf dem sich unerklärliche Fotografien befinden.

Band 16 FRANCIS DURBRIDGE
Das zerbrochene Hufeisen
Drehbuch für einen sechsteiligen Kriminalfilm

Vorwort, Nachwort, Übersetzung: Dr. Georg Pagitz

Dr. Mark Fenton behandelt im Londoner St.-Matthews'-Krankenhaus einen Mann namens Charles Constance. Er wurde bei einem Autounfall schwer verletzt, der Lenker beging Fahrerflucht. Constance liegt noch im Koma, als plötzlich eine gewisse Miss Freeman bei Fenton auftaucht, die sich für den Gesundheitszustand des Opfers interessiert. Als Constance erwacht, behauptet er, diese Frau nicht zu kennen. Noch erstaunter ist er über das zerbrochene Hufeisen, das sich auf einem Blumengesteck befindet, das sie ihm mitgebracht hat. Als der Mann wenig später entlassen wird und nicht zur Kontrolluntersuchung erscheint, stellt Fenton einen Brief zu, den Constance bei ihm hinterlassen hat. Dabei entdeckt er in einem Appartement die Leiche von Mr. Constance. Auf dem Spiegel befindet sich ein gemaltes zerbrochenes Hufeisen.

Mit dem Drehbuch zu diesem Sechsteiler legte Francis Durbridge 1952 den Grundstein als erfolgreicher Fernsehkrimiautor. Es war die erste von insgesamt zwanzig mehrteiligen Serien für die BBC, elf davon wurden auch in Deutschland verfilmt. *Das zerbrochene Hufeisen* war nicht darunter und erlebt somit seine deutschsprachige Premiere.

Band 17 FRANCIS DURBRIDGE
Operation Diplomat
Drehbuch für einen sechsteiligen Kriminalfilm

Vorwort, Nachwort, Übersetzung: Dr. Georg Pagitz

Der renommierte Arzt Dr. Mark Fenton wird von einer Unbekannten gebeten, einen Patienten zu behandeln. Fenton steigt in einen Krankenwagen ein und stellt fest, dass der Wagen leer ist. Ein weiterer Mann mit Pistole sitzt darin und erklärt, es handle sich um eine wichtige Operation. Die Reise, die Fenton in dem verdunkelten Wagen absolviert, dauert mehrere Stunden. Er wird in eine mysteriöse Villa gebracht wird. Dort ist in einem Raum ein Operationssaal aufgebaut worden und ein Deutscher namens Schröder erklärt, dass ein kranker Mann dringend operiert werden müsse. Es handelt sich dabei um den bekannten Diplomaten Sir Oliver Peters, der seit einiger Zeit spurlos verschwunden ist. Der Patient spricht im Fieber von einem »Goldenen Tal«. Assistiert wird Fenton von einer bildhübschen Krankenschwester. Nach der erfolgreichen Operation verliert er das Bewusstsein.

Operation Diplomat hat Durbridges ersten TV-Serienhelden zum Protagonisten, den Mediziner Dr. Mark Fenton, der bereits in *Das zerbrochene Hufeisen* ermittelte. Das Drehbuch entstand 1952 für einen Sechsteiler der BBC, der wie alle anderen Krimis von Francis Durbridge zum Straßenfeger avancierte.

Band 18 FRANCIS DURBRIDGE
Die Teckman-Biographie
Drehbuch für einen sechsteiligen Kriminalfilm

Vorwort, Nachwort, Übersetzung: Dr. Georg Pagitz

Philip Chance, ein junger Schriftsteller erhält einen interessanten Auftrag: Er soll eine Story über Martin Teckman schreiben. Dieser junge Testpilot ist angeblich bei der Erprobung eines neuen Flugzeugmodells verunglückt. Bei seinen Nachforschungen lernt Philip die Schwester Teckmans kennen, die junge und besonders attraktive Helen. Von da an ereignen sich seltsame Dinge, die darauf schließen lassen, dass sich irgendjemand von Teckmans Nachforschungen enorm gestört fühlt. Nicht nur, dass Gangster in seine Wohnung einbrechen, wenig später wird dort auch ein Mann ermordet aufgefunden. Es handelt sich dabei um den Konstrukteur des Versuchsflugzeugs, Mr. Garvin. Wenig später kommt es zu einem weiteren Mord: Ein Informant, der wichtige Informationen beschaffen wollte, wird ebenso von dem großen Unbekannten beseitigt ...

Die Teckman-Biographie erscheint erstmals auf Deutsch und ist die Übersetzung des gleichnamigen Drehbuchs von Francis Durbridge zu dessen drittem Fernsehmehrteiler. Neben einem interessanten Vor- und Nachwort, in dem auch auf den Kinofilm eingegangen wird, enthält das Buch außerdem ein exklusives Interview mit Alvin Rakoff, der den Mehrteiler 1953/54 im Alter von nur 26 Jahren inszenierte.

Band **19**   FRANCIS DURBRIDGE
Paul Temple und der Fall Z.4
Skript für ein sechsteiliges Hörspiel
Vorwort, Nachwort, Übersetzung: Dr. Georg Pagitz
Paul Temple schreibt für die bekannte Schriftstellerin Iris Archer ein Theaterstück. Wenige Tage vor der Aufführung des Stücks tritt Iris von der Rolle zurück. Als sich Paul und Steve nach Schottland begeben, um dort Urlaub zu machen, sind beide überrascht, dort auch Iris anzutreffen. Hat ihr plötzliches Auftauchen etwas mit dem geheimnisvollen Brief zu tun, den ein aufgeregter junger Mann Paul Temple übergeben hat, mit der ausdrücklichen Anweisung, ihn John Richmond zu übergeben? Was hat der rätselhafte Dr. Steiner mit den Ereignissen zu tun? Und wer verbirgt sich hinter dem Codenamen Z.4? Auch im Urlaub ist Temple auf der Spur einer geheimnisvollen Spionageorganisation, die vor Mord nicht zurückschreckt.

News of Paul Temple, so der Originaltitel dieses Hörspiels, wurde 1939 ausgestrahlt. Das Manuskript dazu galt lange als verschollen, kann nun jedoch erstmals mit vielen Hintergrundinformationen auf Deutsch veröffentlicht werden.

Band **20**   FRANCIS DURBRIDGE
Paul Temple und der Fall Sullivan
Skript für ein achtteiliges Hörspiel
Vorwort, Nachwort, Übersetzung: Dr. Georg Pagitz
Joyce Raymond wendet sich mit einer Bitte an Paul Temple, der gerade nach Kairo reisen will. Er möchte doch einem Mann namens Richard Sullivan, der dort bei einer Ölgesellschaft arbeitet, seine Brille mitzunehmen, die er bei ihr vergessen hat. Temple will der jungen hübschen Dame diesen Gefallen gerne tun und akzeptiert. In Plymouth, wo die Temples am nächsten Tag übernachten, erfährt der Kriminalschriftsteller schließlich, dass Miss Raymond ermordet wurde. Nicht genug damit, auch im Nebenzimmer der Temples findet sich eine Leiche. Von da an bemühen sich alle Personen, die den Temples auf der Reise nach Kairo über Süditalien begegnen um die mysteriöse Brille, an der allerdings von der Polizei nichts Seltsames festgestellt werden kann ...

Dieses spannende Originalmanuskript erscheint erstmals auf Deutsch und stammt aus dem Jahr 1947. Die BBC-Aufnahmen aus den Jahren 1947/48 existieren nicht mehr, weshalb der britische Sender 2006 ein Remake produzierte. *Paul Temple und der Fall Sullivan* führt die Temple-Fangemeinde weit weg von der Themse: Durbridge beweist, dass seine Storys auch in Süditalien und Ägypten bestens funktionieren.

Band **21**   FRANCIS DURBRIDGE
Das Messer
Drehbuch für einen dreiteiligen Kriminalfilm
Vorwort und Nachwort: Dr. Georg Pagitz

Spezialagent Jim Ellis soll den Mord an einer Mitarbeiterin des Secret Service aus Hongkong klären, deren Leiche in einem walisischen Ort aufgefunden wurde. Alle Spuren führen in das Hotel Ivanhoe, das einer gewissen Mrs. Corby gehört. Dort hat die Ermordete zuletzt gelebt. Ellis bekommt es mit einer Vielzahl von Verdächtigen und einem Mörder zu tun, der für seine Taten einen chinesischen Dolch verwendet...

Diese Ausgabe gibt das Originaldrehbuch zu dem legendären deutschen Krimimehrteiler *Das Messer* von 1971 wieder, den Rolf von Sydow mit Hardy Krüger in der Titelrolle inszenierte. Die Edition enthält außerdem ein umfangreiches Vor- und Nachwort, in dem erstmals die Produktionsgeschichte dieses Straßenfegers erzählt wird.

Band **22**   FRANCIS DURBRIDGE
Tim Frazer und das Rätsel von Melynfforest
Drehbuch für einen sechsteiligen Kriminalfilm
Vorwort, Nachwort, Übersetzung: Dr. Georg Pagitz

Tim Frazer erhält einen neuen Auftrag. Dieser führt ihn in das beschauliche Melynfforest in Wales, wo die Polizei den Mord an Elaine Bradford untersucht. Charles Ross informiert seinen Mitarbeiter zunächst darüber, dass die Ermordete eigentlich Thackeray hieß und für seine Auslandsabteilung in Hongkong arbeitete. Aber was tat sie in Wales und warum wurde sie ermordet? Die Spuren führen in ein Hotel namens St. Bride. Elaine Bradford (oder besser gesagt: Miss Thackery) verbrachte dort die letzten Tage ihres Urlaubs. Im Verlauf der Ermittlungen spielen ein Brieföffner, ein walisisches Volkslied und ein verschwundener deutscher Wissenschafter namens Kurt Lander eine wesentliche Rolle. Die meisten Verdächtigen sind außerdem im Umkreis von Mrs. Chrichtons Hotel zu finden.

Dieses Buch enthält erstmals in deutscher Übersetzung das Drehbuch zum dritten Tim-Frazer-Abenteuer, das zwar in England, aber nicht in der BRD produziert wurde. Francis Durbridge überarbeitete den Stoff erheblich, änderte Figuren und Ende und machte daraus den 1971 gedrehten Krimiklassiker *Das Messer*. Dank der vorliegenden Ausgabe können Fans erstmals die Urfassung mit der deutschen Variante vergleichen. Das Buch enthält ein informatives Vor- und Nachwort sowie als Bonus das von Durbridge für das Kino geschriebene, unverfilmte Treatment *Tim Frazer und die Melvin-Affäre*.

Band **23**   FRANCIS DURBRIDGE
Porträt von Alison
Kriminalroman
Vorwort, Nachwort, Übersetzung: Dr. Georg Pagitz

Der Bruder des renommierten Kunstmalers Greg Forrester verunglückt bei einem Autounfall in Italien tödlich. Auch seine Beifahrerin, die bildhübsche Schauspielerin Alison Ford überlebt das Unglück nicht. Wenig später erscheint ihr Vater in Gregs Atelier und bittet den Maler, ein Gemälde von Alison anzufertigen. Von da an überschlagen sich die Ereignisse: Das Modell Jill Stewart wird erwürgt im Kleid der verunglückten Alison in Gregs Wohnung aufgefunden. Der Maler gilt daraufhin als Hauptverdächtiger und befindet sich in einem Teufelskreis. Im Laufe des Falls spielen eine Postkarte, eine Weinflasche und ein Name eine wesentliche Rolle.

Dieser Kriminalroman aus dem Jahr 1962 basiert auf einem sechsteiligen Fernsehkrimi von Francis Durbridge aus dem Jahr 1955, der auch für das Kino verfilmt wurde. Erstmals erscheint das Buch, das zuletzt 1967 auf Deutsch aufgelegt wurde, in einer ungekürzten Neuübersetzung mit zahlreichen Hintergrundinformationen und einem Vergleich mit Fernsehspiel und Kinofilm.

Band 24   FRANCIS DURBRIDGE
Mein Freund Charles
Kriminalroman
Vorwort, Nachwort, Übersetzung: Dr. Georg Pagitz

Der renommierte Arzt Dr. Howard Latimer erhält einen Anruf von seinem Freund Charles Kaufmann. Der Filmproduzent bittet den Mediziner, eine deutsche Schauspielerin namens Frieda Veldon vom Flughafen abzuholen. Das ist der Beginn eines Teufelskreises, in den sich Latimer immer tiefer verstrickt. Wenig später wird die Darstellerin ermordet in seiner Wohnung aufgefunden. Erschlagen wurde sie mit einem bronzenen Kerzenhalter, der sich ausgerechnet in Latimers Wagen findet. Dann stellt sich heraus: Charles Kaufmann hat nie angerufen und der einzige Zeuge, der Latimer entlasten könnte, scheint nicht zu existieren …

Dieser Kriminalroman aus dem Jahr 1963 basiert auf einem sechsteiligen Fernsehkrimi von Francis Durbridge aus dem Jahr 1956, der 1957 auch für das Kino unter dem Titel *Interpol ruft Berlin* verfilmt wurde. Erstmals erscheint das Buch, das zuletzt 1967 auf Deutsch aufgelegt wurde in einer ungekürzten Neuübersetzung mit zahlreichen Hintergrundinformationen. Wer die Kunstfertigkeit von Francis Durbridge kennenlernen oder verstehen will, dem sei die Lektüre dieses Krimis ans Herz gelegt. *Mein Freund Charles* ist der Inbegriff dessen, was den britischen Autor ausmacht: Überraschungen im Minutentakt, ständige Drehungen und Wendungen und ein Protagonist in einem Teufelskreis. Wahrscheinlich Durbridges bester Roman!

Band 25   FRANCIS DURBRIDGE
Dreimal Tod im Radio:
Mord in der Botschaft / Mr. Lucas / Die Caspary-Affäre
Originalhörspielmanuskripte
Vorwort, Nachwort, Übersetzung: Dr. Georg Pagitz

Mord in der Botschaft: In der Botschaft von Westovia geschieht in der Bibliothek während eines Balls ein Mord. Opfer ist General Rostard, der Premierminister und Dikator des mit Falkenstein verfeindeten Landes. Einige der Ballgäste hätten einen guten Grund gehabt, den Mann zu töten. Ein Mitarbeiter des Außenministeriums glaubt die Wahrheit zu kennen …

Mr. Lucas: In England treibt ein berüchtigter Hehler sein Unwesen, dessen Gesicht niemand kennt. Die Polizei hat herausgefunden, dass ein Mittelsmann namens Sterne ihm eine wertvolle Kette überbringen sollte. Der Ganove wird geschnappt und Inspektor Crawley übernimmt dessen Part. Er weiß nur, dass er sich unter der Identität eines Mr. Lucas in einen Zug setzen und darauf warten soll, dass man ihn kontaktiert.

Die Caspary-Affäre: In einem Sanatorium in der Schweiz erzählt der Schauspieler Samuel Brent seinem Arzt die Geschichte von einer tödlichen Affäre. Darin involviert sind sein Freund Sir Edward, eine Schauspielerin und ein Pianist. Wer von den zahlreichen auftretenden Personen wird wen am Ende töten? Und warum?

Dieser 25. Band der Durbridge-Edition von Williams & Whiting enthält die Hörspielmanuskripte zu drei spannenden Whodunits aus den Jahren 1937, 1945 und 1946 erstmals in deutscher Übersetzung. *Mord in der Botschaft* ist der älteste erhaltene Durbridge-Krimi überhaupt, der Autor war beim Abfassen erst 24 Jahre alt.

Das Buch enthält neben einem ausführlichen Vorwort auch eine umfangreiche Übersicht über sämtliche Hörspielkrimis von Francis Durbridge.

Band 26   FRANCIS DURBRIDGE
Ein Fall für Sexton Blake
Skript für ein sechsteiliges Hörspiel
Vorwort, Nachwort, Übersetzung: Dr. Georg Pagitz

Im abgelegenen Schloss Saint Marguerite auf einer einsamen Insel im See geht der Schrecken um: Der Mann mit der eisernen Maske, das Familiengespenst der Familie Marthioly, scheint wieder auferstanden zu sein. Ein Mitglied der Marthiolys wurde bereits getötet. Meisterdetektiv Sexton Blake wird vom Neffen des Ermordeten um Hilfe begeben. Blake und sein Assistent Tinker machen interessante Entdeckungen wie beispielsweise einen unterirdischen Geheimgang. Bald stehen sie auch dem gefährlichen Mann mit der eisernen Maske gegenüber ...

Sexton Blake war im englischsprachigen Raum einer der populärsten Detektive. Er entstand im Fahrwasser von Sherlock Holmes und erlebte über beinahe 100 Jahre seine Abenteuer, die von den verschiedensten Autoren verfasst wurden. 1940 schrieb Francis Durbridge diese sechsteilige Radioserie mit dem beliebten Protagonisten und vereinte dort seine typischen Drehungen und Wendungen mit einem gelungenen Whodunit, der in vielen Aspekten an sein großes Vorbild Edgar Wallace erinnert. Das Buch enthält als Bonus das Manuskript zum Kurzkrimi *Der Knappe* und ein elfseitiges Interview mit Francis Durbridge.

Band 27   FRANCIS DURBRIDGE
Der Tod kommt ins Hibiscus
Kriminalstück
Vorwort, Nachwort, Übersetzung: Dr. Georg Pagitz

Der Nachtclub *Hibiscus* im Londoner West End steht unter der neuen Leitung von Hugo Bismarck und Amanda Smith. Hugo beschließt als erstes, das Lokal von den bisherigen Schwarzmarktgeschäften zu befreien. Dies führt zu Morden und jeder Menge Chaos und der Erkenntnis, dass im Hibiscus nicht alles so ist, wie es auf den ersten Blick zu sein scheint.

Dieses Theaterstück aus dem Jahren 1942/43 wurde nie aufgeführt und war neben *Paul Temple muss her!* Durbridges frühestes Bühnenwerk. Der Brite wollte Zeit seines Lebens für die Bretter, die die Welt bedeuten, schreiben, avancierte aber erst in seiner späten Schaffensphase zum erfolgreichen Dramatiker.

Der Tod kommt ins Hibiscus basiert auf einem zwölfteiligen Radiokrimi der BBC, erfuhr jedoch zahlreiche Änderungen im Plot. Durbridge verfasste das Stück unter dem Pseudonym Nicholas Vane. Als Co-Autor agierte der vielseitige Regisseur, BBC-Produzent und Schriftsteller Val Gielgud.

Band 28   FRANCIS DURBRIDGE
Paul Temple: Mord in Serie
Drehbücher und Manuskripte für die TV-Serie
Vorwort, Nachwort, Übersetzung: Dr. Georg Pagitz

Die BBC produzierte (später in Koproduktion mit Taunus-Film München) zwischen 1969 und 1971 52 Folgen der Fernsehserie *Paul Temple*, in der Francis Matthews die Titelrolle spielte. Keine der Geschichten (mit einer Ausnahme) stammte jedoch von Francis Durbridge, obwohl in der Anfangsphase geplant war, dass der Autor auch Drehbücher dazu abliefern sollte. Nachdem die von ihm vorgesehenen Pilotfolgen nicht verfilmt wurden, zog sich der Brite als Autor der Serie zurück.

Dieser Band enthält erstmals die beiden Drehbücher *Die Kelby-Affäre* und *Der Harkdale-Raub* sowie die drei Treatments *Die vorsichtige Miss Helvin, Der vorausgesagte Mord* und *Der Fall Calcary* inklusive umfassender Hintergrundinformationen.

Die Kelby-Affäre: Der Historiker Alfred Kelby verschwindet spurlos, mit ihm das Tagebuch von Lord Delamore, das offensichtlich nicht veröffentlicht werden darf. Bald findet man Kelbys Leiche. *Der Harkdale-Raub*: In einem Ort in den Midlands kommt es zu einem spektakulären Banküberfall. Wenig später wird Temple in den Fall involviert und findet in seiner Garage die Leiche eines Komplizen. *Die vorsichtige Miss Helvin:* Inspektor Vosper ermittelt im Mordfall einer jungen Frau, deren Gesicht unkenntlich gemacht wurde. Temple schaltet sich ein. *Der vorausgesagte Mord:* Ein Mann berichtet Temple, dass er einen Mordplan belauscht hat. Wenig später ist er selbst tot. *Der Fall Calcary:* Ein siebenjähriger Junge verschwindet auf einem Rummelplatz spurlos. Die Schauspielerin Calcary bittet Paul um Hilfe ...

Band **29**   FRANCIS DURBRIDGE

Das Halstuch
Kriminalroman – ungekürzt & neu übersetzt

Vorwort, Nachwort, Übersetzung: Dr. Georg Pagitz

In Littleshaw, einem Ort in der Nähe von London, wird auf einem Ackerwagen die Leiche des Fotomodells Fay Collins gefunden. Die junge Frau wurde mit einem Halstuch erwürgt. Der ermittelnde Kriminalinspektor Harry Yates stellt fest, dass Fay in ihren Taschen ein Telegramm hatte, in dem sich ein gewisser Terry für das Halstuch bedankt. Dieser Terry hat, wie der Bruder der Ermordeten, der Musiklehrer Edward Collins, aussagt, Fay außerdem ein teures Armband geschenkt. Aber wer verbirgt sich hinter dem Namen Terry? Marian Hastings, die Braut des Gutsbesitzers Alistair Goodman, erkennt auf einem Foto in der Zeitung jenen Mann wieder, der mit Fay Collins am Tatabend verabredet war: Es handelt sich um Clifton Morris, einen erfolgreichen Zeitungsverleger.

Kein anderes Werk ist bekannter als Francis Durbridges *Das Halstuch.* Der Roman basiert auf dem Originalmanuskript zu *The Scarf* und wurde neu übersetzt und erscheint erstmals ungekürzt.

Im Vor- und Nachwort gibt es umfassende Hintergrundinformationen zu allen europäischen Verfilmungen des Drehbuchs mit besonderem Augenmerk auf die Produktionsgeschichte des legendären deutschen Mehrteilers von 1961. Kritiken, Ausschnitte aus dem Originaldrehbuch und weitere Hintergrundinfos runden diese umfassende Ausgabe ab.

Band **30**   FRANCIS DURBRIDGE

Julian
Drehbuch für einen Fernsehkrimi

Vorwort, Nachwort, Übersetzung: Dr. Georg Pagitz

Julian Kane ist ein erfolgreicher Pianist und Frauenheld, der schon für das Ende so mancher Ehe verantwortlich war. Weitere Umstände führen dazu, dass es an jenem Nachmittag im Hause des renommierten Psychiaters Sir John Mallion niemanden mehr gibt, der nicht einen Grund hätte, ihm aus Hass oder Eifersucht eines der vermeintlich sicher weggesperrten Giftfläschchen ins Getränk zu schütten. Wer wird zuschlagen? Und warum?

Julian wurde unter dem Arbeitstitel *Prelude to Murder* von Francis Durbridge als neunzigminütiges Fernsehspiel verfasst. In der BRD war seitens des WDR kurz nach dem *Halstuch*-Erfolg im Jahr 1962 eine Verfilmung geplant, die immer wieder verschoben und letztlich nie realisiert wurde. Die Story basiert auf dem Hörspiel *The Caspary Affair* von 1946, wurde aber ausgebaut und verändert (inklusive Täterwechsel), in Italien als Hörspiel produziert und schließlich von Durbridge zum Theaterstück – mit vielen Entwicklungsstadien und Veränderungen – umgearbeitet. Im umfangreichen Vorwort wird darauf eingegangen.

Band **31**　　　　FRANCIS DURBRIDGE

Ein Mann namens Harry Brent
Kriminalroman – ungekürzt & neu übersetzt

Vorwort, Nachwort, Übersetzung: Dr. Georg Pagitz

Tom Fielding betreibt in der Nähe von London eine Firma, die elektronische Geräte herstellt. Alles läuft bestens, aber er hat mit seiner Sekretärin Pech: Diese will ihn wegen einer bevorstehenden Heirat bald verlassen. Fielding sucht eine neue Sekretärin und glaubt diese in der hübschen Barbara Smith gefunden zu haben. Doch während des Vorstellungsgesprächs zieht die junge Frau eine Waffe und erschießt Fielding. Sie wird verhaftet und kann sich in ihrer Zelle vergiften. Bevor sie stirbt, verlangt sie nach einem gewissen Harry Brent. Dieser Mann ist ausgerechnet der Verlobte von Fieldings alter Sekretärin Carol Vyner und taucht fortan bei den Ermittlungen von Inspektor Alan Milton, dem Exfreund von Carol, immer wieder als Hauptverdächtiger auf. So findet er heraus, dass Barbara Smith Blumen am Grab von Brents Eltern niedergelegt hat und dass sich Harry Brent und Tom Fielding schon sehr viel länger kannten, als dieser zugibt ...

Dieser Kriminalroman erscheint neu übersetzt und ungekürzt. Durbridge-Fans werden überrascht sein, denn abgesehen von Umbenennungen der Orte und Figuren ist auch das Ende anders als im legendären deutschen TV-Krimidreiteiler *Ein Mann namens Harry Brent* von 1968. Der WDR bat Durbridge damals darum. Darauf und auf die Produktionsumstände der englischen, deutschen, italienischen, französischen und polnischen Verfilmung des Stoffs wird in einem umfangreichen, hundertseitigen Nachwort eingegangen. Besonderes Highlight: Unveröffentlichte Exklusivinterviews mit den Darstellern von damals (Brigitte Grothum, Peter Ehrlich und Wolfgang Preiss).

Band **32**　　　　FRANCIS DURBRIDGE

Wie ein Blitz
Kriminalroman – ungekürzt & neu übersetzt

Vorwort, Nachwort, Übersetzung: Dr. Georg Pagitz

Der reiche Geoffrey Stewart wird in einem abgelegenen Haus ermordet. Die Täter sind sein Angestellter Mark Paxton und seine Ehefrau Diana Stewart, die mit Mark ein Verhältnis hat. Als man die Leiche beseitigen will, ist diese verschwunden. Dafür meldet sich der Ermordete mehrmals bei seiner Ehefrau per Telefon und treibt diese fast in den Wahnsinn. Ganz nebenbei geschehen weitere Morde. Inspektor Clay ist mit den Ermittlungen beauftragt und hat nicht nur das Mörderpärchen Diana und Mark unter Beobachtung, sondern verdächtigt auch das Ehepaar Thelma und Walter Bowen sowie den Tankstellenbesitzer Ned Tallboy ...

Wie ein Blitz basiert auf dem 16. mehrteiligen Krimi, den Durbridge für die BBC schrieb. 1966 in England ausgestrahlt, folgten bald weitere europäische Adaptionen, darunter die 1970 gezeigte deutsche Version mit Ingmar Zeisberg, Peter Eschberg, Albert Lieven, Paul Hubschmid und Horst Bollmann. Für die BRD schrieb Durbridge sein Drehbuch etwas um und ergänzte es um zahlreiche Szenen. Darauf, auf die weiteren Verfilmungen und auf viele andere spannenden Fakten wird im umfangreichen Nachwort auf über 100 Seiten eingegangen. Besonderes Highlight sind zwei exklusive, bisher nie veröffentlichte Interviews mit Regisseur Rolf von Sydow und Darstellerin Eva Pflug.

Band 33   FRANCIS DURBRIDGE
Ein Reisepass voller Gefahr
Manuskript für ein sechsteiliges Hörspiel
Vorwort, Nachwort, Übersetzung: Dr. Georg Pagitz

Der Journalist Roger Knight verschwindet in Afrika spurlos. Zuvor lässt er dem Britischen Geheimdienst noch eine Nachricht auf dem Armband seiner Uhr zukommen. Seine Schwester Linda West, eine bekannte Schauspielerin, erhält eines Tages den Anruf von Major Hadley, der sie bittet, für den Geheimdienst Ihren Bruder zu suchen. Linda wurde in London bereits Opfer eines Mordanschlags, den sie nur knapp überlebte. Zudem landete eine junge Frau, die ihr ähnlichsah, tot in der Themse. Wer will ihr Böses? Und warum? Hat es etwas mit der Nachricht zu tun, die Linda vor Wochen als letztes Lebenszeichen von Roger erhielt? Die Schauspielerin nimmt den Auftrag des Geheimdiensts an und sucht gemeinsam mit dem Journalisten Tim Valentine, einem Berufskollegen ihres Bruders, in Casablanca nach einer ersten heißen Spur.

Dieses sechsteilige Hörspiel von Francis Durbridge stammt aus dem Jahr 1945 und wurde nie auf Deutsch vertont. Es enthält alle typischen Zutaten eines typischen Krimis des britischen Autors. Zudem ähneln die Titelfiguren stark den bekannten Krimihelden Paul und Steve Temple. Der Autor schrieb die Story in den 1960ern zu einem Filmtreatment für einen geplanten Tim-Frazer-Kinofilm in Deutschland um, der nie realisiert wurde. Dazu und zu den Hintergründen des Hörspiels gibt es umfassende Infos im Begleittext. Außerdem enthält das Buch einen Artikel über die für Durbridge so spezifischen mysteriösen Gegenstände in seinen Kriminalgeschichten.

Band 34   FRANCIS DURBRIDGE
Die Kette
Kriminalroman – ungekürzt & neu übersetzt
Vorwort, Nachwort, Übersetzung: Dr. Georg Pagitz

Der Vater von Scotland-Yard-Inspektor Harry Dawson stirbt auf dem Golfplatz. Scheinbar war es ein Unfall, denn Tom wurde von einem Golfball so unglücklich getroffen, dass er seinen Verletzungen erlag. Harry glaubt nicht an die Geschichte und recherchiert auf eigene Faust. Als Peter Newton, der den tödlichen Golfball abschlug, ermordet aufgefunden wird, ist klar, dass auch Tom Dawsons Tod kein Unfall war. Im weiteren Verlauf der Ermittlungen spielen ein Hundehalsband, eine gestohlene Perlenkette, ein Mann im Rollstuhl und ein geheimnisvoller Hintermann, dessen Gesicht niemand kennt, eine entscheidende Rolle ...

Francis Durbridges Roman beruht auf seinem 1966 für die BBC geschriebenen Mehrteiler, der erfolgreich in verschiedenen Ländern verfilmt wurde. In der BRD war seit 1966 eine Adaption in Gespräch, die aber aus verschiedenen Gründen nie zustande kam. Durbridge überarbeitete das Originaldrehbuch, gab ihm den neuen Titel *The Circle* und änderte sämtliche Personennamen. Daraus wurde schließlich 1977 der TV-Zweiteiler *Die Kette* mit Harald Leipnitz und Uschi Glas. Auf die Produktionsgeschichte wird im umfangreichen Nachwort auf über 130 Seiten eingegangen.

Band 35   FRANCIS DURBRIDGE
Zakary
Szenarium für einen Kinothriller

Vorwort, Nachwort, Übersetzung: Dr. Georg Pagitz
Großbritannien, Sommer 1914: Der Oxford-Absolvent Oliver Sheldon wird von seinem Onkel einem Mann vom Secret Service vorgestellt. Dieser möchte, dass Sheldon nach Japan geht und unter dem Vorwand, ein Buch zu schreiben, vor Ort Informationen sammelt. Sein Deckname lautet Zakary. Oliver erhält den Auftrag, Daten über ein geheimes U-Boot zu beschaffen. Bald bricht der Erste Weltkrieg aus und im Laufe der Jahre ändert sich auch die Einstellung der Japaner gegenüber Großbritannien, aber auch jene Olivers zu seinem Vaterland. Er arbeitet zwar noch als Spion, befindet sich jedoch immer mehr in einem großen Gewissenskonflikt …

Francis Durbridge schrieb dieses Szenarium für den renommierten italienischen Filmproduzenten Dino de Laurentiis. Was anfangs wie eine typische Durbridge-Kriminalgeschichte beginnt und über Strecken sogar die so typischen Wendungen enthält, wird allmählich zu einem Film über Spionage und Krieg, geht hin bis zu den Ereignissen in Pearl Harbour und zieht sich schließlich in der Handlung über 30 Jahre hinweg. Die wohl ungewöhnlichste Geschichte von Francis Durbridge zu einem Kinofilm, der nie realisiert wurde, aber mit Sicherheit ein internationaler Blockbuster geworden wäre.

Band 36   FRANCIS DURBRIDGE
Paul Temple und der Curzon-Fall
Kriminalroman – ungekürzt & neu übersetzt
Vorwort, Nachwort, Übersetzung: Dr. Georg Pagitz
Paul Temple hört auf der Party seines Verlegers von Sir Graham Forbes und Inspektor Charlie Vosper vom mysteriösen Verschwinden zweier Schuljungen in Dulworth Bay in Yorkshire. Von Roger und Michael Baxter fehlt jede Spur. Vospers Ermittlungen ergaben, dass auf dem Cricketschläger von Roger neben Unterschriften einiger Spieler ein Name zu finden ist, der nicht zugeordnet werden kann: Curzon. Niemand kennt diese Person. Als in Gegenwart von Temple in London eine Frau erschossen wird, die ihm wichtige Hinweise geben wollte, nimmt der Kriminalschriftsteller die Ermittlungen auf und fährt in das Fischerdorf, in dem alle Stricke zusammenlaufen.

Dieser Kriminalroman basiert auf dem Hörspiel *Paul Temple and the Curzon Case* von 1949, das 1951 auch mit René Deltgen in der Hauptrolle unter dem Titel *Paul Temple und der Fall Curzon* vertont wurde. Das Buch erschien 1971 im Fahrwasser der von der BBC ausgestrahlten zweiundfünfzigteiligen TV-Serie *Paul Temple* und wurde handlungsmäßig in die 1970er-Jahre verlegt, was zu einigen Änderungen führte. Neben einer Auflistung sämtlicher Hörspieladaptionen mit Hintergrundinfos enthält dieser Band auch einen Artikel über die typischen Paul-Temple-Zutaten.

Band 37   FRANCIS DURBRIDGE
Mr. Hartington starb morgen
Manuskript für ein achtteiliges Hörspiel
Vorwort, Nachwort, Übersetzung: Dr. Georg Pagitz
Der Filmproduzent Oliver Hartington, der »Zar« von Hollywood, ist hinter den Rechten eines Romans her, den ein gewisser Peter London geschrieben hat. Doch wer ist Peter London? Eine wochenlange in den Medien hochgespielte Suchaktion verläuft im Nichts. Dann wird Hartington plötzlich bei einer Siesta in seinem Stammlokal ermordet – und auf einmal scheint es drei verschiedene Peter Londons zu geben. Es stellt sich nicht nur die Frage, wer von ihnen der echte Peter London ist, sondern auch, wer von allen Beteiligten ein Motiv hatte, den erfolgreichen Filmproduzenten zu töten. Verdächtig sind unter anderem ein junger Schriftsteller, die Ge-

winnerin eines Schönheitswettbewerbs, eine Sekretärin, ein Drehbuchautor, ein Filmregisseur und eine Schauspielerin. Inspektor O'Hara von der Polizei Los Angeles ermittelt und bekommt es bald mit weiteren Leichen zu tun …

Francis Durbridge schrieb dieses achtteilige Kriminalhörspiel, dessen Manuskript erstmals auf Deutsch übersetzt wurde, 1942 unter dem Pseudonym Lewis Middleton Harvey für die BBC. Er taucht dabei in die Welt von Hollywood ein und schildert in diesem Umfeld eine rätselhafte Mordgeschichte. Durbridge wäre nicht Durbridge, wenn in diesem Whodunit alles so wäre, wie es den Anschein hat.

Band 38   FRANCIS DURBRIDGE
Paul Temple und das Genfer Rätsel
Kriminalroman – ungekürzt & neu übersetzt
Vorwort, Nachwort, Übersetzung: Dr. Georg Pagitz

Der Londoner Verleger Charles Milbourne soll bei einem Autounfall in der Schweiz ums Leben gekommen sein. Mehrere Indizien deuten jedoch darauf hin, dass der Mann noch lebt. Davon ist vor allem seine Ehefrau Margret überzeugt, während Maurice Lonsdale, der Schwager des Toten, daran zweifelt. Paul und Steve Temple nehmen sich des Falls nach anfänglichem Zögern an …

Dieser spannende Roman, früher gekürzt unter dem Titel *Zu jung zum Sterben* erhältlich, erscheint in einer ungekürzten Neuübersetzung mit Hintergründen zum zugrundeliegenden Hörspiel *Paul Temple und der Fall Genf* aus dem Jahr 1966 und einer ausführlichen Darstellung des Paul-Temple-Universums im Nachwort.

Band 39   FRANCIS DURBRIDGE
Die Nylonmorde
Kriminalroman – ungekürzt & neu übersetzt
Vorwort, Nachwort, Übersetzung: Dr. Georg Pagitz

Andrea Lake war eine junge, vielversprechende Schauspielerin. Doch die talentierte junge Frau wird eines Tages tot aus der Themse gezogen. Sie wurde mit einem Nylonstrumpf erwürgt. Dr. Leslie Sanders, ihre Schwester, will der Sache auf den Grund gehen und betreibt deshalb Nachforschungen auf eigene Faust. Sie begibt sich dabei auf gefährliches Terrain. Was weiß der Regisseur Peter Hamilton? Welche Rolle spielt die Schauspielerin Sylvia Graham? Und wer ist der anonyme Anrufer, der sich bei ihr meldet?

Diesen spannenden Kriminalroman verfasste Durbridge 1952/53 als zwölfteiligen Fortsetzungsroman für den *Sunday Dispatch*. Das Buch enthält auch eine Auflistung und Einteilung aller Durbridge-Romane und -Kurzgeschichten.

Band 40   FRANCIS DURBRIDGE
Paul Temple und die Schlagzeilenmänner
Kriminalroman – ungekürzt & neu übersetzt
Vorwort, Nachwort, Übersetzung: Dr. Georg Pagitz

Der Kriminalroman Die Schlagzeilenmänner ist ein großer Publikumserfolg und wird von den Lesern nur so verschlungen. Ein besonderer Grund ist, dass niemand die unbekannte Autorin des Stoffs kennt, eine gewisse Andrea Fortune. Als wenig später einige Verbrechen geschehen, finden sich am Tatort immer Visitenkarten mit dem Aufdruck Die Schlagzeilenmänner. Die mysteriösen Raubüberfälle stehen mit einer Serie von Entführungen und Morden in Verbindung. In welchem Zusammenhang stehen die Taten mit dem Roman? Und wieso kann sich keines der Entführungsopfer an die Vorgänge vor der Tat erinnern? Welche Rolle spielt der Klavierstimmer Goldie, der gerade in Paul Temples Wohnung auftaucht, als Scotland-Yard-Inspektor Hunter vor der Wohnung des Detektivs und Schriftstellers eine Leiche in der Telefonzelle findet? Fragen über Fragen für Paul Temple ...

Dieser Kriminalroman war fast vierzig Jahre lang vergriffen und erscheint nun erstmals ungekürzt in einer Neuübersetzung. Das Buch enthält viele Hintergrundinformationen zu dem Stoff, dem ein verschollenes Hörspiel zugrunde liegt und auf dem auch ein Theaterstück beruht.

Band **41**   FRANCIS DURBRIDGE
Michael Starr ermittelt
Radiomanuskripte für 25 Mitratekrimis
Vorwort, Nachwort, Übersetzung: Dr. Georg Pagitz

Michael Starr ist ein gutaussehender, junger Londoner Privatdetektiv, der jeden Fall durch genaues Zuhören und geschicktes Kombinieren lösen kann – und dies zur Freude von Scotland-Yard-Inspektor Robert »Bob« McCraw, der in vielen Fällen nicht weiterkommt und auf die Hilfe seines Freundes angewiesen ist. Für Starr ist es ein Leichtes, die Morde, Erpressungen, Brandstiftungen und Diebstähle aufzuklären, denn er hört genau zu und kann schon nach kurzer Zeit sagen, wer von den Verdächtigen die Tat begangen hat ...

Michael Starr Investigates war 1944 eine beliebte wöchentliche Radioserie der BBC, in der das aufmerksame Publikum mitraten konnte, wer der Täter war. Wer wie der Titelheld Michael Starr genau aufpasste, konnte mitkombinieren, wo der Fehler lag. Dieser Band enthält 25 der 26 kurzen Krimirätsel, die Francis Durbridge für die BBC schrieb, erstmals in deutscher Sprache (ein Manuskript ist leider verschollen). Die amüsanten Geschichten bieten der aufmerksamen Leserschaft die Gelegenheit, mitzuraten. Dieser Band enthält ein informatives Vorwort und im Anhang einen Artikel über die Radioermittler von Francis Durbridge, der abseits von Paul Temple noch zahlreiche weitere interessante (und leider bis dato unbekanntere) Detektivfiguren schuf.

Band **42**   FRANCIS DURBRIDGE
Die Memoiren von André d'Arnell
Radiomanuskripte für neun Mitratekrimis
Vorwort, Nachwort, Übersetzung: Dr. Georg Pagitz

André d'Arnell ist – wie er von sich selbst sagt – der erfolgreichste Privatdetektiv Europas. Er ist ein kleiner, leicht graumelierter, dunkelhaariger Franzose mit einem aparten Schnurrbart, trägt gern ausgefallene, bunte Kleidung und ist dreiundvierzig Jahre alt. Er ist ein Mann, dem kein Detail eines Kriminalfalls entgeht – und genau darin liegt seine Stärke: Weil er genau hinhört und aus Aussagen und Indizien die richtigen Schlüsse zieht, kann er jeden Täter überführen. Egal ob es sich um Mord, Diebstahl, Brandstiftung oder Erpressung handelt: Unterstützt von seiner Frau Lucille klärt André d'Arnell jeden Fall ...

Dieses Buch enthält die Originalmanuskripte zu der Ratekrimireihe *Die Memoiren von André d'Arnell* erstmals auf Deutsch. In den neun in sich abgeschlossenen Episoden wird dem Publikum die Möglichkeit gegeben, herauszufinden, wie der Täter sich verriet. Mit dem etwas von sich eingenommenen Detektiv André d'Arnell hat Durbridge eine originelle Ermittlerfigur geschaffen, die mit Intelligenz und Humor ihre Fälle löst. Diese Ausgabe enthält außerdem die Texte zu drei Radiokurzkrimis, die Durbridge in den 1930ern schrieb: *Der Knappe, Das Ass* und *Paul Jones.*

Band **43**   FRANCIS DURBRIDGE

Tim Frazer I: Der Fall Denston
Kriminalroman – ungekürzt & neu übersetzt
Vorwort, Nachwort, Übersetzung: Dr. Georg Pagitz

Tim Frazers Kompagnon Harry Denston verschwindet spurlos. Tim begibt sich nach Henton, nachdem er von Harry ein Telegramm erhalten hat, ihn dort zu treffen. Doch Harry erscheint in dem idyllischen Fischerdorf an der Ostküste nicht. Stattdessen stirbt in Frazers Hotel ein russischer Matrose namens Anstrov, der im Todeskampf ständig nach jemandem namens Anya schreit. Außerdem wird Tims Brieftasche gestohlen. Zurück in London erfährt er, dass er für eine Abteilung der Regierung Harry Denston finden soll. Frazer, dem Denston auch eine Menge Geld schuldet, nimmt den Auftrag an. Bei seinen Nachforschungen wird ihm sein Freund und Kompagnon immer fremder. Was weiß dessen Verlobte Helen Baker? Was hat es mit einer Reihe von Schiffsmodellen der North Star auf sich? Und weshalb bietet ein zwielichtiger Autohändler eine horrende, völlig überzogene Summe für Harrys Wagen?

Dieser Kriminalroman war fast vierzig Jahre lang vergriffen und erscheint nun erstmals ungekürzt in einer Neuübersetzung. Das Buch enthält auch alle Hintergrundinfos zur englischen Originalverfilmung sowie zu der deutschen Adaption mit Max Eckard aus dem Jahr 1962 und zur italienischen Fassung aus den 1970ern. Auf Basis der Korrespondenz und von Tagebucheintragungen des Autors wird die spannende Geschichte der Mehrteiler rekonstruiert. Damalige Zeitungsberichte und Kritiken bereichern das Buch ebenso, wie ein Drehbuchausschnitt einer entfallenen Szene in der deutschen Fassung und ein Interview mit einer Darstellerin von damals.

+ +

DEMNÄCHST

+ +

Band **44**   FRANCIS DURBRIDGE

Tim Frazer II: Die Salinger-Affäre
Kriminalroman – ungekürzt & neu übersetzt
Vorwort, Nachwort, Übersetzung: Dr. Georg Pagitz

Tim Frazer wird von Charles Ross beauftragt, nach Amsterdam zu fahren, um dort den mysteriösen Tod eines gewissen Leo Salinger zu untersuchen. Salinger war ein Mitarbeiter in Ross' Abteilung und soll beim Überqueren einer Straße von einer gewissen Barbara Day überfahren worden sein. Schnell macht Frazer deren Bekanntschaft und lernt gemeinsam mit ihr den Amerikaner Cordwell kennen. Als sie zurück in London sind und Frazer Barbara Day besuchen will, findet er den ermordeten Cordwell in ihrer Wohnung. Neben ihm steht ein Metronom. Frazer lernt schließlich auch Barbaras Freundin Vivien kennen, die allerdings irgendwie in das Verbrechen verstrickt ist. Frazer erfährt, dass der eigentliche Hintermann Ericson heißt. Einen Schlüssel zur Lösung stellen das Metronom und ein geheimnisvoller Tulpenzwiebel-katalog dar.

Dieser Kriminalroman war fast vierzig Jahre lang vergriffen und erscheint nun erstmals ungekürzt in einer Neuübersetzung. Das Buch enthält auch alle Hintergrundinfos zur englischen Originalverfilmung sowie zu der deutschen Adaption mit Max Eckard aus dem Jahr 1963 und zur französischen Fassung aus den 1970ern.

Band 45 · FRANCIS DURBRIDGE
Tim Frazer III: Das Melynfforest-Rätsel
Kriminalroman – ungekürzt & neu übersetzt
Vorwort, Nachwort, Übersetzung: Dr. Georg Pagitz

Tim Frazer bekommt einen neuen Auftrag: Er ermittelt im Mord an einer Agentin des britischen Geheimdienstes, die in Hongkong arbeitete. Eigentlich sollte er sie treffen und vom Flughafen abholen, aber wie sich herausstellt, ist die Dame, die sich ihm als Miss Thackery vorstellt, nicht die richtige Agentin. Auch das Tonband, das sie ihm übergibt und das wichtige Informationen enthalten sollte, enthält nur ein walisisches Volkslied. Die Spur führt Frazer nach Wales. In Mellynfforest steigt Frazer in einem Hotel ab, in dem er Oberst Lockwood, einem pensionierten Soldaten kennen lernt. Hat er etwas mit dem Fall zu tun? Eine weitere Spur führt in das Büro des Immobilienmaklers Roger Thornton. Weiß er mehr, als er zugibt? Und welche Rolle spielt die junge Reporterin Rita Colman? Die Ermittlungen führen schließlich auch in die Unterwelt von Cardiff.

Dieser Kriminalroman war fast vierzig Jahre lang vergriffen und erscheint nun erstmals ungekürzt in einer Neuübersetzung. Das Buch enthält auch alle Hintergrundinfos zur englischen Originalverfilmung sowie zu der deutschen Adaption *Das Messer*, die Durbridge wesentlich überarbeitet hat, indem er die Figuren umbenannte, neue Handlungselemente einführte und den Täter änderte.

Band 46 · FRANCIS DURBRIDGE
Paul Temple und die Gregory-Affäre
Originalmanuskript für ein zehnteiliges Hörspiel
Vorwort, Nachwort, Übersetzung: Dr. Georg Pagitz

Eine junge Frau verschwindet und wird vier Wochen später tot aus dem Wasser gezogen. Sie wurde erwürgt. Bei ihr findet sich eine Nachricht, auf der »Mit den besten Empfehlungen von Mr. Gregory« steht. Dieser Mr. Gregory hält Scotland Yard in Atem, denn hinter diesem Pseudonym versteckt sich ein gefährlicher Verbrecher. Paul Temple und seine Frau Steve ermitteln gemeinsam mit Sir Graham Forbes und Chefinspektor Vosper. Eine Spur führt in ein Dorf an der Küste, eine weitere in einen Londoner Nachtclub namens *Madrid*. Weitere Morde geschehen, es gibt unzählige Verdächtige und der gefährliche Anführer einer kriminellen Organisation treibt sein perfides Spiel mit allen Mitteln. Ein kniffliger Fall für Paul und Steve ...

Paul Temple und die Affaire Gregory war 1949/50 das erste Hörspiel der beliebten Serie mit René Deltgen. Da es nicht überlebt, war es Fans bisher nicht möglich, die komplette Handlung zu verfolgen. Dies ändert sich mit diesem Band, in dem der legendäre Fall in einer Neuübersetzung des Originalhörspielmanuskripts erstmals komplett nachzulesen ist. Der Krimi ist so etwas wie die Quintessenz aller Temple-Hörspiele, da hier auch erstmals alle bekannten Figuren gemeinsam auftauchen: Paul, Steve, Sir Graham, Charlie und Vosper. In einem umfangreichen Vor- und Nachwort wird auf die Geschichte des Hörspiels und seine zwölf Versionen eingegangen.

Band 47 · FRANCIS DURBRIDGE
Der Mann aus Washington
Originalmanuskript für ein sechsteiliges Hörspiel
Vorwort, Nachwort, Übersetzung: Dr. Georg Pagitz

Ganz England wird von einer großen kriminellen Organisation tyrannisiert, die mit ihrem Rauschgifthandel und -schmuggel die Bevölkerung in Angst und Schrecken versetzt. Scotland Yard kommt nicht weiter, denn obwohl man die Hintermänner kennt, gelingt es nicht, sie zu überführen. Der Innenminister persönlich fordert daher Johnny Cordell an: Dem FBI-Mann aus Washington ist vor wenigen Jahren das gelungen, was Sir Ian Grant und seinen Kriminalbeamten in London bisher versagt blieb. Cordell, der acht Jahre in Cambridge studiert hat, arbeitete für die Staatsanwaltschaft in New York und war 1939 sogar als Präsidentschaftskandidat im Gespräch. Nun ist er für sechs Wochen nach England gekommen, um mit seinen unorthodoxen Methoden alle sechs Mitglieder der Rauschgiftorganisation zu überführen. Dabei stellt er fest, dass Scotland Yard mit seinem Verdacht nicht immer richtig lag und entlarvt deshalb ganz überraschenderweise andere, unscheinbare Personen.

Das Manuskript zu diesem sechsteiligen Hörspielkrimi von Francis Durbridge aus dem Jahr 1941 erscheint erstmals auf Deutsch. Der Autor beschrieb den Protagonisten als jungen Amerikaner à la James Stewart. In der Geschichte geht es nicht um den großen Hintermann, sondern darum, wie es dem Mann aus Washington mit seinen ungewöhnlichen Methoden gelingt, die Mitglieder der Verbrecherbande zu überführen – darin besteht der besondere Reiz dieser charmanten und doch recht spannenden Geschichten, von denen zusätzlich vier Whodunits sind.

Informationen zu allen englischen und deutschen Durbridge-Büchern von Williams & Whiting:

www.williamsandwhiting.com

Die offizielle Seite über Francis Durbridge, betrieben von seinen Söhnen, ist erreichbar unter

www.francisdurbridgepresents.com